이메르의
거   미

YOMOTSUIKUSA
©Mikito Chinen 2023

All rights reserved.
First publiched in Japan in 2023 by Futabasha Publishers Ltd., Tokyo.
Korean translation rights arranged with Futabasha Publishers Ltd.
through JM Contents Agency Co.

이 책의 한국어판 저작권은 JMCA를 통한 저작권자와의 독점계약으로 교보문고에 있습니다.
저작권법에 의하여 한국 내에서 보호를 받는 저작물이므로 무단전재와 무단복제를 금합니다.

본문 내 각주는 독자의 이해를 돕기 위해 옮긴이가 작성하였습니다.

#
미

치넨 미키토

김은모 옮김

차례

프롤로그 —— 13

제1장 **금기의 숲** —— 21

막간 1 —— 135

제2장 **얼룩덜룩한 알** —— 139

막간 2 —— 250

제3장 **여왕 강림** —— 253

에필로그 —— 435

옮긴이의 말 —— 443

옛날 옛적, 어느 마을에 하루라는 소녀가 살았습니다.

하루는 아주 어여쁘고 부지런해서 마을 사람 모두에게 사랑받았습니다.

하지만 어느 해, 나라에 기근이 발생해 수많은 사람이 굶어 죽었습니다. 하루가 사는 마을에서도 먹을 것을 구할 수 없어서 이대로 가다가는 가족이 모두 굶어 죽을 지경이었습니다.

그러던 어느 날, 멀리 떨어진 마을에서 촌장이 찾아와 하루를 며느리로 삼고 싶다고 했습니다. 탄광에서 석탄을 듬뿍 캐내는 그 마을은 아주 유복해서, 만약 하루가 시집온다면 대가로 가족이 몇 년은 먹고살 수 있는 돈을 주겠다고 했습니다.

"저, 시집갈게요."

고향 마을을 떠나려니 슬펐지만, 가족을 지키기 위해 하루는 결심했습니다.

소중한 가족의 배웅을 받으며 고향을 떠난 하루는 난생처음 기차와 인력거를 타고 탄광 마을 근처까지 갔습니다.

"여기서부터는 걸어가야 해."

인력거에서 내린 촌장은 숲속에 뻗은 좁은 길 앞에서 하루에게 말했습니다.

산길은 몹시 험해서 밭일에 익숙한 하루도 걷기 힘들었습니다. 하루는 문득 길옆에 지장보살상이 서 있는 것을 알아차렸습니다.

"이 지장보살님은 뭔가요?"

"사람이 사는 세상과 신이 사는 세상의 경계를 나타내는 표지물이지."

"신이 사는 세상?"

"그래. 여기서부터는 악한 신이 사는 '황천의 숲'이야."

촌장은 지장보살상에 머리를 숙인 후 길을 나아갔습니다. 황천의 숲은 어둡고, 춥고, 몹시 으스스했습니다. 멀리서 비명을 지르는 것 같은 소리가 들려왔습니다.

"저건 요모쓰이쿠사가 내는 소리야."

겁먹은 하루에게 촌장이 말했습니다.

"요모쓰이쿠사?"

"저세상에 있는 괴물이지. 이 숲에 사는 신은 그 괴물을 부려서 동물을 잡아먹는단다."

"그럼 저희도 붙잡혀서 잡아먹히는 거 아닌가요?"

"괜찮아. 신에게 제물을 바치면 요모쓰이쿠사는 습격하지 않으니까."

종종걸음으로 나아가는 촌장을 하루는 죽어라 쫓아갔습니다.

마을에 도착하자 촌장의 아내가 하루를 데려가서 하얀 혼례복으로 갈아입혔습니다.

마을 사람들은 혼례복을 입은 하루를 크게 환영해 주었습니다. 다들 기뻐하는 모습을 보자 하루도 아주 기뻤습니다.

밤이 되자 촌장의 집에서 잔치가 열렸습니다. 하루는 지금까지 듣지도 보지도 못한 호화로운 음식을 실컷 대접받았습니다. 하지만 아직 신랑이 될 사람과는 만나지 못했습니다.

"서방님은 어디 계시나요?"

하루가 물어보자 촌장은 미소를 지었습니다.

"아들놈은 탄광에 일하러 나갔어. 맛있는 음식과 술을 먹으며 기다리려무나."

시키는 대로 하루는 음식을 먹었습니다. 이렇게 맛있는 음식은 처음 먹어봐서, 고향의 가족에게도 언젠가 꼭 먹여주고 싶었습니다.

촌장은 하루에게 술을 권했습니다. 벌꿀처럼 달고 꽃처럼 향긋한 냄새가 나는 그 술을 마시자 배 속이 살짝 따스해졌습니다. 촌장은 계속 술을 따라주었습니다. 거절하기가 미안해서 마셔버릇하지 않은 술을 계속 마시다 보니, 졸음이 몰려왔습니다.

"먼 길을 오느라 피곤하겠지. 아들놈이 돌아오면 깨워줄 테니 푹 쉬렴."

촌장은 상냥하게 말했습니다. 하루는 졸음을 이기지 못하고 잔치 도중에 잠들어 버렸습니다.

정신을 차리자 하루는 혼례복을 입은 채 숲속에 있었습니다.

"여기는 어디지?"

하루는 일어서서 주변을 둘러보았습니다. 하지만 비슷하게 생긴 나무들이 미로처럼 늘어서 있어서 어느 쪽이 마을인지 알 수가 없었습니다. 하루는 어두운 숲속을 헤맸습니다.

"촌장님! 서방님!"

목 놓아 외쳤지만 자기 목소리가 메아리칠 뿐 아무도 대답해 주지 않았습니다.

왜 이런 곳에 있는 걸까. 누가 날 여기까지 옮겼을까.

그때 여자의 카랑카랑한 비명 같은 소리가 들려왔습니다. 무서워서 몸이 굳어버린 하루는 지장보살상 앞에서 촌장에게 들은 이야기가 떠올랐습니다.

이 숲에 사는 악한 신은 요모쓰이쿠사라는 저세상의 괴물을 부려 동물을 잡아먹는다. 그래서 마을 사람이 요모쓰이쿠사에게 습격당하지 않도록 제물을 바친다.

하루는 드디어 깨달았습니다. 자신이 신에게 바칠 제물로 선택됐다는 사실을.

"살려줘요! 엄마, 살려줘!"

하루는 울면서 숲속을 달렸습니다. 하지만 아무리 달려도 어두운 숲만 펼쳐져서 마치 같은 곳을 빙빙 도는 듯한 기분이었습니다.

땅바닥의 마른 나뭇가지와 바위에 맨발바닥을 베여서 피가 났습니다. 얼마 후 눈이 내려서 땅이 점점 하얗게 뒤덮였습니다. 추워서 몸이 뻣뻣해진 하루는 결국 눈 위에 쓰러졌습니다.

이대로 얼어 죽는 걸까. 쓰러진 채 그런 생각을 하다가 하루는 나무들 안쪽에 동굴이 있는 것을 알아차렸습니다.

저기라면 추위를 피할 수 있을지도 모른다. 남은 힘을 짜내 동굴로 들어간 하루는 놀라서 숨을 삼켰습니다. 동굴이 푸르스름하게 빛나고 있었기 때문입니다. 마치 수많은 반딧불이가 불빛을 비추는 것처럼.

"예쁘다······."

하루가 그렇게 중얼거렸을 때 동굴 안쪽에서 아름다운 노랫소리가 들려왔습니다. 그 노랫소리에 이끌려 안쪽으로 들어간 하루는 푸른빛으로 가득한 세상에 다다랐습니다. 하루는 더 이상 움직일 힘이 없어서 벌러덩 쓰러졌습니다.

별로 가득한 하늘같이 아름다운 광경을 올려다보고 있자니, 노랫소리가 멈추고 물에 적신 천을 질질 끄는 듯한 소리가 들려왔습니다. 그쪽을 보자 산처럼 커다란 형체가 달팽이처럼 기어서 다가오고 있었습니다. 하지만 어째선지 하루는 무섭지 않았습니다.

"여기는 어디예요? 당신은 누구시고요?" 하루는 힘을 짜내서 물었습니다.

바로 옆까지 다가온 거대한 형체는 땅속에서 울리는 듯한 목소리로 대답했습니다.

"여기는 황천국. 그리고 나는 황천신이다. 너는 누구냐?"

"저는 하루라고 해요. 황천의 숲에 제물로 끌려왔어요. 황천국에 왔다니, 저는 이미 죽은 건가요?"

"아니다, 넌 산 채로 죽은 자의 나라에 들어왔다. 그래서 네 몸이 그렇게 된 것이다."

하루는 푸른빛에 비친 자신의 몸을 살펴보았습니다. 입고 있던 혼례복은 어느 틈엔가 너덜너덜하게 찢어졌고, 그 밑에 드러난 몸은 썩어서 구더기가 들끓고 있었습니다.

"이제 신께서 저를 드시는 건가요?"

하루는 물었습니다. 무섭지는 않았습니다. 이제 달아날 힘도 없었고, 이렇게 아름다운 세상에서 신에게 잡아먹힌다면 그것도 나쁘지 않겠다 싶었습니다.

"나는 요모쓰이쿠사가 죽여서 가져오는 사냥감밖에 먹지 않는다. 산 채로 죽은 자의 나라에 들어와 썩어버린 너의 고기에는 흥미가 없어."

하루는 뼈가 보이는 뺨을 살짝 끌어올리고, 구더기가 튀어나온 눈을 가늘게 오므렸습니다.

"왜 웃느냐?"

"그건……."

하루는 썩어서 반쯤 떨어져 나간 입술을 천천히 벌렸습니다.

프롤로그

 제대로 포장되지 않은 좁다란 산길이 전조등 불빛에 비쳤다. 앞 유리 너머에는 울창한 나무들이 도로를 뒤덮을 듯 줄지어 있었다.
 야마기와 세이지는 인상을 찌푸렸다. 경트럭의 서스펜션이 시원찮은 탓에 울퉁불퉁한 지면의 감촉이 좌석에 고스란히 전달됐다. 30년 넘게 토목 관련 공사 현장에서 일한 몸이 뻑적지근하게 아팠다.
 "하필이면 이런 현장에 파견되다니……." 불평이 담배 냄새에 찌든 차 안의 공기를 흔들었다.
 홋카이도 아사히카와시와 후라노시 중간에 위치한 비에이정에서 차로 약 한 시간 거리, 다이세쓰산 국립공원에서 그리 멀지 않은 산속이 야마기와의 일터였다. 그 일대의 산을 매입한 대형 호텔 기업의 투자로 거대한 리조트 시설을 만들 계획이었다.
 비에이에는 줄무늬 카펫을 깔아놓은 듯한 꽃밭과 흰수염폭포 등 수많은 관광 명소가 있고, 조금만 이동하면 홋카이도 관광의 핵심 중 하나인 아사히야마 동물원도 있다. 거기에 스키장과 온천 시설을 완비한 고급 호텔을 세워서 관광객을 더 많이 유치하겠다는 계획이다. 예정대로라면 이미 호텔 건설이 시작되어야 했다. 하지만 산을 개발하기는 녹록지 않았다. 지역 주민이 열렬한 반대 운동을 벌였고, 반대파 주민이 도로 점거 농성으로 공사 차량을 붙잡아 놓는 등 방해 행위가 잇달았다.

"그야 그렇겠지. 황천의 숲을 망가뜨리겠다고 했으니."

야마기와가 혼잣말을 했을 때, 몇십 미터 앞 길가에 덩그러니 서 있는 지장보살상이 시야에 들어왔다. 무심코 가속페달에서 발을 떼서 브레이크를 꾹 밟고 싶은 기분을 간신히 참았다. 경트럭은 지장보살 옆을 통과했다. 등골이 써늘하니 몸이 부르르 떨렸다. 여기를 지나갈 때는 늘 이렇다. 이 지장보살은 인간의 영역과 인간이 아닌 것의 보금자리를 구분하는 표지물이기 때문이다.

이 산은 성역이자 금지구역이었다. 일찍이 이 땅에 살던 원주민 아이누족 사이에서는 이 산에 웬카무이(악한 신)가 산다는 전설이 전해져 내려왔고, 그들은 이 산을 결코 들어가서는 안 되는 성역이자 위험한 장소로 받아들였다. 그리고 메이지 시대에 이 땅을 개척한 사람들도 그 규칙을 물려받았다. 비에이정 출신인 야마기와는 이 숲에는 절대 들어가면 안 된다는 말을 들으며 자랐다.

"그 산에 있는 '황천의 숲'에는 지옥에서 나온 괴물이 살아. 그 괴물은 숲에 들어온 인간의 내장을 뜯어 먹는단다. 그러니 절대로 들어가면 안 돼."

어린 시절, 할머니가 무서운 말투로 그 전설을 들려줄 때마다 야마기와는 밤에 화장실도 못 갈 만큼 겁을 먹었다.

괴물이 나온다는 이야기는 어린아이가 산에 들어가서 조난당하지 않도록 하기 위한 예방 조치에 불과하다. 머리로는 그렇게 생각해도, 어린 시절부터 되풀이해 심어진 이미지는 잠재의식에 들러붙어 좀처럼 떨어져 나갈 줄 몰랐다. 그래서인지 황천의 숲에 들어가면 아랫배에서부터 떨림이 번져나간다.

야마기와는 턱에 힘을 주어 따닥따닥 맞부딪치는 위아랫니를 꽉 깨물었다.

이 산의 개발은 몇 년 만에 들어온 큰 일감이다. 리조트 시설이 본격적으로 건설되기 시작하면 우리 회사도 직원을 새로 뽑겠지. 그러면 경력이 많은 나는 관리직으로 승진할 것이다. 고장 난 몸을 더 이상 혹사하지 않아도 월급을 받을 수 있다는 말이다. 미신 따위는 개나 주라지. 그렇게 생각하며 야마기와는 가속 페달을 꾹 밟았다. 차체가 더 심하게 요동쳐서 딱딱한 운전석에 얹힌 엉덩이가 아팠다.

칠흑 같은 어둠에 휩싸인 산길을 10분쯤 더 나아가자 머리 위를 뒤덮을 듯 좌우에 줄지었던 거대한 가문비나무가 자취를 감추고, 야구장만 한 광장이 나왔다. 한복판에 세워진 컨테이너 하우스 주변에는 불도저, 크레인, 트럭 등 공사 차량이 늘어서 있었다.

여기를 기점으로 리조트 호텔 건설 예정지까지 도로를 정비하는 것이 개발계획 제1단계였다. 계획 진행을 위해 야마기와를 포함한 인원 몇 명이 측량과 벌채 등을 하고 있다. 앞으로 눈 내리는 계절이 다가올 테니 공사에는 적합하지 않은 시기지만, 반대 운동 때문에 일정이 지연된 것을 만회하고자 회사에서 기를 쓰는 듯했다.

시동을 끈 야마기와는 눈살을 찌푸렸다. 컨테이너 하우스에 불이 꺼져 있었다. 밤 11시가 좀 넘었으니 평소 같으면 동료들이 술이라도 마시고 있을 시간이었다. 그런데 커튼 틈새로 새어 나오는 불빛도 보이지 않거니와 동료들의 웃음소리도 들리지 않았다.

야마기와는 문득 컨테이너 하우스뿐만 아니라 광장 전체가 몹시 어둡다는 사실을 깨달았다. 전조등을 켠 채 차에서 내린 후, 야마기와의 입에서 "어엉?" 하고 목소리가 흘러나왔다.

광장을 비추기 위해 세워둔 외등 몇 개가 전부 꺼져 있었다.

정전? 그런 말이 머리를 스쳤다. 아직 전선을 끌어오지 못한 탓에 컨테이너 하우스 뒤편에 설치한 발전기 몇 대로 전기를 공급한다. 그 발전기에 문제가 생겼는지도 모른다.

"그럼 연락을 줘야 할 것 아냐."

야마기와는 대시보드에서 손전등을 꺼내 급히 걸음을 옮겼다. 야마기와는 발전기 관리자이기도 했다. 만약 고장 났다면 바로 본사에 보고해야 한다.

이런 산속에서 발전기는 생명줄이다. 아직 9월 하순이지만 홋카이도의 밤은 사람 목숨을 앗아 갈 수 있을 만큼 냉기로 가득하다. 난방기구도 전부 전열식이고, 무엇보다 이곳을 '인간의 영역'으로 유지하기 위해 전기는 필수였다.

손전등 불빛만으로는 칠흑같이 짙은 어둠을 녹일 수 없었다. 발치에 어둠이 들러붙어 야마기와는 몇 번이나 넘어질 뻔하며 컨테이너 하우스 뒤편으로 돌아가자마자 우뚝 멈춰 섰다.

발전기가 부서져 있었다. 예비용까지 합쳐 다섯 대나 되는 발전기가 원형을 알아볼 수 없을 만큼 찌그러졌고, 내부 부품이 주변에 어지러이 흩어진 상태였다. 어안이 벙벙해진 야마기와는 코끝을 스치는 자극적인 냄새에 제정신을 차렸다. 휘발유다. 발전기 연료인 휘발유가 새어 나와서 기화했다.

휘발유에 불이 붙으면 폭발한다. 당장 동료들을 대피시켜야 한다. 분명 누군가가 중장비를 몰다 실수로 발전기에 충돌한 것이리라. 그게 아니라면 저렇게 부서질 리 없다. 야마기와는 신중하게 그 자리에서 물러나 컨테이너 하우스 정면으로 가서 현관문을 열었다.

"야 이 자식들아, 뭐 하고······."

거기서 야마기와는 할 말을 잃었다. 동료들과 함께 몇 주일을 보낸 컨테이너 하우스, 손전등 불빛에 비친 그 실내는 차마 눈 뜨고 볼 수 없을 만큼 무참한 상태였다.

테이블과 의자, 선반장이 쓰러졌고, 그릇도 바닥에 떨어져서 잔뜩 깨졌다. 간이침대 열 개도 대부분 옆으로 넘어졌고, 침대 주변에 설치한 커튼은 커튼레일과 함께 떨어져서 바닥을 뒤덮었다. 실내에 있어야 할 동료들의 모습은 어디에도 보이지 않았다.

"가미카쿠시[1]……."

그 말이 무의식중에 입에서 튀어나왔다. 7년 전, 이 산 너머에 있는 목장에서 소를 기르던 일가족 네 명이 저녁 식사를 식탁에 차려놓고 텔레비전을 켜놓은 채 연기처럼 사라지는 사건이 발생했다. '비에이정 가미카쿠시'라고 불리는 그 사건을 뉴스로 보고 할머니가 중얼거린 말이 떠올랐다.

―분명 요모쓰이쿠사가 끌고 가서 잡아먹은 거지. 세이지, 황천의 숲에는 절대로 들어가면 안 된다. 내장을 뽑히고 산 채로 잡아먹힐 거야.

"괴물이 어디 있다고 그래, 괴물이 어디 있다고 그래……."

야마기와는 주문을 외듯 가냘프게 중얼거리며 실내를 나아갔다. 구름 위라도 걷듯 발밑이 불안했다. 이상한 냄새가 느껴져서 야마기와는 걸음을 멈췄다. 썩은 음식물 쓰레기처럼 구역질을 유발하는 냄새가 옆으로 넘어진 침대 너머에서 풍겨왔다.

보지 마, 보면 안 돼. 머릿속에서 경고음이 울려 퍼졌다. 하지만 움직임을 멈출 수가 없었다. 야마기와는 조종당하는 것처럼 몸을 내밀어 시선이 닿지 않던 침대 뒤편을 들여다보았다. 검붉은 덩어리가 손전등 불빛 속에서 번들번들한 광택을 뿜어냈다.

뭐지 이건……? 숨쉬기가 힘들었지만 야마기와는 시선을 모았다. '그것'이 뭔지 뇌가 인식한 순간, 심한 구역질이 밀려왔다. 반사적으로 한 손을 들어 입을 막았지만 뜨끈한 것이 식도를 거

---

[1] 누군가 이유 없이 갑작스럽게 행방불명된 것을 신적 존재의 소행이라고 믿은 데서 비롯된 말.

슬러 오르는 것을 저지할 수는 없었다.

야마기와의 입에서 쏟아진 토사물이 '그것'에 떨어졌다. 피로 범벅된 내장 더미에.

야마기와는 비명을 지르며 몸을 돌렸다. 전설은 사실이었다. 황천의 숲에 들어오면 안 된다. 여기에는 괴물이 산다. 사람을 잡아먹는 괴물이.

공포로 다리가 꼬여서 푹 고꾸라졌다. 손에서 빠져나간 손전등이 쓰러진 선반장 틈새로 굴러 들어갔다. 손전등을 주워 올 여유는 없었다. 경트럭 전조등을 켜두었다. 밖으로 나가면 차까지 달려갈 수 있다. 기다시피 컨테이너 하우스를 나선 순간, 야마기와는 온몸이 굳어버렸다. 경트럭 앞에 '뭔가'가 있었다.

전조등 불빛이 역광으로 비춰서 모습이 똑똑히 보이지 않았다. 하지만 분명 인간은 아니었다. 눈부신 불빛 속에서 흔들리는 실루엣은 경트럭 천장을 훌쩍 넘을 만큼 거대했다. 아마 3미터는 되리라. 어둠을 도려낸 것같이 시커먼 그 실루엣을 야마기와는 땅바닥에 주저앉은 채 쳐다보았다.

다음 순간 '그것'의 실루엣이 움직였다. 뭔가가 깨지는 소리와 함께 주변이 어둠으로 채워졌다. '그것'이 전조등을 부쉈다는 것을 알고 야마기와의 마음은 절망으로 물들었다.

뭔가가 기어 오는 기척이 느껴졌다. 하지만 주행성 생물인 인간으로서는 한없이 깊은 암흑을 꿰뚫어 볼 수 없었다.

꿈이다. 이런 게 현실일 리 없다. 천식 발작이라도 일으킨 것처럼 목구멍에서 쌕쌕 소리가 났다. 야마기와는 자신이 우는 것인지 웃는 것인지조차 알 수가 없었다.

뒤쪽에서 목덜미로 바람이 불었다. 뜨뜻하고 비린내 나는 바람이.

야마기와는 목뼈가 녹슨 것처럼 뻣뻣한 몸놀림으로 뒤를 돌아보았다. 칠흑으로 칠해진 시야에 희미한 불빛이 켜졌다. 아름다우면서도 덧없는 푸른빛. 환상적인 그 광경에 빠져들었다.

빛이 번쩍이며 허공에 궤적을 그렸다. 그 순간 야마기와는 배에 충격을 받았다. 뜨겁고 질척질척한 것이 배에서 쏟아져 나왔고, 잠시 후 50년 가까이 살면서 처음 느껴보는 극심한 통증이 정수리를 꿰뚫었다.

폐 속에서 절규가 치솟았다. 하지만 절규가 성대를 진동시키기 전에 다시 불빛이 번쩍였다.

야마기와의 목 앞에서.

기도를 내달리던 공기가 피와 함께, 도려진 목에서 분수처럼 뿜어져 나왔다.

제 1 장

금기의 숲

1

 담홍색 장기가 수면에서 흐늘흐늘 흔들렸다. 연못에 뜬 수련을 방불케 하는 광경이었다.
 "……선배, 아카네 선배."
 정면에서 부르는 소리에 사하라 아카네는 정신을 번쩍 차리고 고개를 들었다. 수술대를 사이에 두고 선 제1조수 히메노 유카가 쳐다보고 있었다.
 "아, 미안. 왜?"
 "또 자신만의 세계에 빠져 계셨군요."
 히메노가 장난치는 투로 말했다. 도오대학교 의학부 부속병원 외과의국 소속인 5년 후배 히메노는 아카네에게 여동생 같은 존재였다. 평소 "아카네 선배, 아카네 선배." 하고 따르는 모습이 귀여웠던 데다, 외과의로서 기술도 뛰어났으므로 아카네는 자신이 집도하는 수술에 히메노를 조수로 자주 참여시켰다.
 "미안해. 잠깐 '무아지경'에 빠지는 바람에."
 아카네는 고개를 살짝 움츠렸다. 수술에 너무 집중하면 주변 목소리가 들리지 않고 몸이 멋대로 움직이는 듯한 상태에 빠진다. 그럴 때는 마치 자기 몸인데도 자기 몸이 아닌 것 같은 느낌이 든다.

"몇 번을 불러도 반응이 없더라고요. 무시당해서 섭섭했어요."

히메노는 농담조로 말한 후 수술대로 시선을 돌렸다. 아카네도 따라서 시선을 떨어뜨렸다. 복부를 크게 절개해서 드러난 환자의 복강에 생리식염수를 가득 채워서 꼭 연못 같은 상태였다.

"새는 곳은 없는 것 같네요."

히메노의 목소리에서 피로가 묻어났다. 간으로 전이가 확인된 진행성 대장암 환자에게 간 적출술과 횡행결장 적출술을 동시에 실시하는 아주 어려운 수술을 진행하는 중이었다. 오전 9시에 시작해 오후 4시가 지날 때까지 계속된 수술은 드디어 막바지에 이르렀다.

보통 다른 장기로 전이된 암은 수술로 완치를 기대할 수 없다. 하지만 대장암의 간 전이는 양쪽의 병소를 깨끗이 적출하면 완치 가능성이 충분한 얼마 안 되는 증상이다.

아카네는 다시 복강에 시선을 집중했다. 생리식염수에 기포가 생기면 장기 봉합에 문제가 있다는 뜻이다. 봉합이 불완전한 부위로 소화액이나 세균이 새어 나오면 복강 내부에 심각한 염증이 발생하므로 즉시 재수술이 필요하다.

숨 쉬는 것도 꺼려질 만큼 팽팽하게 긴장된 공기를 모니터 전자음과 마취기 펌프 가동음이 규칙적으로 흔들었다. 수면은 흔들리지 않았다.

"괜찮네. 그럼 세정하고 폐복합시다. 다들 마지막까지 수고 많았어요. 힘들었죠. 늦게까지 미안해요."

"아니에요. 이런 시간에 끝나다니 대단한걸요. 아카네 선배의 솜씨 덕분이죠."

히메노가 소리 높여 칭찬했다. 아카네는 "사탕발림해도 아무것도 안 나와." 하며 웃음을 지었다.

곧 서른다섯 살, 외과의로서 중견에 접어든 아카네는 수술 실력이 탁월해서 상사이자 스승인 교수도 한 수 위로 인정할 정도였다.

"정말 고생 많으셨어요, 사하라 선생님."

복강 내부의 생리식염수를 흡인하고 복막 봉합을 마치자, 곁에 서 있던 중년의 소독간호사가 노고를 위로했다.

"고생은요. 바로 수술을 한 건 더 할 수 있을 것 같은데요. 원래 저는 '피곤하다'는 감각을 잘 모르거든요."

아카네의 대답에 히메노가 보란 듯이 한숨을 쉬었다.

"일곱 시간이나 집도하면 보통은 녹초가 되는 법이에요. 뭐, 아카네 선배는 초인이니까 모르겠지만."

"사람을 괴물처럼 말하지 마."

아카네는 마스크 아래에서 입을 삐죽거렸다. 어릴 적부터 체력에는 자신이 있었다. 중학교 때부터 육상부 소속이었고, 중거리 달리기 선수로서 전국 고등학교 종합체육대회에서 입상한 경험도 있었다. 당직이라 밤을 새운 다음 날도 거의 졸음을 느끼지 않고 마저 근무한 후, 퇴근길에 피트니스 클럽에서 땀 흘리며 운동한 적도 있을 정도였다.

"사하라 선생님, 올해 서른넷이잖아요. 조금만 더 지나면 몸에 무리가 와서 체력이 예전만 못할 거예요. 지금부터 몸 생각을 하셔야 해요."

간호사의 충고에 "무서운 말씀 하지 마세요." 하며 아카네가 가볍게 웃었을 때, 수술실의 내선 전화가 울렸다. 순환간호사가 수화기를 들어 잠시 통화한 후 "사하라 선생님." 하고 불렀다.

"1층 접수처에 면회를 희망하는 분이 오셨다는데요."

"면회? 환자 가족?"

"아니요, 그게 아니라 경찰이라나 봐요."

간호사가 당혹감 어린 목소리로 대답했다. 아카네는 "경찰?" 하고 되물었다.

"네, 오코노기 씨라는 형사님이 오셨다는데…… 어떻게 할까요?"

오코노기?! 아카네는 눈을 부릅떴다.

"미안. 피부 봉합 좀 해줘. 나중에 갈 테니까 중환자실까지 이송도 부탁해."

아카네는 히메노에게 부탁한 후, 재빨리 찢어서 벗은 멸균 가운을 장갑, 마스크, 수술모와 함께 쓰레기통에 내던지고 수술실을 나섰다.

로커룸에서 수술복 위에 흰 가운을 걸친 아카네는 비상계단으로 총총히 1층까지 내려갔다. 오후 외래도 끝나가는 시간이라 환자들이 드문드문한 대기실을 슬리퍼 소리를 내며 나아가자,

낯익은 중년 남자가 눈에 들어왔다. 오코노기 류세이, 아사히카와히가시 경찰서의 형사다.

오코노기가 아카네를 보고 "이야, 아카네, 오랜만이야." 하고 손을 살짝 들었다.

아카네는 흐트러진 호흡을 정리하며 오코노기를 관찰했다. 예전에 봤을 때보다 머리숱이 줄었고 얼굴에 주름이 늘어난 것 같았다. 처음 만났을 때는 다부지게 생긴 청년이라는 인상이었다. 하지만 이제는 시들어버린 중년 남자로밖에 보이지 않는다. 마흔 살 전후일 테지만, 50대라고 해도 믿길 만큼 늙어 보였다.

7년, 괴로운 지난 7년의 세월이 오코노기를 이렇게까지 갉아먹은 것이리라.

"이렇게 갑자기 오시다니, 어쩐 일이세요?"

오코노기는 도오대학교 의학부 부속병원이 위치한 아사히카와시 동부 일대를 담당하는 아사히카와히가시서의 형사과 소속으로, 예전에 응급실에서 자주 마주쳤다. 사건 사고 등을 당한 환자가 긴급 이송되면 형사를 보내달라고 관할서에 연락한다. 그때 오코노기가 자주 출동해서 응급실 당직을 서던 아카네와 인사를 나누고는 했다. 하지만 오코노기와는 개인적으로도 많이 만났다. 왜냐하면 그가 아카네의 언니 사하라 쓰바키의 약혼자였기 때문이다.

다정하게 미소 짓는 언니의 얼굴이 머리에 떠오르자 날카로운 통증이 가슴에 번졌다.

"알려주고 싶은 일이 있어서. 하지만 여기서는 좀……."

오코노기가 접수처에 있는 직원을 힐끗 보았다. 심장이 쿵쿵 뛰었다. 아카네는 바싹 말라가는 입속을 핥으며 "그럼 이쪽으로." 하고 오코노기를 안내했다.

외래에 있는 병증 상담실. 아카네는 환자와 가족에게 병의 증상과 수술 과정을 설명할 용도로 책상과 접의자만 놓아둔 작은 방에 오코노기와 함께 들어가서 문을 닫자마자 입을 열었다.

"언니가! 우리 가족이 발견됐나요?!"

목소리가 갈라졌다. 심장을 꽉 움켜쥔 듯한 감각이 덮쳐왔다.

"일단 앉자. 이야기가 좀 복잡해."

오코노기의 말에 아카네는 조급한 마음을 애써 억누르며 접의자에 앉았다. 오코노기는 마치 애라도 태우듯 느릿느릿하게 책상 맞은편 의자에 앉았다.

"일단 결론부터 말해줄게. 아쉽지만 너희 가족은 아직 발견되지 않았어."

온몸에 가득했던 긴장이 단숨에 풀려 아카네는 크게 숨을 내쉬었다. 낙담 때문인지 안도 때문인지는 아카네 본인도 몰랐다.

7년 전 겨울, 아카네의 가족은 실종됐다. 비에이정에서 차로 15분쯤 떨어진 곳에서 목장을 운영했던 부모님과 할머니, 그리고 아사히카와 시내의 파출소에서 경찰관으로 근무했던 언니가 갑자기 증발했다.

그날 아카네는 조직폭력단 총기 발포 사건을 수사 중이던 오코노기에게 언니가 근무시간에 행방불명됐다는 연락을 받고 놀라서 당장 본가에 전화했다. 하지만 어째서인지 아무도 전화를 받지 않았다. 불길한 예감에 아카네는 눈이 펄펄 내리는 가운데 차를 몰고 본가로 향했다. 그리고 세 사람 몫의 저녁 식사가 차려진 식탁과 저녁 뉴스가 흘러나오는 텔레비전을 목격했다.

단란한 시간을 보내는 중이었으리라고 추정되는 거실. 하지만 거기에 가족은 없었다.

그리고 그날부로 아카네의 가족은 행방불명 상태다. 상황이 불가사의했거니와 근무 중이었던 쓰바키가 권총을 소지한 채 실종됐으므로 대규모 수색이 벌어졌다. 얼마 지나지 않아 언론에도 알려져 '비에이정 일가족 가미카쿠시 사건'으로 떠들썩하게 보도됐다. 한때는 어떻게든 아카네를 취재하려고 수많은 기자가 병원까지 몰려와서 진료에 방해가 됐을 정도다.

하지만 시간이 흐르면서 사람들의 흥미는 급속도로 사그라들었다. 쓰바키가 권총을 소지한 채 실종됐으므로 경찰은 완전히 손을 떼지 않았지만, 몇 명 안 되는 전담반을 관할서에 남겨놓고 수사본부는 해체했다. 오코노기는 전담반 소속이었다.

오코노기는 분명 지금도 혈안이 되어 언니를 찾고 있으리라. 설령 이미 사망했을 가능성이 크다고 하더라도…….

아카네가 쳐다보자 오코노기는 느릿느릿 고개를 들고 혈색이 좋지 않은 입술을 벌렸다.

"아카네, 또 가미카쿠시 사건이 발생했어."

온몸에 소름이 돋았다. 아카네는 저도 모르게 의자에서 엉거주춤 일어섰다.

"또 어느 가족이 사라진 건가요?"

"아니, 그건 아니고. 공사 현장 인부들이 사라졌어. 개발 사업을 위해 산속에 컨테이너 하우스를 만들어놓고 생활하던 인부들과 연락이 끊겼지. 휴대폰 전파도 닿지 않는 산속이라 처음에는 무선 쪽에 문제가 있나 했지만, 이틀이 지나도 깜깜무소식이라 회사에서 사람을 파견했는데, 현장에서 생활하는 인부 여섯 명이 사라졌대."

체온이 올라갔다. 가족이 연기처럼 사라지고 7년이 지난 지금, 드디어 실마리를 찾을 수 있을지도 모른다.

"우리 가족처럼 인부들도 감쪽같이 사라진 거군요."

"아니, 컨테이너 하우스는 회오리바람이라도 분 것처럼 엉망진창이었어. 테이블, 의자, 선반장 등이 쓰러졌고 침대도 뒤집혀 있었지."

"그럼 가미카쿠시고 뭐고 아니잖아요. 사건이나 사고겠죠."

풍선에서 바람이 빠져나가듯 기대가 쪼그라들었다.

"틀림없이 사건이지. 컨테이너 하우스 뒷문이 박살 났고, 실내에서는 핏자국이 잔뜩 발견됐으니까. 밖에 있던 경트럭과 발전기도 부서졌고. 게다가 피해자의 내장도 일부 발견됐지. 산 채로 내장을 끄집어낸 걸로 추정돼."

"산 채로 내장을······." 목소리가 떨렸다. "그런 짓을 할 수 있는 생물은 홋카이도에, 아니, 일본에 한 종류밖에 없는데요."

"응, 틀림없이 불곰이야." 오코노기는 나지막한 목소리로 중얼거렸다.

홋카이도에만 서식하는 에조불곰 중 수컷은 몸길이 최대 3미터에 몸무게는 500킬로까지 달하기도 하는 일본 최대의 육식동물이다. 잡식성이라 평소에는 산에서 나무 열매나 강을 거슬러 오는 연어, 사슴 등을 먹고 살지만, 최근엔 농작물이나 가축을 노리고 산에서 내려와 인간의 영역을 침범하는 개체도 늘어나서 큰 문제다.

"정황상 최대급의 수컷일 가능성이 크다나 봐. 피해자를 찾기 위해 엽우회와 연락을 취해 수색대를 편성 중이지. 내일 아침부터 수색에 들어갈 예정이야."

"엽우회요?"

아카네는 산으로 둘러싸인 목장에서 자란 터라 주변에 사냥을 하는 사람이 많았다. 어린 시절 그들이 사냥하러 갈 때 가끔 따라다녀서, 아카네도 자연스럽게 사냥에 흥미가 생겼다. 대학생 때 수렵 면허를 땄고, 아파트의 총기 보관함에는 애용하는 산탄총을 보관 중이다. 쉬는 날에는 산탄총을 들고 산에 들어가 사슴을 사냥하고는 했다.

사냥 정보를 얻기 위해 지역 엽우회에 가입도 했다.

"아참, 아카네도 엽우회 소속이지."

"그건 그렇지만 내일은 수술이 잡혀 있어서 수색대에는 참가 못 해요. 그리고 여가 활동 삼아 사냥하는 저한테 불곰 사냥은 너무 부담이에요. 아무튼 그만큼 거대한 수컷이라면 프로 사냥꾼이 우르르 몰려들겠는데요?"

불곰은 사냥꾼에게 최강이자 최고의 사냥감이다. 탄알이 빗나가도 놓칠 뿐인 사슴과 작은 동물, 새와 달리 불곰 사냥은 작은 실수가 죽음으로 이어진다. 차라리 맹수와 결투를 벌이는 것에 가깝다고 해야 하리라. 그 긴장감에 매료돼 곰 사냥에 매달리는 사냥꾼도 적지 않다.

그 사람처럼……. 아카네의 머릿속에 다부지게 생긴 한 남자가 떠올랐다.

"그게, 사냥꾼이 모이지 않아서 애먹고 있어. 삿포로의 엽우회에도 연락해서 곰 사냥 경험이 있는 사냥꾼을 최대한 긁어모으는 중이야."

"사냥꾼이 모이지 않는다고요?"

아카네는 눈을 깜박거렸다. 홋카이도의 웅대한 산들에 둘러싸인 이 지역에서는 사냥이 성행했다. 대형 불곰을 잡을 수 있다는 이유만으로도 앞다투어 참가할 사냥꾼이 여러 명 떠올랐다. 대부분 사냥이 생업인 사람들이었다. 아무리 평일이라지만 사람이 모이지 않는다니 믿기지 않았다.

"어째서 그럴까요?"

아카네가 고개를 갸웃하자 오코노기는 목소리를 낮추었다.

"그야 수색할 곳이 '황천의 숲'이기 때문이지."

찬물을 머리부터 뒤집어쓴 듯한 기분이었다.

"요모쓰이쿠사……."

자신의 것이라고는 느껴지지 않을 만큼 떨리는 목소리가 아카네의 입에서 흘러나왔다.

황천의 숲은 악한 신이 지배하는 금지구역으로, 황천의 괴물인 요모쓰이쿠사가 돌아다닌다. 그리고 숲에 들어온 인간을 덮쳐서 산 채로 잡아먹는다. 요 인근에서 나고 자란 사람들은 천지 분간을 할 무렵부터 그 전설을 귀에 못이 박이도록 듣는다. 따라서 다들 금지구역인 황천의 숲에 강한 기피감을 품고 있었다.

―황천의 숲에는 절대 들어가면 안 돼. 들어갔다가는 요모쓰이쿠사에게 잡아먹힐 거야.

어릴 적에 할머니에게 수없이 들었던 말이 귓속에 몹시 선명하게 되살아났다.

지역 주민들이 황천의 숲에 품는 경외심은 토착 신앙에 가까웠다. 다른 지역에서 이곳으로 이사 온 사람들도 지역 주민들의 신앙에 가까운 감정을 이해했고, 굳이 금지구역을 침입해서 말썽을 일으키려고는 하지 않았다. 7년 전까지는…….

7년 전, 대형 호텔 기업에서 황천의 숲이 펼쳐진 산을 통째로 매입해 거대한 리조트 시설을 건설하기로 해서 지역 주민들과 강한 마찰을 빚고 있다.

"요모쓰이쿠사라……." 오코노기는 피식 웃었다. "그 이름, 오랜만에 듣는군. 물론 전설 속의 괴물을 믿는 건 아니지만, 황천의 숲에 사는 '뭔가'가 인부들을 습격한 건 확실해."

"그럼 이번에 행방불명된 것도…….”

"응, 황천의 숲 개발 공사를 맡은 인부들이야. 왜 사냥꾼들이 모이지 않는지 알겠지?"

아카네는 고개를 끄덕였다. 이 지역 사냥꾼들의 잠재의식에는 황천의 숲에 살며 사람을 잡아먹는 괴물, 요모쓰이쿠사를 두려워하는 감정이 새겨져 있다. 설령 그것이 위험한 산에 아이들이 들어가지 못하도록 하기 위한 미신임을 머리로는 이해해도, 본능적인 공포를 씻어내기는 쉽지 않으리라. 수색대에 참가하려는 사냥꾼이 적은 것도 당연하다. 더구나 금지구역인 황천의 숲을 훼손하려던 사람들을 구할 목적이니, 더더욱 의욕이 솟지 않을 만도 하다.

 탁한 공기를 떨쳐내듯 오코노기가 "자." 하고 중얼거렸다.

 "행방불명됐다고는 해도 상황이 전혀 다른데, 왜 이번 사건을 아카네에게 알리러 왔는지 이제 알겠지?"

 아카네는 폐 속 깊은 곳에 고여 있던 숨을 내뱉었다.

 "네, 알겠네요. 우리 가족도 그 '뭔가'에게 습격당했을 가능성이 있다는 뜻이겠죠. 황천의 숲은 저희 목장 안쪽에 있는 산의 중턱에서 정상까지 펼쳐져 있으니까요."

2

 비탈이 질퍽거려서 걷기가 힘들다. 사정없이 쏟아지는 비가 비옷 틈새로 스며들어 속옷을 적시고 체온을 앗아 간다. 도오대학병원에서 사하라 아카네를 만난 다음 날, 오코노기는 깊은 숲속을 나아가고 있었다. 금지구역이라 불리는 황천의 숲을.

 공교롭게도 아침부터 세찬 비가 내렸다. 오코노기는 장갑 낀 손으로 땀과 비에 젖은 이마를 닦으며 고개를 들었다. 라이플의 멜빵을 어깨에 멘 사냥꾼 10여 명이 앞쪽에서 신중하게 나아갔다. 대부분 삿포로 엽우회 소속으로, 곰 사냥 경험이 있는 사람들이었다. 중심을 낮춘 채 맹금류를 방불케 하는 날카로운 눈빛으로 주변을 둘러보는 사냥꾼들이, 행방불명자가 아니라 그들을 덮쳤을 불곰을 찾고 있다는 것은 불 보듯 뻔했다.

 원래 행방불명자를 수색할 때는 수많은 사람이 넓은 범위에 흩어져서 찾는다. 하지만 이번에는 불곰에게 습격당했을 가능성이 크기에 경찰의 특기인 인해전술을 사용할 수 없었다. 흩어져서 숲에 들어가면 불곰의 먹잇감이 되기 십상이다.

불곰을 처치해서 안전을 확보한 후 대규모 수색에 나선다. 그것이 홋카이도 경찰 본부의 방침이었다.

오코노기는 걸음을 멈추고 오감에 의식을 집중했다. 이끼 낀 거대한 바위, 빗소리 사이로 희미하게 들리는 새 울음소리, 숨 막힐 만큼 진한 흙냄새, 미로같이 빽빽하게 늘어선 굵은 가문비나무 줄기를 이따금 다람쥐가 오르내렸다. 하늘을 올려다보자 울창한 나무 틈새로 비가 떨어져 내렸다. 인간의 손이 전혀 닿지 않은 원시적인 자연이 여기에는 존재했다.

금지구역이라기에 이 숲은 부정한 곳이라는 선입관이 있었다. 하지만 실제로 숲에 들어오자 혐오감이 아니라 경외심이 가슴에 밀려왔다.

여기에 인간이 손을 대는 건 주제넘은 짓이다. 그런 짓을 했다가는 산신의 노여움을 사서 천벌을 받아 마땅하다. 그렇게 생각하다 오코노기는 고개를 내저었다. 설령 이 숲이 예로부터 전해져 내려오는 신앙의 대상이더라도, 개발은 법에 따라 진행 중이다. 피곤한 탓인지 아니면 어렸을 때부터 주입된 미신 탓인지 생각이 혼란에 빠진 듯했다.

행방불명된 사람들에게는 가족이 있다. 습격당한 현장의 상황으로 보건대 인부들이 살아 있을 가능성은 적지만, 그래도 시신을 발견해 집에 돌려보내 주어야 한다. 그렇지 않으면 사랑하는 사람을 잃은 이들은 마음을 정리할 수 없어서 계속 고통스러울 테니까.

나처럼……. 사하라 아카네와 닮은 여자가 미소 짓는 모습이 머리를 스치자 찌르는 듯한 통증이 가슴에 번졌다.

7년 전, 제일 사랑하는 사람이 느닷없이 자취를 감춘 뒤로 오코노기는 어찌할 수 없는 고통에 시달려왔다. 시간이 아픔을 달래줄 것이라 믿었던 적도 있었다. 하지만 시간이 흐르면 흐를수록 약혼자를 잃은 슬픔은 사라지기는커녕 숙성되듯 진해져서 속을 썩였다.

하다못해 시신이라도 좋으니 그녀와 다시 만나고 싶었다. 그녀를 가까이에서 느끼고 싶었다.

입술을 깨물며 다시 걸음을 옮긴 순간, 진창을 디딘 발이 확 미끄러졌다. 아차 싶었을 때는 한쪽 발이 허공에 떴고, 균형을 잃은 몸이 뒤로 기울어졌다. 이렇게 비탈진 곳에서 넘어지면 굴러떨어져서 중상을 입는다. 그때 옆에서 뻗어 나온 손이 오코노기의 팔을 붙잡았다.

"아이고, 형사님, 조심해야지. 굴러떨어졌다가 머리라도 다쳐서 죽으면 웃음거리밖에 안 돼."

등산용 다운재킷 위에 오렌지색 사냥 조끼를 입고, 라이플의 멜빵을 어깨에 멘 체격 좋은 남자가 부축해 주었다. 오코노기는 "감사합니다." 하고 인사했다.

"이 숲은 이끼 덮인 바위가 많거든. 그런 장화를 신었다간 넘어지기 쉬워서 여러모로 위험해."

남자는 허무해 보이는 웃음을 짓더니 "나는 가지라고 해. 곰 사냥꾼이지." 하며 손을 내밀었다. 나이는 마흔 살 전후이리라. 아주 단정한 생김새였지만, 수염이 덥수룩한 데다 이마에서 관자놀이까지 커다란 흉터가 두 줄기 남아 있어서 그저 다부지다기보다는 야생의 육식동물 같은 박력을 자아냈다.

"오코노기입니다. 아사히카와히가시 경찰서 형사과 소속입니다."

마주 잡은 가지의 손은 야구 글러브를 낀 것처럼 두툼했고, 피부가 딱딱했다.

이게 사냥꾼의 손인가. 산속의 짐승을 사냥하며 살아가는, 태곳적부터 이어져 내려온 삶. 요즘 시대에도 그런 삶을 영위하는 눈앞의 남자에게 오코노기는 살짝 경외심을 느꼈다.

가지가 "그럼 갈까, 형사님." 하고 재촉하길래 오코노기는 다시 숲을 나아갔다.

"저기, 가지 씨."

몇 분 후, 오코노기는 조금 앞에 있는 널찍한 등에다 대고 말을 걸었다.

"아까 이런 장화는 위험하다고 하셨는데요. 실은 이거, 튼튼한 등산용이라길래 준비했거든요. 뭐가 좋지 않은 건가요?"

"응? 평범한 트래킹에는 나쁘지 않을걸. 뭐, 밑창에 접지력이 좀 더 있으면 좋겠지만. 아무튼 이번 수색에는 적합하지 않아."

오코노기가 "이번 수색에는?" 하고 되묻자 가지는 고개를 살짝 끄덕였다.

"응, 불곰이 숨어 있는 숲의 수색. 인간의 피, 살, 내장이 얼마나 맛있는지 알아버린 식인 불곰 말이야."

식인 불곰이라는 말에 뺨이 굳어졌다.

"이봐, 형사님. 표정이 왜 그래? 행방불명된 이들을 죽인 게 불곰이라는 사실 정도는 알고서 이번 수색에 참가했을 텐데."

"아니요, 어디까지나 그럴 가능성이 클 뿐……."

목소리가 점점 작아졌다. 물론 행방불명자들이 불곰에게 습격당했을 가능성이 크다는 건 잘 알고 있었다. 하지만 산에서 야생동물과 대치하며 살아가는 사냥꾼에게 직접 그런 말을 듣자, '식인 불곰'이라는 막연했던 이미지의 해상도가 단숨에 높아진 기분이었다.

자신이 다른 동물에게 습격당해 먹이로 소비되는 모습은 상상조차 해본 적이 없었다. 그러나 인간의 침입을 거부해 온 이 숲에서 인간 따위는 왜소한 먹잇감에 불과할지도 모른다.

"하지만 성인 남성이 여섯 명이나 행방불명됐습니다. 보통 불곰이 그럴 수 있을까요?"

"못 하지. 불곰은 다 자란 수컷도 대부분 몸무게가 200킬로 전후야. 한 명이라면 모를까 어른을 여섯 명이나 숲속 깊은 곳까지 끌고 가기는 불가능해."

오코노기가 "그렇다면……." 하고 몸을 앞으로 내밀자 가지는 집게손가락을 세워서 좌우로 흔들었다.

"어디까지나 '보통 불곰'이라면."

"……보통이 아닌 불곰이 있다는 말입니까?"

오코노기가 목소리를 낮추자 가지는 입꼬리를 끌어올렸다.

"홋카이도의 에조불곰은 불곰류 중에서 제일 작은 부류에 속해. 근연종인 회색곰이나 북극곰 수놈은 500킬로를 넘는 놈도 수두룩하고, 1톤 가까운 놈도 있지."

"불곰에게는 그만큼 거대해질 잠재력이 있다는 뜻인가요?"

근연종이 거대하다고 해서 에조불곰도 거대해질 수 있다는 건 비약된 논리다. 하지만 실제로 불곰과 대치하며 살아온 가지의 말에는 그런 정론을 날려버릴 설득력이 담겨 있었다.

"난 지금까지 불곰을 스물세 마리 잡았어. 포획 틀로 잡은 게 아니야. 전부 가까이 다가가서 불곰과 대치해 이 총으로 잡은 거라고. 가장 컸던 놈은 292킬로짜리 수놈이었지."

가지는 어깨에 멘 라이플의 총신을, 여자를 애무하듯 부드럽게 어루만졌다.

"어이, 형사님. 산케베쓰 불곰 사건은 알지?"

오코노기는 "네……." 하고 턱을 당겼다. 홋카이도 출신으로 산케베쓰 불곰 사건을 모르는 사람이 어디 있겠는가. 도민들은 어린 시절에 일본 최악의 곰 습격 사건인 산케베쓰 불곰 사건을 통해 불곰의 위험성을 배운다. 어떤 괴담보다도 무서운 그 내용을 듣다 보면 불곰이라는 생물에 대한 공포심이 뼛속 깊이 새겨진다.

사건은 1915년 겨울, 도호쿠 지역 로쿠센사와라는 개척 촌락에서 발생했다. 일몰에 가까운 시간대에 느닷없이 거대한 불곰이 마을에 나타나, 오타 마유라는 여자와 그 집에 양자로 들어올 예정이었던 하스미 미키오라는 소년을 덮쳤다. 미키오는 즉사, 불곰은 마유를 물고 숲속으로 사라졌다.

다음 날, 수색대가 숲에서 두개골 일부와 무릎 아랫부분만 남은 마유의 시신을 발견했다.

그날 밤, 마유의 경야가 치러지던 중에 불곰이 다시 오타 가족의 집을 습격해, 관에 들어 있던 시신의 일부를 빼앗아 사라졌다. 그로부터 20분쯤 지난 후, 불곰은 약 500미터 떨어진 다른 집에 침입해 사람들을 공격했다.

불곰은 사이토 다케라는 임신부를 집중적으로 공격했다. 다케는 "배는 찢지 마!", "목을 물어서 죽여줘!" 하고 애원하며 산 채로 상반신부터 뜯어 먹혔다.

얼마 후 사태를 알아차린 마을 남자들이 총을 들고 와서 발포하자, 불곰은 숲으로 달아났다. 이날 습격으로 다케와 배 속의 아기를 포함해 다섯 명이 사망했고, 세 명이 중상을 입었다.

고작 이틀 만에 태아를 포함해 일곱 명이나 목숨을 잃자, 사태를 심각하게 받아들인 홋카이도청 경찰부는 토벌대를 결성했다. 불곰을 300마리나 잡았다는 전설적인 곰 사냥꾼 야마모토 헤이키치도 토벌대에 포함됐다.

토벌대 본대와는 따로 숲에 들어간 헤이키치는 불곰을 발견하자 나무에 몸을 숨긴 채 볼트액션식 라이플 베르단II M1870을 발포해 첫 발을 불곰에게 명중시켰다. 바로 재장전한 헤이키치가 발포한 두 번째 탄알은 불곰의 머리를 관통해 불곰의 목숨을 완전히 빼앗았다.

그리하여 희생자 일곱 명이 나온 산케베쓰 불곰 사건은 불곰 퇴치라는 형태로 막을 내렸다.

사건 후 해부된 불곰의 위장에서 인육과 의복이 발견됐다. 후

속 조사 결과, 산케베쓰에서 오타 가족의 집이 처음으로 습격당하기 며칠 전, 멀리 떨어진 아사히카와 지역에서 여자 세 명이 불곰에게 잡아먹힌 사건도 같은 개체의 소행으로 확인됐다.

"기록에 따르면 산케베쓰의 불곰은 몸길이 2.7미터, 몸무게는 340킬로였대. 그리고 2007년에는 히다카에서 몸무게 520킬로의 불곰이 퇴치됐다는 기록도 있을 정도야."

불곰에 대해 설명하는 가지의 옆얼굴에 한없이 어둡고 위험한 그늘이 드리워진 것을 깨닫고 오코노기는 무심코 몸을 뒤로 물리면서도 가벼운 기시감을 느꼈다. 이 표정을 본 적 있다. 그런데 대체 어디서……

잠시 고심한 끝에 기시감의 정체를 알아차리고 오코노기는 자학적인 웃음소리를 흘렸다. 본 적 있을 만도 하다. 매일 아침 얼굴을 마주치니까.

가지의 표정에 드리워진 그늘은 약혼자를 잃은 후로 오코노기의 얼굴에 밴 어둠과 똑같았다.

오코노기는 가지의 이름이 왜 인상에 남아 있었는지 생각났다. 이 지역 엽우회 회원들은 황천의 숲에 들어가기를 두려워해서 두 명 빼고는 수색대 참가를 거절했다. 한 명은 엽우회 회장인 초로의 남자 야스미, 그리고 다른 한 명이 바로 가지였다.

야스미는 엽우회 회장으로서 책임감을 느끼고 어쩔 수 없이 참가했을 것이다. 그렇다면 가지를 금기의 숲으로 보낸 원동력은 무엇일까.

시선을 알아차렸는지 가지는 "형사님, 왜?" 하며 이쪽을 보았다. 어두운 그늘은 얼굴에서 이미 사라지고 없었다.

"아니요⋯⋯. 그런데 식인 불곰이 있는 거랑 이 장화가 위험한 게 무슨 상관입니까?"

오코노기는 말을 얼버무리듯 이야기를 되돌렸다.

"신발이 무거우면 공격당했을 때 움직임이 둔해지니까. 그래서 난 수공업으로 제작한 산악용 버선신을 신고 왔어. 가볍지만 밑창에 강화 고무를 대서 못을 밟아도 뚫리지 않고, 접지력도 뛰어나서 미끄러질 걱정이 없지."

가지는 자랑스럽게 발을 들어 밑창에 가시 같은 돌기가 수없이 달린 버선신을 가리켰다.

"움직임이 둔해진대도 얼마 차이 안 날 텐데요."

"그 약간의 차이로 곰과 인간, 어느 쪽이 잡아먹힐지 결정되는 거야."

과장된 이야기가 아니라는 걸 가지의 담담한 말투로 알 수 있었다. 가지는 다시 느릿느릿 걸음을 옮기며 말을 이었다.

"불곰은 덩치가 큰 데다 동물원에서는 주로 누워 있으니까 느림보일 거라고 생각하는 사람이 많아. 착각도 이만저만이 아니지. 놈들은 고양이처럼 날렵한 맹수야. 놈들의 어깨 관절은 아주 유연해서 깔개처럼 땅에 납작 엎드릴 수 있지. 200킬로가 넘는 거대한 몸을 무릎 높이의 조릿대 덤불에 숨기고 있다가, 몇 미터 앞에서 로켓처럼 덤벼들어. 그 공격을 재빨리 피하고 가까이에서 탄알을 처박으면 맛있는 곰 고기를 먹을 수 있겠지만, 떠밀려서 쓰러지면 자신의 고기로 불곰에게 만찬을 대접하겠지. 이해했나, 형사님?"

가지가 곁눈질로 시선을 던졌다. 오코노기는 고개를 끄덕이고 머뭇머뭇 입을 열었다.

"그런 것치고는 여유로운 것 같은데요."

선두에서 신중하게 나아가는 사냥꾼들은 탄알을 손가락 사이에 끼운 채 낮은 자세로 라이플을 들고 있었다. 오발을 막기 위해 사냥감을 발견할 때까지는 탄알을 장전하는 것이 법으로 금지돼 있다. 불곰이 눈에 띄면 당장 장전할 수 있도록 대비한 것이리라. 반면 가지는 라이플을 여전히 어깨에 멘 상태다.

"요 부근에는 불곰이 숨을 만한 조릿대 덤불이 없으니까. 그리고 멀리서 갑자기 달려와도 공격당하는 건 선두나 후미야. 중간에 있는 우리는 안전권이지."

"그런가요?" 온몸에 가득했던 긴장감이 살짝 풀렸다.

"그런 거야. 날 믿어. 이 수색대에서 불곰에 제일 빠삭한 건 나야. 삿포로 인근에는 불곰이 많이 없지. 진짜배기 곰 사냥꾼은 도오나 도호쿠에 본거지를 둔다고. 녀석들은 기껏해야 포획 틀에 걸린 불곰을 틀 밖에서 쏴본 경험밖에 없을걸. 그래서 저렇게 겁먹고 조심조심 나아가는 거지. 불곰과 대결할 수 있을 만한 녀석들이 아니야. 그리고……."

흉터가 새겨진 가지의 얼굴에 냉소적인 웃음이 맺혔.

"살기등등하게 총을 들고 있는 사냥꾼 무리 앞에 모습을 드러낼 만큼 놈은 멍청하지 않아."

"놈?" 오코노기는 콧등에 주름을 잡았다. "가지 씨, 혹시 어떤 불곰이 인부들을 습격했는지 짐작 가시는 겁니까?"

"……AS21."

가지가 작게 중얼거렸다. 그 얼굴에 또 어두운 그늘이 드리웠다. 잘 알아듣지 못해서 오코노기는 "뭐라고요?" 하고 다시 물었다.

"불곰에 붙은 별명이야. AS21, 12년 전 아사히카와시에 출몰한 개체인데 발자국 너비가 21센티라서 그런 별명이 붙었지. 사냥꾼들 사이에서는 아사히라고 불려."

"12년 전, 아사히카와시……."

입속에서 말을 곱씹은 후 오코노기는 눈을 부릅떴다.

"아사히카와 스키장 곰 습격 사건!"

가지는 "응, 맞아." 하고 고개를 끄덕이며 나른한 목소리로 대답했다.

12년 전 겨울, 아사히카와의 리조트 호텔에서 스키를 즐기던 대학생 커플이 숲에서 튀어나온 불곰에게 습격당했다. 불곰에게 일격을 당한 남성은 어깨부터 가슴이 심장과 폐와 함께 찢겨 나가서 즉사했다. 불곰은 남성의 시신에 흥미를 보이지 않고, 연인 옆에 주저앉은 여성의 다리를 물고 숲속으로 끌고 갔다. 그리고 주변에는 피해자 여성의 비명이 30분 넘게 울려 퍼졌다.

사건이 발생하고 두 시간 후, 경찰의 협력 요청을 받은 지역 엽우회 사냥꾼 세 명이 숲으로 들어가 하반신만 남은 피해자의 시신을 발견했다. 근처 조릿대 덤불에 숨어 있던 불곰은 너무나 끔찍한 광경에 동요한 사냥꾼들을 덮쳐서 총을 쏠 틈도 없이 한

명을 때려죽이고, 나머지 두 명에게 중상을 입힌 후 숲속으로 사라졌다.

사망자가 세 명이나 나온 심각한 사태에 엽우회는 대규모 퇴치팀을 꾸려서 숲으로 들어갔다. 하지만 이틀간 대규모 수색을 벌였음에도 불곰이 모습을 드러내지 않자, 안달 난 몇몇 사냥꾼이 퇴치팀에서 이탈해 불곰을 추적하기 시작했다. 그러기를 기다렸다는 듯 불곰이 퇴치팀에서 이탈한 사냥꾼들을 습격해 두 명이 사망하고 한 명이 중상을 입었다.

결국 숲에 포획 틀을 잔뜩 설치하고, 불곰이 포획 틀에 걸려서 퇴치될 때까지 그 일대 스키장은 폐쇄됐다. 하지만 사람을 다섯 명이나 죽인 불곰은 포획 틀에 걸리지 않았고, 사건의 기억은 흐려져 갔다.

"그 사건을 일으킨 불곰이 이 숲에 있다고요?"

"응, 틀림없어." 가지는 고개를 끄덕였다. "현장에서 여기까지 100킬로미터 정도 떨어져 있지만, 대형 불곰이라면 그 정도쯤 여유롭게 이동하지."

"하지만 벌써 12년이나 지났는걸요."

"불곰은 수명이 30년도 넘어. 그때부터 12년을 더 살았어도 이상할 것 없다고. 실제로 아사히는 그 후 포획 틀에 걸리지도 목격되지도 않았잖아. 사냥꾼을 습격했을 때 총에 맞았으니 산속에서 죽었을 거라고 추측하는 사람도 있었지만, 여기로 서식지를 옮겼다면 목격 정보가 전혀 없을 만도 하지. 이 산은 아무도 들어가지 않는 금지구역이니까."

가지의 입꼬리가 올라갔다. 마치 송곳니를 드러낸 맹수 같은 느낌이었다.

"이런 곳에 숨어 있었구나……."

으르렁거리는 듯한 목소리로 혼잣말하는 가지에게 약간 두려움을 느끼며 오코노기는 머뭇머뭇 물었다.

"하지만 아사히카와 스키장 곰 습격 사건에서도 숲으로 끌려간 건 몸집이 작은 여자 한 명뿐이었습니다. 곰이 성인 남성을 여섯 명이나 옮길 수 있을까요?"

"곰의 몸무게는 앞발 너비로 대강 추측할 수 있어. 12년 전, 스키장에 남아 있던 발자국은 너비가 21센티나 됐지. 이건 최대급이야. 분명 그 시점에 300킬로를 넘었을 거야."

"그 시점에?" 오코노기는 콧등에 주름을 잡았다.

"12년 전, 아사히는 아직 젊은 수컷이었어. 아마 세 살쯤 됐겠지. 성장할 여지는 충분했을걸? 지금은 분명 그 두 배는 커졌겠지."

"두 배라면…… 600킬로."

예전에 거리에 나타났다가 퇴치된 암컷 불곰을 본 적이 있었다. 그 불곰은 60킬로 정도였지만, 조그마하면서도 근육이 불거진 몸뚱이와 칼처럼 날카로운 발톱에 본능적으로 공포를 느꼈다. 그런데 이 숲에는 그보다 열 배나 무거운 괴물이 살고 있을 가능성이 있다고 한다.

"그런 괴물을 퇴치할 수 있겠습니까?"

딱딱한 목소리로 묻자 가지는 "이대로는 안 되겠지." 하고 어깨를 움츠렸다.

"12년 전, 아사히를 잡지 못한 건 놈의 덩치가 컸기 때문이 아니야. 머리가 좋고, 무엇보다도 겁이 많았기 때문이지."

"겁이 많다고요?"

"그래. 놈은 총이 무섭다는 걸 잘 알아. 총을 든 인간들이 있는 곳에는 끝까지 나타나지 않았어. 그리고 사냥꾼이 혼자 있을 때를 노려서 소리도 없이 다가가 덮치는 거야."

"그럼……." 오코노기는 총을 들고 선두에서 나아가는 사냥꾼들에게 시선을 던졌다.

"응, 그렇지. 총을 든 사냥꾼들이 살기등등한 분위기를 뿜어내는 곳에 아사히가 나타날 리 없어. 시신을 찾는 데만 집중하더라도, 이렇게 넓은 숲을 달팽이가 기는 속도로 나아가서야 아무 진전도 없을 거야. 뭐, 개를 쓰면 어떻게든 될 것 같았지만 그것도 헛수고로 끝났으니."

빈정거리는 듯한 가지의 말을 듣고 오코노기는 몇 시간 전에 있었던 일을 떠올렸다. 경찰견과 사냥꾼들의 사냥개 여러 마리를 데려왔지만, 황천의 숲 경계를 나타내는 지장보살상을 넘어서자 개들이 시끄럽게 짖어댔다. 사냥감의 냄새를 맡고 흥분한 것이 아니라 겁을 잔뜩 먹어서라는 것을 가랑이 사이로 집어넣은 꼬리만 봐도 알 수 있었다.

행방불명된 인부들이 사용한 컨테이너 하우스 주변에서 하차한 후에도 개들이 땅에 엎드려 움직이기를 거부했기 때문에 어쩔 수 없이 사람들만 숲에 들어가기로 했다. 사냥 훈련을 받은 용맹한 도베르만이 검게 광택이 흐르는 몸을 떨며 오줌을 지리던 모습이 떠올라 오코노기는 침을 꿀꺽 삼켰다.
"그러니까 여기 있으면 안전해. 그럼 이만 가볼까."
가벼운 어조로 말하더니 가지는 수색대에서 이탈하려 했다.
"자, 잠깐만요."
당황해서 목소리를 높이자 가지는 "왜?" 하고 귀찮다는 듯이 돌아보았다.
"어딜 가게요? 혼자 떨어지면 위험하다면서요."
"어휴, 무슨 소릴 하는 거야? 난 트래킹을 하러 온 게 아니라고. 이 숲에 사는 괴물과 싸우러 왔단 말이야. 당연히 위험을 감수해야지."
"하지만 멋대로 수색대에서 이탈하는 건……."
"회장에게는 허락을 받았어. 이 지역 사냥꾼 중에서 곰 사냥 경험은 내가 제일 많아. 혼자 움직여야 불곰을 퇴치할 확률도, 시신을 발견할 확률도 훨씬 높아져."
손을 살짝 들고 "그럼 갈게." 하며 멀어지는 가지를 보고 오코노기는 무의식중에 발을 움직였다.
"기다려요."
오코노기는 가지를 쫓아가서 어깨에 손을 얹었다. 다음 순간, 몸을 휙 돌려 손을 떨쳐낸 가지가 물 흐르는 듯한 동작으로 어깨에 멘 라이플을 회전시켜 오코노기에게 총구를 들이댔다. 칠흑 같은 총구에 빨려들 것만 같아 오코노기는 뻣뻣하게 굳어버렸다.

오코노기를 매섭게 노려보던 가지는 깜짝 놀란 표정으로 얼른 총구를 내렸다.

"사람 놀라게 하지 마, 형사님. 갑자기 뒤에서 건드려서 몸이 반응해 버렸잖아."

"죄, 죄송합니다." 오코노기는 양손을 들며 사과했다. "그냥 같이 데려가 주셨으면 해서요."

"당신을 데려가라고?" 가지의 눈빛이 험악해졌다. "무슨 소린지 알고 말하는 거야? 당신같이 거추장스럽기만 한 인간을 어떻게 데려가나? 웃기지 마."

내뱉듯이 말한 후 가지는 몸을 돌렸다. 오코노기는 감정이 격해진 목소리로 말했다.

"데려가지 않으면 체포할 겁니다."

걸음을 멈춘 가지가 "뭐가 어째?!" 하고 위협하듯 언성을 높였다. 마치 사나운 육식동물과 대치한 것처럼 위압감이 밀려와서 오코노기는 무심코 눈을 돌릴 뻔했지만, 주먹을 꽉 움켜쥐고 견뎌냈다.

"당신은 경찰관인 저에게 총을 들이댔습니다. 명백한 위법 행위예요."

"봐줄 테니 데려가라는 건가. 환장하겠네."

가지는 한숨을 푹 내쉬었다.

"난 인간을 여러 명 잡아먹은 괴물과 한판 붙으러 가는 거야. 그것도 상대의 근거지인 이 숲에서. 이길 수 있다는 보장은 없어. 확률은 높아봤자 반반이겠지. 그리고 내가 죽으면 당신 목숨도 날아가. 날 따라오면 탄알이 세 발 장전된 권총으로 러시안룰렛을 하는 셈이라고. 그래도 같이 가겠다는 건가?"

차근차근 타이르는 듯한 가지의 말투에서 과장이 아니라는 것을 알 수 있었다. 불곰에게 습격당해 잡아먹히는 자신의 모습을 상상하자 오코노기는 입속이 바짝 말랐다.

"네, 그렇습니다."

새된 목소리가 나오지 않도록 아랫배에 힘을 주고 대답하자 가지는 짜증 난다는 듯 머리를 긁적였다.

"모르겠군. 나 같은 곰 사냥꾼이야 불곰을 상대하는 게 일이지. 삶의 보람이기도 하고. 그래서 목숨을 거는 것도 마다하지 않아. 하지만 형사인 당신의 상대는 인간이잖아. 목숨을 걸고 범죄자를 쫓는다면 모를까, 왜 야생동물에게 그렇게 집착하는 거야?"

성큼성큼 다가온 가지가 지척에서 오코노기의 눈을 들여다보았다.

"……비에이정 일가족 가미카쿠시 사건."

오코노기는 목소리를 짜냈다. 가지는 "뭐라고?" 하며 미간에 주름을 잡았다.

"비에이정 일가족 가미카쿠시 사건 말입니다. 7년 전 비에이정에서 목장을 운영하던 일가족 네 명이 연기처럼 사라졌어요. 아시죠?"

"아아, 물론. 꽤 화제가 됐었으니까."

"저는 전담반으로 7년 동안 그 사건을 맡아왔습니다. 그리고 사건이 일어난 현장은 이 산 너머, 황천의 숲 바로 바깥쪽이었죠."

"7년 전 사건도 아사히의 소행이라는 건가?"

오코노기는 "모르겠습니다." 하고 고개를 저었다.

"저녁을 차려놓고 텔레비전을 켜둔 상태로 일가족이 연기처럼 사라진 7년 전 사건과, 컨테이너 하우스가 난장판이 되고 피해자의 내장이 남아 있던 이번 사건은 양상이 꽤 다릅니다. 하지만 여러 사람이 홀연히 사라진 가미카쿠시가 그리 멀지 않은 곳에서 또 일어났다는 건 엄연한 사실이죠. 뭔가 관계가 있을지도 몰라요. 7년간 필사적으로 찾아온 실마리가 눈앞에 있습니다. 형사로서 그걸 놓칠 수는 없어요."

오코노기는 빠르게 말을 쏟아낸 후 대답을 기다렸다. 가지는 몇 초 생각하더니 코로 픽 웃었다.

"형사로서라. 어이, 이 정도까지 말했으니 전부 다 털어놔 봐."

무슨 뜻인지 몰라 눈썹을 찡그리자 가지는 이마가 닿을 것처럼 얼굴을 가까이 댔다.

"지금 당신 얼굴은 범인을 쫓는 형사의 얼굴이 아니야. ……복수를 위해 원수를 쫓는 인간의 얼굴이지."

가슴속에서 심장이 쿵쿵 뛰었다.

"이봐, 가미카쿠시 사건을 해결하고 싶은 게 아니잖아. 범인을 찾아내서 죽여버리고 싶은 거 아니야? 왜 가미카쿠시 사건에 그렇게 몰두하는 거지? 당신에게 그 사건은 대체 무슨 의미야?"

어떻게 대답해야 할지 오코노기는 고민했다. 지난 7년간 사사로운 감정을 품고 사건을 추적했다는 사실을 숨겨왔다. 하지만 적당히 얼버무려도 이 남자에게는 통할 것 같지 않았다.

"행방불명된 일가족 중 한 명인 사하라 쓰바키는 제 약혼자였습니다. 게다가 쓰바키는 제 아이를 임신한 상태였고요……."

몹시 껄끔거리는 말을 목구멍에서 짜내자 가지가 굵은 눈썹을 씰룩 치켜세웠다.

"한 번만 더 약혼자를, 쓰바키를 만나고 싶습니다. ……설령 시신이라도 좋으니."

"그리고 누군가 약혼자를 죽였다면 그놈에게 대가를 치르게 하겠다는 건가."

가지가 조용히 중얼거렸다. 오코노기가 입을 꾹 다물고 고개를 끄덕이자, 가지는 다시 숲 안쪽으로 걸음을 옮겼다.

쫓아갈 수가 없었다. 7년 전의 절망, 그리고 오로지 사건의 실마리를 찾아 죽을 둥 살 둥 지내왔던 나날을 떠올리자 마음이 너덜너덜해져서, 강건한 사냥꾼을 붙잡을 만한 기력이 남아 있지 않았다.

몇 미터쯤 나아가던 가지가 걸음을 멈추고 고개만 돌려 뒤쪽을 보았다.

"어이, 형사님, 뭘 넋 놓고 있어? 빨리 안 오면 두고 간다."

오코노기가 고개를 들고 눈을 끔뻑이자 가지는 입꼬리를 끌어올려 허무해 보이는 웃음을 지었다.

"특별히 내 사냥을 보여줄게."

발이 무겁다. 폐가 아프다. 심장 소리가 고막까지 울린다.

바로 앞을 나아가는 가지의 뒷모습을 죽어라 쫓아가며 오코노기는 거친 숨을 몰아쉬었다.

"힘들어 보이는데, 형사님. 운동 부족 아니야?"

가지가 놀리듯이 말을 걸었다.

"산에 익숙하지 않을 뿐이에요. 특히 이렇게 등산로도 없는 산에는."

"트래킹을 하러 온 게 아니라고 했잖아. 길이 없는 게 당연하지. 여기는 황천의 숲, '신의 영역'이야."

"신 같은 걸 믿습니까?"

지쳐서 신경이 날카로워진 탓인지 도발적인 말이 튀어나왔다. 약혼자의 실종으로 함께 나아가려 했던 행복한 미래가 망가지자, 오코노기는 신이나 부처 같은 것에 강한 거부감을 느끼게 됐다. 만약 신이 있다면 왜 내게서 사랑하는 여자를 빼앗아 갔단 말인가.

"신은 온갖 곳에 있지." 가지는 두 팔을 활짝 펼쳤다. "인간은 태곳적부터 자신들의 이해력을 초월한 존재를 '신'으로 우러르고 받들어 왔어. 분노를 사서 멸망하지 않도록 말이야. 따라서 대자연의 다양한 것들이 숭배의 대상이었지."

"자연현상은 대부분 과학으로 해명됐잖습니까."

오코노기가 숨을 고르며 말하자 "그건 그래." 하고 가지는 어깨를 으쓱했다.

"그래서 '신'은 점차 사라졌어. 인간이 신을 죽인 셈이야. 이제 인간 사회에 신은 거의 남아 있지 않지. 하지만 여기는 달라. 이 숲은 신의 보금자리야. 여기에는 아직 신으로서 존재하는 괴물이 있어."

"불곰이 신이라는 말입니까? 그래봤자 결국은 야생동물이잖아요."

"신이야. 적어도 이 숲에 사는 불곰은 먼 옛날부터 신으로 숭상됐어."

"먼 옛날부터?"

"일찍이 이 지역에서 생활했던 아이누족은 웬카무이가 산다면서 이 숲을 두려워했지. 그 전설이 개척민에게 전해져서 여기가 금지구역이 된 거야."

"웬카무이?" 익숙하지 않은 단어에 오코노기는 고개를 갸웃했다.

"아이누족 말로 '악한 신'이라는 뜻이지. 원래 아이누족은 불곰을 기문카무이, 즉 '산신'으로 숭배했어. 이오만테 정도는 알지?"

오코노기는 "네." 하고 턱을 당겼다. 산에서 산 채로 잡은 새끼 곰을 어느 정도 성장할 때까지 사육한 후 죽여서 영혼을 신의 세계로 돌려보내는 아이누족의 종교의식이다. 초등학생 때 이오만테 기록 영상을 보고 그 장엄한 분위기에 압도당했던 것이 생각났다.

"그리고 아이누족은 인간을 죽인 동물이 웬카무이가 된다고 믿었어."

"그러니까, 이 숲에는 옛날부터 사람을 죽인 불곰이 살고 있었다는 말인가요?"

"그래. 이 숲은 식인 불곰의 서식지였어. 그렇기에 아이누족은 이 숲에 들어오려 하지 않은 거야. 그리고 그 금기는 형태를 바꾸어 개척민에게도 전해졌지."

"하지만 불곰의 수명은 30년 정도잖아요. 아이누족의 전설이 된 식인 불곰과 공사 관계자를 습격한 불곰이 같은 놈일 리 없어요."

"그건 그래." 가지는 작게 웃었다. "고양이 요괴도 아닌데 불곰이 몇백 년이나 살 수는 없겠지. 나도 똑같은 괴물이 이 숲에 쭉 살았다고는 생각지 않아. 하지만 어쩌면 이 숲에는 불곰을 거대하고 흉포하게 만드는 '뭔가'가 있을지도 모르지. 일상적으로 불곰을 사냥했던 아이누족이 무서워서 벌벌 떨 만큼, '신' 같은 불곰을 만들어내는 뭔가가."

"뭔가라니, 구체적으로 그게 뭔데요?"

"글쎄. 특별한 먹거리가 있거나, 아니면 괴물 불곰의 자손이 이 숲을 영역 삼아서……."

가벼운 투로 말하던 가지가 갑자기 발을 멈췄다. "왜요?" 하고 오코노기가 묻자 가지는 날카로운 눈빛을 던지며 입술 앞에 집게손가락을 세웠다. 가지의 온몸에서 배어나는 긴장감이 전해져서 오코노기는 경직된 몸으로 바쁘게 주변을 두리번거렸다.

"근처에 불곰이 있습니까?"

오코노기는 잠긴 목소리를 짜내서 작게 말했다. 가지는 천천히 고개를 저었다.

"아니, 아직 기척은 느껴지지 않아. 하지만 냄새가 나. 불곰 냄새가."

오코노기는 "냄새?" 하고 후각에 신경을 집중했다. 하지만 진한 흙냄새만 느껴졌다.

"코로 느끼는 냄새가 아니야. 내 오감이 알려주고 있어. ……불곰의 영역에 들어왔다고 말이야."

씨익 웃으며 자세를 낮춘 가지의 두 눈이 형형하게 빛났.

가지는 벨트에 달린 쇼트셸홀더라는 명칭의 탄띠에서 탄알을 꺼내더니 라이플의 장전손잡이를 조작해 장전했다.

"자, 잠깐만요. 장전하면 안 됩니다."

오코노기는 당황해서 말렸다. 오발을 피하기 위해 사냥감을 확인할 때까지는 장전을 금지한다고 총포도검류 소지 등 단속법에 규정돼 있다. 그렇기에 사냥꾼들은 언제든지 장전할 수 있도록 손가락에 탄알을 두 발 정도 끼운 채 총을 들고 다닌다.

"형사님, 아직도 모르겠나?"

나지막하게 잠긴 목소리로 가지가 말했다. 압력이 느껴져 오코노기는 한 발짝 뒤로 물러났다.

"여기는 이미 신의 영역, 인간의 법률이 통하는 세상이 아니야. 0.1초 빠르냐 늦느냐가 승부를 좌우하지. 말 그대로 목숨을 건 승부를 말이야. 그래도 법을 지키라고 할 건가?"

오코노기가 "아니요……." 하고 말꼬리를 흐리자 가지는 코웃음 쳤다.

"체포하고 싶으면 맘대로 해. 다만 황천의 숲을 나선 후에. 여기서는 내 방식대로 하겠어. 알겠나?"

형사로서 불법 행위를 인정할 수는 없다. 하지만 이 깊은 숲속에서는 자신이 초대받지 않은 침입자에 불과하다는 사실도 잘 알고 있었다. 오코노기는 눈을 내리깔았다.

"이해해 준 모양이군. 아참, 형사님, 권총은 가지고 왔나?"

"아, 네, 일단은……."

형사는 보통 총기로 무장하지 않지만, 사람을 덮친 불곰이 숨어 있을지도 모르므로 권총 휴대 허가가 나왔다.

"혹시 모르니까 권총을 뽑아서 들고 있어. 재빨리 쏠 수 있도록."

"아, 네."

품속의 권총집에서 스미스앤드웨슨의 38구경 리볼버식 권총을 꺼낸 순간, 가지가 손을 쑥 뻗었다. 단번에 권총을 빼앗긴 오코노기는 "이게 무슨?!" 하고 눈을 부라렸다.

"큰 소리 내지 마. 어디에 불곰이 있을지 모른다고. 그냥 탄알을 빼놓으려고 그래."

가지는 익숙한 손놀림으로 회전식 약실을 개방해 탄알을 꺼내더니 권총을 오코노기에게 내밀었다.

"왜 탄알을 빼는데요?!"

오코노기는 허둥지둥 권총을 챙기고 당황한 목소리로 물었다.

"그런 조그마한 권총은 불곰에게 안 통해. 놈들의 두툼한 털가죽과 지방, 그리고 근육에 튕겨 나가지. 그리고 어중간한 상처를 입은 불곰이 미친 듯이 달려와서 당신의 몸을 종잇장처럼 갈기갈기 찢을 거야."

"……머리를 쏘면 되지 않겠습니까?"

"머리? 집어치워. 불곰의 두개골은 투구처럼 단단하다고. 각도가 안 좋으면 라이플 탄알도 튕겨 나가. 더구나 놈들은 뇌가 작거든. 우리도 기본적으로 머리는 노리지 않아."

"그럼 어디를 노리는데요?"

"심장." 가지는 오코노기의 가슴 한복판을 가리켰다. "심장을 꿰뚫으면 아무리 사나운 불곰도 즉사하거든. 정면에서는 목 아랫부분, 측면에서는 옆구리의 3번 갈빗대라고 불리는 곳을 노려서 심장을 작살내는 거지. 자, 쓸데없는 이야기는 이만하고 이제 '신'을 죽이러 가자."

가지는 라이플을 들고 아까와는 딴판으로 신중하게 걸음을 옮겼다. 오코노기는 "잠깐만요." 하고 다가갔다.

"잠깐이고 나발이고 그 입 좀 다물어. 내가 아사히를 쏴 죽이고 나서 탄알을 돌려줄 테니 당신도 쏴. 그럼 당신도 약혼자의 복수를 하는 셈이잖아."

복수가 하고 싶은 것이 아니다. 쓰바키가 어디로 갔는지, 왜 그녀가 사라졌는지 알고 싶을 뿐이다.

오코노기는 빠드득 소리가 날 만큼 어금니를 꽉 깨물며 가지를 따라갔다. 7년간 혈안이 되어 찾아다녔던 가미카쿠시 사건의 실마리가 눈앞에 있다. 하지만 거기에 다가가기 위해서는 이 사냥꾼의 도움이 필요하다. 지금은 잠자코 따르는 수밖에 없었다. 두 사람은 숨소리와 발소리를 죽이고 숲 안쪽으로 더 들어갔다. 그러자 가지의 몸에서 더 팽팽한 긴장감이 뿜어져 나왔다.

"어이, 형사님. 칼은 가져왔나?"

가지가 주변의 조릿대 덤불에 칼날처럼 날카로운 시선을 던지며 물었다.

"네. 등산용 나이프를 한 자루 가져왔는데요."

"여차하면 목을 그을 수 있도록, 언제든지 뽑을 수 있게 준비해 놔."

"불곰에게 습격당했을 때 칼로 목을 그으면 물리칠 수 있습니까?"

"아니. 칼로 그어봤자 불곰 입장에선 모기한테 물린 정도겠지."

가지는 비웃듯이 콧방귀를 뀌고는 말을 이었다.

"자기 경동맥을 그으라는 거야."

"자기 경동맥……?" 목줄기에 칼날을 들이댄 것처럼 한기가 느껴져서 오코노기는 목소리가 떨렸다.

"사자나 호랑이와 달리 불곰이 잡식성인 건 알지? 즉 놈들은 타고난 헌터가 아니야. 어마어마한 체력과 큼직한 낫 같은 발톱을 활용해 먹잇감을 붙잡을 수는 있지만, 고양잇과 육식동물만큼 사냥에 능하지는 못해."

"우리에게는 좋은 점 아닌가요? 파고들 틈새가 있다는 뜻이니까."

이야기의 맥락을 알 수가 없어서 당혹스러워하며 묻자, 가지는 "아니, 최악이지." 하고 나지막한 목소리로 중얼거렸다. 얼굴에 또 한없이 어두운 그림자가 드리웠다.

"진짜배기 육식동물은 본능적으로 먹잇감의 목을 물어뜯어서 경추를 부러뜨리거나 질식시켜서 확실히 숨통을 끊은 후에 먹잇감을 먹어. 하지만 불곰은 아니야. 놈들은 먹잇감이 움직임을 멈추면 바로 뜯어 먹지."

"그건……."

"응, 놈들은 먹잇감을 산 채로 잡아먹어."

그게 얼마나 비참한 광경인지 상상하자 목 안쪽 근육이 뻣뻣하게 굳어서 오코노기는 말문이 막혔다.

"불곰 중에는 내장을 즐겨 먹는 개체가 많지. 부드럽고 맛있어서 그런가 봐. 불곰의 공격에 머리가 날아가서 즉사하는 사람은 그나마 행운이야. 최악은 그 칼날 같은 발톱에 배가 찢어진 사람이지. 꼼짝달싹도 못 하고 불곰에게 내장을 뜯어 먹혀야 하거든. 천천히 지옥의 고통을 맛보면서 말이야."

산소가 갑자기 희박해진 것 같아서 오코노기는 호흡이 거칠어졌다.

"알아들었지? 만약 불곰에게 배를 찢기면 살 방법은 없어. 그러니 마지막 힘을 짜내서 본인의 숨통을 끊어. 아니면 끔찍한 꼴을 당할 거야. ……정말로 끔찍한 꼴을."

무미건조한 가지의 말투에서 단순한 협박이 아니라는 것을 알 수 있었다.

"얼굴이 새파랗게 질렸군. 하지만 이제 와서 후회해도 늦었어. 그만큼 경고했는데도 따라오겠다고 결정한 건 당신이니까. 여기서 혼자 달아나면 불곰에게 잡아 잡수라고 하는 거나 마찬가지야. 나와 함께 이 숲에 사는 괴물을 추적하는 것 말고 다른 선택지는 없어."

가지는 "가자." 하고 턱짓을 하더니 발소리를 죽이고 다시 걸음을 옮겼다.

오코노기는 정신없이 가지를 뒤쫓아 숲 안쪽으로 나아갔다. 굵은 가문비나무 줄기로 만들어진 미로와, 미로에 우거진 조릿대 덤불. 비슷한 광경이 계속 이어지자 시간 감각이 이상해졌는지, 며칠이나 이 숲을 헤매고 있는 듯한 착각에 사로잡혔다. 목 앞쪽을 닦자 손등에 몹시 끈적끈적한 땀이 흠뻑 묻었다.

"……냄새가 나는군." 가지가 혼잣말하듯 중얼거리고 걸음을 멈췄다.

"불곰의 기척이 느껴집니까?" 오코노기는 긴장된 목소리로 물었다.

"아니. 이번에는 진짜로 냄새가 나. 코에 신경을 집중해 봐."

시킨 대로 코를 씰룩거리자 농후한 흙냄새에 섞여 고약한 쉰내가 희미하게 코를 스쳤다. 한여름에 방치된 음식물 쓰레기 같은 썩은 냄새가.

"……저기로군."

가지는 오른편 앞쪽 10미터쯤에 우거진 조릿대 덤불로 라이플 총구를 돌리고, 집게손가락을 다시 방아쇠에 얹었다.

"여기서 기다려."

가지는 지시를 내린 후, 거리를 재는 무술가처럼 발을 끌며 조금씩 조릿대 덤불로 다가갔다. 오코노기는 눈을 깜박이는 것도 잊어버린 채 그 모습을 응시했다.

조릿대 덤불까지 3미터쯤 남았을 때, 가지는 한쪽 무릎을 꿇고 사격 자세를 취했다.

숨쉬기도 꺼려질 만큼 긴장감이 넘쳐났다. 몇십 초 후 가지는 혀를 크게 차며 일어섰다.

"없군. 와도 돼, 형사님. 현재 요 주변에 불곰은 없어."

가지는 들고 있던 라이플을 어깨에 멘 후, 허리에 늘어뜨린 칼집에서 거대하고 투박한 정글도를 뽑아 조릿대를 아무렇게나 잘라냈다.

"뭐 하세요? 이 덤불에 불곰은 없다면서요?"

"응, 불곰은 없어. 하지만 이 안쪽에 '뭔가'가 있어. 모르겠나?"

그제야 오코노기도 썩는 냄새가 강해졌다는 걸 깨달았다. 이 덤불 너머에 냄새를 발생시키는 것이 있다. 아플 만큼 심장이 빠르게 뛰었다.

가지가 튼 길을 몇 미터 나아가자 반대편으로 나왔다. 주변이 조릿대 덤불로 둘러싸인 테니스코트만 한 공간. 숨 막힐 듯 지독한 썩는 냄새가 콧구멍으로 침입해 콧속이 아팠다. 그리고 악취가 심해서 눈물이 핑 도는 시야에 '그것'이 비쳤다.

처음에 오코노기는 그게 뭔지 몰랐다. 머리와 마음이 이해하기를 거부했다.

공간의 한복판, 지름 2미터에 수십 센티 높이로 쌓인 흙더미에서 다양한 부위가 튀어나와 있었다.

인간의 신체 부위가.

붕긋하게 쌓인 흙에서 팔, 다리, 몸통, 그리고 얼굴 등이 튀어나와 있는 그 광경은 마치 전위 예술 오브제 같아서 현실감이 희박했다.

다음 순간, 흙에 파묻힌 털북숭이 얼굴에 시선을 사로잡혔다. 원통하다는 듯 이쪽을 향한 눈알 없는 눈구멍. 거기서 꿈틀대는 허연 구더기를 본 순간, 뜨끈한 것이 식도를 타고 올라왔다. 오코노기는 얼른 고개를 홱 돌리고 몸을 구부려 토했다.

"정신 차려. 형사니까 부패한 시체 정도는 봤을 것 아냐."

고독사한 탓에 발견이 늦어져 부패한 시신을 본 적은 있다. 하지만 이렇게까지 인간의 존엄성이 짓밟힌 광경은 처음 봤다.

"이건…… 뭡니까?" 오코노기는 입가를 닦으며 물었다.

"'흙만주'야. 불곰은 배가 부르면 먹이를 이렇게 흙에 묻어서 보관했다가, 허기가 지면 꺼내서 먹어. 놈들은 약간 썩은 고기를 즐겨 먹거든."

흙만주. 분명 들어봤다. 하지만 어쩐지 목가적인 어감이라 이렇게 처참한 광경일 줄은 꿈에도 몰랐다.

"어이, 뭘 그렇게 멍하니 서 있어? 이제부터는 형사가 나서야 하잖아. 저기 파묻힌 시신을 조사하지 않아도 돼?"

어이없어하는 가지의 목소리에 오코노기는 정신이 번쩍 들었다. 그렇다, 행방불명자를 찾기 위해 이 숲에 들어왔다. 인부들의 시신이 묻혀 있다면, 당장 수색대에게 위치를 알려서 시신을 회수해야 한다.

오코노기는 생리적 혐오감을 꾹 참고, 썩은 시신에서 풍기는 악취를 맡지 않도록 입으로 숨 쉬면서 흙만주로 다가가 흙더미에서 튀어나온 얼굴을 관찰했다. 눈알, 코, 입술, 귀 등 부드러운 부분은 구더기가 들끓어서 원형을 유지하지 못했지만, 눈꼬리에 남은 오래된 흉터가 낯익었다. 실종된 공사 관계자 중 한 명인 야마기와 세이지의 사진에서 똑같은 흉터를 봤다.

"틀림없습니다. 행방불명된 인부예요."

돌아본 오코노기는 몸이 굳어버렸다. 가지가 총을 겨누고 있었다. 아까와 똑같이 한쪽 무릎을 꿇고 총구를 이쪽으로 향했다. 집게손가락도 방아쇠에 얹었다.

"무, 무슨……."

쉰 목소리를 짜냈지만 가지는 전혀 반응하지 않았다. 재빨리 좌우로 움직이는 그의 눈알을 보고 오코노기는 자기가 표적이 아니라는 사실을 깨달았다. 주의해서 보자 총구도 살짝 빗나간 상태였다.

뭘 노리는 걸까. 주변에 불곰은 없다고 하지 않았는가.

거기까지 생각했을 때 오코노기는 어릴 적 할아버지에게 수없이 들었던 말이 떠올랐다.

─산에서 죽은 동물을 보면 절대로 가까이 가면 안 돼. 불곰의 먹이일 수도 있거든. 불곰은 집착이 아주 강해서, 자기 먹이

를 빼앗은 상대를 절대 용서하지 않아. 죽을 때까지 쫓아가지.

 오코노기는 인간이 묻힌 흙만주를 내려다보았다. 이건 틀림없이 불곰의 먹이다. 거기에 다가가서 조사하고 있으니, 불곰에게는 먹이를 빼앗으려는 적으로 보이지 않을까.

 미끼로 사용됐다. 가지는 일부러 나를 흙만주에 접근시켜 불곰을 유인해서 쏠 작정이다. 산에서 거치적거리기만 하는 나를 데려온 건 이래서였나.

 떨어져야 한다. 당장 흙만주에서 떨어져서 수색대에 연락해야 한다. 마음이 급했지만 이쪽을 향한 총구와 언제 불곰이 덮칠지 모른다는 공포 때문에 몸이 움직이지 않았다.

 뒤쪽에서 부스럭, 하고 소리가 났다. 오코노기는 관절이 녹슨 것처럼 말을 잘 듣지 않는 목을 돌려 뒤를 보았다. 뒤쪽에 펼쳐진 사람 키만 한 조릿대 덤불이 흔들렸다. 잎사귀끼리 스치는 소리가 들렸다. 뭔가 있다. 거대한 뭔가가 덤불 속에서 이쪽을 노리고 있다.

 오코노기는 헐떡이듯 산소를 들이마시며 시선을 정면으로 돌렸다. 무릎쏴 자세로 라이플의 스코프를 들여다보는 가지의 표정을 보자, 오코노기는 등뼈에 찬물을 끼얹은 것 같은 기분이 들었다. 가지는 웃고 있었다. 부릅뜬 두 눈을 형형하게 빛내며 광대뼈에 닿을 만큼 입꼬리를 끌어올려 웃는 모습이 공포를 불러일으켰다. 이 남자는 사냥감을 잡기 위해서라면 서슴없이 내게 총을 쏘리라. 그렇게 확신할 만한 광기가 가지의 온몸에 감돌았다.

당장이라도 결투에 나서려 하는 맹수 두 마리 사이에 끼이고 말았다. 이대로는 설령 어느 쪽이 이기든 자신은 목숨을 잃고 말 것이다.

또 뒤에서 소리가 들렸다. 다시 고개를 돌려 조릿대 덤불을 보자 오코노기는 온몸이 벌벌 떨렸다.

눈이 마주쳤다. 빽빽하게 우거진 조릿대 덤불 때문에, 거기 숨어 있는 것의 모습을 실제로 확인하지는 못했다. 하지만 그래도 '뭔가'가 자신의 눈을 똑바로 보고 있음을 깨달았다.

오코노기는 큰 뱀의 눈빛에 굳어버린 작은 동물 같은 기분을 맛보았다. 40년간 살아온 인생의 기억이 머릿속에 주마등처럼 흘러갔다.

아아, 여기서 죽는 건가. 오코노기는 각오를 다지고 눈을 감았다. 눈꺼풀 안쪽에 부드럽게 미소 짓는 아름다운 여성의 모습이 떠올랐다. 7년간 찾아왔던 여성의 모습.

"……쓰바키."

입술 사이로 사랑하는 여자의 이름이 새어 나온 순간, 덤불이 한층 크게 흔들렸다.

하지만 '뭔가'는 덤불에서 뛰쳐나오지 않았다. 잎사귀가 스치는 소리가 떠나갔다. 거대한 생물이 급속도로 멀어진다. 그리고 정적이 찾아왔다.

살았다? 산 건가? 온몸의 근육이 이완됐다. 털썩 무릎을 꿇은 오코노기 바로 옆에서 발소리가 들렸다. 올려다보자 어느새 가지가 곁에 서 있었다.

미끼로 사용됐다고 해서 화가 나지는 않았다. 이 숲은 인간 사회의 상식이 통하는 세계가 아니다. 조금이라도 방심하면 다른 동물의 먹잇감이 되는 이곳에서는 가지가 옳다.

덤불에 숨어 모습을 드러내지 않았는데도 압도적인 존재감을 뿜어낸 '뭔가'와 대치해 보고서야 오코노기는 그 점을 뼈저리게 느꼈다.

"달아났나." 가지는 한쪽 입꼬리를 끌어올리더니 라이플을 어깨에 멨다.

"……어째 기뻐 보이는데요?"

"내 예상대로 아사히가 이 숲에 숨어 있었으니까. 그리고 놈이 내 예상을 뛰어넘은 괴물이었으니까. 이렇게 단순한 덫에 쉽사리 걸리면 재미없지."

"예상을 뛰어넘은 괴물?" 오코노기는 주저앉은 채 그 말을 되풀이했다.

"응. 덤불이 흔들리는 걸 보니 크기가 장난 아니겠더라고. 몸무게가 1톤을 넘을지도 몰라. 게다가 머리도 좋아. 노리고 있다는 걸 알고 모습을 드러내지 않았어. 흙만주에 다가온 놈은 죽인다는 본능을 억누른 거지. 평범한 불곰이 아니야. 어마어마한 괴물이라고."

불곰…… 괴물……. 오코노기는 조릿대 덤불을 바라보았다.

과연 저 속에 숨어 있었던 '뭔가'는 정말로 불곰이었을까. 보통 야생동물이 그토록 신성하기까지 한 존재감을 뿜어낼 수 있을까.

"웬카무이……."

정체는 모르겠지만, 여기에는 인간의 이해력을 초월한 존재가 살고 있다.

무시무시한 존재가…….

오코노기는 흙만주를 쳐다보았다. 구더기가 끓는 텅 빈 눈구멍이 원통하다는 듯 이쪽을 보고 있었다.

3

 수술복 위에 흰 가운을 걸친 채, 사하라 아카네는 병원 직원용 출입구로 밖에 나갔다. 아직 10월이건만 찌르는 듯 차가운 밤바람이 목덜미에서 체온을 앗아 갔다.

 슬리퍼를 끌며 총총히 병원 뒤편으로 가자 오래된 3층 건물이 보였다. 해부학과 조직학 등 기초 분야 연구실이 있는 연구동이었다. 연구동 입구 근처에서 코트를 입은 중년 남자 두 명이 담배를 피우는 모습을 보자 아카네는 심장이 살짝 두근거렸다. 얼핏 보기에는 회사원 같지만, 온몸에서 풍기는 어쩐지 위험한 분위기로 남자들이 평범한 직장인이 아니라는 걸 알 수 있었다. 틀림없이 형사이리라.

 이제부터 하려는 일을 경찰에 들키면 문제가 될지도 모른다. 아카네는 심호흡을 되풀이하며 남자들에게 다가갔다.

 "병원 부지 내에서는 금연이에요."

 동요했음을 눈치채지 못하도록 조심하며 말을 걸자, 남자들은 "아이고, 죄송합니다." 하고 허둥지둥 휴대용 재떨이를 꺼내서 담배를 껐다. 아카네는 겸연쩍은 듯 눈을 내리깐 남자들 곁을 지나쳐 건물로 들어가서 숨을 크게 내쉬었다. 의심받지 않고 상황을 잘 넘겼다.

"오, 사하라."

갑자기 뒤에서 누가 부르는 소리에 몸이 굳어버렸다. 돌아보자 비상등만 켜진 어두운 복도 안쪽에 빼빼 마른 남자가 털털한 티셔츠와 스웨트 바지 차림으로 서 있었다.

"뭐야, 시노미야였구나. 깜짝 놀랐네."

아카네는 안도의 한숨을 내쉬었다. 시노미야 마나부는 의대 시절부터 친구였다. 출석 번호가 가까워서 한 조로 실습할 때가 많다 보니 어느새 절친해졌다.

"제풀에 놀라놓고 남 핑계는. 왜 그렇게 쭈뼛거리는 거야?"

"그야 내가 도와주다가 들키면 문제가 되잖아?"

"내가 허가했는데 그럴 리가 있나. 이래 보여도 교수님이야. 네 상사인 시바타 교수님과도 입장상으로는 대등하다고. 요전에는 둘이서 한잔하러 갔었어. 스무 살이나 많은 선배 교수와 두 시간 가까이 이야기하느라 긴장돼 죽는 줄 알았지만. 어쨌든 여기는 내 성, 내 왕국이야. 여기서 뭘 하든 아무도 불평 못 해."

연극 무대에라도 선 것처럼 과장되게 두 팔을 벌리는 친구를 보고 아카네는 쓴웃음을 지었다. 시노미야는 작년, 도오대학교 의학부 법의학 교실 교수로 취임했다. 처참한 시신을 다룰 때도 많은 법의학 교실에 입국하는 의사는 극히 적다. 도오대학교 의학부에서는 2, 3년에 한 명 정도다. 그러므로 그 사람은 거의

100퍼센트 젊은 나이에 교수로 취임한다.

"왕 혼자뿐이고 국민은 아무도 없는 왕국이지만."

"아픈 데를 찌르지 마. 그럼 일단 가볼까."

아카네는 턱으로 방향을 가리킨 시노미야와 함께 어두침침한 복도 안쪽으로 나아갔다.

"그런데 왜 불을 안 켜는 거야?"

"지금부터 할 일을 생각하면, 그래야 분위기가 살잖아."

시노미야가 즐겁다는 듯 말하기에 아카네는 "악취미네." 하고 한숨을 쉬었다.

"악취미가 뭐 어때서? 나 같은 괴짜가 없으면 법의학이라는 중요한 학문이 쇠퇴할걸. 그러면 손실이 어마어마해. 특히 범죄 수사 분야에서는."

시노미야는 주머니에서 꺼낸 열쇠로 자물쇠를 풀고 '법의학 교실 부검실 관계자 외 출입 엄금'이라고 적힌 문을 열었다. 아카네는 시노미야를 따라 들어가서 방을 둘러보았다.

약 6평 크기의 공간이 형광등 불빛 아래 드러났다. 오른쪽에는 방호복과 마스크 따위가 놓인 비품 선반과 손 세정용 세면대 등이 설치돼 있었다. 왼쪽 벽면에 꽉 차도록 설치된 거대한 선반에는 다양한 장기를 포르말린에 담근 유리병이 빽빽이 진열돼 있었다. 개중에는 머리가 두 개 달린 태아의 표본도 있었다. 아카네는 무심코 콧등에 주름을 잡았다.

"그런 표정 짓지 마. 내가 모은 게 아니라고. 법의학 교실을 담당한 역대 교수들이 모아놓은 거야. 희귀한 증상을 보여주는 표본도 많으니까 내가 멋대로 처분할 수는 없어."

"저기, 정말로 내가 여기 와도 괜찮아?"

아카네가 표본이 진열된 선반에서 시선을 돌리고 묻자 시노미야는 입꼬리를 끌어올렸다.

"말했잖아. 나는 교수님이라고. 경찰도 불평은 못 해. 게다가 조수가 있으면 실제로 도움이 돼. 우리 법의학 교실은 의국원이 나밖에 없어서 만성적인 인원 부족이거든. 사하라야말로 괜찮아? 외과는 바쁘잖아. 이 시간에도 자주 호출당하지 않나?"

"괜찮아, 히메노라는 후배한테 무슨 일 있으면 대신해 달라고 부탁해 놨으니까."

"아아, 히메노. 걔 예쁘잖아. 학부 때 테니스 동아리 후배였는데, 거의 아이돌이나 다름없었어. 난 유령 동아리원이라 별로 친해지지 못했지만. 괜찮으면 다음에 셋이서 한잔하러 가자."

"싫어. 연애 정도는 본인이 알아서 해. 이제 어엿한 교수님이시잖아. 그것보다 빨리 부검 시작하자. 시신은 이미 도착했잖아."

두 시간쯤 전에 한 시신이 사법해부를 위해 운송됐다. 경찰의 검시관이 사건일 가능성이 있다고 판단한 시신은 사법해부한다. 대학병원 법의학 교실이 경찰 의뢰를 받아 사망추정시각과 사인 등 수사의 단서가 될 만한 정보를 철저하게 조사한다.

그리고 오늘 밤, 아카네는 조수로서 사법해부에 참여하기로 했다.

"사하라, 끈덕진 것 같지만 정말로 할 생각이야?"

시노미야가 딱딱한 표정으로 물었다.

"오늘 부검할 시신은 행방불명된 너희 가족과 관계있을지도 모르잖아."

아카네는 주먹을 움켜쥐고 "……괜찮아." 하며 고개를 끄덕였다. 오늘 오후에 오코노기에게 연락이 왔다. 황천의 숲에서 가미카쿠시를 당했던 인부들이 모두 시신으로 발견됐다고.

어떤 상황이었는지 아카네가 물어보자 오코노기는 "발표해도 괜찮은 단계가 되면 다시 연락할게."라는 말을 남기고 전화를 끊었다. 그저께 사건에 관해 이야기했으므로, 의무감에서 간단히 기별을 준 것이리라. 사건의 자세한 내용을 일반인에게는 누설할 수 없다는 강한 의지가 전화에서 전해져 왔다.

어떻게든 사건의 정보를 입수하고 싶었다. 어쩌면 가족이 실종된 수수께끼를 푸는 실마리가 될지도 모르니까. 그렇게 생각했을 때 떠오른 사람이 바로 시노미야였다.

도오대학교는 이 지역에서 유일하게 법의학 교실이 있는 곳이다. 행방불명자가 시신으로 발견되면 여기에 사법해부를 맡길 가능성이 크다. 아카네는 바로 시노미야에게 연락해 보았다. 예상대로 황천의 숲에서 발견된 시신을 사법해부 해달라는 의뢰가 들어왔다길래, 아카네는 반사적으로 "나도 부검에 끼워줘!" 하고 소리쳤다.

"하지만 버틸 수 있으려나?" 시노미야가 눈을 들여다보았다. "오늘 밤 들어온 시신은 손상이 아주 심해. 일반인이라면 졸도해도 이상하지 않을 만큼 끔찍한 상태야."

"난 외과의야. 매일같이 개복수술을 하고 장기를 들여다본다고. 걱정 붙들어 매."

"아니, 걱정되는데. 수술과 부검은 완전히 다르거든. 사망한 순간부터 미생물이 인간의 몸을 분해하기 시작해. 일단 복강의 장기가 소화효소에 의해 파괴돼, 걸쭉하게 녹으면서 썩어 들어가지. 그 썩는 냄새에 꼬인 파리가 알을 낳고, 부화한 구더기가 몸의 부드러운 부분부터 먹어. 눈, 코, 귀, 항문, 질 등으로 체내에도 침입하고. 부패가 더 진행되면 가스가 발생해서 몸이 풍선처럼 부풀기도 해. 조건에 따라서는 가스가 복강에 고인 끝에 몸이 터져서 썩은 살점이 주변에 튀기도 하지."

너무 생생한 묘사에 구역질이 나서 아카네는 입을 틀어막았다. 시노미야의 얼굴에 아차 싶은 표정이 맺혔다.

"아, 미안해. 너무 겁을 줬네."

"그러게 말이야." 아카네가 원망스럽게 노려보자 시노미야는 머리를 긁적였다.

"하지만 진짜야. 그리고……." 거기까지 말하고 시노미야는 말을 머뭇거렸다.

"우리 가족도 똑같은 꼴이 됐을지 모른다?"

아카네가 억누른 목소리로 말을 이어받자 시노미야는 "응." 하고 무겁게 고개를 끄덕였다. 아카네는 가슴에 손을 얹고 심호흡을 했다. 자극적인 포르말린 냄새가 코를 찔렀다.

"설령 그렇더라도 부검에 참여하고 싶어. 7년간 가족이 어디로 갔는지, 왜 나를 두고 사라졌는지 고민하고 괴로워해 왔어.

이제 가족이 살아 있을 거라는 희망은 버렸어. 하지만 설령 뼈만이라도 좋으니 다시 만나고 싶어. 그리고 제대로 애도하고 싶어. 그렇지 않으면 앞으로 나아갈 수 없어."

아카네는 자신의 심정을 숨김없이 전하고 친구의 반응을 기다렸다. 시노미야는 숨을 크게 내쉬었다.

"사하라, 외국으로 유학 간다는 이야기가 있었지. 미국 대학병원의 이식외과에서 초청했잖아."

"응, 그런데……."

갑자기 이야기가 바뀌어서 당황하면서도 아카네는 고개를 끄덕였다. 작년, 미국의 유명한 병원에 외과부장으로 있는 의사가 강연과 기술 지도차 도오대학교를 방문했다. 이식수술 전문인 그 의사는 도오대학병원에서 생체 간 이식을 실시했다. 공여자의 간을 적출해 수혜자에게 이식하기까지 스무 시간 넘게 수술하는 동안 한 번도 쉬지 않고 제1조수로 보조해 준 아카네가 마음에 들었는지, 그 의사는 자기 밑에서 이식수술을 배워보지 않겠느냐고 제안했다.

이식수술의 본고장인 미국에서 일류 이식외과의의 지도를 받는다. 그 매력적인 제안에 마음이 크게 흔들렸지만, 여태 답변을 주지 않았다.

"유학을 가지 않은 건 가족 때문에?"

시노미야가 조용히 물었다. 아카네는 잠깐 망설인 후 "응." 하고 고개를 끄덕였다.

실종된 가족은 가까이 있다. 분명 찾아내 주기 바란다. 지금

홋카이도를 떠날 수는 없다. 아직 여기서 해야 할 일이 있다. 그렇듯 강한 집념이 유학을 가겠다는 결단을 방해했다.

"난 사하라가 미국에 가면 좋겠어. 이렇게 작은 나라에 옭매이면 안 돼. 날갯짓해서 세계로 나가야 한다고. 너한테는 그만한 재능이 있어."

"뭐야, 갑자기. 빈말은 넣어둬."

시노미야가 갑자기 치켜세우는 바람에 쑥스러워서 아카네는 눈을 내리떴다.

"빈말 아니야. 사하라는 학부생 때부터 빼어났잖아. 육상부 에이스로 단거리와 중거리 둘 다 맡았고, 동일본 의과생 종합체육대회에서는 압도적인 성적으로 매년 우승했지. 공부와 실습에도 늘 적극적으로 임했고, 다들 녹초가 돼서 뻗었을 때도 혼자만 쌩쌩했어."

"히메노도 그렇지만 다들 왜 나를 괴물처럼 말하는 거야?"

"체력은 외과의에게 중요한 요소잖아. 게다가 사하라는 초일류 외과의가 되겠다는 엄청난 열의를 품고 있어."

확실히 어릴 때 의사에게 동경을 품은 뒤로, 일류 외과의를 목표로 살아왔다. 수술 실력이 좋아지고 싶다. 메스를 자유자재로 휘둘러 아름다운 수술을 하고 싶다. 아카네는 생리적 욕구 뺨치게 그런 욕심이 강했다.

"그러니 오늘 부검에 참여함으로써 사하라가 앞으로 나아갈 가능성이 조금이라도 커진다면, 난 말리지 않을 거야. 직접 선택해."

처참하게 부패한 시체를 봐도 괜찮을까? 내 가족도 똑같은 꼴이 됐을 수 있다는 걸 알고서도 평정심을 유지할 수 있을까? 잠시 눈을 감고 자기 자신에게 물어본 후 아카네는 눈꺼풀을 들어 올렸다.

"할게. 분명 그게 내 의무일 테니까."

"알았어. 그럼 준비하자. 방호복과 장화, 눈 보호대와 마스크를 가져가서 안쪽 여성용 로커에서 갈아입고 와."

아카네는 흰 가운을 벗어서 스탠드형 옷걸이에 걸어놓고 준비에 나섰다. 선반에 놓인 의료용 마스크를 집어 들자, 시노미야가 "그거 말고 이거." 하며 먼지가 풀풀 날리는 공사 현장에서 사용할 법한 투박한 마스크를 건넸다.

"이거, 필요해? 결핵 같은 위험한 감염증을 다룰 때도 이런 마스크는 안 쓸걸."

긴장을 풀려고 가벼운 어조로 말하자 시노미야는 고개를 저었다.

"감염 대책이 아니야. 냄새 대책이지. 부검을 처음 해보는 사람은 너무 심한 악취에 토하기도 하거든. 그리고 아주 가끔 체액에 독성 물질이 섞여 있기도 해. 신중에 신중을 기해야지."

예상외의 대답에 굳어버린 아카네에게 "그럼 저기서 갈아입고 와." 하고 시노미야는 '여자 로커룸'이라고 적힌 문을 가리켰다.

안으로 들어가자 약 2.5평 크기의 공간에 로커와 거울만 있었다. 오랫동안 사용하지 않았는지 먼지가 많았다.

로커를 열자 저렴해 보이는 운동복 상하의가 들어 있었다. 시노미야가 신경 써서 준비해 둔 것이리라. 수술복 위에 방호복을 껴입고 부검할 작정이었지만, 아까 들은 바에 따르면 상상을 초월하는 악취를 뒤집어쓸 듯했다. 갈아입는 편이 좋으리라.

수술복을 벗고 곁눈질로 거울을 보았다. 속옷 차림의 탄탄한 몸이 거울에 비쳤다. 20대 때와 똑같은 몸매를 유지하고 있다는 걸 만족스럽게 확인한 후, 아카네는 운동복과 방호복을 차례대로 입었다.

로커룸에서 나오자 언제 왔는지 시노미야 외에 방호복을 입은 남자가 세 명 더 있었다. 그중 두 명은 밖에서 담배를 피우던 형사들이었고, 한 명은 스무 살 전후로 보이는 젊은 남자였다.

"부검에 입회할 형사님들과 우리 교실에 공부하러 온 대학원생이야. 법학부생이라 부검은 보조하지 못하지만, 기록을 부탁했어."

대학원생은 "미사키라고 합니다. 잘 부탁드립니다." 하고 패기 있는 목소리로 인사했다.

시노미야와 둘이서 부검하는 줄 알았는데 형사까지 입회하는 건가. 법의학 교실 소속이 아닌데 왜 여기 있느냐고 타박하지는 않을까 싶어 동요하면서도 아카네는 "조수를 맡은 사하라 아카네입니다." 하고 아무렇지도 않은 척 자기소개를 했다. 아까 담배를 피우지 말라고 주의를 받은 탓에 껄끄러운 기분인지 형사들은 그저 고개를 움츠리는 듯한 동작으로 인사에 응했다.

시노미야가 "그럼 가실까요." 하며 마스크를 끼고 '부검실'이라고 적힌 문을 양손으로 밀었다. 두짝문은 항의라도 하듯 크게 삐걱거리며 열렸다. 그 안쪽에 펼쳐진 광경을 보고 아카네의 심장이 세차게 한 번 박동했다.

옛날부터 영업해 온 대중목욕탕처럼 바닥에 낡은 타일이 깔린 방. 테니스코트만 한 크기의 공간에는 부검대가 세 개 줄지어 있었고, 그 곁에 스테인리스로 만든 개수대가 있었다. 시신이나 시신에서 나온 오물 같은 것을 씻기 위해서이리라.

그리고 한가운데 위치한 부검대에 커다란 검은색 비닐 주머니가 놓여 있었다.

저 안에 시신이 있다. 이렇게 거창한 마스크를 써야 할 만큼 손상된 시신이. 아카네는 몸속까지 뻣뻣하게 굳어버리는 기분이었다.

"사하라 선생님, 부탁합니다."

시노미야가 한가운데 위치한 부검대 곁으로 가서 시선을 보냈다. 아카네는 "아, 네." 하고 새된 목소리로 대답하고 말을 잘 안 듣는 다리를 억지로 움직여 부검실로 들어갔다.

부검대를 사이에 두고 시노미야 맞은편에 서서 주변에 시선을 주었다. 조수가 집도자와 마주 서는 것은 수술과 똑같지만, 지금부터 메스를 대는 것은 이미 생명을 잃어 부패하기 시작한 고깃덩이다. 곁의 받침대에 얹힌 도구들도 외과 수술에서 사용하는 것들과는 전혀 달랐다.

메스는 날 길이가 10센티를 넘을 만큼 큼지막하고, 그 밖에 망치, 끌, 톱, 작은 전기톱까지 준비돼 있었다. 마치 목공 도구 같았다.

미사키는 기록용지를 끼운 판과 펜을 들고 아카네의 대각선 뒤쪽에 자리 잡았다. 출입구 근처에 대기 중인 형사 중 한 명은 목에 DSLR 카메라를 걸었다. 부검이 시작되면 저 카메라로 촬영하리라.

"그럼 시작하겠습니다."

시노미야는 라텍스 장갑을 두 겹으로 낀 양손을 마주 모으고 고개를 깊이 숙였다. 아카네는 허둥지둥 시노미야를 따라했다.

"피해자의 성명은 야마기와 세이지, 나이는 48세. 10월 2일에 행방불명됐고 10월 5일에 동료 다섯 명과 함께 시신으로 발견됐다. 시신 여섯 구는 흙에 파묻힌 상태였다. 야마기와 씨를 제외하고 손상이 심한 다른 시신들은 삿포로로 보내서 사법해부를 실시하기로 했다."

아마 누구의 신체 부위인지 모를 만큼 원형이 손상된 탓에 인력이 풍부한 삿포로에서 자세하게 조사하기로 한 것이리라. 그리고 비교적 손상이 적은 시신만 발견 현장에서 가까운 도오대학교로 운송해 사건의 실마리가 사라지기 전에 사법해부를 하기로 했다. 아카네가 머릿속으로 상황을 정리하는 동안에도 시노미야는 설명을 이어나갔다.

"부검실로 옮기기 전에 시신을 CT촬영했다. 손상이 심해서 시신낭에 넣은 채 촬영을 실시했다. 촬영 결과 두개골, 관골, 하악골 등에 명확한 골절은 찾아볼 수 없었다."

"머리를 얻어맞아 사망한 건 아니라는 뜻이군요."

떨어진 곳에 팔짱을 끼고 서 있던 형사가 끼어들었다.

"CT사진만으로 판단할 수는 없습니다. 그저 뼈가 부러질 만큼 충격을 받지는 않았다는 뜻입니다."

말허리가 끊기자 시노미야는 견제하듯 형사에게 날카로운 눈빛을 던졌다.

"목 아래로는 연조직을 중심으로 심각하게 손상됐고, 갈비뼈도 일부밖에 남아 있지 않았다. 팔다리에는 다수의 골절이 확인됐으며 피부와 근육의 결손이……."

몇십 초 후 설명을 마친 시노미야는 크게 숨을 내쉬고 아카네를 보았다.

"그럼 이제부터 사법해부를 시작하겠습니다. 사하라 선생님, 준비됐죠?"

각오를 다진 아카네는 아랫배에 힘을 준 뒤 "네." 하고 대답했다.

시노미야는 시신낭에 달린 지퍼를 단숨에 내렸다. 번데기에서 나방이 우화하듯 검은색 시신낭이 열리고 속에서 '그것'의 모습이 드러났다. 검붉은 표면이 살짝 꿈틀거리는 덩어리. 다음 순간 눈 보호대로 가린 눈에 통증이 밀려왔다. 방진용 마스크를 썼는데도 견디기 힘든 악취가 코를 찔렀다.

"시신은 부패가 진행돼 피부를 대부분 구더기에게 먹혔고, 지방과 근조직이 노출됐다."

시노미야의 소견을 듣고서야 아카네는 시신낭에서 드러난 고깃덩이가 부패해서 구더기가 들끓는 인간의 시체임을 인식했다. 위장이 조여드는 감각과 함께 가슴속이 썩어버린 것처럼 구역질이 밀려 올라왔다. 아카네는 토하지 않도록 목에 힘을 꽉 주고 참았다.

"선생님, 사망추정시각은 언제쯤입니까?"

형사들이 다가왔다. 카메라를 든 형사가 거듭해서 시신의 사진을 찍었다.

시노미야는 "글쎄요." 하고 장갑 낀 손을 시신의 복부였던 곳에 찔러넣었다. 복부는 거의 텅 비어서 등 쪽에 뻗은 척추골이 보일 정도였다.

"음, 복부 장기는 거의 안 남아 있네요. 보통은 위장에 소화되지 않고 남아 있는 음식물 등으로 자세한 사망추정시각을 알아내는데, 그 방법은 안 되겠군요. 대신에……."

시노미야는 핀셋으로 시신의 뺨 근육에 박혀 있는 구더기를 끄집어내 유심히 관찰했다.

"시신에 있는 구더기가 얼마나 성장했느냐로, 사망 후 시간이 얼마나 흘렀는지 대강 알아낼 수 있습니다. 구더기가 이 정도 크기인 걸 보면 대략 사후 5일에서 7일 정도겠죠."

시노미야는 포르말린을 채운 작은 병에 구더기를 넣었다. 몇 초간 격하게 단말마의 춤을 춘 후, 구더기는 움직임을 멈췄다.

"피해자가 행방불명된 시기와 일치하는군. 사인은 뭡니까?"

형사가 빠른 말투로 물었다. 시노미야는 "그렇게 재촉하지 마세요." 하고 느긋한 목소리로 대꾸하더니, 비교적 무사한 오른팔 위쪽과 아래쪽을 잡고 팔꿈치 관절을 움직였다.

"사후경직은 완전히 풀렸군요. 사하라 선생님, 좀 도와주시겠습니까?"

"아, 네!" 갑작스러운 부탁에 아카네는 뒤집어진 목소리로 대답했다.

"사후반점인 시반이 어떤지 보고 싶네요. 시신을 그쪽으로 기울여서 등 상태를 확인하겠습니다. 거들어주세요."

거들라고? 이 시신을 만지라는 건가……. 극심한 거부감에 몸이 움직이지 않았다.

"사하라 선생님, 혹시 안 될 것 같으면 말씀하세요."

눈 보호대 너머로 시노미야가 얼굴을 들여다보았다. 아카네는 마스크에 가려진 입술을 피가 밸 만큼 세게 깨물었다. 지금까지 헤아릴 수 없을 만큼 시신을 많이 봤다. 응급실에서는 교통사고로 두개골이 깨져서 뇌가 튀어나오거나, 머리가 절단된 시신도 본 적 있었다.

나는 외과의다. 썩었다는 이유만으로 시신에 겁을 먹어서 어쩌자는 건가.

아카네는 장갑 낀 손을 시체의 어깨와 옆구리에 얹고 힘을 주었다. 하지만 오른손을 얹은 시신의 옆구리 살이 쿠직, 하는 소리와 함께 무너져 내렸다. 불쾌한 감촉이 라텍스 장갑 너머로 전해졌다.

"아아, 안 돼, 안 돼. 연조직은 썩어서 물러졌으니까 뼈에 손을 얹어야 해. 오른손은 장골에 얹어."

아카네는 고개를 살짝 끄덕이고 시노미야가 시킨 대로 했다. 덩치 큰 남자의 시신이라 무거울 줄 알았는데, 복강 내 장기를 비롯해 많은 부분이 없어져서인지 시신은 간단히 옆으로 누운 자세를 취했다.

복강에 고여 있던 검붉은 액체가 구더기와 함께 이쪽으로 흘러나와서 부검대에 쏟아졌다. 아카네의 방호복에도 끈적이는 액체가 튀었다.

"음, 등에 시반도 확실히 생겼군. 아무래도 사후에 오랫동안 똑바로 누운 상태로 있었던 것 같아. 그 자세로 장기를 제거당한 거겠지."

시신의 등을 바라보는 시노미야 뒤에서 형사가 플래시를 터뜨렸다. 눈이 부셔서 아카네는 고개를 돌렸다.

"사하라 선생님, 이제 됐습니다."

시노미야의 지시가 떨어지자 아카네는 시신을 원래 자세로 되돌렸다. 부검대에 생긴 검붉은 연못 속에서 구더기가 괴롭게 몸을 뒤틀고 있는 광경을 보자, 자신도 모르게 뺨이 굳어졌다.

"그런데 선생님, 사인은요?"

형사 한 명이 조급한 말투로 물었다.

"손상이 심해서 확실히는 모르겠습니다. 복부와 흉부에 치명상을 입었을 가능성도 있지만, 그 증거가 될 흔적은 내장과 함께 사라졌어요."

"내장은 불곰에게 먹힌 거죠? 불곰이 피해자를 죽인 거죠?"

시노미야가 확답을 주지 않아 안달이 났는지 형사의 목소리가 커졌다.

"불곰……."

아카네는 마스크 속에서 작게 중얼거리고 시신을 보았다. 인부들의 시신이 발견됐다는 소식만 들었는데, 역시 불곰에게 습격당했을 가능성이 큰 건가.

내 가족도 불곰에게 살해당했을까. 분명 목장에서 몇 년에 한 번씩 불곰이 소를 습격하는 사건이 일어나기는 했었다. 하지만 네 명이나 되는 사람이 아무 흔적도 없이 불곰에게 끌려갈 수 있을까.

다부진 얼굴에 냉소적인 웃음을 띤 남자가 문득 머릿속에 떠올랐다. 그에게 물어보면…….

"글쎄요……."

생각에 빠졌던 아카네는 시노미야의 늘어지는 목소리를 듣고 정신을 차렸다.

"복부 장기가 거의 없어지기는 했지만 간은 윗부분이 조금 남아 있습니다. 갈비뼈가 방해돼서 먹기 힘들었던 거겠죠."

시노미야는 시신의 복강을 들여다보았다.

"그리고 남겨진 간에 거대한 잇자국이 있어요. 송곳니뿐만 아니라 어금니 자국도 보이니까, 육식동물이 아니라 잡식동물이겠죠."

"잡식동물이라면……."

형사가 몸을 내밀자 시노미야는 무겁게 고개를 끄덕였다.

"네, 곰입니다. 이렇게 거대한 잇자국을 남길 수 있는 잡식동물은 전 세계를 찾아봐도 곰밖에 없을 거예요. 분명 몸무게는 500킬로를 훌쩍 넘겠죠. 회색곰이나 북극곰에 필적하는 크기에요. 에조불곰의 소행이라면 최대급 개체일 겁니다."

"피해자들이 거대한 불곰에게 살해당했다는 말씀이시군요."

"아니죠. 확실한 건 거대한 불곰이 이 시신의 내장을 먹었다는 사실뿐입니다."

"그 정도 알아냈으면 충분합니다. 나머지는 서류로 보고해 주시기 바랍니다. 그럼 실례하겠습니다."

형사들은 재빨리 출입구로 향했다. 그들이 문밖으로 사라지자 시노미야는 연극이라도 하듯 과장되게 어깨를 으쓱했다.

"왜 형사는 저렇게 조급한 걸까. 부검을 마치지도 않았는데 쌩하니 가버리네."

"……피해자들이 불곰에게 살해당했다는 사실을 한시라도 빨리 수사본부에 보고하고 싶은 거겠지."

아카네가 동요를 꾹 억누르며 말하자 시노미야는 고개를 저었다.

"어휴, 내가 언제 불곰에게 살해당했다고 그랬냐?"

"하지만 잇자국이……."

"불곰이 내장을 먹은 건 분명해. 다만 여기가 마음에 걸려."

시노미야는 시신의 목을 가리켰다.

"썩어서 확실치는 않지만, 목에 커다란 상처가 있어. 뭔가 예리한 날붙이에 베인 것 같은 상처가. 이게 치명상이었을 가능성이 커. 노출된 경추 앞면을 보건대, 목이 절단될 뻔했을 정도의 위력이었을 거야."

"그것도 불곰의 짓 아니야?"

"곰 발톱도 날카롭기는 하지만, 이렇게 날붙이로 벤 것 같은 상처가 나지는 않을걸. 500킬로가 넘는 불곰이 경부에 일격을 날렸다면, 턱과 함께 목이 뜯어지든가, 아예 머리가 떨어져 나가겠지. 하지만 이 시신의 머리는 구더기에게 먹혔을 뿐 심한 손상은 확인할 수 없어."

"불곰 말고 다른 동물이 인부들을 죽였다는 거야? 그런 동물이 홋카이도에 있을까?"

아카네가 고개를 갸우뚱하자 시노미야는 눈 보호대 안쪽의 눈을 가늘게 떴다.

"잔뜩 있어. 내가 알기로 이런 상처를 낼 수 있는 동물은 한 종류뿐이야. 이 세상에서 인간을 직접적으로 가장 많이 죽인 동물이지."

"뭐? 대체 그 동물이 뭔데?"

"인간."

무슨 소리인지 한순간 이해가 되지 않았다. 아카네가 입에서 "엥……?" 하고 얼빠진 소리를 흘려내자 시노미야는 시신의 상처를 짚었다.

"이렇듯 예리한 상처를 내서 인간을 살해할 수 있는 건, 날붙이를 든 인간뿐이야."

"하지만 시신은 불곰에게 먹혔다고……."

"불곰은 죽은 동물의 고기를 찾아서 먹기도 해. 누군가가 죽인 인부의 시체를 발견해 가지고 돌아갔는지도 모르지. 뭐, 시신 손상이 심해서 불곰과 인간 중에 뭐가 죽였는지 명확하게 판단하기는 어렵겠지만."

그때 아무 조짐도 없이 부검실의 불이 꺼졌다. 아카네의 입에서 작은 비명이 새어 나왔다.

"에이, 또 그러네."

희미한 비상등 불빛이 비치는 어두운 공간에 시노미야의 짜증 어린 목소리가 울려 퍼졌다.

"또라니?"

아카네는 세차게 뛰는 가슴을 방호복 위로 눌렀다.

"수위 아저씨. 밤이 되면 이 건물 불을 꺼버리거든. 오늘은 부검이 있으니까 끄지 말라고 아까 말했는데……. 미사키, 좀 다녀올래?"

"알겠습니다."

부검 내용을 기록하던 미사키가 출입구로 향했다. 그 모습을 지켜보던 아카네는 몸을 정면으로 돌리자마자 숨을 삼켰다.

"시노미야, 봐! 시신을 보라고!"

"어, 왜 그러는……."

시노미야는 끝까지 말을 잇지 못했다. 어둠 속에서 시신이 푸른빛을 희미하게 내뿜고 있었다.

"뭐야…… 이거? 시체가 부패하면 이런 일도 일어나?"

"아니, 이런 건 처음 봤어……."

시노미야는 잠긴 목소리로 대답하며 빛나는 부분을 손가락으로 문질렀다. 그리고 얼굴 앞에 손가락을 쳐들고 손전등으로 비춰보았다.

"……벌레야."

아카네가 "벌레?" 하고 묻자 시노미야는 고개를 크게 끄덕여 보였다.

"응, 몹시 작은 벌레가 빛을 내고 있어. 바다에 있는 야광충처럼."

아카네는 다시 시신을 보았다. 어둠 속에서 어렴풋이 보이는 그 모습이 환상적이라 마치 꿈속에 있는 듯한 기분이었다.

악몽 속에······.

4

 3.5리터 V형 6기통 트윈터보 엔진의 으르렁대는 듯한 가동음이 고막을 기분 좋게 자극했다. 좌석을 통해 엉덩이에 전해지는 힘 있는 진동에 기분이 들떴다.

 아카네는 가속페달을 밟아 북미 도요타 2021년형 툰드라의 속도를 높였다.

 일본의 도로를 달리기에는 너무 거대한지라 이 픽업트럭은 국내에서 판매되지 않는다. 아는 딜러에게 부탁해 미국에서 개인 수입한 물건이다. 널찍한 네 좌석 뒤쪽에 짐칸이 달린 이 차로 산길을 달리면, 마치 거대한 야생동물이 된 것 같은 느낌이라 기분 좋았다.

 수신음이 차 안의 공기를 흔들었다. 내비게이션 대용으로 놓아둔 스마트폰을 보자 '시노미야'라는 이름이 떠 있었다. 아카네가 "연결해." 하고 지시를 내리자 음성 조작된 스마트폰에서 시노미야의 늘어지는 목소리가 들렸다.

 "안녕, 사하라. 지금 뭐 해?"

"모처럼 휴일이라 스트레스 해소차 드라이브 중."

"아아, 그렇지. 생각해 보니 오늘 일요일이었네. 법의학 교실에 있으면 아무래도 요일 감각이 없어져서 말이야……. 운전 중이면 위험하겠네. 나중에 다시 걸까?"

"괜찮아. 핸즈프리니까. 혹시 그 벌레 이야기?"

아카네가 빠른 말투로 묻자 "응, 맞아." 하고 흥분 어린 대답이 돌아왔다.

황천의 숲에서 발견된 시신의 사법해부에 참여한 지 닷새가 지났다. 그날 시노미야는 시신에서 발견된 희미한 빛을 뿜어내는 벌레를 회수해, 도오대학교 생물학 교실에서 곤충을 연구하는 지인에게 분석을 부탁했다.

"어떻게 됐는데? 뭔가 알아냈어?"

"일단 그 벌레는 지금까지 보고된 사례가 없었어."

"신종이라는 뜻?"

"그래!" 시노미야의 목소리가 커졌다. "틀림없이 신종 생물이야. 즉 내가 이름을 붙일 수 있다는 뜻이지. 뭐라고 하면 좋을까?"

"글쎄, 시노미야벌레?"

"그런 촌스러운 이름은 싫어. 역시 이 북쪽 땅에서 오랫동안 살았던 사람들에게 경의를 담아, 아이누족 말을 넣고 싶어. 그리고 황천의 숲에서 발견됐으니, 음……."

"이름은 나중에 생각하고, 왜 빛이 난 건지 알려줘."

아카네는 억지로 이야기를 되돌렸다. 시노미야는 불만스러운 듯 "알았어." 하고 다시 설명에 들어갔다.

"그 벌레가 빛난 건 체내에 하르민이 포함돼 있기 때문이야."

"하르민?"

"자연계에 존재하는 형광물질이지. 수많은 식물, 해양생물, 곤충, 포유류의 체내에 들어 있어. 다만 이렇게까지 강한 빛을 낼 만큼 고농도의 하르민을 체내에서 합성하는 생물은 지금까지 알려진 바가 없어."

"아주 희귀한 곤충이라는 거구나."

"곤충이 아니야. 크기가 몇 밀리밖에 안 돼서 처음 봤을 때는 몰랐는데, 현미경으로 관찰해 보니 다리가 여덟 개더라고."

"다리가 여덟 개인 벌레라면 혹시……"

"응, 거미야. 그 벌레는 아주 작은 거미의 일종으로 추정돼. 아 참, 아이누어로 '빛'을 의미하는 '이메르'라는 단어를 넣어서 이메르황천거미는 어떨까? 응, 좋아. 이메르황천거미. 딱 좋네."

빛나는 거미가 시신에 붙어 있었다. 아카네는 미간의 주름이 깊어졌다. 그때 시신의 목에 예리한 상처가 남아 있었다는 사실이 떠올랐다.

"저기, 혹시나 해서 말인데…… 거대한 거미가 피해자의 목을 벤 건…… 아니겠지?"

한순간 침묵이 흐른 후, 스마트폰에서 커다란 웃음소리가 들렸다.

"설마 불곰같이 거대한 거미가 인간을 죽이고, 시신에 알을 낳았다고 생각하는 거야? 이야, 상상력이 굉장한걸. 할리우드에서 호러영화로 만들 만한 내용이네."

"불곰에게 살해당한 게 아닐지도 모른다고 한 건 너잖아."

아카네가 항의하자 시노미야는 "미안, 미안. 그렇게 화내지 마." 하고 가벼운 말투로 달랬다.

"일단 이 거미가 아무리 성장해도 인간의 목을 베기는 불가능해. 왜냐하면 시신에 붙어 있던 거미는 유충이 아니거든. 전부 성장한 성충이야."

"그럼 더는 안 커지는 거야?"

"응, 맞아. 아무리 성장해도 1센티를 못 넘을걸. 그렇게 작은 벌레가 어떻게 인간의 목을 베겠어? 더구나 발견된 거미는 대부분 죽어 있었어."

"죽었다고? 시신을 먹고 있던 게 아니라?"

"시신을 먹고 있었던 건 틀림없어. 거미라도 그 정도 크기로는 포식 가능한 먹잇감이 거의 없다나 봐. 따라서 기본적으로는 다른 동물의 체액이나, 시체의 살점과 즙을 영양분으로 삼는 수밖에 없지."

"그럼 왜 죽은 건데?"

"살아 있던 벌레 몇 마리를 조사해 준 곤충학 전문가 말로는 온도 변화에 몹시 취약하대. 시신이 천천히 차가워지는 건 견뎠지만, 그 후에 불곰이 흙에 파묻어서 따뜻해졌다가 수색대가 파내서 다시 차가워졌지. 그 변화를 견디지 못하고 거의 전멸했을 가능성이 크다나 봐."

"그렇게 약해빠진 생물이 자연계에서 살아갈 수 있어?" 아카네는 운전대를 조작하며 고개를 갸웃했다.

"쉽지 않겠지. 그래서 지금까지 아무에게도 발견되지 않은 거고. 어딘가 한정된 특수 조건 아래서 살아왔을 거야."

"구체적으로는?"

"모르겠어. 짐작도 안 돼." 시노미야는 순순히 백기를 들었다. "그리고 모르겠는 건 그뿐만이 아니야. 이 거미는 정말로 수수께끼로 가득해. 예를 들어 이 거미는 어떻게 시신에 들러붙었을까?"

확실히 그토록 연약한 생물이 어떻게 시신까지 다다랐을지 의문이었다.

"목의 상처와 뭔가 관련이 있을까?"

"그것도 모르겠어. 그래서 법의학자로서 이번 일을 철저하게 조사해 논문으로 발표하고 싶어. 어쩌면 너희 가족에게 무슨 일이 있었는지 해명할 힌트가 될지도 모르니까."

열의가 담긴 말에 아카네는 무심코 입매가 풀어졌다.

"기대를 품고 기다릴게. 그러고 보니 경찰에게는 벌레랑 목의 상처에 관해 알렸어?"

"응, 보고서에 기록했고, 형사에게도 직접 말했지."

아까와는 딴판으로 시노미야의 목소리에 탄력이 없어졌다. 아카네는 "그래서?" 하고 재촉했다.

"전혀 흥미를 안 보이던데. 경찰은 이미 피해자들이 불곰에게 살해당했다고 단정했어. 지금 각지의 엽우회에 연락해서 대규모 퇴치팀을 꾸리는 중이래."

"나도 엽우회 소속이라 퇴치팀을 편성한다는 이야기는 들었어. 홋카이도의 곰 사냥꾼을 전부 불러 모을 기세더라. 나도 참가할 예정이야. 뭐, 불곰이 시신을 먹은 건 확실하니까 틀린 선택은 아니겠지. 그 불곰을 잡으면 뭔가 더 알아낼 수 있을지도 몰라."

"그럼 난 연구실에서, 사하라는 황천의 숲에서 최선을 다해야겠군. 다만 조심해. 요모쓰이쿠사의 전설을 믿는 건 아니지만, 그 숲에서는 뭔가 이상한 일이 일어나고 있어."

"응, 여러모로 고마워, 시노미야."

"고생스러웠던 의학부 시절에 한솥밥을 먹은 사이잖아. 뭐, 퇴치팀을 편성하려면 시간이 꽤 걸릴 테니 불곰은 한참 후에야 잡히겠네. 어쩌면 내가 먼저 실마리를 얻을 수 있을지도 모르겠어. 그럼, 뭔가 알아내면 또 연락할게."

그 말을 끝으로 통화가 끊겼다.

"한참 후라……. 하지만 그렇게까지 오래 못 참을 사람이 있거든."

짓궂게 중얼거린 후 아카네는 클러치를 밟고 기어를 변속해 속도를 낮췄다. 앞 유리 너머로 낡은 통나무집이 보였다. 그 옆에 주차된 경트럭에 남자가 짐을 싣고 있었다. 아카네는 트럭 옆에 차를 세우고 운전석 창문을 내렸다.

"여전히 산 사나이 생활을 하는 모양이네."

"오, 아카네. 오랜만이네. 정말로 왔군."

사냥꾼 동료인 가지 세이지는 수염이 덥수룩한 다부진 얼굴에 쑥스러운 듯한 웃음을 지었다.

"당연하지. 자, 그런 고물 말고 내 차에 실어."

아카네의 재촉에 가지는 경트럭에 실은 짐을 툰드라 짐칸으로 옮기고 조수석에 올라탔다. 아카네는 기세 좋게 차를 돌려 방금 왔던 길을 되돌아갔다.

"이야, 차 좋은데. 역시 의사라 돈이 많군."

가지가 어린아이처럼 들떠서 목소리를 높였다.

"돈 없어. 대학병원은 월급이 엄청 짜거든. 워낙 바빠서 쓸 여유가 없으니까 차에 쏟아부었을 뿐이야."

"아무리 그래도 나보다는 많겠지. 난 거의 빈털터리라고."

"불곰만 잡으니까 그렇지. 사슴이나 새도 잡아서 시장에 팔아. 그리고 엽우회의 유해 야생동물 퇴치 요청도 좀 더 받아들이고. 그것도 돈 주잖아. 불곰일 때가 아니면 코빼기도 안 내비치면서."

"난 불곰만 잡을 수 있으면 돼. 내게 곰 사냥은 삶의 보람이니까. 난 산에서 그 괴물과 목숨을 걸고 싸우는 순간에만 살아 있다는 게 실감돼. 알 텐데? 너도 수술을 집도할 때 살아 있음을 느낀다고 했잖아."

"똑같이 취급하지 마." 아카네가 인상을 찌푸리자, 가지는 짐짓 크게 웃었다.

"똑같아. 난 죽이는 데 목숨을 걸고, 넌 살리는 데 목숨을 걸 뿐이야."

"죽이는 거랑 살리는 건 정반대잖아."

"세상만사는 표리일체지. 너도 까딱하면 나처럼 될걸. 우리는 서로 비슷해."

수긍하지 못한 아카네가 입술을 삐죽거리자 가지는 "그런데." 하고 중얼거렸다.

"잠깐만 이 차 몰아보면 안 될까?"

"안 돼. 내 소중한 애인이란 말이야."

"뭐야, 아직도 사람 애인은 없어?"

"가지 씨가 뭔 상관인데?"

"상관있지. 싱글이라면 나한테도 입후보할 기회를 한 번 더 줘."

"아직 포기 안 했어?"

아카네는 한숨을 푹 쉬었다. 가지와는 몇 번 몸을 섞은 적이 있었다. 야성적인 그 행위 자체에는 만족했지만, 가지와 사귀고 싶은 건 아니었다.

"그야 찰떡같이 잘 맞았는데 포기 못 하지. 난 진심이었다고. 그런데 넌 할 일을 마치자마자 후딱 샤워하고 돌아가 버렸잖아. 마음을 걸어 잠가도 너무 꽉 걸어 잠근다니까."

어린아이처럼 툴툴거리는 가지가 귀여워서 아카네는 표정이 풀어졌다.

"미안해. 옛날부터 잠든 얼굴을 남에게 보여주는 게 싫었거든. 확실히 가지 씨와 여러모로 잘 맞기는 했어."

아카네가 농염하게 말하자 가지가 "그럼……." 하며 몸을 살짝 내밀었다.

"음, 제대로 된 직장을 구해서 나랑 비슷하게 벌게 되면 생각해 볼게."

"……억지 부리지 마."

노골적으로 어깨를 축 늘어뜨린 가지를 곁눈질하며 아카네는 "미안, 미안." 하고 작게 웃었다.

잡담을 나누며 30분쯤 산길을 나아가자 수십 미터 앞에서 포장도로가 끊기고, 작은 주차장이 나왔다. 아카네는 표정을 다잡았다. 이제부터 습격당한 인부들이 뚫은 산길, 황천의 숲으로 이어지는 길을 나아간다.

―황천의 숲에는 사람을 잡아먹는 괴물이 사니까 절대로 들어가서는 안 된다.

어릴 적부터 되풀이해 들었던 경고가 떠올라 몸이 굳어졌다.

"어이!" 조수석에서 들린 목소리에 아카네는 브레이크를 밟았다. 타이어가 비명을 질렀다.

"정말로 황천의 숲에 들어가려고? 내 사냥에 따라올 작정이야?"

"당연하지, 그러려고 왔으니까."

사법해부에 입회한 후, 가족이 실종된 일의 실마리가 황천의 숲에 있다고 확신했다. 그리고 인부들의 시신을 뜯어 먹은 불곰이야말로 가장 큰 실마리다. 그렇기에 엽우회에서 퇴치팀 이야기를 했을 때 주저 없이 참가하기로 결정했다.

하지만 가지가 퇴치팀이 편성되기를 느긋하게 기다릴 리 없다는 걸 아카네는 누구보다도 잘 알고 있었다.

가지는 분명 불곰을 잡기 위해 혼자 황천의 숲에 들어간다. 아카네는 그렇게 확신하고 사법해부가 끝나자마자 가지에게 연락했다. 처음에는 딱 잡아뗐지만 끈질기게 캐묻자 질렸다는 듯 가지는 당장이라도 황천의 숲에 들어갈 작정이라고 자백했다. 아카네는 엽우회와 경찰에게 알리지 않는 대신, 주말까지 기다렸다가 자기를 데리고 가라고 가지에게 요청했다.

"목소리가 떨리는데. 무리할 것 없어. 나도 요 부근 출신이야. 황천의 숲에 들어가는 게 이 지역 사람들에게 얼마나 큰 금기인지는 잘 알지. 다 널 위해 하는 말이니까 여기서 기다리고 있어. 괴물을 처치하고 안전해지면 부를게."

그 제안에 마음이 흔들렸다. 하지만 아카네는 어금니를 꽉 깨물고 고개를 크게 내저었다.

"아니, 나도 같이 갈 거야."

만약 황천의 숲에 숨어 있는 불곰이 가족의 원수라면, 자신의 손으로 숨통을 끊어야 한다. 그러기 위해 퇴치팀이 편성되기를 기다리지 않고 가지와 함께 여기까지 왔다.

"어휴." 가지는 속 터진다는 듯이 머리를 긁적였다. "총은 뭐 들고 왔어?"

"……베넬리 M4."

아카네는 뒷좌석에 놓아둔 총기 보관 케이스를 보았다. 안에는 즐겨 사용하는 이탈리아제 반자동 산탄총이 담겨 있다.

"M4는 좋은 총이야. 하지만 결국은 산탄총이지. 왜 라이플을 안 가져왔어? 너, 이제 허가증 딸 수 있잖아."

총기 소지 면허를 취득하고 10년이 지나야 라이플을 소지할 수 있다. 그 전에는 공기총이나 산탄총밖에 소지할 수 없다.

"산탄총으로 충분할 줄 알았는데……."

"그야 네가 평소 즐기는 사슴 사냥은 산탄총으로도 충분하지. 만약 못 잡더라도 사냥감을 놓칠 뿐이니까. 그런 여가용 사냥과 곰 사냥은 근본부터 달라."

"하지만 슬러그탄을 가져왔어. 그것도 리슬로. 불곰도 쓰러뜨릴 수 있을 거야."

슬러그탄은 산탄이 아니라 한 덩어리의 탄두를 날려 보내는 탄알로, 작은 납구슬을 넓은 범위에 뿌리는 산탄과 비교해 위력이 강하다. 그중에서도 '리슬'이라고 불리는 유형은 탄두에 흠집을 내서 표적에 명중하면 끝부분이 꽃 피는 것처럼 벌어지는데, 그 파편이 육체를 파괴하며 퍼져나가서 사냥감에게 큰 피해를 줄 수 있다. 아프리카에서는 코뿔소나 물소를 사냥하기 위해 사용하며, '리슬(치명적)'이라는 이름에 부끄럽지 않은 위력을 보인다.

"아아, 리슬 슬러그탄이라면 불곰도 죽일 수 있겠지. 하지만 그건 사정거리가 50미터 정도잖아. 라이플과는 사정거리가 너무 차이나."

아카네는 말문이 막혔다. 라이플은 총포 내부에 강선이라는 명칭의 나선 홈이 파여 있어서 탄알이 회전하며 발사된다. 그 회전은 자이로 효과를 발생시켜 탄도가 안정되고 직진성이 늘어난다. 따라서 라이플은 산탄총과 비교도 안 될 만큼 긴 사정거리와 높은 명중률을 자랑한다.

"라이플은 마음만 먹으면 1킬로미터 밖의 사냥감도 노릴 수 있지. 하지만 슬러그탄으로는 바로 근처에 있는 녀석밖에 못 쏴. 게다가 산탄총은 두 발밖에 장전 못 하잖아.[2] 잘못 쏘면 재장전할 틈도 없이 불곰 밥이 돼."

억양 없는 가지의 말투에서 협박하는 게 아니라 사실을 말해주고 있을 뿐이라는 걸 알 수 있었다.

"알겠지? 곰 사냥은 특별해. '여기'가 좀 맛이 가서 목숨을 내놓을 각오가 된 놈들만 할 수 있는 짓이라고."

가지는 집게손가락으로 자기 관자놀이를 탁탁 두드리더니 조수석 문을 열었다.

"여기까지 바래다줘서 고마워. 미안하지만 해 질 녘에 데리러 와줄래? 그 전에 죽이면 엽우회나 경찰은 제쳐놓고 너한테 제일 먼저 연락할게."

아카네는 몸을 내밀어 차에서 내리려는 가지의 손목을 붙잡았다.

"멋대로 이야기 진행하지 마. 내가 무슨 택시 기사냐? 당신이랑 같이 갈 거야."

"거참. 내 말 못 알아들었어?"

가지가 손을 뿌리치려 하자 아카네는 힘을 주어 손목을 잡아당겼다. 가지는 "으어?!" 하며 균형을 잃었다.

---

[2] 일본에서는 산탄총의 관형 탄창에 리미트 바를 넣어서 탄알을 두 발 이상 장전하지 못하도록 제한한다.

"여전히 힘은 더럽게 세네."

아카네는 장난치듯 말하는 가지에게 이마가 닿을 만큼 얼굴을 바짝 들이대고 눈을 바라보았다.

"내 머리도 맛이 갔어. 7년 전에 갑자기 가족이 모두 사라졌을 때부터."

실실 웃던 가지의 표정이 딱딱하게 굳어졌다.

"어쩌면 황천의 숲에 사는 괴물, 거대한 불곰이 우리 가족을 습격했을지도 몰라. 그놈이 우리 가족을 잡아먹었는지도 모른다고. 그 원수가 바로 저기 있을지도 모르는데, 당신이 놈을 죽이기를 빌며 여기서 기다리라는 거야?"

"……곰 사냥 중에 남의 안전까지 책임질 여유는 없어. 게다가 황천의 숲에 사는 건 보통 불곰이 아니야. 몸무게가 1톤에 가깝고 인육에 맛을 들인 식인 곰이지. 말 그대로 괴물이라고. 만약 놈이 널 노려도 난 못 구해줘. 산 채로 잡아먹힐지도 몰라."

"그러면 칼로 놈의 눈알을 도려내겠어. 그 틈에 당신이 탄알을 놈의 심장에 박아."

"……진심으로 하는 소리야?"

"당연히 진심이지. 지난 7년간, 가족이 왜 사라졌는지 몰라서 몸부림쳐 왔어. 누군가 가족을 죽였다면 놈에게 복수하기로 결심했지. 그런데 그 기회를 날리면 평생 후회할 거야."

아카네는 가슴속에 담아두었던 심정을 말에 실어서 내뱉고 가지의 대답을 기다렸다. 얼마 후, 가지가 먼저 눈을 돌렸다.

가지는 열려 있던 조수석 문을 닫고 좌석을 뒤로 젖히더니, 뒤통수에 깍지를 꼈다.

"저기 산길을 똑바로 나아가면 인부들이 습격당한 컨테이너 하우스가 나와. 길이 아주 험하지만 이 차라면 거뜬히 올라갈 수 있겠지."

"그럼······."

"그래, 데려갈게. 데려가면 되잖아."

가지는 이목구비가 반듯한 얼굴에 냉소를 지었다.

"프로 사냥꾼 중에도 너처럼 배짱이 두둑한 인간은 많지 않아. 혼자서 사냥하는 게 내 기본 방침이지만, 너라면 방해는 되지 않겠지. 일단 미끼 정도로는 쓸 수 있을 거야."

"만약 당신이 불곰에게 당해도 안심해. 당신을 먹는 사이에 내가 슬러그탄을 처박아서 놈을 죽여버릴 테니까."

"과연, 서로가 서로를 미끼 삼아 원수를 갚겠다는 건가. 그거 좋군."

가지는 크게 소리 내어 웃었다.

······원수? 위화감을 느낀 아카네가 물어보려고 입을 열려는데, 가지는 "도착하면 깨워줘." 하며 눈을 감았다. 아카네는 목덜미를 긁적이고 가속페달을 밟았다. 툰드라의 거대한 차체가 다시 나아가자, 차도 끝에 있는 주차장 안쪽에 비포장 임도林道가 있었다. 아카네는 주차장에 스쿠터가 한 대 세워져 있는 것을 알아차렸다.

누가 이런 산속까지 스쿠터로? 그 사람은 어디로 갔을까?

한순간 머리에 떠오른 의문이 바로 흩어졌다. 이제부터 금지구역에, 인간이 아닌 것의 영역에 들어간다. 쓸데없는 생각을 할 여유는 없다. 가속페달을 밟아 짐승이 다니는 길 같은 임도로 들어갔다. 비포장에 가파른 경사면이었지만, 389마력 사륜구동은 마치 평지를 달리는 것처럼 올라갔다.

숲으로 들어가고 몇 분 지났을 때, 길가에 서 있는 지장보살상을 보고 온몸에 소름이 돋았다. 이것은 인간의 영역과 금지구역을 구분하는 표지물이다. 마침내 금지구역에 들어섰다.

아카네는 무의식중에 가속페달에서 떨어질 뻔한 발에 힘을 주고 계속 차를 몰았다. 숲속을 얼마간 나아가자 위를 뒤덮듯이 줄지어 있던 가문비나무가 끊기고 시야가 탁 트였다. 야구장만 한 평지에 중장비가 늘어섰고, 그 너머에 컨테이너 하우스가 보였다.

자세히 보자 컨테이너 하우스는 심하게 손상됐고 중장비가 두 대쯤 옆으로 쓰러져 있어서, 아카네는 배 속이 싸늘하게 식는 듯한 느낌을 맛봤다.

"오, 도착했나." 조수석에서 가지가 크게 하품을 했다.

"이걸 불곰이 했다는 거야?"

앞 유리 너머에 펼쳐진 참상을 가리키자 가지는 즐거운 듯 입꼬리를 끌어올렸다.

"이 정도는 껌이지. 주행 중인 밴과 나란히 달리다 몸으로 부딪쳐서 밴을 넘어뜨린 불곰도 있을 정도니까."

가지는 문을 열고 밖으로 나갔다. 아카네도 허둥지둥 시동을 끄고 차에서 내렸다.

"몸무게 500킬로가 넘는 불곰은 동물이라기보다 살육 병기야. 네가 자랑하는 이 차도 간단히 뒤집고, 앞 유리를 깨서 탑승자를 끌어내 잡아먹겠지. 차 안은 시야도 안 좋고 재빨리 총을 겨누기도 힘들어. 그리고 불곰의 눈에 확 띄니까 기습을 당하기도 쉽지. 따라서 여기서부터는 걸어서 갈 거야. 애당초 길도 없고 말이야."

가지는 짐칸에 실은 케이스를 내리고, 연식이 느껴지는 투박한 라이플을 꺼냈다. 레밍턴 모델 700 338 라푸아 매그넘. 군의 장거리 저격용으로 제작된 보틀넥탄을 발사할 수 있는 특제 라이플이었다. 아카네의 지인 가운데, 일본에서 사용 가능한 탄알 중에서 가장 위력이 강한 338 라푸아 매그넘탄을 사용하는 사냥꾼은 가지뿐이었다. 회색곰이나 때로는 코끼리 사냥에 사용되는 라푸아 매그넘탄은 일본에서 쓰기에 위력이 과한 데다 비싸고, 쏠 수 있는 라이플 자체가 극히 적다. 불곰만 노려서 집요하게 쫓아다니는 가지에게 딱 어울리는 탄알과 라이플이었다.

재빨리 준비에 나선 가지를 뒤로하고 아카네는 부서진 뒷문으로 컨테이너 하우스에 들어가자마자 숨을 삼켰다. 바닥은 말라붙은 핏자국 천지였고, 간이침대와 선반장, 테이블 등이 쓰러져 있었다. 마치 실내에 회오리바람이라도 분 듯했다.

이만한 피해를 남긴 '뭔가'가 숨어 있는 황천의 숲으로 곧 들어간다. 무기는 산탄총과 라이플뿐. 숨쉬기가 힘들어서 가슴을 누르고 고개를 숙인 순간, 아카네는 눈을 부릅떴다. 그 자리에 납작 엎드려, 쓰러지지 않고 남아 있던 침대 아래를 들여다보았다. 어둠 안쪽에서 푸른빛이 희미하게 반짝였다. 아카네는 손을 뻗어 빛나는 부분을 문지른 후 확인했다. 집게손가락에 시선을 집중하지 않으면 먼지로밖에 보이지 않을 만큼 작은 벌레가 여러 마리 묻어 있었다.

사법해부한 시신에 붙어 있던 거미가 여기에도 있었다.

"이메르황천거미……."

두 시간쯤 전에 시노미야가 명명한 신종 거미의 이름이 입에서 흘러나왔다.

대체 이 거미는 뭘까. 인부 참살 사건, 그리고 7년 전 가미카쿠시 사건과 어떤 관계일까.

콧등에 주름을 잡고 생각에 잠겨 있자니 "야, 꾸물거리면 두고 간다." 하고 가지가 부르는 소리가 들렸다. 아카네는 이메르황천거미가 묻은 손가락을 침대 시트에 닦고 밖으로 나갔다.

"사냥 시간은 일몰 전까지야. 시간이 없어. 3분 줄 테니까 서둘러."

레밍턴 모델 700의 멜빵을 어깨에 멘 가지가 재촉했다. 아카네는 뒷좌석에 놓아둔 총기 보관 케이스에서 애용하는 산탄총을 꺼내고 쇼트셸홀더를 허리에 찬 후, 홀더에 슬러그탄을 끼웠다.

"수렵 허가 시간은 칼같이 지키는구나. 사냥감을 확인하기 전에 탄알을 장전하는 주제에."

바쁘게 준비하며 야유하자 가지는 콧방귀를 뀌었다.

"준법주의자라서 일몰 전에 사냥을 마치겠다는 게 아니야. 밤이 되면 우리는 사냥꾼이 아니라 그저 먹잇감이 되니까 그러는 거지."

"먹잇감……." 그 불길한 어감에 뺨이 굳어졌다.

"아카네, 잘 기억해 둬. 불곰은 일본에서 가장 크고 가장 강한 짐승이야. 연약한 원숭이에 불과한 인간은 이게 있어야 불곰을 상대할 수 있어."

가지는 어깨에 멘 레밍턴 모델 700을 가리켰다.

"하지만 아무리 위력이 강한 총을 가지고 있어도, 자신이 유리한 상황에서 싸우지 않으면 불곰과 대등하게 맞붙을 수 없지. 놈들은 개처럼 냄새를 잘 맡고, 고양이처럼 어둠을 꿰뚫어 보거든. 밤이 되면 우리는 아예 상대가 안 돼. 일방적으로 사냥당해 잡아먹힐 뿐이라고. 그래서 난 반드시 낮에만 사냥에 나서. 잡아먹혀서 흙만주가 될 가능성을 조금이라도 줄이기 위해."

가지는 손목시계를 힐끗하더니 "3분 지났어." 하며 몸을 돌려 숲으로 향했다.

"앗, 잠깐 기다려."

아카네는 식료품과 수통, 사냥에 필요한 도구가 든 배낭을 들고 가지를 쫓아갔다.

◆

"아직 멀었어?"

수통에 입을 댄 가지에게 아카네가 물었다. 가지는 "거의 다 왔어." 하며 입가를 닦고 아카네를 보았다.

"왜? 얼굴에 뭐라도 묻었어?"

"그건 아니고, 안 피곤해?"

인부들이 습격당한 광장에서 출발한 지 약 두 시간, 가문비나무와 전나무로 빽빽한 비탈을, 가끔 조릿대 덤불도 정글도로 쳐내며 거의 쉬지 않고 올라왔다.

"전혀. 평소에 운동을 많이 하니까."

"체력이 어마어마하군. 믿기지가 않아."

"왜 다들 나를 괴물처럼 말하는 거야? 가지 씨야말로 몸이 둔해진 것 아니야? 산에 사냥하러 갈 때 말고는 집에서 빈둥거리잖아. 다음에 같이 운동하러 가볼래?"

황천의 숲에 들어오고 시간이 꽤 흐르자 긴장이 풀어져서 가벼운 잡담을 나눌 정도의 여유가 생겼다.

"난 됐어. 무슨 재미로 무거운 쇳덩이를 들었다 내려놨다 하면서 시간을 보내냐?"

"그래? 한계까지 몸을 밀어붙이면 기분 좋아. 웬만한 남자보다 무거운 중량을 다루니까 관심의 눈길도 쏟아지고 말이야."

아카네도 배낭에서 수통을 꺼내 물 한 모금으로 마른 목을 축였다.

산에는 계곡도 많지만 결코 그 물을 마셔서는 안 된다. 북방여우의 똥에 섞여서 배출되는 기생충의 알이 있을지도 모르기 때문이다. 만약 그 알을 먹으면 체내에서 유충이 부화해 오랜 세월 간과 뇌에 낭포를 만들어 목숨을 앗아 간다. 그러므로 무겁더라도 물은 충분히 가져올 필요가 있었다.

"기분 좋다니, 마조히스트냐? 요전의 형사에게 본받으라고 말해주고 싶군."

"형사?"

"나를 따라와서 시신을 함께 발견한 형사. 아아, 너도 알 텐데. 7년 전 가미카쿠시 사건 때 약혼자가 실종됐다고 했으니까."

"오코노기 씨?!" 무심코 목소리가 커졌다.

"아, 그런 이름이었어. 형사라면서 너랑 달리 체력이 없어서 아주 걸리적거렸지만, 간곡히 부탁하길래 데려갔지."

"……미끼로?"

가지의 눈이 가늘어졌다. 아카네는 자신의 예상이 맞았음을 깨달았다.

"가지 씨, 언제부터 이랬어?"

"언제부터 이랬느냐니, 무슨 뜻이야?"

가지는 수통을 배낭에 넣고 다시 걸어갔다. 아카네도 걸음을 옮기며 가지의 등에 말을 던졌다.

"언제부터 이렇게 불곰한테 집착하게 됐냐는 거야. 나랑 처음 만났을 무렵, 10년쯤 전부터 불곰 사냥을 무엇보다 우선했지. ……자기 목숨보다도. 뭔가 그렇게 된 계기가 있을 것 아니야."

대답은 없었다. 아카네의 목소리가 들리지 않는 듯 가지는 가쁜 숨을 내쉬며 걸음만 옮겼다. 마치 질문에서 도망치는 것처럼. 아카네는 속도를 높여 가지와 나란히 섰다.

"당신 아까, 내가 마음을 열어주지 않는다고 툴툴거렸잖아. 하지만 내가 보기에는 당신이야말로 내내 껍데기 속에 틀어박혀 진정한 모습을 보여주지 않았어."

가지는 여전히 대답이 없었다. 하지만 아카네는 개의치 않고 말을 던졌다.

"불곰과 목숨을 걸고 싸우는 데서 삶의 보람을 느낀다고? 거짓말하고 있네. 당신은 불곰과 싸우고 싶은 게 아니야. 죽이고 싶을 뿐이지. 최대한 고통스럽게."

"……왜 그렇게 생각하는데?" 위협하듯 나지막하게 잠긴 목소리로 가지가 물었다.

"3년 전, 당신이 작은 암컷 불곰을 잡았을 때, 내가 운송과 해체를 도와줬잖아. 그때 불곰의 온몸에 총 맞은 자국이 열 군데도 넘게 남아 있더라. 라푸아 매그넘탄이라면 그 정도 크기는 한 방에 죽일 수 있었겠지. 그렇게 쏴댈 필요 없었어."

"급소를 빗나가서 위험했거든. 몇 번이고 덤벼들어서 나도 필사적이었어. 좀처럼 죽지 않아서 그만큼 쏴야 했을 뿐이야."

불만스러운 듯 가지는 혀를 크게 찼다.

"초보 사냥꾼이라면 모를까, 곰 사냥이 생업인 당신이 그런 실수를 한다고? 그 불곰은 좌우 견갑골이 박살 났어. 처음에 견갑골을 쏴서 움직임을 봉쇄하는 건 불곰을 처치하는 방법 중 하나지. 보통은 그 후에 3번 갈빗대나 목 아랫부분을 쏴서 심장을 파괴해. 하지만 당신은 일부러 급소를 피해서 탄알을 계속 박아 넣었지. 최대한 고통스럽게 죽이기 위해. 아니야?"

가지가 곁눈질로 칼날같이 날카로운 시선을 던졌다. 더는 입을 열지 말라는 경고가 담긴 눈빛이었다. 하지만 아카네는 기죽지 않았다.

"난 칼에 찔리고 총에 맞아 응급실로 이송된 조직폭력배도 상대해. 그 정도 눈빛은 우습지도 않아."

아카네는 가지를 마주 노려보았다.

"7년 전, 우리 가족이 모두 실종됐어. 그리고 여태 소중한 가족에게 무슨 일이 일어났는지 몰라. 그렇기에 위험을 무릅쓰고 황천의 숲에 들어와서 여기 사는 괴물을 쫓고 있지. 놈이 우리 가족을 잡아먹었을지도 모르니까. 난 숨김없이 다 말했어. 그런데 당신은 왜 안 가르쳐주는데? 그런 인간에게 마음을 열고 파트너로 받아들이라는 거야?"

빠르게 말을 쏟아낸 아카네는 숨을 내쉬고 가지의 반응을 기다렸다. 주변 공기에 긴장감이 감돌았다.

먼저 움직인 것은 가지였다. 몸을 돌려 다시 비탈을 올라갔다.

"아, 좀!"

아카네가 불러 세우려 하자 가지는 입술 앞에 집게손가락을 세우고 억누른 목소리로 말했다.

"큰 소리 내지 마. 아직 기척은 느껴지지 않지만 이미 놈의 영역에 들어왔어. 아무리 떨어져 있어도 카랑카랑한 쇳소리로 떠들어대면 쉽게 들켜. 그럼 놈은 도망치거나, 기습해서 우리를 죽이겠지."

가지가 정론으로 대응해서 아카네는 입을 다물었다. 무거운 분위기 속에서 두 사람은 말없이 숲을 나아갔다.

"……불곰이 아니야."

몇 분 후, 가지가 혼잣말하듯 중얼거렸다. 아카네는 반사적으로 "뭐?" 하고 물었다.

"난 불곰을 죽이고 싶은 게 아니라고. ……아사히를 잡아 죽이고 싶은 거지."

"아사히라면 아사히카와 스키장 곰 습격 사건을 일으킨 AS21 말이야?"

"응, 맞아." 가지는 시선을 정면에 고정한 채 고개를 끄덕였다. "스키 타던 손님이 습격당하고 며칠 후에도 피해자가 나온 거 알지?"

"응, 퇴치팀에 참가했던 사냥꾼 두 명이 죽고, 한 명은 중상을 입었을 텐데."

"중상을 입은 사냥꾼이 나야."

아카네는 두 눈이 휘둥그레졌다.

"하지만 엽우회 사람은 아무도 그런 말……."

"안 하겠지. 같은 사냥꾼이라면……. 그런 비참한 일을 어떻게 가볍게 꺼내놓겠어?"

가지의 얼굴에 고통을 견디는 듯한 표정이 맺혔다.

"대체…… 무슨 일을 겪은 건데……?"

"나한테는 별일 없었지. 소리도 없이 별안간 조릿대 덤불에서 튀어나온 아사히에게 들이받혀서 몇 미터 떨어진 나무로 날아갔을 뿐이야. 오른팔과 쇄골, 갈비뼈가 일곱 대 부러졌고, 그중 하나가 폐를 찔렀지. 그래도 운이 좋은 편이었어. 다른 곳으로 튕겨 나간 사냥꾼은 목뼈가 부러져서 즉사했으니까."

가지는 코웃음을 치더니 시선을 들었다.

"아니지, 운이 나빴던 건가. 나도 죽었으면 그런 지옥을 경험하지 않아도 됐을 테니."

가지의 얼굴에 한없이 어두운 그늘이 드리웠다. 아카네는 그 모습을 지금까지 몇 번 보았다. 그때마다 이 남자가 짊어진 어둠의 정체가 궁금했지만, 물어보지 못했다.

아카네는 침을 삼키고 가지의 말에 귀를 기울였다.

"난 그때 둘이 짝을 이뤄서 아사히를 쫓고 있었어. 아사히는 일단 나를 날려버린 후 다른 한 명에게 덤벼들었지."

"……친한 사람이었어?"

물어보고 나서야 얼마나 얼빠진 질문이었는지 깨달았다. 식인 불곰을 쫓는 위험한 사냥이다. 친한 사람이 아니면 등 뒤를 못 맡긴다.

가지의 얼굴에 웃음이 맺혔다. 자학으로 가득한 고통스러운 웃음이.

"아내였어."

너무나 뜻밖의 대답에 아카네는 할 말을 잃었다.

"어릴 적부터 함께 놀았던 소꿉친구였지. 사냥꾼이었던 우리 아버지를 옛날부터 자주 함께 따라다녔어. 그러다 자연스레 우리도 사냥을 하게 됐고."

"그럼 부인과 둘이서 사냥꾼 일을 한 거야?"

"설마. 사냥은 돈벌이가 안 된다는 걸 너도 잘 알잖아."

가지는 건조한 웃음을 흘렸다.

"아내는 시청에서 일했어. 난 프로 사냥꾼이었지만 지금과 달리 사슴을 중심으로 사냥했고, 수렵 기간이 아닐 때는 친척의 농가를 도우며 나름대로 수입을 올렸지."

그리운 듯 눈을 가늘게 뜬 가지는 "그 사건이 일어날 때까지는." 하고 콧등에 깊은 주름을 잡았다.

가지는 어깨에 메고 있던 라이플의 멜빵을 떨릴 만큼 세게 움켜잡았다.

"스키어를 죽인 불곰을 퇴치하는 데 도움을 달라고 엽우회에서 요청이 들어왔어. 난 내키지 않았지. 시신도 회수했으니까 굳이 숲에 들어가 퇴치할 필요 없잖아. 포획 틀을 설치해 두면 그만이야. 하지만 아내가 참가하자더군. 자식을 잃은 부모는 한시라도 빨리 원수를 갚길 원할 거라면서. 그때 말렸다면……."

가지가 이를 가는 소리가 고막을 흔들었다.

"난 그때까지 곰 사냥을 해본 적이 거의 없었어. 사슴을 쫓다가 우연히 마주친, 50킬로도 안 되는 불곰을 쏴본 적이 있는 정도였지. 그래서 불곰이 얼마나 무서운지 전혀 몰랐어. 놈들이 얼마나 위력적이고, 얼마나 사납고 교활한지 말이야."

"부인은…… 어떻게 됐어?"

답은 알고 있었다. 하지만 묻지 않을 수 없었다.

"……잡아먹혔어. ……아내는 내 눈앞에서 산 채로 불곰에게 잡아먹혔어."

상상을 불허하는 비참한 상황에 아카네는 할 말을 잃었다.

"쓰러진 내 앞에서 불곰은 아내를 밀어서 쓰러뜨리고 두 다리를 부러뜨렸어. 부러진 뼈가 피부를 뚫고 나왔지. 아내가 도망칠 수 없게 되자 불곰은 아내의 배를 천천히 물어뜯었어. 우리가 뼈에 붙은 닭고기를 뜯어 먹듯 천천히. 그때 들었던 아내의 절규가 아직도 귀에서 떠나질 않아."

 억양이 없어 감정이 전혀 느껴지지 않는 목소리로 말하며 가지는 한 손으로 귀를 잡았다. 마치 귀를 잡아 뜯으려는 것처럼.

 "아내는 찢어진 배에 주둥이를 처박고 내장을 먹는 불곰에게 간절히 애원했지. '미안해!', '용서해 줘!', '아파!', '제발 그만해!'라고. 그리고 쓰러져서 꼼짝도 못 하는 내게 몇 번이고 살려달라고 도움을 요청했어. 하지만 난 아무것도 할 수 없었어. 온몸의 뼈가 부러져서…… 정말로 아무것도 할 수 없었지."

 가지는 토하기라도 할 것처럼 고개를 앞으로 기울이고 말을 이었다.

 "그러다 아내가 비명을 멈췄어. 하지만 죽은 것도 의식을 잃은 것도 아니었어. 그냥 그럴 힘이 없어졌을 뿐이야. 그 증거로 불곰이 내장을 씹으면 입을 떡 벌리고 희미한 신음을 흘렸지. 그리고 날 줄곧 원망스럽게 바라봤어. 난 조금씩 잡아먹히는 아내와 마주 보고 있었던 거야."

 사랑하는 사람이 눈앞에서 산 채로 잡아먹히는 광경을 그저 바라본다. 그 어떤 고문에도 뒤지지 않을 만큼 고통스러웠을 것이다. 이야기를 듣고 있으니 아카네는 점점 숨이 막혀왔다.

 "불곰이 아내의 내장을 전부 먹어치웠을 때쯤, 이변을 알아차린 퇴치팀 본대가 다가왔지. 그걸 눈치채고 불곰은 숲속으로 달아났어. 퇴치팀 중 몇 명은 끔찍하게 뜯어 먹힌 아내를 보고 토하더군. 뭐, 그렇게 해서 나만 볼꼴 사납게 살아남은 거야."

가지는 숨을 크게 내쉬었다.

"……그래서 곰 사냥을 시작한 거구나. 부인의 원수를 갚기 위해."

"그래. 불곰을 쫓다 보면 언젠가 아사히를 만나 놈의 심장에 탄알을 먹일 수 있겠지. 아니면…… 아내처럼 놈에게 잡아먹히거나."

복수 또는 아내를 구하지 못했음에 대한 속죄, 그것만을 원하며 가지는 12년간 불곰을 쫓아왔다. 그것만을 위해 살아왔다. 알고 지낸 지 10년쯤 지났지만, 비로소 가지라는 인간의 본질을 이해한 기분이었다.

"가지 씨는 아사히가 인부들을 죽였다고 생각하는 거지?"

"틀림없어. 아무리 불곰이라도 그런 짓을 할 수 있는 괴물은 결코 많지 않아. 틀림없이 아사히야. 놈은 몇 년 전부터 황천의 숲에 숨어 살며 이따금 여자를 습격해."

"여자를 습격한다고?"

아카네가 묻자 가지는 고개를 크게 끄덕였다.

"한번 인육을 맛본 불곰은 계속 사람을 습격해. 특히 여자 고기에 집착하는 불곰이 많지. 산케베쓰에 출몰한 불곰도 잡아먹은 건 여자와 아이뿐이었어. 그 불곰이 산케베쓰에 출몰하기 전에 여자를 세 명 더 잡아먹었다는 사실도 훗날 밝혀졌고."

"아사히도 그렇다는 거야?"

"놈은 12년 전 쓰러진 나는 거들떠보지도 않고 아내만 잡아먹었어. 스키장에서 잡아먹힌 것도 여대생이었고, 남자친구는 때려죽였을 뿐 끌고 가지 않았지. 놈은 여자, 특히 젊은 여자의 고기에 집착하는 거야."

"그럼 이상하지 않아? 이번에 죽은 인부는 전부 남자잖아."

"그들은 아사히의 영역, 즉 황천의 숲에 침입했기 때문에 죽임을 당한 거야. 뭐, 입맛에 맞지는 않지만 기왕 잡았으니 먹은 거겠지."

정말로 그럴까? 남자의 고기를 좋아하지 않는다면 굳이 숲속 깊은 곳까지 옮길 필요도 없지 않았을까. 아카네가 고개를 기울이고 생각에 잠겨 있자니, 가지가 "저기." 하고 물었다.

"이 일대에서 젊은 여자가 잇달아 실종됐다는 건 알아?"

"젊은 사람이 가출하는 건 드문 일도 아니지."

"그게 말이야, 지난 3년간 10대에서 20대 여자만 실종자 수가 확 늘어났어. 남자랑 다른 연령대는 늘어나지 않았는데, 그 연령대만 이상하게 증가했다고."

"그거 정말이야?" 아카네는 무심코 걸음을 멈췄다.

"그럼. 알고 지내는 신문기자가 알아봐 줬어. 분명 3년 전에 아사히가 황천의 숲에 눌러앉은 거야. 그리고 가끔 거리로 내려와서 혼자 다니는 젊은 여자를 습격해 숲으로 끌고 가서 먹은 거지."

당장은 믿기 힘든 이야기였다. 하지만 어쩌면 정말로 그런 괴물이 숨어 있을지도 모른다. 그렇게 여길 만한 찜찜한 분위기가 이 금지구역에는 감돌고 있었다.

　우리 가족도 그 괴물에게 습격당한 걸까. 하지만 식탁에 저녁을 차려놓고 텔레비전도 켜놓은 채 인간만 연기처럼 사라진 본가의 상태와 아까 광장에서 본 컨테이너 하우스의 참상은 너무나 큰 차이가 있다.

　이 숲에 숨어 있는 건 정말로 식인 불곰일까? 그렇다면 그 불곰은 7년 전 가미카쿠시 사건과 관련이 있을까. 생각이 뒤얽혀서 옆머리가 지끈지끈 아팠다. 아카네가 관자놀이를 누르고 있자니, 가지가 어깨에 메고 있던 레밍턴 모델 700을 양손으로 잡았다.

　"잡담 시간은 끝이야. 진정한 금지구역으로 들어가자."

　"진정한 금지구역?"

　"그래. 공기가 달라졌어. 여기는 불곰의 영역이야. 이제부터는 언제 어디서 불곰이 덮쳐와도 이상할 것 없어."

　평소 같으면 '공기가 달라졌다'라는 추상적인 설명만 듣고서는 바로 수긍하지 않았으리라. 하지만 곰 사냥에 말 그대로 목숨을 건 남자의 설득력 있는 목소리, 그리고 이 깊고 어스름한 숲에 감도는 찜찜한 분위기가 아카네에게도 인간이 아닌 것의 보금자리에 발을 들여놓았다는 실감을 주었다.

　아카네는 부랴부랴 M4를 어깨에서 내리고 쇼트셸홀더에서 슬러그탄을 두 발 꺼내 손가락 사이에 끼웠다.

　"탄알은 장전해 놔."

　"어, 하지만……."

오발을 피하기 위해 사냥감의 모습을 확인하기 전까지는 총에 장전하면 안 된다. 수렵 면허를 딸 때 제일 먼저 배우는 법이다. 이 법을 어기면 총기 소지 면허를 박탈당해도 할 말이 없다.

아카네가 당황하자 가지는 속을 떠보는 듯한 눈으로 바라보았다. 아카네는 지금 가지에게 시험받고 있다는 것을 깨달았다.

뭘 착각한 걸까. 여기는 이미 인간이 아닌 것의 영역, 법 따위가 통하지 않는 세계다. 법에 얽매였다가는 목숨을 잃기 십상이다. ……그 인부처럼.

사법해부를 하러 갔을 때, 부검대에 놓여 있던 부패한 사체가 떠올랐다. 아카네는 입을 꾹 다물고 슬러그탄을 탄창에 넣었다. 가지의 입매가 살짝 풀어졌다.

"가자. 긴장을 늦추지 마. 한순간의 방심이 목숨을 좌지우지해. 목소리를 낮추고 발소리도 죽여."

가지의 지시에 아카네는 고개를 끄덕였다. 두 사람은 나란히 경사면을 신중하게 올라갔다. 잠시 후 사람 키만 한 조릿대 덤불이 앞쪽에 나타났다.

"저기가 인부들의 흙만주가 있던 곳이야."

여기에 여섯 구나 되는 시신이……. 긴장감을 유지한 채 베어낸 조릿대 사이를 나아가 안쪽에 있는 공간에 다다르자 땅에 구덩이가 파여 있었다. 경찰이 시신을 파낸 흔적이리라.

가지는 "그리고……." 하며 평지 안쪽에 있는 조릿대 덤불로 총구를 돌리고 방아쇠에 손가락을 얹었다.

"저 덤불 속에 놈이 있었어."

아카네도 허둥지둥 덤불에 총을 겨누었다.

"그렇게 마음 졸이지 마. 지금은 없어. 경찰관이 우르르 몰려와서 여기를 조사했지. 경계심이 강한 놈이니 당분간 여기에는 접근하지 않을 거야."

장난스럽게 웃으며 가지는 덤불에서 총구를 돌렸다. 아카네는 입술을 삐죽 내밀었다.

"가지 씨가 말하는 '놈'은 아사히지?"

"응. 그날 놈은 저 덤불 속에서 우리를 관찰했어. 뛰쳐나오면 언제든지 쏠 수 있도록 난 여기서 사격 자세를 취했지. 그러자 놈은 달아났어."

"불곰은 자신의 먹이에 몹시 집착하잖아. 흙만주에 인간이 접근했는데 달아나기도 하나?"

"보통은 안 그러지. 무슨 일이 있어도 먹이를 지키려고 덤벼들 거야. 그게 불곰의 본능이니까. 하지만 놈은 달랐어. 본능을 웃도는 지성이 있다는 뜻이지."

야생동물이 본능을 억누른다. 과연 가능할까? 의문을 느끼는 아카네 앞에서 가지는 입술을 핥았다.

"……그렇기에 놈은 인간을 잡아먹었는데도 여태 퇴치되지 않은 거야."

억누른 목소리로 중얼거렸다. 마치 육식동물이 입맛을 다시는 듯한 모습이었다.

"자, 일몰까지 다섯 시간 정도밖에 안 남았어. 돌아갈 시간을 고려하면 세 시간밖에 여유가 없다고. 쉬고 있을 때가 아니야."

가지는 시신이 묻혀 있던 곳을 아무렇게나 밟고 지나간 후 큼지막한 정글도로 안쪽 조릿대 덤불을 헤치고 나갔다. 30분쯤 지났을까, 걸음을 멈춘 가지가 굵직한 전나무 밑에 쪼그려 앉았다. 아카네가 "왜?" 하고 작게 속삭이자 가지는 버선신 앞쪽으로 시커먼 덩어리를 살짝 차더니 속삭이는 듯한 목소리로 말했다.

"불곰 똥이야."

"근처에 불곰이 있다는 뜻?" 아카네는 바쁘게 좌우를 두리번거렸다.

"아니, 꽤 오래된 똥이야. 적어도 일주일은 지났어. 바로 근처에 있지는 않겠지. 하지만 마침내 괴물의 영역에 완전히 침입한 셈이야. 이제부터는 누가 먼저 상대를 발견하느냐에 달렸지. 먼저 발견한 쪽이 압도적으로 유리해. 일방적으로 사냥할 수 있으니까. 그러니 절대로 긴장 풀지 마."

"……그 똥, 틀림없이 아사히 거야?"

"틀림없어. 지금까지 이렇게 큰 똥은 본 적이 없거든. 두 발로 일어서면 3미터가 넘을걸."

"똥 크기만으로 그렇게까지 정확하게 알 수 있어?"

"똥 크기가 아니라, 저거."

가지가 턱짓을 했다. 따라서 시선을 든 아카네는 두 눈을 의심했다. 곁에 우뚝 솟은 가문비나무의 굵은 줄기에 커다란 발톱 자국이 남아 있었다. 너무 높은 위치라 지금까지 시야에 들어오지 않은 것이다. 땅에서 족히 3미터는 된다.

"저건 경고야. 여기는 자신의 영역이니, 침입자는 누구든 죽이고 잡아먹겠다는."

 각오하고 따라왔다. 하지만 농구대 림보다 높은 위치에 새겨진 발톱 자국이 상상을 초월하는 괴물과 맞서려 한다는 것을 새삼 일깨워 주었다. M4를 쥔 손에 땀이 축축이 배어서 아카네는 얼른 바지에다 닦았다.

 "이제 무서워졌어? 하지만 이미 늦었어. 여기서 등을 보이며 달아나면 아사히는 틀림없이 널 쫓아가서 잡아먹을 거야. 곰은 도망치는 상대를 본능적으로 습격하는 데다 아사히는 여자 고기를 아주 좋아하니까."

 거대한 불곰이 툭 튀어나온 주둥이를 배 속에 처박고 내장을 물어뜯는 광경을 상상하자 가슴이 답답해졌다.

 "마음 단단히 먹어. 네가 살아서 내려가려면 아사히를 죽이는 수밖에 없어."

 아카네는 떨릴 만큼 세게 총목을 움켜잡았다.

 "알아. 그래서 이제 어쩌려고? 또 돌아다니면서 찾을 거야?"

 "발자국, 똥, 잡아먹은 먹잇감의 사체, 짐승 길, 그리고 냄새. 오감을 집중해 그것들을 감지해서 놈에게 다다르는 거야. 놈이 우리를 알아차리고 덤벼들기 전에."

 가지는 라이플을 든 채 자세를 낮추고 좌우를 둘러보았다. 눈동자는 위험한 빛으로 가득했고, 짐승 냄새를 찾는지 높은 코를 살짝 씰룩였다. 정말로 온몸의 감각기관을 총동원해 불곰의 흔적을 찾는 것이리라.

 불곰 사냥에 인생을 건 남자가 아내를 잡아먹은 원수와 목숨을 건 싸움을 시작했다. 이미 가지의 의식에서 아카네는 지워졌으리라. 짐승 두 마리의 사투에 아카네가 끼어들 자격은 없다.

아카네는 가지의 집중력이 흐트러지지 않도록 숨을 죽인 채 따라갔다.

가문비나무가 미로같이 늘어선 숲을 낮은 자세로 15분쯤 나아갔을까, 가지가 걸음을 멈추고 바쁘게 좌우를 둘러보았다.

"뭐랑 싸운 거지……."

가지가 중얼거렸다. 아카네는 무심코 "뭐?" 하고 물었다.

"요 주변 땅이 넓은 범위에 걸쳐 흐트러졌어. 최근에 뭔가가 싸운 거야."

"불곰이 사슴을 잡은 거 아니야?"

"아니. 이건 사냥한 흔적이 아니야. ……전투의 흔적이지."

"전투? 누구 다른 사냥꾼이 왔었나?"

"사냥꾼과 싸운 흔적이 아니야. 거대한 동물끼리 여기서 사투를 벌였어. 하지만 불곰과 정면으로 맞붙을 수 있는 동물은 일본에 없는데."

"그럼 아사히 말고 불곰이 또 있다는 거야?"

"그렇게밖에 생각할 수 없겠지만, 아사히만큼 크기가 월등하면 보통 불곰은 한 방에 나가떨어지겠지. 체급 차가 커서 싸움이 안 돼."

이 금지구역에는 몸무게가 1톤에 가까운 괴물 같은 불곰이 두 마리나 살고 있고, 여기서 그 두 마리가 치고받고 싸우기라도 했다는 말인가? 대체 이 숲에서 무슨 일이 일어나고 있는 걸까. 아카네가 혼란스러워하고 있는데 갑자기 풍향이 바뀌었다. 지금까지 뒤에서 위로 불던 바람이 앞쪽에서 아래로 불었다. 동시에 가지가 몸을 부르르 떨었다. 아카네도 그 이유를 바로 알아차렸다.

흙과 나뭇잎 냄새에 섞여 썩는 냄새가 코끝을 스쳤다. 여기서 멀지 않은 곳에서 뭔가가 썩고 있다. 부검실에서 본 부패한 시체가 뇌리를 스쳤다.

가지가 턱을 당기고 냄새가 풍겨오는 몇 미터 앞의 조릿대 덤불로 레밍턴 모델 700의 총구를 향했다. 사격 자세를 유지한 채 발을 끌면서 조금씩 이동했다.

만약 조릿대 덤불에서 불곰이 튀어나와 가지가 당하면 바로 내가 쏜다. 아카네는 그렇게 마음먹고 M4를 겨누었다.

가지는 조릿대 덤불을 빙 돌아서 이동했다. 조릿대 덤불 너머, 썩는 냄새가 코를 찌르는 곳이 가지의 시야에 들어왔다. 아카네는 M4 총구를 들어 올리고 방아쇠에 손가락을 얹었다.

다음 순간, 가지는 눈꼬리가 찢어질 만큼 두 눈을 부릅떴다. 입이 반쯤 벌어지고 두 팔이 축 늘어졌다. 레밍턴 모델 700이 손에서 빠져나와 땅에 떨어졌다.

사냥꾼이 라이플을 떨어뜨리다니 있을 수 없는 일이다. 대체 뭐가……. 아카네는 가지에게 달려갔다. 조릿대 덤불에 가려져 있던 광경이 눈에 들어왔다. 아카네는 멍하니 멈춰 서서 그 광경을 바라보았다.

자신이 뭘 보고 있는 건지 알 수 없었다. 너무나 비현실적인 모습에 뇌 신경이 끊어진 것처럼 생각이 정지됐다.

"왜…… 아사히가……."

반쯤 벌어진 가지의 입술 사이로 그런 말이 흘러나왔다.

"아사히? 이게 아사히야?!"

아카네는 몇 미터 앞, 조릿대 덤불 곁에 쓰러져 있는 거대한 불곰의 사체를 가리켰다.

"그래…… 아사히야. 틀림없어. 10년 넘게 매일같이 꿈속에서 봤으니까……."

가지는 열에 들뜬 것 같은 말투로 중얼거리더니 라이플을 줍지도 않고 좌우로 비틀거리며 불곰 사체에 다가갔다.

아카네는 허둥지둥 가지를 따라갔다. 한여름에 방치한 음식물 쓰레기 같은 냄새가 더 강해져서 눈이 따끔따끔할 정도였다. 아카네는 한 손으로 입과 코를 막고 눈앞의 불곰을 관찰했다.

거대한 불곰이었다. 몸길이는 3미터를 족히 넘는다. 몸무게도 분명 1톤 가까이 되리라. 생물의 사체라기보다 마치 중장비가 뒤집혀 있는 것 같았다.

앞발에 자란 발톱은 길이가 20센티도 넘어서 벼베기용 낫을 발끝에 달아놓은 것 같았다. 온몸이 철사 같은 질감의 시커먼 털에 뒤덮여 있는데도 울룩불룩한 근육이 똑똑히 보였다. 설령 아주 잘 드는 일본도라도 이 털과 피부를 베어내기는 힘들 것이다. 가지가 왜 살육 병기라고 표현했는지 새삼 이해가 됐다. 사냥감을 몰아붙여 발톱으로 찢고 살과 내장을 먹어치우는 데 특화된 생물이었다.

그런데 그 살육 병기가 왜 여기서 썩고 있는 걸까.

아카네는 불곰의 복부를 보았다. 세로로 길게 갈라져 내장이 쏟아져 나왔고 구더기가 버글버글했다. 아카네가 인상을 찡그렸을 때, 옆에 우두커니 서 있던 가지가 갑자기 아카네의 손에서 M4를 빼앗아 불곰의 머리를 향해 방아쇠를 당겼다.

총소리가 숲에 메아리쳤다. 강력한 리슬 유형의 슬러그탄이 불곰의 두개골을 파괴해 뇌척수액이 땅에 흩뿌려졌다.

"자, 잠깐……."

아카네가 말리려 했지만 가지는 잇달아 방아쇠를 당겼다. 불곰의 주둥이가 터져 나갔고, 머리가 고깃덩이로 변했다. 장전한 탄알 두 발을 다 쐈는데도 가지는 방아쇠를 계속 당겼다. 공이치기가 철컥철컥 건조한 소리를 냈다.

"그만! 적당히 좀 해!"

아카네는 M4를 양손으로 붙잡아서 억지로 빼앗았다. 그 기세에 가지는 엉덩방아를 찧었다.

"보면 알잖아. 이미 죽었어. 벌써 썩고 있다고. 그걸 내 총으로 쏘다니 무슨 생각이야."

본인이 등록하지 않은 총을 발포하는 건 법으로 금지돼 있다. 자칫하면 둘 다 총기 소지 면허를 박탈당한다.

"이놈은 내 아내를 먹었어……. 내 눈앞에서…… 산 채로 이놈이……."

주저앉아 고개를 늘어뜨린 채 잠꼬대하듯 중얼거리는 가지의 모습이 너무 안쓰러워서 더는 따질 수 없었다.

"왜 아사히가 죽은 거야……."

가지의 혼잣말에 아카네는 흠칫했다. 상상을 초월하는 사태에 압도당했지만, 확실히 거대한 식인 불곰이 왜 여기서 죽었는지 모르겠다. 그러나 아카네는 아사히를 죽이기 위해 이 숲에 들어온 것이 아니다. 가족이 실종된 사건의 실마리를 찾기 위해서다.

이 사체에 실마리가 남아 있을지도 모른다.

아카네는 M4의 멜빵을 어깨에 메고 불곰을 찬찬히 관찰했다. 머리는 가지가 박살 내서 조사할 수 없지만 몸통과 사지는 발견됐을 때와 같은 상태다.

기온이 낮은데도 이렇게까지 부패했으니 죽은 지 적어도 일주일 이상 지났으리라. 즉 인부들의 시신이 발견됐을 때 아사히는 이미 죽은 뒤였다는 뜻이다. 그럼 그 흙만주는 아사히가 만든 것이 아닌가?

……아니, 그럴 가능성은 작다. 아카네는 고개를 저었다. 사법 해부 결과, 인부의 간에 불곰의 잇자국이 커다랗게 남아 있었다. 몸무게가 1톤에 달할 만한 불곰이 몇 마리나 있다고는 보기 힘들다.

요컨대 아사히는 인부들의 시신을 먹고, 나머지를 흙만주로 만든 후에 죽은 것이다.

그럼 아사히는 왜 죽었을까? 아카네는 내장이 쏟아지고 구더기가 끓는 복부를 유심히 보았다.

배가 찢어졌다. 이런 짓을 할 수 있는 건 인간 정도다. 누군가가 아사히를 처치하고 칼로 배를 가른 후 방치한 걸까? 하지만 사냥꾼이 잡았다면 있어야 할 총상이 눈에 띄지 않았다. 가지가 박살 낸 머리에 있었을지도 모르지만, 곰은 뇌가 작은 데다 두개골도 두꺼워서 머리에 충격을 가해서 치명상을 입히기는 어렵다. 그렇기에 곰 사냥꾼은 목 아래나 옆구리를 노려서 심장을 쏜다.

어쩌면 찾지 못했을 뿐 총상이 있는 걸까. 아카네는 구역질을 유발하는 냄새를 참으며 불곰 목 부분에 빽빽이 자란 털을 헤쳤다. 질척한 감촉이 느껴져 반사적으로 손을 뗐다. 확인하자 손끝에 끈적거리는 검붉은 액체가 묻어 있었다.

털이 검어서 몰랐는데 목에도 출혈이 있었다. 역시 목에 총을 맞았다. 아카네는 재빨리 굵은 털을 헤치다 손을 멈췄다.

상처 자국을 발견했다. 하지만 라이플 탄환에 맞은 총상이 아니라 베인 상처였다. 뭔가 거대하고 예리한 날붙이로 피부, 근육, 그리고 그 속의 혈관까지 갈라버린 상처. 인간의 힘으로 이렇게 굵고 빽빽한 털과 강철 같은 근육을 깊숙이 가르고 치명상을 입히기는 불가능하다. 그럼 대체 뭐가…….

"요모쓰이쿠사……."

그 말이 무심코 입에서 튀어나왔다. 가지가 "……뭐?" 하고 초점이 흐려진 눈으로 쳐다보았다.

아사히를 죽인 건 사냥꾼도 다른 곰도 아니다. 분명 일찍이 사람들이 '요모쓰이쿠사'라고 부르며 두려워했던 '뭔가'다. 그렇다면……. 아카네의 머릿속에 부검실에서 보았던 장면이 되살아났다. 시신의 목에 남아 있던 커다란 상처가.

아카네는 눈을 크게 뜨고 아사히의 배에서 쏟아져 나온 내장에 손을 쑤셔 넣었다. 부패해서 끈적거리는 내장과 구더기가 짓뭉개지는 섬뜩한 감촉이 손바닥에 전해졌고, 눈이 아플 만큼 지독한 냄새가 벽처럼 밀려왔다. 그래도 아카네는 개의치 않고 흐물흐물해져서 속에 든 것이 흘러나온 내장을 헤집었다.

그 움직임이 멈췄다. 내장 표면에서 살짝 꿈틀거리는 검은 덩어리가 눈에 들어왔다.

거미였다. 겨우 몇 밀리미터 크기의 작은 거미 무리.

아카네는 손가락으로 거미 무리를 집어서 손바닥에 문지른 후, 깍지를 끼고 손가락 틈새로 들여다보았다. 빛이 차단된 어두운 공간에 푸른빛이 희미하게 비쳤다.

역시 이메르황천거미다. 요모쓰이쿠사에게 살해당한 생물에는 어째서인지 이 거미가 붙어 있다. 온도 변화에 약한 생물이라 복강에서 대량으로 번식하는 것이리라.

대체 이 거미는 뭘까. 아카네는 안간힘을 다해 머리를 굴렸다.

"왜 그래? 야, 뭐 하는 거야?"

놀란 목소리로 묻는 가지를 무시하고, 아카네는 부패한 진액으로 더러워진 손을 수통의 물로 씻었다. 설명할 수 있을 만큼 상황을 완벽히 이해한 건 아니었다.

이 불곰을 죽인 '괴물' 요모쓰이쿠사는 어디로 사라졌을까. 사체를 먹은 흔적은 없다. 그렇다면 먹이로 삼기 위해서가 아니라, 영역을 두고 아사히와 결투를 벌이다 죽인 걸까. 거기까지 생각했을 때 아카네는 숨을 헉 삼켰다.

어쩌면 이메르황천거미에게 사체를 제공하는 것이야말로 요모쓰이쿠사의 목적 아닐까. 이 거미는 몸집이 너무 작아서 포식 활동을 하기 어렵다고 시노미야가 그랬다. 그렇다면 썩은 고기를 찾아서 먹는 정도밖에 살아남을 방법이 없을 것이다.

요모쓰이쿠사는 이메르황천거미를 위해 사냥해서 먹이를 제공하고, 그 대가로 생존을 위해 필요한 뭔가를 얻는다. 즉 요모쓰이쿠사와 이메르황천거미는 일종의 공생 관계일지도 모른다. 그렇다면······.

"여기로 돌아올 거야······."

그렇게 중얼거리는 것과 동시에 잎사귀가 스치는 소리가 들렸다. 아카네는 온몸을 부르르 떨며 돌아보았다. 바로 곁의 조릿대 덤불이 흔들리고 있었다.

1톤 가까운 불곰도 상대가 안 되는 전설의 괴물이 저기 있다. 어깨에 멘 M4를 양손으로 잡고 조릿대 덤불로 총구를 돌린 순간, 아카네는 "앗!" 하고 외마디 소리를 내질렀다.

장전해 두었던 슬러그탄은 아까 가지가 두 발 다 쏴버렸다. 지금은 빈 총이다.

탄알을 재장전해야 한다. 아카네는 허리에 찬 쇼트셸홀더에서 탄알을 꺼내려 했다. 하지만 그 전에 조릿대 덤불이 더 크게 흔들리더니, 칠판을 긁듯 불쾌한 쇳소리가 공기를 진동시켰다.

굳어버린 아카네를 향해 조릿대 덤불에서 작은 형체가 튀어나왔다.

"······어?"

아카네는 눈을 껌뻑거렸다. 나타난 것은 소녀였다. 아담한 몸집의 소녀.

나이는 10대 후반쯤이고, 살짝 갈색기가 도는 단발머리였다.

조난당한 등산객일까. 다이세쓰산에 가까운 황천의 숲 주위에는 도무라우시산과 아사히다케산 등 유명한 산이 있다. 거기서 조난돼 헤매다가 여기로 온 것일지도 모른다. 한순간 그런 생각이 머리를 스쳤지만 바로 착각임을 깨달았다.

소녀가 입은 옷은 등산복이 아니라 잠옷이었다. 자세히 보니 신발도 신지 않아서 발이 피투성이였다. 저체온증을 일으켰는지 화장기 없는 얼굴은 창백했고, 입술 가장자리로 침이 질질 흘렀다. 아카네를 향한 초점 잃은 눈은 잔뜩 충혈돼서, 마치 굶주린 짐승이 쏘아보는 것만 같은 기분이었다.

몇 시간 전, 차도 끝의 주차장에 세워져 있던 스쿠터가 떠올랐다. 이 소녀가 그 스쿠터를 타고 온 걸까. 그런데 왜 이런 꼴로 숲을 헤매고 있는 걸까.

"저, 저기…… 넌 누구니?"

아카네가 머뭇머뭇 말을 걸자 소녀는 입을 크게 벌렸다. 찢어지는 듯한 쇳소리가 또 울려 퍼졌다. 신경을 자극하는 소리에 굳어버린 아카네를 소녀가 양손으로 떠밀었다. 아담한 몸에는 어울리지 않게 힘이 세서 아카네는 튕겨 나가다시피 땅에 쓰러졌다.

놀라서 고개를 든 아카네는 앞에 펼쳐진 광경을 보고 두 눈을 의심했다.

소녀가 불곰 사체에 올라탔다. 소녀는 하늘을 향해 부르짖을 것처럼 등을 잔뜩 젖혔다가, 반동을 사용하듯 몸을 앞으로 확 구부리며 내장 더미에 얼굴을 처박았다.

농익은 과일을 꽉 움켜쥐어 뭉개는 듯한 소리가 울려 퍼졌다.

씹는 소리? 불곰의 썩은 내장을 먹고 있는 건가? 악몽 같은 광경에 현기증이 났다. 고개를 돌리자 가지도 겁먹은 표정으로 소녀의 기이한 행동을 멍하니 바라보고 있었다.

아카네는 머리를 가볍게 흔든 후 일어서서, 힘이 들어가지 않는 다리를 채찍질해 소녀에게 다가갔다.

"안 돼. 야생동물의 썩은 내장을 먹다니……. 위험한 기생충이나 세균이……."

생명에 위험한 짓을 하는 사람을 내버려둘 수는 없었다. 의사라는 긍지가 몸을 움직였다. 하지만 소녀는 양손으로 붙잡은 내장을 정신없이 입으로 가져갔다.

"그만해! 그러다 진짜로 죽어!"

아카네는 언성을 높였다. 소녀가 씹는 걸 멈추고 불곰의 체액과 피로 범벅된 얼굴을 이쪽으로 돌리더니 "샤아아." 하고 뱀이 위협하는 듯한 소리를 냈다.

틀렸다, 완전히 정신이 나갔다. 이 소녀에게 무슨 일이 있었는지는 모르지만, 설득이 통할 상태가 아니었다. 어떻게든 말려야 한다.

아카네가 천천히 거리를 좁히자 소녀는 갑자기 "갸악!" 하고 비명 같은 소리를 지르며 덤벼들었다. 아담한 몸이 땅에서 2미터쯤 뛰어올랐다. 인간이라고는 믿기지 않는 점프력에 두 눈을 의심했지만, 머리보다 먼저 몸이 움직였다. 아카네는 땅을 박차며 옆으로 풀쩍 뛰어서 소녀의 공격을 피했다. 착지한 소녀가 바로 몸을 돌려 양손을 뻗었지만, 아카네는 M4 총신으로 쳐냈다. 소녀가 발을 헛디뎌 균형을 잃자, 아카네는 M4를 내던지고 소녀 뒤쪽으로 돌아가서 팔로 가느다란 목을 졸랐다.

소녀가 목을 조이는 아카네의 아래팔을 붙잡았다. 손아귀 힘이 어찌나 센지 뼈가 으스러질 것만 같았다. 하지만 풀어줬다가는 더 위험해진다. 아카네는 어금니를 악물고 경동맥을 더 세게 졸랐다. 잠시 후 아래팔에 가해지던 압력이 약해지고, 소녀의 팔이 축 늘어졌다.

소녀가 완전히 실신한 것을 확인하고 아카네는 팔을 풀었다. 실이 끊어진 마리오네트처럼 아담한 몸이 풀썩 쓰러졌다.

"얘, 뭐야……?"

가지가 다가와서 쉰 목소리를 짜냈다.

"그건 모르겠지만, 일단 병원에 데려가야겠어. ……우리 병원에."

이 소녀는 황천의 숲의 수수께끼, 더 나아가 가족 실종의 수수께끼를 해명할 실마리일지도 모른다.

……그러니 반드시 내가 구석구석 조사할 거야.

아카네는 파르르 경련하는 소녀를 내려다보며 마음속으로 중얼거렸다.

막간 1

"……이제 신께서 저를 드시는 건가요?"

하루는 물었습니다. 무섭지는 않았습니다. 이제 달아날 힘도 없었고, 이렇게 아름다운 세상에서 신에게 잡아먹힌다면 그것도 나쁘지 않겠다 싶었습니다.

"나는 요모쓰이쿠사가 죽여서 가져오는 사냥감밖에 먹지 않는다. 산 채로 죽은 자의 나라에 들어와 썩어버린 너의 고기에는 흥미가 없어."

하루는 뼈가 보이는 뺨을 살짝 끌어올리고, 구더기가 튀어나온 눈을 가늘게 오므렸습니다.

"왜 웃느냐?"

"그건……."

하루는 썩어서 반쯤 떨어져 나간 입술을 천천히 벌렸습니다.

"제가 제물이 될 수 없다면 신께서는 배가 고프시겠군요. 요모쓰이쿠사에게 명령해 마을 사람들을 죽여, 그자들의 고기를 드시면 되겠어요."

소리 내어 웃는 하루를 황천신은 여덟 개의 눈으로 바라보았습니다.

"마을 사람들을 죽이고 싶으냐?"

"물론이죠. 그자들은 저를 속여서 제물로 삼았어요. 그자들 때문에 마을에서 제일 아름다웠던 제 얼굴이 이 꼴이 됐다고요."

하루는 가죽이 벗겨져 나간 자신의 얼굴을 쥐어뜯었습니다. 머리카락이 빠지고, 코가 뭉개지고, 눈구멍에서 축 늘어진 눈알이 시계추처럼 대롱거렸습니다.

"부디 놈들을 모조리 죽여주세요. 그리고 부디 저를 속여서 데려온 촌장은 산 채로 내장을 드셔주세요."

하루는 뼈가 드러난 양손을 황천신에게 뻗었습니다.

"그 정도로 원한이 깊다면 너 스스로 복수하거라. 내 힘을 주마."

황천신의 몸에서 눈부신 빛이 뿜어져 나왔습니다. 그 푸른빛이 하루의 몸을 감쌌습니다. 하루는 푸른빛을 온몸에 두른 채 일어섰습니다. 몸속에서 힘이 솟구쳤습니다.

"가거라."

배웅을 받은 하루는 죽은 자의 나라를 뒤로하고 숲으로 돌아왔습니다.

황천신의 힘을 얻은 하루는 더 이상 인간이 아니었습니다. 썩고 구더기가 끓는 몸은 넘치는 힘과 함께 점점 부풀어 올랐습니다.

몸속 깊은 곳에서 견디기 힘든 허기가 느껴지자 하루는 숲에 있던 동물을 습격했습니다. 황천신의 힘을 얻은 하루는 사슴과 새, 토끼뿐만 아니라 곰까지 붙잡아서 죽였습니다.

이윽고 하루 주변에서는 먹고 남은 동물의 사체가 썩기 시작했습니다. 하루가 썩은 사체를 만지자 사체는 푸르게 빛났고, 배에서 인간의 얼굴을 가진 거대한 거미가 기어 나왔습니다. 황천국의 괴물, 요모쓰이쿠사입니다.

자신이 태어난 사체를 먹고 크게 자라난 요모쓰이쿠사는 산의 동물을 사냥해 하루에게 가져왔습니다.

하루는 그 사냥감을 먹고 황천신의 힘으로 새로운 요모쓰이쿠사를 탄생시켰습니다. 얼마 후 하루의 주변은 요모쓰이쿠사로 가득 찼습니다.

"원한을 갚을 때가 왔다."

하루는 요모쓰이쿠사들에게 그렇게 말하고 마을로 향했습니다. 숲에서 기어 나와 마을을 습격한 요모쓰이쿠사들은 남녀노소 가리지 않고 마을 사람들을 차례차례 죽였습니다.

사람들의 피로 연못이 생기고 요모쓰이쿠사들이 시체를 뜯어 먹는 마을에 하루가 나타났습니다. 혼자 죽임을 당하지 않고 남아 있던 촌장이 하루 앞으로 끌려왔습니다.

"황천신이시여, 왜 이런 짓을 하시는 겁니까. 아름다운 처자를 제물로 바치지 않았습니까."

촌장이 외쳤습니다. 그도 그럴 것이 하루의 모습은 완전히 변했습니다. 그야말로 황천신과 똑같은 모습으로.

"내가 그 제물이다."

하루의 말에 촌장은 놀라서 비명을 지르며 기다시피 달아나려 했습니다. 하루는 촌장을 덮쳐서 배를 찢었습니다.

"용서해 주십시오. 살려줘."

목숨을 구걸하는 촌장을 무시하고 하루는 천천히 내장을 씹었습니다. 이빨로 내장을 물어뜯을 때마다 촌장은 커다란 비명을 질렀습니다. 그 목소리가 하루에게는 자장가처럼 기분 좋게 들렸습니다.

"죽여주십시오……. 제발, 죽여줘……."

촌장은 입에서 피를 흘리며 애걸했습니다. 하지만 하루는 일부러 죽이지 않고 천천히 촌장을 먹었습니다.

마침내 촌장이 숨을 거두자 하루는 눈구멍으로 뇌를 전부 빨아 마신 후, 요모쓰이쿠사들과 숲으로 돌아가 황천국으로 이어지는 동굴로 향했습니다.

동굴 안쪽으로 나아가자 황천신이 즐거운 듯 말했습니다.

"네 덕분에 마을 사람들은 황천국으로 떨어졌다. 나는 그자들을 먹도록 하지. 그럼 황천신인 내게 힘을 돌려다오."

"아니요, 당신은 이제 신이 아닙니다. 내가 바로 이 세계의 신이에요."

하루는 요모쓰이쿠사와 함께 덤벼들어 황천신을 죽였습니다.

그리하여 새로운 황천신이 된 하루는 황천의 숲에 인간이 들어오면 죽이라고 요모쓰이쿠사에게 명령했습니다.

그러므로 황천의 숲에는 들어가면 안 됩니다.

죽은 자의 나라에서 기어 나온 괴물이 그 숲에 발을 들인 사람을 죽이기 위해 기다리고 있으니까요.

얼룩덜룩한 알

1

"뇌염에 걸렸다고요?"

아카네가 목소리를 높이자 도오대학교 의학부 정신과 부교수인 시미즈 노리후미는 "그럴 가능성이 크죠." 하며 뇌 MRI 사진을 띄운 전자 차트 화면을 가리켰다. 환자 이름에는 '고무로 사에'라고 적혀 있었다. 아카네 옆에는 외과 교수인 시바타 가즈야와 후배 히메노 유카가 서 있었다.

고무로 사에, 그것이 불곰의 내장을 먹고 아카네에게 덤벼든 소녀의 이름이었다.

그날로부터 사흘 후, 아카네는 도오대학병원 정신과 병동 간호사실에 있었다.

사에의 목을 졸라 실신시킨 후 아카네는 즉시 가지와 협력해 사에의 팔다리를 로프로 묶었다. 포획한 사냥감을 쉽게 운반할 수 있도록 사지를 로프로 묶는 건 사냥꾼에게 필수적인 기술이다. 순식간에 사에의 등 쪽에 절대 풀리지 않는 매듭을 묶었지만, 문제는 그다음이었다.

사에를 이대로 산에 남겨둘 수는 없다. 신발도 없이 뾰족한 바위와 나뭇가지로 덮인 산속을 헤맨 터라 사에의 발은 피로 붉게 물들었고, 지금처럼 잠옷 차림으로 겨울 산에서 밤을 맞으면 틀림없이 얼어 죽는다. 불곰의 썩은 내장을 먹었으니 감염증에 걸릴 우려도 있었다. 그리고 무엇보다 상식을 벗어난 행동에 나선 사에가 뇌 질환이나 정신 질환으로 위험한 상태라는 건 불 보듯 뻔했다.

아카네와 가지는 산을 내려가 사에를 병원까지 옮기기로 했지만, 고생길이 훤했다. 안 그래도 험한 산을, 아담한 소녀라고는 해도 사람을 들고 내려가야 한다. 더구나 몇 분 만에 의식을 되찾은 사에가 뭍으로 올라온 물고기처럼 온몸을 뒤틀며 괴성을 질러댔다.

교대로 사에를 어깨에 메고 몇 번이나 넘어지면서 몇 시간 만에야 겨우 차를 세워둔 광장에 다다랐다. 거기서 사에를 튠드라 뒷좌석에 싣고 아카네가 근무하는 도오대학병원 응급실로 이송했다.

응급실 직원들은 썩은 진액투성이로 팔다리가 묶인 소녀를 보고 깜짝 놀랐다. 아카네는 애써 상황을 설명하며 초기 치료에도 참여했다. 날뛰는 사에를 진정제로 잠재우고, 저체온증에 빠진 몸을 덥혔다. 탈수 증상이 있어 링거를 놓는 동시에 감염증 대책으로 항생제를 투여했다.

그 후 정신과 담당의를 호출해 응급입원 수속을 밟아 정신과 폐쇄병동에 있는 격리실에 입원시켰다.

실마리인 소녀를 곁에 두는 데 성공하자 아카네는 즉시 오코노기를 불렀다. 오코노기가 제복 경찰관을 대동하고 병원을 찾아오자 아카네는 병원에 대기시켜 둔 가지와 함께 사정을 설명했다.

다음 날, 경찰은 주차장에 있던 스쿠터를 조사해 소녀가 17세 여고생 고무로 사에라는 사실을 알아냈다. 마침 그날 가족이 실종 신고를 해서 신원을 특정하기가 쉬웠다고 한다.

연락을 받고 병원으로 달려온 사에의 어머니에게 상황을 설명한 후, 응급입원에서 가족의 동의하에 입원하는 보호입원으로 전환하고 사에에게 무슨 일이 있었는지 자세하게 검사하기로 했다. 주치의는 정신과의 시미즈였지만, 응급실로 이송해 초기 치료를 맡았다는 명목으로 외과도 공동 진료를 맡았으므로 아카네는 사에의 담당의 중 한 명이 될 수 있었다. 그리고 오늘, "고무로 양에게 나타난 병증의 원인을 어느 정도 알아냈으니 설명하겠습니다."라는 주치의 시미즈의 연락을 받고 정신과 병동으로 온 것이다. 시바타는 외과 책임자로서, 히메노는 아카네가 가봐야 하는 일이 생겼을 때 보조해 줄 의사로서 따라왔다.

"이 부분에서 염증이 발견됐습니다."

시미즈가 MRI 사진에 찍힌 뇌를 가리켰다. 그 부분에 하얀 형체가 희미하게 비쳤다.

"여기뿐만 아니라 좀 더 아래쪽 슬라이스에서도 뇌염인 듯한 부분이 발견됐어요."

시미즈는 마우스를 클릭해 MRI 사진을 바꾸었다. 코가 찍힌 높이의 슬라이스 사진에도 하얀 형체가 어렴풋이 보였다.

"여기는 분명……."

흉복부 사진은 매일같이 보지만 머리 MRI는 익숙지 않다. 아카네는 학부생 때와 전공의 시절 배운 지식을 열심히 더듬었다.

"대뇌변연계입니다. 감정을 주관하는 부위요. 그리고 아까 보여드린 건 사고 중추인 대뇌 전두엽이고요."

"감정과 사고를 주관하는 부분에 염증이 생긴 것이 고무로 양이 이상한 행동을 한 원인인가요?"

"그렇게 보는 게 타당하겠죠. 입원 후에 약을 투여해 보고 있는데, 병증이 완전히 가라앉지는 않더군요. 뭐, 낮에는 꽤 진정되지만요."

시미즈는 벽면에 있는 모니터를 가리켰다. 침대 하나밖에 없는 좁은 방이 모니터 화면으로 보였다. 방 안쪽의 칸막이 너머가 화장실일 것이다.

격리실. 다른 환자와 접촉하는 것이 위험할 만큼 정신 상태가 불안정한 환자를 격리하기 위한 병실이다. 최대한 환자를 자극하지 않도록 벽, 바닥, 천장을 새하얗게 칠하고, 옷 등을 걸어서 자살하지 못하도록 물건도 거의 놓아두지 않는다. 침대도 바닥이 튀어나온 부분에 이부자리만 깔아두었을 만큼 철저하다.

그 침대에 하얀 입원복을 입은 사에가 등을 웅크린 자세로 앉아 있었다.

"낮에는 꽤 진정된다니, 그럼 밤에는 다른가요?"

아카네가 묻자 시미즈는 책상에 놓여 있던 리모컨을 집었다.

모니터 화면이 어두워졌다. 야간에 녹화한 영상이리라.

모니터에 비친 영상을 보고 아카네는 숨을 삼켰다. 좁은 방에서 사에가 펄쩍펄쩍 뛰고 있었다. 가끔 록 콘서트의 관객처럼 머리를 앞뒤로 격렬하게 흔들거나, 침대의 이부자리를 걷어차고, 벽에 머리를 찧기도 했다. 소리는 들리지 않았지만, 찢어질 만큼 크게 벌린 입에서 칠판을 긁는 듯한 불쾌한 괴성이 터져 나오고 있으리라는 것은 쉽게 상상이 갔다.

마치 덫에 걸려서 미친 듯이 날뛰는 야생의 맹수를 보는 것만 같았다.

"자해 행위가 심해서 야간 담당 남간호사 세 명이 진정제를 주사했습니다. 그런데 힘이 워낙 좋아야 말이죠. 한 명이 튕겨 나가서 넘어지는 바람에 팔이 부러졌습니다."

"정신과 간호사가요?"

아카네는 귀를 의심했다. 환자가 혼란에 빠져 날뛰는 사례가 적지 않으므로, 만일의 상황에 대비해 정신과에서는 체격 좋은 남자 간호사를 많이 채용한다. 그런 간호사가 저렇게 아담한 소녀에게 팔이 부러지다니 도무지 믿기지가 않았다.

"저렇게 몸이 가냘픈데요?"

히메노가 놀라서 말하자 시미즈는 "……위험한 상황에서 나오는 괴력." 하고 불쑥 중얼거렸다.

"네? 뭐라고 하셨어요?" 히메노는 눈을 깜박거렸다.

"위험한 상황에서 나오는 괴력 말입니다. 예를 들어 불이 났을 때 작은 여성이 옷장을 혼자 들어 올리는 등, 평소 같으면 상상도 할 수 없는 힘을 발휘하고는 하죠. 인간의 뇌는 뼈와 관절 등을 보호하기 위해 평소는 근력을 100퍼센트 발휘하지 않도록 설정돼 있습니다. 하지만 목숨이 위험한 상황에 빠지면 뇌의 제한이 풀려서 말도 안 되게 강한 힘을 낼 수 있죠."

"그럼 고무로 양의 제한은……."

"네, 뇌염 때문에 완전히 풀렸겠죠. 그렇기에 잠든 사이에 저렇게 묘한 행동을 할 수 있는 거고요."

"잠든 사이에?! 이렇게 날뛸 때 고무로 양은 잠든 상태라는 말씀이세요?!"

히메노의 목소리가 높아졌다. 시미즈는 무겁게 고개를 한 번 끄덕였다.

"정확하게는 비렘수면 중이겠죠. 깊은 수면이요. 그사이에 갑자기 움직여서 무슨 행동을 취한다, 일반적으로 몽유병이라고 부르는 증상입니다. 그런 상태일 때 외부 자극으로 각성시키기는 어렵고, 깨어난 후에 본인은 그 당시 일을 기억하지 못해요. 어린이에게 많이 일어나고 보통은 성장하면서 개선되지만, 위험한 행동을 하거나 남에게 위해를 가하는 경우는 약물 치료를 받아야 합니다."

"고무로 양의 어머니도 그러셨어요. 밤에 특히 이상했다고요."

아카네는 딸이 발견됐다는 소식을 듣고 병원으로 달려온 사에의 어머니를 떠올렸다.

사에의 어머니 말로는 반년쯤 전부터 사에의 상태가 이상해졌다고 한다. 원래 명랑한 성격이었는데, 말수가 적어지고 자기 방에 틀어박혀 지내기 시작했다. 처음에는 내년으로 다가온 대학 입시에 대비해 공부하나 싶었지만, 어느 날부터 "배 속에 아기가 있어.", "이 아이를 위해서라면 죽어도 좋아."라는 식으로 말하더니 밤중에 방에서 괴성과 벽을 두드리는 소리가 들리게 됐다.

"그 운동 능력도, 밤에 기이한 행동을 하는 것도 전부 뇌염 때문이라는 말씀이시군요."

"그럴 가능성이 큽니다. 항NMDA 수용체 뇌염에서 혼란과 수면 장애는 자주 나타나는 증상이거든요. 뭐, 이렇게까지 격한 증상은 저도 처음 봅니다만."

"항NMDA 수용체 뇌염이요?"

익숙지 않은 병명을 듣고 아카네는 미간에 주름을 잡았다.

"뇌세포에 있는 NMDA 수용체에 대항하는 항체가 생기는 바람에 뇌염이 발생하는 자가면역성 질환입니다. 2007년에 처음으로 개념화된 비교적 새로운 질환이죠. 젊은 여성에게 많이 발생하는데, 가장 많은 계기로 작용하는 것이…… 이겁니다."

시미즈는 다시 마우스를 조작해 전자 차트에 표시된 사진을 바꾸었다. 아카네도 평소 자주 보는 복부 조영 CT 사진이었다. 다리 윗부분인 대퇴골두가 찍히는 높이의 슬라이스로, 골반 안쪽에 핸드볼 크기의 덩어리가 보였다. 그 내부에는 흰색과 검은색 형체가 얼룩덜룩하게 섞여 있었다.

"난소 성숙 기형종인가."

시바타가 나직하게 중얼거렸다. 성숙 기형종은 배세포에서 발생하는 종양으로, 특히 난소에서 자주 발생해서 난소 종양의 약 20퍼센트를 차지한다. 성숙한 조직으로 구성되며, 내부에는 흔히 피부, 치아, 머리카락 등의 조직이 들어 있다.

"그렇습니다. 성숙 기형종에는 NMDA 수용체가 있는데, 그것을 대상으로 생겨난 항체가 뇌에서 염증을 일으키는 겁니다. 그러고 보니 고무로 양은 아이가 생겼다는 망상을 호소했다죠."

아카네는 "네." 하고 고개를 끄덕했다. 사에에게 남자친구는 없었던 듯하지만, 정말로 임신했으면 큰일이라 어머니는 산부인과에 데려가려고 했다. 그러자 사에는 "병원에 가면 아기를 죽일 거야!" 하고 펄펄 뛰었다고 한다.

"아주 커다란 성숙 기형종입니다. 고무로 양 본인도 분명 복부가 안쪽에서 압박되는 느낌을 받았을 거예요. 그래서 임신했다는 망상으로 이어졌을 가능성이 큽니다."

"그러니까, 전부 이 기형종이 원인이었다는 건가요?" 히메노가 물었다.

"그렇게 보는 게 타당하겠죠. 실종된 것도 혼란스러운 나머지 앞뒤 가리지 않고 집을 뛰쳐나가서 이리저리 헤맨 탓일 테고요."

과연 그럴까. 아카네는 시미즈의 답변을 들으며 속으로 중얼거렸다. 망상에 사로잡히거나 밤중에 날뛸 뿐이라면, 뇌염의 정신적 증상이라고 설명할 수 있을지도 모른다. 하지만 고무로 사에는 스쿠터를 타고 주차장까지 이동해 걸어서 황천의 숲으로 들어갔다. 강한 의지가 느껴지는 행동이다.

망상에서 비롯된 행동일지도 모르지만, 사에가 뭔가 확실한 목적을 품고 금지구역에 들어갔다는 생각을 지울 수가 없었다.

불곰의 썩은 내장을 망설임 없이 삼키던 사에의 모습이 떠올랐다.

아카네와 가지가 없었다면 사에는 분명 불곰 사체 곁에서 목숨을 잃었으리라. 자신의 목숨을 버리면서까지 사에가 달성하고 싶었던 일. 그건 대체 뭐였을까.

"……아이." 그런 말이 입술 사이로 새어 나왔다.

고무로 사에는 임신했다는 망상에 사로잡혀 있었다. 그리고 그 아이가 죽임을 당할까 봐 겁나서 공격적으로 변했다.

어쩌면 자신의 아이를 지키기 위해 황천의 숲에 들어간 것 아닐까.

거기까지 생각했을 때 사고가 정지됐다. 전설 속 괴물인 요모쓰이쿠사가 산다는 황천의 숲에 들어가는 것과 아이를 지키는 것이 무슨 상관이란 말인가? 아무리 망상에 사로잡혔더라도, 혼란스러운 정신 상태 나름의 이유가 있었을 것이다. 그게 뭘지 짐작이 가지 않았다.

"뭐, 되도록 빨리 성숙 기형종을 적출해야겠죠."

생각에 잠겨 있던 아카네는 시미즈의 말에 정신을 차렸다.

"기형종을 제거하면 뇌염이 낫나요?" 히메노가 몸을 앞으로 내밀고 물었다.

"100퍼센트는 아니지만 증상이 개선되는 경우가 많습니다. 항NMDA 수용체 뇌염은 종양 수반 증후군의 일종이라 종양에 대항하는 항체가 계속 생기는 게 문제거든요. 그러니 기형종을 제거하면 항체 생산이 멈춰서 뇌염 증상도 개선될 때가 많죠."

증상이 개선되면 왜 금지구역에 들어갔는지 사에게 들을 수 있을지도 모른다. 가족의 행방에 관한 단서를 얻을 수 있을지도 모른다.

"그럼 제가 집도하겠습니다. 바로 수술하죠."

아카네가 의욕에 찬 목소리로 말하자 시미즈는 눈을 껌벅거렸다.

"사하라 선생님, 이건 난소 종양입니다. 산부인과의 영역이라고요."

"복강의 종양만 적출하면 되니까 외과에서도 충분히 가능해요. 공동 진료라고는 해도 저는 고무로 양의 담당의라고요. 제가 집도하겠습니다."

"그럼 제가 조수를 맡을게요. 저도 고무로 양을 구하고 싶어요. 뭐니 뭐니 해도 제가 직접 집도했던 환자니까요."

히메노가 기세 좋게 손을 들었다. 고무로 사에는 5년 전 도오대학병원에서 진료를 받은 적 있었다. 강한 복통 때문에 구급차를 타고 실려 왔는데, 충수염으로 긴급수술이 필요하다고 판단됐다. 그 수술을 담당한 의사가 히메노였다. 아카네는 지도 담당의로서 그 수술의 조수를 맡아 히메노의 집도를 보조했다. 또한 히메노의 첫 긴급수술이라는 이유로 교수 시바타도 도중에 조수로 들어와서 단순한 충수염이건만 수술진이 참 호화로웠던 기억이 났다.

"아아, 그런 일도 있었지. 그리운 추억이로군."

시바타가 인자한 할아버지 같은 분위기를 자아내며 눈을 가늘게 떴다.

"그러고 보니 사하라 선생이 처음으로 긴급수술을 맡았을 때도 내가 들어갔지. 이야, 얼마나 놀랐는지 몰라."

"어, 아카네 선배의 첫 긴급수술이요? 어떤 환자였나요?"

히메노가 호기심에 찬 눈으로 쳐다보았다. 10년 전 기억이 되살아났다.

"언니였어."

아카네는 부드럽게 미소 지으며 대답했다. 히메노는 "언니요?" 하고 고개를 갸웃했다.

"우리 언니가 경찰관이었던 건 알지? 10년 전에 아사히카와시에서 칼을 든 강도가 우체국에서 돈을 강탈하는 사건이 발생해서 언니도 담당 구역을 순찰했지. 그러다 골목에 숨어 있던 강도를 우연히 발견했는데…… 배를 찔렸어."

히메노의 표정이 굳어졌다.

"저기…… 무사하셨나요?"

"응. 같은 파출소에 근무하던 동료가 즉시 강도에게 덤벼들어 구해줬어. 동료는 범인을 다른 경찰관에게 맡기고, 언니의 상처를 눌러서 지혈하며 병원까지 따라갔지. 오코노기 씨라는 사람이야."

피투성이가 된 양손으로 환자이동침대에 누운 언니의 배를 꽉 누른 채, 구급대원과 함께 구급차에서 내린 오코노기의 모습이 떠올랐다.

"상태가 어땠는데요?"

머뭇머뭇 묻는 히메노에게 아카네는 웃음을 지었다.

"복강까지 닿는 상처를 입었지만, 운 좋게도 내장에는 손상이 없었어. 복강을 세정하고 상처를 닫으면 되니까 수술 자체는 간단했어. 하지만 내가 꼭 수술에 참여하고 싶다고 우겨서 시바타 선생님이 허가해 주셨지. 그뿐만 아니라 언니에게 양해를 구하고 내가 집도를 맡았어. 내 첫 번째 수술이었지."

"와, 어쩐지 대단한 이야기네요. 좀 감동했어요."

감탄하는 히메노의 목소리를 들으며 아카네는 10년 전 기억을 되새겼다. 수술 후, 오코노기는 매일같이 병문안을 왔다. 그걸 기회 삼아 두 사람은 사귀게 됐다. 강도를 체포한 공로로 2년 후 오코노기는 예전부터 꿈꿔왔던 형사가 됐고, 그걸 계기로 두 사람은 결혼을 약속했다.

결혼식을 한 달 앞두고 함께 식사할 때, 언니는 배를 문지르며 아카네에게 살짝 알려주었다. "아카네, 실은 나 임신했어. 곧 엄마가 될 거야." 하고. 그 무렵 원래 느긋한 성격이었던 언니가 자주 짜증을 내곤 해서 '결혼 전 증후군'인 줄 알았는데, 임신해서 몸 상태가 변한 것이 원인임을 알자 안도와 동시에 기쁨이 몰려왔다. 상냥한 언니라면 분명 좋은 엄마가 될 수 있다. 오코노기, 그리고 태어날 아이와 함께 셋이서 행복한 가정을 꾸릴 것이라고 확신했다.

하지만 그러고 얼마 지나지 않아 언니는 실종됐다. 부모님, 할머니와 함께······.

아카네가 입을 꾹 다물고 있자 "저기······." 하고 시미즈가 머뭇머뭇 끼어들었다.

"추억 이야기를 나누시는 도중에 죄송합니다. 저는 수술에 대해서는 잘 모르지만…… 만약을 위해 역시 전문인 산부인과에 맡기는 편이 좋을 것 같은데요……."

시미즈는 난처한 표정으로 관자놀이를 긁적거렸다.

"그럼 내가 산부인과 교수에게 이야기해 볼게. 솜씨 있는 산부인과의가 조수로 들어오면 수술에 아무 문제도 없을 거야."

시바타가 평소처럼 여유로운 어조로 말하자 시미즈는 "뭐, 산부인과 부장님이 허가하신다면야……." 하고 떨떠름하게 대답했다.

아카네가 "감사합니다." 하고 시바타에게 고개를 숙였을 때 허리께에서 전자음이 울렸다. 아카네는 흰 가운 주머니에서 원내 전용 휴대폰을 꺼내고 간호사실 가장자리로 이동해 통화 버튼을 눌렀다.

"교환대입니다. 가지 씨라는 분에게 외선이 들어왔는데요. 연결할까요?"

아카네는 동그래진 눈으로 "네, 연결해 주세요." 하고 휴대폰을 양손으로 잡았다.

가지는 오늘 오코노기를 포함한 경찰관 몇 명과 함께 아사히의 사체를 회수하러 금지구역에 들어갔다.

경찰은 여전히 인부들이 불곰에게 습격당해 사망했다고 생각한다. 하지만 아사히의 사체에 남은 커다란 상처를 보고, 그것이 야마기와 세이지의 목에 생긴 상처와 동일하다는 사실을 확인하면 불곰이 아니라 황천의 숲에 사는 정체 모를 괴물이 인부들을 죽였을지도 모른다고 생각하리라. 그러면 분명 사법해부 결과를 재검토할 테고, 아사히의 사체도 철저하게 조사해 '괴물'의 정체를 밝혀내려 할 것이다.

"아카네······?"

원내 전용 휴대폰에서 가지의 목소리가 들렸다.

"가지 씨, 아사히는 회수했어?"

아카네가 재빨리 묻자 전화에서 힘없는 목소리가 들렸다.

"······사라졌어."

"뭐? 그게 무슨 소리야?" 무슨 뜻인지 이해가 되지 않아 아카네는 눈을 깜박깜박했다.

"그러니까 사체가 없었다고."

"그럴 리가 있나. GPS로 위치를 똑똑히 기록했잖아. 주변을 잘 찾아보면 분명 발견될 테니······."

"못 찾은 게 아니야! 사라졌다니까!"

심상치 않은 가지의 태도에서 이상한 일이 일어났음을 깨닫고 아카네는 입을 다물었다.

"아사히의 사체가 있었던 흔적은 남아 있었어. 혈흔, 아사히가 쓰러진 자국, 그리고 내장도 일부는. 하지만 사체는 사라졌어. 누군가 가져간 거야."

"누군가라니, 그렇게 거대한 사체를 옮길 수 있는 생물은······."

"······요모쓰이쿠사."

가지가 꺼낸 말을 듣고 심장이 크게 뛰었다.

"설마 요모쓰이쿠사가 아사히의 사체를 어딘가로 가져갔다는 거야?"

"그게 아니면 뭐겠어? 아사히의 사체가 어디 있는지 아는 건, 우리랑…… '괴물'뿐이잖아."

그렇게 거대한 불곰의 사체를 옮길 수 있는 요모쓰이쿠사는 대체 뭘까. 그 어둡고 깊은 숲에는 뭐가 살고 있는 걸까. 아카네는 한기를 느꼈다.

"이제 어떻게 할 거야? 경찰들과 함께 아사히의 사체를 찾을 거야?"

"아니, 이미 하산했어. 오늘은 사체만 운반할 예정이어서 경찰관은 꽤 많지만 사냥꾼은 나랑 엽우회 회장님뿐이거든. 나중에 다시 오기로 했어."

"다시 간다고? 아사히의 사체 수색팀을 꾸려서?"

"아니, ……퇴치팀이야. 홋카이도 전역에서 실력 있는 곰 사냥꾼을 모아서 사냥하려고."

"사냥하다니…… 요모쓰이쿠사를?"

목소리가 떨렸다. 그 거대한 불곰을 죽이고 사체를 옮기기까지 하는 괴물을 과연 퇴치할 수 있을까.

"그래. 경찰은 인부들이 불곰에게 죽었다는 견해를 바꾸지 않았어. 아사히도 다른 불곰에게 당했다고 생각하고."

그건 어쩔 수 없다. 불곰은 일본 생태계의 정점에 선 생물이다. 불곰을 죽일 수 있는 존재는 같은 불곰이나 인간뿐. 그렇게 받아들이는 것이 상식이다.

"……아카네."

결의에 찬 목소리가 고막을 진동시켰다. 아카네는 "어, 왜?" 하고 목소리를 높였다.

"난 퇴치팀에 참가할 거야."

"뭐? 하지만 아사히는 죽었잖아. 그럼 부인의……."

원수는 이제 없다. 그렇게 말하려다 아카네는 입을 다물었다. 눈앞에서 사랑하는 사람이 산 채로 잡아먹혔다. 그저 원수의 시신을 보았다고 해서 그렇듯 처참한 경험을 어떻게 극복하겠는가.

황천의 숲에 숨어 있는 요모쓰이쿠사의 정체를 밝히고, 가능하면 그것을 해치워야 비로소 앞으로 나아갈 수 있다. 가지는 그렇게 생각한다. 아니 그렇게 믿고 싶은 건지도 모른다.

"아카네, 같이 가자."

가지가 조용히 제안했다. 아카네는 바로 대답하지 못했다.

"너희 가족이 실종된 일도 분명 요모쓰이쿠사와 관련이 있을 거야. 그러니 퇴치팀에 참가해서 함께 '괴물'을 사냥하자. 그러지 않으면 우리는 영원히 앞으로 나아갈 수 없어."

전화가 끊겼다. 휴대폰에서 들려오는 전자음이 몹시 싸늘하게 느껴졌다.

2

"그럼 난소 성숙 기형종 제거 수술에 들어가겠습니다. 잘 부탁드립니다."

아카네가 머리를 숙이자 제2조수 히메노를 비롯해 수술실에 있는 다른 스태프들도 머리를 숙였다. 하지만 수술대를 사이에 두고 맞은편에 서 있는 중년의 남자 의사, 산부인과 의국장인 구보타는 불쾌한 듯 고개만 살짝 까닥였다.

아카네는 녹색 멸균포의 구멍으로 드러난 하얀 복부를 내려다보았다. 황천의 숲에서 아사히의 사체를 발견하고 닷새 후, 아카네의 집도로 사에의 수술이 시작됐다.

이틀 전 사에의 성숙 기형종 적출 수술을 아카네에게 맡기고 싶다고 시바타가 산부인과 부장에게 전달했다. 산부인과 영역의 종양인 난소 기형종을 외과의에게 맡기겠다고 하자 부장은 난색을 보였지만, 결국 숙련된 산부인과의를 제1조수로 참여시킬 것, 문제가 생기면 외과에서 책임질 것을 조건으로 허가해주었다.

아카네는 사에 어머니에게 기형종 때문에 각종 정신적 증상이 나타났을 가능성이 크므로, 기형종을 적출하면 개선될 여지가 있다고 알리고 수술을 허락받았다. 그리고 마취과, 수술간호부 등에 부탁해 이틀 만에 준긴급수술이라는 형태로 수술 일정을 잡는 데 성공했다.

아카네는 사에의 얼굴을 곁눈질했다. 이미 마취가 시작되어 입에 연결된 삽관 튜브가 마취기에 연결돼 있었다. 마취기 펌프가 기계음을 내며 산소와 마취약이 섞인 기체를 밀어 넣을 때마다, 멸균포에 덮인 가슴이 위아래로 움직였다.

사에를 수술실까지 데려오느라 고생했다고 들었다. 어제 저녁 식사 때 물에 무향 무미의 항정신병제인 리스페리돈 액체를 섞어서 정신 상태를 안정시킨 후, 아침에 수술실로 데려가려고 했다. 하지만 사에가 심하게 반항해서 적정량보다 훨씬 많은 진정제를 근육 주사로 투여해 겨우 재웠다.

아카네는 문득 사에의 오른쪽 하복부에 몇 센티 크기의 흉터가 있는 것을 알아차렸다. 5년 전, 충수염 적출 수술을 했던 흔적이리라. 옆에 선 히메노에게 "네가 집도한 흔적이야. 기억나?" 하고 말을 걸었다.

"물론 기억하죠. 그때 지도해 주셔서 감사합니다."

무거운 분위기를 걷어내려는지 히메노는 과장되게 머리를 숙였다.

"선생님, 잡담은 됐으니까 빨리 시작합시다."

살짝 느슨해졌던 분위기가 불쾌함을 숨기려 하지 않는 구보타의 목소리와 함께 다시 팽팽하게 긴장됐다.

아카네는 "메스." 하며 손바닥을 펼쳤다. 소독간호사가 물 흐르는 듯한 동작으로 메스를 건네주었다. 라텍스 장갑 너머로 느껴지는 금속 손잡이의 딱딱하고 차가운 감촉이 기분 좋았다.

아카네는 배꼽 밑에 메스를 대고 주저 없이 칼날로 하복부를 그었다. 나이프로 반숙 오믈렛을 자르는 것처럼 하얀 피부가 좌우로 갈라지고, 밑에 있는 노란 지방 조직이 드러났다. 그 훌륭한 솜씨에 감탄했는지 구보타의 입에서 "호오." 하고 희미하게 감탄사가 흘러나왔다.

"전기 메스."

피부 절개를 마치고 메스를 수술 기구대 위에 내려놓으며 말했다. 간호사가 지체 없이 전기 메스를 건넸다. 아카네는 전기 메스를 지혈 모드로 설정한 후, 절개한 부분의 출혈 지점에 메스 끝을 대고 발치에 있는 페달을 밟았다.

전기가 흐르면 메스가 닿은 부분이 지져지면서 지혈된다. 페달을 밟을 때마다 하얀 연기가 약간 피어올랐고, 단백질이 타는 냄새가 코끝을 스쳤다.

눈에 띄는 출혈이 멎자 구보타와 히메노가 좌우에서 피부를 잡아당겨 절개된 부분을 살짝 벌렸다. 아카네가 시선을 들자 눈이 마주친 구보타는 겸연쩍은 듯 눈을 돌렸다.

원래 산부인과에서 담당해야 할 수술을 외과의가 집도하는 데에 불만이 있어도, 프로답게 조수 역할에 충실히 임할 모양이었다.

"감사합니다. 보조 잘 부탁드립니다."

아카네가 공손하게 말하자 구보타는 자세히 보지 않으면 모를 만큼 살짝 고개를 끄덕였다.

아카네는 벌어진 절개부에 시선을 돌리고 전기 메스를 절개 모드로 바꾼 후, 노출된 지방에 댔다. 전기 메스의 칼날이 위아래로 움직일 때마다 달군 나이프를 버터에 갖다 댄 것처럼 지방이 갈라졌다. 출혈이 발생하자 히메노가 거즈를 들고 압박 지혈을 실시했고, 그래도 출혈이 멈추지 않을 때는 아카네가 전기 메스로 지져서 지혈했다.

시작하기 전 걱정했던 것과는 달리 수술은 원활하게 진행돼, 곧 지방층 아래의 근육이 드러났다.

아카네는 핀셋으로 근육을 잡고 전기 메스로 작은 구멍을 뚫었다.

"메첸바움 시저."

아카네는 전기 메스를 수술 기구대에 내려놓고 수술용 가위인 메첸바움 시저를 간호사에게 받았다. 그리고 뚫린 구멍에 넣어 단숨에 근육과 그 아래에 있는 복막을 잘랐다. 히메노가 끝부분이 엘(L)자 모양으로 생긴 금속 막대인 머슬후크 두 개를 절개부 가장자리에 하나씩 걸고 좌우로 당겼다. 훤히 드러난 복강을 보고 아카네는 숨을 삼켰다.

골반 안쪽, 원래는 방광과 자궁, 직장 등이 있어야 할 곳에 핸드볼 크기의 구체가 들어 있었다. 검붉은 표면 곳곳에 소용돌이치는 듯한 보라색 무늬가 보였고, 번들번들하게 광택이 흘렀다.

"이건 뭐랄까…… 기분 나쁘게 생겼군……."

구보타가 잠긴 목소리로 감상을 말했다. 아카네는 구체를 살짝 만져보았다. 표면은 대리석처럼 매끄러웠고 온기가 살짝 느껴졌다.

이런 종양은 처음이야. 아카네는 속으로 중얼거리며 관찰하기 위해 양손으로 구체를 더듬거렸다.

"뒷면이 복막과 꽤 단단히 유착됐네요."

천장에 매달린 무영등을 조작해 구체 뒷면을 비췄다. 거기에는 쿠션같이 물렁물렁한 검붉은 덩어리가 깔려 있었다.

"이 덩어리는 뭘까요? 복막과 창자에 단단히 유착된 것 같은데요……."

아카네는 중얼거리며 검붉고 물렁한 조직을 손끝으로 문질렀다. 거기서 피가 서서히 배어났다.

"혈류가 풍부하군요. 종양은 여기서 영양분을 얻어서 성장한 거겠죠."

히메노가 머슬후크로 절개부를 벌린 채 말했다.

"확실히 종양은 혈관신생[3]을 통해 주변 조직에서 혈액을 공급받아 영양분을 얻는 경우가 많지만, 이렇게 물렁물렁한 조직을 만드는 건 처음 봤어. 이것도 종양의 일부라면 확실히 적출해야겠지."

출혈에 주의하며 복막과 창자에서 떼어내려면 꽤 고생할 것이

---

[3] 기존 혈관에서 새로운 혈관이 형성되는 일련의 과정을 총칭하는 용어.

다. 생각보다 훨씬 대수술이 될 듯했다.

아카네가 생각에 잠겨 있는데 구보타가 불쑥 중얼거렸다.

"……태반."

"네? 구보타 선생님, 뭐라고 하셨어요?"

아카네가 물어보자 구보타는 흠칫 놀란 표정으로 고개를 가볍게 저었다.

"아니, 태반과 비슷하다는 생각이 잠깐 머리를 스쳐서."

"태반이라면 수정란에서 발생해서 자궁에 부착돼 모체에서 태아에게 영양분과 산소를 공급하는 그 태반 말씀이시죠? 그, 출산 후에 조각 나서 배출되는 조직요."

히메노가 동그래진 눈으로 구체에 부착된 조직을 유심히 들여다보았다.

"듣고 보니 비슷한 것 같기도 한데, 복강에 태반이 생길 수가 있나요?"

"자궁 외 임신이라면 드물게 생기기도 하지만……. 아니, 신경 쓸 것 없어. 잠깐 그렇게 느껴졌을 뿐이야. 계속해."

마음을 다잡듯이 구보타가 말했다. 아카네는 고개를 끄덕인 후, 조직의 강도를 확인하기 위해 직장에 붙은 부분을 손가락으로 살짝 당겨보았다. 반창고를 떼어낼 때처럼 찌이익, 하는 소리와 함께 상상했던 것보다 훨씬 쉽게 태반 형상의 조직이 떨어졌고, 조직이 붙어 있던 직장 표면에서 혈액이 급속도로 배어났다.

구보타가 얼른 거즈로 그 부분을 압박해 출혈을 막았다. 아카네는 반사적으로 수술 기구대에 놓인 전기 메스를 집어 지혈 모드로 바꾸었다.

아카네와 구보타는 눈을 마주치고 고개를 끄덕였다. 구보타가 거즈를 치우는 것과 동시에 아카네는 출혈 지점에 전기 메스를 대고 발치의 페달을 밟아 출혈 지점을 지졌다.

지혈에 성공한 아카네와 구보타는 동시에 숨을 푹 내쉬었다.

"떼어내기는 쉬울 듯하지만, 아무래도 유착된 두 조직 사이에 가느다란 혈관이 풍부하게 존재하는 것 같군."

구보타의 설명에 아카네는 "네." 하고 턱을 당겼다.

"이만큼 조직이 부드럽고 혈관도 약하다면, 봉합사로 결찰해서 지혈하기는 어렵겠네요. 전기 메스로 조금씩 지혈하며 떼어내는 수밖에 없겠어요."

구보타는 "그래야겠어." 하고 낮은 목소리로 동의했다.

"물렁물렁한 감촉도 그렇고 풍부한 혈류도 그렇고 정말로 태반 같은 조직이야. 출산 후 태반이 분리될 때, 붙어 있던 부분에서 출혈이 발생하지만 자궁 수축으로 지혈되지. 하지만 복강에서는 그런 현상을 기대할 수 없어. 출혈이 꽤 심할 거야."

구보타의 설명에 아카네는 고개를 끄덕이고 마취의에게 "실례합니다." 하고 말을 걸었다.

"들으셨다시피 예상보다 출혈이 심할 가능성이 큰데요. 수술 중 관리는 문제없을까요?"

"알겠습니다. 양성 종양 적출이라길래 대량 출혈은 상정하지 않았습니다만, 그렇다면 정맥주사인 IV 라인과 수액량을 늘리고, 수혈 준비를 하겠습니다."

마취의는 동요하지 않고 IV 주입 속도를 높이더니 사에의 손등 정맥에 IV 카테터를 꽂으며 "수혈부에 연락해서 출혈이 심할 가능성이 있으니 크로스매칭[4]하라고 해." 하고 순환간호사에게 지시했다.

마취의는 새로운 IV 라인을 확보한 후 "이제 문제없습니다." 하고 힘 있게 말했다.

"출혈량이 많아도 순환과 호흡은 유지하겠습니다. 수술 재개 바랍니다."

아카네는 "감사합니다." 하고 인사한 후 구보타와 눈을 맞췄다. 두 사람은 자연스레 서로에게 고개를 끄덕였다. 수술 시작 전에 감돌던 딱딱하고 차가운 분위기는 사라지고, 힘든 수술에 맞서는 프로들의 열의가 수술실을 가득 채웠다.

◆

"출혈량, 3400입니다."

순환간호사의 보고에 아카네는 이를 악물었다. 수술이 시작된 지 여덟 시간이 넘었다. 그동안 복강 곳곳에 유착된 검붉은 조직을 떼어내고 지혈하는 작업을 되풀이했다. 조금만 손이 빗나가도 피가 흘러 긴장을 늦출 수가 없었다.

집도의 아카네뿐만 아니라 조수 구보타와 히메노도 녹초가

---

[4] 수혈할 혈액이 수혈받을 대상자에게 적합한지를 판정하는 검사.

됐다. 아카네는 눈만 움직여 마취기가 놓인 쪽을 보았다. IV 스탠드에는 수액뿐만 아니라 적혈구농후액을 매달아서 수혈 중이었다. 수술 도중에 마취의가 경정맥에 천자(穿刺)를 실시해 중심정맥에 굵은 IV 라인을 확보하고 승압제를 비롯한 다양한 약제를 투여했다.

이렇게까지 대수술이 될 줄은 상상도 못 했다. 하지만 이제 자궁에 유착된 부분만 떼어내면 끝이다. 아카네는 스스로를 격려했다. 하지만 검붉은 조직이 자궁을 감싸듯이 붙어 있어서, 그걸 떼어내는 것만 해도 중노동일 듯했다.

"앞으로 두 시간이면 되려나." 구보타가 숨을 크게 내쉬었다.

"죄송합니다. 시간이 너무 걸렸네요."

아카네가 사과하자 구보타는 고개를 내저었다.

"어쩔 수 없지. 이런 사례는 처음인걸. 사하라 선생, 이거 사례 보고 부탁할게. 세계적으로도 드문 사례일 거야. 논문 쓸 거면 내 이름도 꼭 넣어줘."

농담조의 말에 수술실 분위기가 밝아졌다. 처음에는 불쾌해했던 구보타였지만, 힘을 합쳐 어려운 수술에 임하는 동안 마음의 벽이 허물어져 이제는 '전우' 같은 분위기를 풍겼다.

"그때는 저도 부탁할게요."

불평 한마디 없이 머슬후크 담당을 비롯해 잡일을 맡아준 히메노가 끼어들었다.

"응, 물론이지."

아카네가 힘찬 목소리로 말하자 구보타가 "그런데······." 하고 중얼거렸다.

"이 환자, 황천의 숲에서 발견됐다면서. 왜 그런 곳에 있었지? 거기는 아이누족의 전설에서도 웬카무이가 산다고 일컬어지는 찜찜한 곳이잖아."

"단순한 웬카무이가 아니에요." 머슬후크를 잡고 있던 히메노가 입을 열었다.

"어, 뭐야? 아는 거라도 있어?"

아카네가 눈을 깜박이자 히메노는 정신이 번쩍 든 것 같은 표정으로 고개를 움츠렸다.

"쓸데없는 소리를 해서 죄송해요. 저희 할아버지가 아이누 문화를 연구하는 학자신데, 어릴 적부터 아이누족의 전설 같은 걸 자주 들려주셔서⋯⋯. 신경 쓰실 것 없어요."

"아니, 말해봐. 단순한 웬카무이가 아니라니, 그게 무슨 뜻이야?"

"어, 그러니까, 웬카무이, 즉 악한 신인 건 분명하지만 아이누족 사이에서 전해 내려오는 바에 따르면 거기 있는 건 아미탄네카무이예요."

"아미탄네⋯⋯?" 처음 듣는 말이라 아카네는 고개를 갸우뚱했다.

"아미탄네카무이, 또는 아미탄네. 쉽게 말해 거미 신이죠."

"거미?!" 목소리가 뒤집혔다.

"그런데요. 왜요?" 히메노가 눈을 깜박깜박했다.

"아니, 아무것도 아니야⋯⋯."

말을 얼버무리며 아카네는 머리를 굴렸다. 아이누족의 전설에 따르면 황천의 숲에는 거미 신이 살았다. 악한 신으로 받아들여졌으니, 그 신은 사람을 습격한다는 뜻이리라. 그리고 그 전설이 요모쓰이쿠사라는 민간전승으로 변했다.

거미…… 이메르황천거미……. 역시 푸른빛을 내는 그 작은 거미가 그 불길한 숲의 수수께끼를 푸는 열쇠다. 하지만 그 거미가 불곰을 죽이기는 불가능하다. 그렇다면…….

"아카네 선배, 괜찮으세요?"

히메노의 목소리에 생각이 끊겼다.

"아, 응, 아무것도 아니야……."

지금은 수술 중이다. 일단 이 종양을 적출해야 한다. 아카네는 핸드볼 크기의 구체를 양손으로 감싸듯이 잡았다. 혈류를 대부분 차단했는데도 아직 따뜻했다.

타조알 같다……. 속으로 중얼거렸을 때 손바닥에 진동이 느껴졌다. 마치 구체 속에서 '뭔가'가 움직인 것처럼. 아카네의 입에서 "헉." 하고 작게 비명이 새어 나왔다.

히메노가 "왜 그러세요?" 하고 이상하다는 듯이 물었다.

"그게, 이 종양이……."

움직인 것 같다고 말하려는데 이번에는 분명 종양이 흔들렸다.

기분 탓이 아니었다. 움직였다. 그 아래에 있는 장기와 함께.

아카네는 무슨 일이 일어나고 있는지 알아차리고 마취의에게 외쳤다.

"버킹이야! 조치해 주세요!"

버킹. 마취제나 근이완제의 효과가 약해져서, 기관 내 튜브 때문에 구토 반사가 발생해 몸이 움직이는 현상이다.

"어? 그럴 리가. 마취 심도를 아주 깊이 유지했는데……."

마취의가 반론을 마치기도 전에, 수술대에 누워 있던 사에의 몸이 경련했다. 벨트로 고정한 팔다리가 심하게 떨리면서 하복부가 절개된 몸이 크게 젖혀졌다. 기관 내 튜브를 삽관한 입에서 동물이 포효하는 듯한 소리가 흘러나왔다. 순환간호사가 비명을 지르며 금속 쟁반을 떨어뜨려서 큰소리가 울려 퍼졌다.

"근이완제를 추가로 투여해! 빨리!"

구보타가 굳어버린 마취의에게 고함을 질렀다. 마취의는 부랴부랴 마취 카트에서 근이완제가 든 주사기를 꺼내 IV 라인의 측관에 주입했다. 하지만 근이완제를 투여하기 전에 사에의 팔을 고정한 수술대 벨트가 풀렸다. 사에가 상반신을 일으켰다. 동시에 아카네의 손 언저리에서 찌이익, 하는 소리와 함께 자궁에 붙어 있던 조직이 단숨에 뜯기고 복강에서 구체가 떨어져 나왔다. 아카네는 마스크로 가려진 입을 반쯤 벌린 채 양손으로 들고 있는 구체를 내려다본 후 고개를 들었다.

눈을 보호하기 위해 붙인 테이프가 떨어져, 사에가 핏발 선 두 눈을 찢어질 만큼 크게 부릅뜨고 있었다. 날붙이처럼 날카로운 시선이 아카네를 꿰뚫었다. 다음 순간 마취의가 근이완제를 투여했다. 잠시 후 사에가 실이 끊어진 마리오네트처럼 벌렁 드러누웠다.

"아, 간 떨어지는 줄 알았네……."

히메노가 가슴께에 손을 대고 중얼거리자 "아직이야!" 하고 구보타가 외쳤다.

"빨리 지혈해야 해."

흠칫하며 절개된 하복부를 본 순간, 아카네는 얼음 같은 손으로 심장을 움켜쥔 듯한 기분이 들었다. 복강이 피바다로 변했다. 사에가 움직이는 바람에 자궁에 유착된 조직이 단숨에 떨어져 나가 대량 출혈이 발생한 것이다.

"어서 흡인해!"

아카네가 날카롭게 지시하자 히메노는 허둥지둥 플라스틱 흡인관을 절개부에 찔러 넣었다. 코를 푸는 듯한 소리와 함께 혈액이 흡인되자 피바다의 수위가 낮아졌다.

"출혈량 4,000을 넘었습니다!"

간호사의 보고가 초조함에 불을 붙였다. 이대로 가다가는 실혈사할 우려가 있다.

"수혈부에 연락해서 A형과 O형 적혈구농후액 모조리 크로스매칭해서 준비하라고 해!"

마취의는 호통치듯 말하고 IV 스탠드에 걸린 적혈구농후액 팩을 양손으로 쥐어짜서 급속 수혈을 시작했다.

흡인 덕분에 자궁이 보였다. 아카네는 들고 있던 구체를 기구대의 농반에 내려놓고, 거즈를 잔뜩 집었다. 그리고 양손으로 감싸듯 자궁을 잡고 압박 지혈을 시도했다. 하지만 거즈에 흡수되다 못해 넘쳐난 혈액이 손가락 사이로 줄줄 흘러내렸다.

"사하라 선생, 압박 지혈은 무리야. 적출하자." 구보타가 빠르게 말했다.

"어? 적출이라니 종양은 이미……."

"종양 말고 자궁. 자궁을 적출하는 거야."

"자궁을……."

아카네는 할 말을 잃었다. 사에는 아직 10대인데 자궁을 적출한다. 임신이 불가능해진다. 그런 짓을 해도 될까…….

"망설일 틈 없어. 이대로 놔두면 수술 중에 사망할 거야. 내가 대신 집도할게."

수술 중 사망. 외과의가 가장 꺼림칙해하는 그 말에 한기가 느껴짐과 동시에, 머릿속에 끼어 있던 안개가 걷혔다. 일단 환자의 생명을 구하는 것이 최우선이다.

"부탁드립니다."

아카네의 말에 구보타는 "자궁을 적출한다!"라는 선언과 함께 양손을 복강에 쑤셔 넣었다.

3

 고개를 숙인 채 침침한 복도를 걸어갔다. 족쇄가 채워진 것처럼 다리가 무거웠다.

 아카네는 복도 벽에 걸린 시계를 보았다. 이미 밤 11시가 넘었다.

 몇 시간 전, 아카네 대신 집도를 맡은 구보타는 산부인과의답게 재빠른 손놀림으로 자궁 동정맥을 결찰해 출혈을 막고 자궁을 적출했다. 최종적으로 일반 여성의 총혈액량의 두 배도 넘는 8,000밀리리터를 출혈했지만, 마취의가 수혈을 비롯해 적절하게 수술 중 관리를 해준 덕분에 무사히 수술을 마쳤다.

 하지만 예상외의 출혈로 몸에 큰 손상이 왔을 것으로 추정돼 사에를 중환자실로 옮겼다. 거기서 마취제로 진정 상태를 유지한 채 경과를 지켜보기로 했다.

 중환자실에서 수술 후 관리에 관해 지시하고, 사에의 어머니에게 수술 결과를 설명하는 등 다양한 업무를 처리하다 보니 어느새 시간이 이렇게 됐다.

평소 몸을 단련하는 덕분인지 아무리 오랜 시간 수술해도 육체적으로 피곤한 적은 거의 없었다. 하지만 오늘은 예정했던 것보다 훨씬 대수술이었던 데다, 사에의 각성과 대량 출혈, 그리고 자궁 적출 등 예상치 못한 일이 너무 많이 일어나서 정신적으로 녹초가 됐다.

가능하면 피트니스 클럽에 들러 가볍게 땀을 흘리고, 습식 사우나로 기분 전환하고 싶었다. 하지만 아직 중요한 일이 남아 있었다. 아카네는 양손에 든 농반을 보았다.

강낭콩 모양의 금속 용기에는 칙칙한 붉은색과 보라색 무늬가 뒤섞인 구체가 얹혀 있었다. 사에의 복강에서 적출한 이 물체를 조사해야 한다.

성숙 기형종은 여성의 골반 안쪽 난소뿐만 아니라, 흉강이나 가슴 세로칸에서도 발생해 외과 역시 적출 수술을 할 경우가 있어 지금까지 몇 번 본 적 있었다. 하지만 이렇게 크고 꺼림칙한 무늬가 있는 종양은 처음 봤다.

아카네는 '간이 병리 검사실'이라고 적힌 병실로 들어갔다. 농반을 테이블에 내려놓은 후 장갑을 끼고 구체를 만졌다. 돌처럼 단단한 감촉이 느껴져 아카네는 콧등에 주름을 잡았다.

지금까지 봤던 성숙 기형종은 좀 더 부드러웠다. 하지만 이 종양은 석회화했는지 몹시 단단하고 무거웠다.

이건 정말로 기형종일까? 그런 의문이 머리를 스쳤다.

분명 CT 사진에서는 속에 얼룩무늬 같은 성분이 있었고, 그 일부는 새하얗게 보였다. 성숙 기형종에 자주 포함되는 치아나

머리카락 등의 성분으로밖에 보이지 않았다. 방사선 전문의의 CT 판독 보고서에도 "성숙한 기관으로 판단되는 구조가 종양 내부에서 확인됐으므로 난소 종양(성숙 기형종)으로 추정된다."라고 적혀 있었다.

어쨌거나 내부를 조사하면 알 수 있을 것이다.

수술부 끄트머리에 있는 간이 병리 검사실은 병리부에 정식으로 조사를 요청하기 전에, 집도의 등이 검체를 간단히 병리 검사하기 위한 방이다. 검체를 자르거나 염색하기 위한 도구와 현미경이 있다.

"좋아, 해보자."

아카네는 스스로를 격려하듯 말하고 구체에 부착된 태반 같은 조직을 떼어냈다. 검붉고 물렁물렁한 그 덩어리는 석회화된 구체의 겉껍데기에서 간단히 떨어졌다.

전부 떨어진 줄 알았는데 갑자기 저항이 느껴졌다. 검붉은 조직의 일부가 구체에 달라붙어 있었다.

아카네는 시선을 모았다. 처음에는 그냥 단단히 붙어 있는 줄 알았는데, 자세히 보자 조직에서 뻗어 나온 굵은 혈관 두 개가 구체의 겉껍데기를 뚫고 내부로 들어가 있었다. 분명 동맥과 정맥이리라.

혈관신생으로 창자와 복막, 자궁 등에서 확보한 혈류가 이 두 혈관으로 운반된 듯했다.

"탯줄……."

그 말이 입에서 흘러나온 순간, 방 온도가 단숨에 낮아진 것 같았다. 온몸에 소름이 돋았다.

이 조직이 태반이라면 이 굵은 두 혈관은 모체에서 영양분을 얻기 위한 탯줄 아닐까. 왜 종양에 그런 게 붙어 있는 걸까. 종양은 기본적으로 주변 조직에 가느다란 혈관을 연결해서 성장하는 법이다. 이래서는 마치…….

"……태아나 다름없잖아."

스스로도 이상하다 싶을 만큼 떨리는 목소리가 튀어나왔다.

그럴 리 없다. 피곤해서 해괴한 망상에 사로잡혔을 뿐이다. 아카네는 고개를 세차게 내저어 불길한 상상을 떨쳐냈다.

이건 종양이다. 얼른 절단해서 내부 조직을 확보하자. 심호흡을 한 후 가위로 구체에 연결된 혈관의 밑동을 잘랐다. 검붉은 조직이 완전히 떨어져 나가서 드디어 구체의 전체 모습이 드러났다.

칙칙한 붉은색과 보라색이 복잡한 무늬를 이룬 겉껍데기는 혈관이 연결된 부분의 작은 구멍을 제외하면 균열 하나 없이 말끔했다. 표면은 대리석같이 매끄럽고 윤이 났다.

아카네는 새 농반을 꺼내 구체를 그리로 옮겼다. 성숙 기형종은 안쪽 액체에 머리카락과 치아 등의 조직이 떠 있는 사례가 많다. 액체가 쏟아져서 주변이 더러워지지 않도록 농반에 얹은 채로 절단하는 편이 나으리라.

오른손에 커다란 해부도를 들고 왼손으로 구체를 고정했다. 칼날을 구체에 댔다. 다음 순간 왼손에 진동이 느껴져 아카네는 작게 비명을 지르며 뒷걸음쳤다.

움직였다? 아카네는 몇 시간 전의 일을 떠올렸다. 자궁 이외의 부분에서 검붉은 조직을 떼어낸 후 양손으로 구체를 잡았을 때, 움직인 듯한 감각이 느껴졌다. 버킹이 발생해 사에의 움직임이 전달된 탓이라고만 생각했는데, 어쩌면 아닐지도 모른다.

정말로 구체 내부에서 '뭔가'가 움직이고 있는 것이라면.

"……그럴 리가. 종양이 움직일 리 없잖아. ……나도 참 정신이 어떻게 됐나 보네."

스스로를 타이르듯 소리 내어 말했지만 공포는 사라지지 않았다.

아카네는 왼손을 뻗어 살짝 떨리는 손끝으로 구체를 건드렸다. 그 순간 농반에 놓아둔 구체가 굴렀다. 그렇게 세게 밀지 않았다. 분명 구체가 스스로 움직였다.

아카네가 우두커니 서서 숨을 헐떡이며 지켜보고 있으니, 구체가 달각달각 떨리기 시작했다. 농반이 흔들리고 금속음이 방에 퍼져나갔다.

틀렸다. 착각했다. 이건 종양이 아니다. 이건…….

"알……."

아카네가 잠긴 목소리로 중얼거렸을 때 구체의, 알의 일부가 안쪽에서 터지는 것처럼 깨졌다. 거기서 젓가락처럼 가느다랗고 마디가 있는, 거무튀튀한 다리가 나왔다.

알에 뚫린 구멍에서 튀어나온 다리가 한 개, 두 개, 세 개로 점점 늘어났다. 다리는 각자 의사를 지닌 생물처럼 복잡한 움직임을 보이다가 송곳처럼 뾰족한 끝부분을 알 표면에 꽂았다. 알에

균열이 생기고 구멍이 더 커졌다.

뭔가 부화하려 한다. 뭔가 끔찍한 생물이.

도망쳐야 한다. 머릿속에 경고음이 울려 퍼졌지만, 뇌와 몸을 연결하는 신경이 끊어진 것처럼 손가락 하나도 까딱할 수 없었다. 미지의 생명체가 탄생하려는 광경은 무시무시하면서도 어쩐지 장엄해서 시선을 돌릴 수가 없었다.

다리 여덟 개가 껍데기에 날카로운 발톱을 세운 후, 구멍에서 짜내듯이 몸체가 모습을 드러냈다.

거대한 거미였다. 다리 네 쌍이 달린 주먹 크기의 두흉부에 소프트볼 크기의 복부가 붙어 있었다. 알 속에서 구깃구깃 접혀 있었을 다리는 펼쳐지자 30센티쯤 됐다. 다리를 합친 총길이는 1미터에 달할 듯했다.

아카네는 가위에 눌린 것처럼 꼼짝도 못 하고 그저 멍하니 그 생물을 관찰했다.

자세히 보자 크기 말고도 아카네가 아는 거미와는 완전히 달랐다. 온몸은 검은 광택이 도는 강철 같은 질감의 비늘로 덮여 있었고, 두흉부의 한복판에 달린 눈 여덟 개는 인간의 눈과 비슷했다. 다리 여덟 개 중 앞쪽 두 개는 사마귀 앞다리처럼 낫 모양이었다.

뭐지, 이 생물은. 그때 '요모쓰이쿠사'라는 말이 뇌리를 스쳐서 아카네는 눈이 동그래졌다.

이 생물이 바로 금지구역에 산다는 요모쓰이쿠사 아닐까. 그렇더라도 왜 사에의 몸속에서 성장했는지 모르겠다. 사에가 이상한 행동을 일으키고 황천의 숲을 헤맨 건 이 생물과 관계가 있을까.

합선될 것처럼 격렬하게 뇌세포의 시냅스가 요동쳐 사고가 촉진됐다. 황천의 숲에 숨겨진 비밀, 그리고 가족이 실종된 일의 진상이 가까이 있었다. 그 실감에 체온이 올라갔다. 하지만 다음 순간, 흥분은 공포로 덧칠됐다.

거미가 배를 풍선처럼 크게 부풀리는가 싶더니 울음소리가 좁은 방에 울려 퍼졌다. 막 태어난 아기가 분만실에서 내뱉는 듯한 울음소리였다.

대체 이 생물은 어디서 목소리를 내는 걸까.

아카네가 해부도를 든 채 물러서자 거미는 다리 여덟 개를 복잡하게 움직여 농반에서 나오더니 아카네에게 덤벼들었다. 아카네는 반사적으로 양손을 휘둘러 거미를 후려쳤다. 바닥에 떨어진 거미는 더 크게 울더니, 다리를 바쁘게 움직여 재빨리 선반 틈새로 들어갔다.

거미의 모습은 사라졌지만 아기 울음 같은 소리는 여전히 어두운 방에 울려 퍼지고 있었다. 악몽 속에 들어온 듯한 상황에 현기증이 났다.

아카네는 문으로 달려가 문고리를 돌렸다. 하지만 문은 열리지 않았다.

"뭐야! 왜 안 열려!"

비명 같은 목소리로 외치자마자 아카네는 아까 문을 잠갔음을 떠올리고 문고리에 달린 실린더 자물쇠를 돌렸다. 찰칵, 하는 소리와 함께 자물쇠가 열렸을 때 오른쪽 어깨에 충격이 느껴졌다. 아카네는 관절이 녹슨 것처럼 부자연스러운 동작으로 고개를 돌렸다.

어깨에 올라탄 거미의 눈 여덟 개와 시선이 마주쳤다. 귀가 아플 만큼 큰 울음소리와 아카네의 비명이 뒤섞였다.

아카네는 즉시 왼손으로 거미를 잡아 벽에 내던졌다. 힘차게 날아간 거미는 비늘에 덮인 등으로 벽에 부딪혔다. 딱딱한 것끼리 맞닿는 소리가 났고, 거미의 배 부분이 드러났다. 배에 달린 너무나 그로테스크한 어떤 '구조'를 보고 아카네는 겁먹은 나머지 무릎을 털썩 꿇을 뻔했다.

"뭐야, 저거?! 뭐냐고?!"

아카네는 고함을 지르며 문고리를 돌려 문을 열고 병리 검사실에서 뛰쳐나와 희미한 비상등 불빛이 비치는 복도를 죽어라 달렸다. 야간 근무 시간대라 직원들의 모습은 보이지 않았다. 야간조 간호사들이 있는 대기실로 도망치려면 복도 끝에 있는 간호사실의 안쪽 문까지 가야 한다. 마음이 급해서 앞으로 구부러지는 상반신을 하반신이 따라오지 못했다. 얼마간 달렸을 때 다리가 꼬여서 넘어졌다.

얼른 일어서려는데 아기 같은 울음소리가 고막을 흔들었다. 넘어진 자세로 돌아보자마자 아카네의 목에서 피리를 부는 듯한 소리가 새어 나왔다.

살짝 열린 병리 검사실 문틈으로 다리 몇 개가 꿈틀거리듯 나타나더니 거미가 기어 나왔다. 문을 닫지 않은 걸 후회했지만 이미 늦었다.

    검은 형체가 달칵달칵 소리를 내며 어둠이 내린 복도를 걸어왔다.

    넘어진 아카네에게 다가오던 거미가 3미터쯤 떨어진 곳에서 펄쩍 뛰어올랐다. 날아오를 듯이 허공을 이동하는 거미의 복부 아래쪽, 배 쪽이라고 부르는 부분이 비상등의 희미한 녹색 불빛 속에 드러났다.

    거기에는 얼굴이 있었다. 인간의 태아 같은 얼굴이.

    날아드는 거미를 아카네는 양손으로 받아냈다. 거미의 배 쪽 전체를 차지한 태아의 얼굴과 지척에서 마주했다.

    태아의 눈이 벌어졌다. 아카네가 그 유리구슬 같은 눈동자와 눈을 마주친 순간, 태아의 입이 크게 벌어지고 울음소리가 쏟아져 나왔다.

    거미는 다리를 세차게 움직이고 몸을 뒤틀었다. 다리 여덟 개의 끝에 달린 낫과 발톱이 닿으면서 아카네의 아래팔 피부가 찢어졌다. 고통이 공포와 혼란으로 끓어오른 머리를 조금이나마 식혀주었다.

    아카네는 표주박처럼 이어져 있는 거미의 두흉부와 복부 사이 잘록한 부분을 왼손으로 움켜잡고 오른손에 들고 있던 해부도로 태아의 얼굴을 찔렀다. 미간을 뚫린 태아가 절규하자 거미가 다리를 미친 듯이 버둥거렸다.

    아카네는 빠드득 소리가 날 만큼 어금니를 악문 채 왼손으로 거미를 바닥에 내동댕이쳐서 고정하고 태아의 얼굴이 있는 배 쪽에 해부도를 휘둘렀다. 몇 번이고 계속. 푸르스름한 형광색을 띤 혈액이 사방에 튀었다.

 아카네는 태아의 얼굴 한복판을 해부도로 깊숙이 찌른 후 손목을 비틀어 거미의 내장을 휘저었다. 시끄러운 울음소리가 멈추고, 다리 여덟 개가 쫙 뻗쳐졌다가 힘없이 축 늘어졌다.

 처치했다. 겨우 이 괴물을 죽였다. 거친 숨을 몰아쉬고 있는데 복도에 발소리가 울렸다. 아카네는 얼른 돌아보았다.

 "사하라 선생님? 뭐 하세요?"

 복도 안쪽에 야근조 간호사가 손전등을 들고 서 있었다. 소란스러운 기척이 나서 살펴보러 나온 것이다.

 뭐라고 대답할까? 아카네는 죽은 거미를 등 뒤에 감춘 채 머리를 굴렸다.

 몇 초 망설인 후 아카네는 천천히 입을 열었다.

 "아무것도 아니야. 오늘 수술로 적출한 장기를 옮기다가 발을 헛디뎌서 넘어졌을 뿐이야."

 "넘어졌을 뿐이라니, 비명 소리가 들린 것 같았는데……."

 "장기에서 나온 혈액과 염색용 시약을 잔뜩 덮어썼거든. 그래서 나도 모르게 비명이 나왔어."

 아카네는 해부도를 바닥에 살짝 내려놓고 거미의 몹시 찐득찐득하고 파란 체액으로 더러워진 양손을 보란 듯이 쳐들었다. 간호사가 "으아, 더러워라." 하고 인상을 찡그렸다.

 "응, 너무 더러워서 비명을 질렀지. 걱정하지 마. 바로 샤워하고 돌아갈 거니까. 아아, 냄새나니까 너무 가까이 오지는 말고."

"네. 선생님도 참 고생이시네요."

간호사가 돌아가는 모습을 보고 아카네는 숨을 푹 내쉬었다.

왜 거짓말로 얼버무렸는지 스스로도 잘 알 수가 없었다. 만약 적출한 종양에서 이 거미가 나왔다고 하면 미쳤다고 여길까 봐? 아니다. 아카네는 고개를 저었다.

소란이 벌어지면 이 생물의 사체를 회수해 전문 기관에 조사를 맡길 것이기 때문이다.

이 생물이야말로 황천의 숲의, 그리고 가족이 실종된 일의 수수께끼를 풀 가장 큰 단서다.

그날 가족에게 무슨 일이 있었는지는 내 힘으로 밝혀낸다. 그러지 않고서는 앞으로 나아갈 수 없다.

하지만 조사한다고 해도 뭘 어쩌면 좋을까. 죽은 벌레를 조사할 기술은 없다.

그때 사람 좋아 보이는 남자의 얼굴이 떠올랐다.

그래, 그라면 분명 협력해 줄 것이다. 바로 연락해서 이걸 넘기자.

몸을 돌려 죽은 거미를 내려다보고 아카네는 신음 소리를 토해냈다.

거미 배에 있는 난도질당한 태아의 얼굴이 탁해진 눈으로 서글프게 아카네를 쳐다보고 있었다.

4

 흰 가운을 걸친 아카네는 코를 찌르는 포르말린 냄새에 인상을 찡그리며 방을 가로질러 금속으로 된 두짝문을 열었다.
 황천의 숲에서 발견된 시신의 사법해부에 참여하기 위해 열흘쯤 전에 방문한 부검실. 그 안쪽에 있는 부검대 곁에서 방호복 차림의 남자가 집중해서 핀셋을 움직이고 있었다.
 "시노미야."
 이름을 불렀지만 시노미야는 전혀 반응이 없었다. 아무래도 너무 집중한 탓에 아카네가 온 줄도 모르는 듯했다.
 아카네는 한숨을 쉬며 시노미야 뒤로 다가가 방호복에 감싸인 어깨를 살짝 두드렸다. 시노미야가 "으헉." 하고 소리를 지르며 뒤를 돌아보았다.
 아카네를 알아보고 굳은 표정이 풀어졌다.
 "뭐야, 사하라였구나. 간 떨어질 뻔했네. 인사 좀 하고 들어와."
 "했어. 네가 너무 집중해서 몰랐을 뿐이지. 혹시 밤새 해부한 거야? 너무 무리하는 거 아니야?"

아카네는 부검대에 놓인 거대한 거미를 가리켰다. 어젯밤 아카네는 죽은 거미를 챙기자마자 시노미야에게 연락해서, 믿을 수 없는 걸 발견했으니 당장 봐달라고 부탁했다. 죽은 거미가 담긴 비닐봉지를 탈의실의 샤워용 수건으로 감싸서 들고 법의학 교실에 가서 사정을 이야기했다.

처음에 시노미야는 "뭐야, 요즘은 그런 괴담이 유행이야?" 하고 웃었다. 하지만 비닐봉지를 벌려서 속을 보여주자 눈꼬리가 찢어질 만큼 눈이 휘둥그레졌다.

시노미야는 빼앗다시피 비닐봉지를 받아 들고 말없이 부검실로 향했다. 그리고 부검대에 죽은 거미를 꺼내놓고 열심히 조사했다.

뭔가 물어봐도 시노미야는 "아직 모르겠어." 하고 망가진 녹음기처럼 같은 말만 되풀이했다. 장시간의 수술과 그 후에 일어난 악몽 같은 일 때문에 아카네는 심신이 너덜너덜해졌다. 그래서 절대로 남에게 말하면 안 된다는 당부와 함께 죽은 거미를 시노미야에게 맡기고 집으로 돌아갔다.

"무리할 만하지!"

시노미야가 두 팔을 크게 펼쳤다.

"이렇게 기상천외한 생물을 조사할 기회가 생겼는걸. 게다가 사하라의 말을 믿는다면 이건 인간의 복강에 들어 있던 알에서 태어난 생물이야. 즉 지금까지 존재하는 줄 몰랐던 신종 기생생물이라고 할 수 있겠지. 세기의 대발견이야. 법의학자 입장에서 이 사체는 그야말로 보물이라고."

흥분해서 떠드는 시노미야를 보고 아카네는 불쑥 중얼거렸다.

"정말로 인류가 이것의 존재를 몰랐을까?"

"무슨 소리야?" 시노미야는 수면이 부족한 탓인지 부은 눈을 수상쩍다는 듯 가늘게 떴다.

"시노미야도 알잖아. 황천의 숲에 관한 전설. 그거 어쩌면 진짜로 있었던 일인지도 몰라."

"금지구역에 있던 탄광 마을이 '괴물'의 습격을 막기 위해, 속여서 데려온 젊은 아가씨를 제물로 바쳤다는 그거? 아무리 그래도 그건……."

"현대의 윤리관으로는 상상도 할 수 없는 일이겠지. 하지만 메이지 시대에는 환락가에 팔려 가는 소녀가 넘쳐났다고."

"전설이 실제로 있었던 일이라면, 제물로 바쳐진 소녀는 먹잇감이 된 게 아니라는 뜻인가?"

긴장했는지 시노미야는 입술을 자꾸 핥았다.

"응, 어쩌면 고무로 양이 당한 것처럼 몸속에 알을 낳은 건지도 모르지."

"……거미살이납작맵시벌."

시노미야가 혼잣말하듯 작게 중얼거렸다.

"응? 뭐라고?"

"거미살이납작맵시벌, 맵시벌과에 속하는 기생벌이야."

"기생벌이라니, 벌이 다른 생물에 기생하는 거야?"

"응, 유충을 기생시키지. 거미살이납작맵시벌 암컷은 숙주인 거미에게 산란관을 꽂고 마취 성분을 주입해서 일시적으로 마비시킨 후 알을 낳아. 2주일쯤 후 알에서 부화한 유충은 거미 복부의 등 쪽에 달라붙어 구멍을 뚫고 체액을 빨아먹으며 성장해. 다만 바로 거미를 죽이지는 않아. 거미는 평소대로 거미집을 만들어서 먹이를 잡아먹지."

"유충에게 먹히면서 평소처럼 행동한다고?"

"응, 그래. 거미는 강력한 포식자니까. 거미를 죽이지 않고 등에 기생하면 유충은 아주 안전하게 성장할 수 있어."

등에서 꿈틀거리는 벌 유충이 체액을 빨아먹는 와중에 거미집을 만들고 다른 곤충을 잡아먹는 거미의 모습을 상상하자 아카네는 구역질이 났다.

"그리고 거미 등에서 충분히 성장한 거미살이납작맵시벌은 더욱 무서운 행동에 나서."

"죽지 않을 정도로만 체액을 빨아먹으며 기생해서 자기 몸을 지키는 것보다 무서운 행동이 있어?"

"응. 부화하고 약 2주일이 지나면 거미살이납작맵시벌 유충은 성충이 되기 위해 번데기를 만들어. 번데기를 지탱하기 위해 거미에게 평범한 포식용 거미줄보다 몇 배나 튼튼한 거미줄을 뽑게 하지."

"평소보다 튼튼한 거미줄을 뽑게 한다니, 어떻게?"

놀라서 묻자 시노미야는 어깨를 으쓱했다.

"원리가 완벽하게 해명되지는 않았어. 하지만 고베대학교의 연구에 따르면 거미살이납작맵시벌 유충이 거미의 신경 생리에 작용해서 행동을 조종해, 번데기를 고정하기에 최적의 거미줄을 뽑게 한다는 사실이 밝혀졌지."

"행동을 조종한다……."

금지구역에서 썩은 불곰 내장을 씹어 삼키던 사에의 모습이 아카네의 머리를 스쳤다.

"어쩌면 고무로 양이 금지구역에 들어가서 불곰을 먹으려고 했던 것도……."

"응, 복강에 기생한 이 거미가 행동을 조종한 건지도 모르지. 상식적으로는 받아들이기 힘든 일이야. 하지만 이미 우리 상식이 통하지 않는 상황이 벌어졌잖아. 여성의 몸속에 미지의 생물의 알이 들어 있었고, 그 알에서 부화한 생물의 복부가 이렇게 생겨먹었으니 말이야."

시노미야는 거미 복부의 배 쪽에 있는 난도질당한 태아의 얼굴을 가리켰다. 어젯밤 해부도로 찔렀을 때의 감촉과 그때 울려 퍼진 단말마의 비명이 떠올라 아카네는 인상을 찌푸렸다.

"유충이 기생한 거미는 번데기를 위해 거미줄을 친 후에 어떻게 되는데? 볼일이 끝났으니까 풀어주나?"

"그럴 리가 있나."

시노미야는 어쩐지 연극배우 같은 몸짓으로 양팔을 펼쳤다.

"자연계는, 특히 곤충의 세계는 그렇게 만만하지 않아. 거미살이납작맵시벌의 기생은 '포식 기생'에 해당해. 즉 이용하는 동안은 살려두지만 결국은 '포식'하는 거지. 번데기용 거미줄을 친 거미는 거미살이납작맵시벌 유충에게 체액을 모조리 빨려서 죽어."

등골에 싸늘한 전율이 흘렀다. 아카네는 살짝 떨리는 입술을 벌렸다.

"그럼 혹시 고무로 양도 그냥 놔뒀다면……."

"그렇지."

시노미야는 부검대에 놓인 거미를 가리켰다.

"만약 이 생물이 거미살이납작맵시벌에 가까운 성질을 지녔다고 가정하면, 금지구역에서 체내의 알이 부화해 숙주는 복강의 대량 출혈로 사망했겠지. 그 후 이 생물은 숙주의 시체 속에 숨어서 추위를 견디고 내장을 먹으며 성장하다, 몸속 내용물을 다 먹어치웠을 즈음에 피부를 뚫고 밖으로 나왔을 거야."

"고무로 양이 불곰 사체를 먹은 건?"

"거대한 불곰 사체 위에 있는 상태로 부화하면, 숙주의 내장을 먹어치우고 밖으로 나오자마자 불곰을 먹잇감으로 삼을 수 있지. 경우에 따라서는 거기서 번데기를 만들지도 모르고."

"번데기?!" 아카네의 목소리가 커졌다. "이 거미, 번데기가 돼?"

"응, 그건 틀림없어. 복부를 열어보니 체내에 번데기용 실을 만드는 기관이 있었거든. 이 형태는 어디까지나 유생이야. 어느 정도 성장한 후에 번데기를 만들어서 변태하겠지."

"그럼 성체가 되면 어떻게 되는데?"

갈라진 목소리로 아카네가 묻자 시노미야는 고개를 저었다.

"그야 나도 모르지. 곤충은 번데기 속에서 걸쭉하게 녹아서 완전히 다른 생물로 모습을 바꿔. 못생긴 애벌레가 아름다운 나비로 변하는 것처럼 말이야. 이 거미 같은 생물이 어떤 모습의 성체로 탈바꿈할지는 상상도 안 되는군."

"거미 같다니, 이거 거미 아니야?"

"확실히 다리도 여덟 개고 생기기도 거미처럼 생겼지만, 정확하게는 거미가 아니야. 거미는 태어났을 때부터 쭉 같은 모습이거든. 번데기를 만들어 변태하지 않아. 그리고 앞다리 한 쌍에 달린 약 5센티미터 길이의 이 날카로운 낫은 사마귀와 흡사해. 해부 결과 그 밖에도 다양한 생물의 특징이 확인됐고. 뭐, 제일 알기 쉬운 건…… 이거겠지."

시노미야는 거미의 복부 배 쪽을 차지한 태아의 얼굴을 가리켰다.

"곤충 중에는 천적에게서 몸을 지키기 위해 '의태'를 이용하는 종류가 있어. 예를 들어 하늘소과인 벌호랑하늘소는 말벌과 흡사하게 생겼지."

"이것도 의태라는 거야? 이 생물이 인간을 흉내 냈다고?"

아카네의 질문에 시노미야의 표정이 험악해졌다.

"물론 그럴 가능성도 부정할 수는 없어. 하지만 이 태아의 얼굴은 울음소리를 냈다면서? 확실해?"

"응…… 확실해."

"그렇다면 단순히 겉모습이 닮았을 뿐 아니라, 입속에 성대 같은 기관이 있을 거야. 더구나 안구에서도 각막, 동공, 수정체 같은 것들이 확인됐고. 아무리 의태에 뛰어나도 필요한 기관을 이 정도까지 형성할 수는 없겠지."

"그게 무슨 뜻인데?"

불길한 예감에 아카네가 조심스레 묻자 시노미야는 목소리를 낮췄다.

"이 생물은 분명 인간의 유전 정보를 가지고 있어."

"인간의 유전 정보?!" 목소리가 커졌다. "이런 벌레가 인간의 DNA를 가지고 있다는 거야? 어째서 그런 일이?!"

"믿기지는 않지만, 어떠한 방법으로 다른 생물의 유전 정보를 받아들이는 거겠지. 전체적인 형태로 보건대 바탕이 된 생물은 거미야. 하지만 사마귀, 나비, 나방, 뱀, 그리고⋯⋯ 인간까지, 다양한 유전 정보가 이 생물의 DNA에 포함돼 있어. 제대로 조사해 봐야 알겠지만 어쩌면 아까 말한 거미살이납작맵시벌의 유전 정보도 있을지 모르지. 말하자면, 이 생물은 키메라 같은 거야."

시노미야는 그리스 신화에 등장하는 머리는 사자, 몸통은 염소, 꼬리는 뱀인 괴물을 언급했다.

"혹시 이 거미가 요모쓰이쿠사⋯⋯."

아카네가 혼잣말하자 시노미야가 "뭐?" 하고 시선을 주었다.

"어제 히메노에게 들었어. 아이누족의 전설에 따르면 황천의 숲에는 거미 신, 아미탄네카무이라는 괴물이 살았대. 그 전설이 변해서 요모쓰이쿠사라는 민간전승이 태어난 게 아닐까 싶어."

"그렇군. 그러니까 이 생물은 옛날부터 황천의 숲에 살았고, 아이누족은 이게 두려워서 거기를 금지구역으로 삼았다는 건가⋯⋯."

시노미야는 입가에 손을 댔다.

"이상해? 이 생물이 1톤에 가까운 불곰을 죽인다는 건 너무 허무맹랑한 소리인가?"

"아니, 그렇지는 않아. 갓 태어났는데도 이 정도 크기잖아. 성장하면 어마어마하게 거대해질 가능성은 충분해. 그리고 번데기를 만들어 변태함으로써 단숨에 크기가 커지는 생물은 드물지 않아."

시노미야는 요모쓰이쿠사 유생의 다리에 달린 낫을 만졌다.

"성체가 어떤 형태인지는 모르지만, 이것과 비슷한 모양의 발톱이 있다면 인부의 목이 그렇게 찢어진 것도 이해가 가네."

"아사히의 사체에도 날붙이로 벤 듯한 상처가 많았어."

"그렇다면 금지구역에는 1톤급 불곰을 죽일 수 있을 만큼 성장한 요모쓰이쿠사 성체가 적어도 한 마리는 있다는 뜻이로군."

"성체가 죽인 불곰의 사체가 있었던 곳에, 알에 기생당한 고무로 양이 나타난 건 우연이 아니겠지?"

아카네가 묻자 시노미야는 잠깐 생각하고 나서 대답했다.

"요모쓰이쿠사 성체가 알에서 부화할 유생을 위해 먹이를 남겨뒀다고 보는 게 자연스럽겠지. 아마 무슨 페로몬을 불곰 사체에 남겨뒀을 거야. 알에 기생당한 소녀는 그 페로몬에 이끌려 금지구역에 들어간 거고. 곤충 중에는 멀리 떨어진 곳에서도 동료가 분비한 페로몬을 감지하는 종이 있어."

이야기하다 지쳤는지 시노미야는 숨을 크게 내쉬었다.

"이 생물의 생태가 어떤지 그럭저럭 짐작이 가지만, 여전히 현실 같지가 않군. 야, 사하라. 역시 알리는 편이 낫지 않을까."

"안 돼." 아카네는 즉시 답했다.

"하지만 상식을 벗어난 사태야. 내가 감당할 수 있는 수준이 아니라고. 합당한 조직에 자세히 보고하는 게."

"합당한 조직이라면 경찰? '숲을 헤매던 소녀의 종양을 적출했는데 사실 그건 괴물의 알이었고, 괴물이 부화해서 덤벼들었습니다. 인부를 죽인 것도 비슷한 괴물입니다.'라고 말하라고?"

"그건……." 시노미야는 말문이 막힌 듯했다.

"그랬다가는 제정신인지 의심하겠지. 그리고 내가 잠자코 여기 가져온 순간 이 생물이 고무로 양에게 기생했다는 증거는 없어졌어. 다시 말해 이걸 비공식적으로 조사했을 때부터 너도 공범이 된 셈이라고."

"……정말 그래도 되겠어? 경찰은 인부들이 불곰에게 죽었다고 보고 퇴치팀을 편성하겠지. 하지만 실제로 황천의 숲에 숨어 있는 건 1톤급 불곰도 죽일 수 있는 미지의 생물, 요모쓰이쿠사 성체야. 불곰에 대비한 장비로 쓰러뜨릴 수 있다는 보장은 없어."

"상대가 불곰이 아닐 가능성은 분명 가지 씨가 경고했을걸. 그래도 경찰은 불곰이라는 판단을 바꾸지 않아. 내가 보고해 봤자 머리가 굳어버린 경찰은 방침을 고수하겠지."

"저기, 사하라. 그거, 스스로에게 변명하는 거 아니야?"

정곡을 찔린 아카네는 말문이 막혔다.

"가미카쿠시 사건 때문에 상심이 컸겠지. 그 기분은 알아. 그 사건의 진상을 스스로 해명하고 싶은 마음도 이해는 가고. 하지만 남을 위험에 빠뜨리면서까지 집착해야겠어?"

아카네는 주먹을 꽉 움켜쥐고 눈을 감았다. 눈꺼풀 안쪽에 가족이 사라지고 7년간 있었던 일이 주마등처럼 지나갔다.

"……알긴 뭘 알아."

눈을 뜬 아카네는 악문 잇새로 짜내듯이 말을 꺼냈다.

"아무도 내 마음은 몰라. 아무 조짐도 없이 소중한 가족이 증발했어. 나만 남겨놓고 연기처럼 사라졌다고. 무슨 일이 일어난 건지, 다들 어디로 간 건지 전혀 알 길이 없어. 그날 느닷없이 내 세상이 무너져 내렸단 말이야."

시노미야는 딱딱한 표정으로 아카네의 말에 귀를 기울였다.

"그날부터 가슴에 커다란 구멍이 뚫린 기분이야. '나라는 존재'가 그 구멍에 점점 잠식되는 느낌이지. 조금씩, 아주 조금씩 내가 아니게 돼. 그러니까 '나라는 존재'가 완전히 사라지기 전에 할 일을 해야 한다고."

아카네는 숨을 크게 내쉬고 대답을 기다렸다. 시노미야는 팔짱을 낀 채 미간에 깊은 주름을 잡았다.

납덩이처럼 무거운 침묵이 방을 채웠다. 어쩐지 숨이 막혀서 아카네는 가운 아래에 입은 블라우스 목 부분을 잡아당겼다. 먼저 침묵을 깬 건 시노미야였다.

"이 생물에 관해서는 보고하겠어."

기대와 다른 대답에 아카네는 입술을 깨물었다. 그랬다가는 큰 소동이 벌어지리라. 요모쓰이쿠사 유생을 은폐하려 한 자신에게는 아무 정보도 들어오지 않을 테고, 곧 편성될 퇴치팀에 참가해 황천의 숲에 들어가기도 어려워질 것이다.

혼자 황천의 숲에 들어갈 수는 있다. 하지만 불곰도 죽이는 괴물이 숨어 있는 그 드넓은 숲을 혼자 헤매는 건 자살행위다.

적어도 가족에게 무슨 일이 있었는지 확실해질 때까지 요모쓰이쿠사는 숨겨둘 필요가 있다. ……무슨 수를 써서라도.

시노미야 모르게 아카네는 주먹을 움켜쥐었다. 부검대 위에 놓인 요모쓰이쿠사 유생만 빼앗으면, 시노미야가 무슨 소리를 하든 아무도 믿어주지 않으리라.

상대가 남자라도 힘으로 지지는 않을 것이다. 중요한 일을 위해 작은 희생은 감수하는 수밖에 없다. 절친한 친구인 시노미야에게는 미안하지만 폭력을 써서라도 요모쓰이쿠사 유생을 빼앗자. 아카네가 몸의 중심을 낮췄을 때 시노미야가 "다만……." 하고 입을 열었다.

"보고하기 위해서는 일단 이 생물에 대해 철저히 조사해야겠지. 아니면 설득력이 없을 테니까. 수많은 생물의 유전 정보를 가지고 있다고 추정되니까 전체 염기서열 분석도 필요하고. 그러려면 시간 꽤 걸리겠군."

시노미야는 삼류 배우가 각본을 읽는 듯한 어조로 말했다.

시노미야의 진의를 헤아리기 힘들어서 아카네는 "시간이 걸린다니, 얼마나?" 하고 나지막한 목소리로 물었다.

"글쎄."

시노미야는 짐짓 턱에 손을 대더니, 냉소적으로 입꼬리를 끌어올렸다.

"적어도 두세 달. 어쩌면 반년 가까이 걸릴 수도 있고."

"그럼 그때까지는 보고하지 않겠다는 거야?"

탐색하듯 묻자 시노미야는 어깨를 으쓱했다.

"어쩔 수 없잖아. 법의학 교실은 예산이 부족해. 염기서열을 뚝딱 분석해 낼 만큼 비싼 장비는 없어. 쩝, 뭔가 알아내면 수시로 연락할 테니 느긋하게 기다려."

"고마워, 시노미야. 정말로……." 아카네는 쥐고 있던 주먹을 슬며시 풀었다.

"뭐, 생각해 보니 이렇게 기분 나쁜 생물을 느닷없이 보여준들 고약한 장난으로 치부하고 넘어가겠지. 보고하려면 자세한 데이터를 미리 준비해야겠다고 생각을 바꿨을 뿐이야. 그런데……."

시노미야는 어쩐지 심술궂은 웃음을 지었다.

"늦은 밤에 병원에서 이런 괴물한테 쫓기다니, 호러영화가 따로 없었겠네."

"웃을 일이 아니야." 어젯밤 기억이 되살아나서 아카네는 아랫배가 써늘해졌다.

"미안, 미안. 어쨌거나 무사해서 다행이야."

"저기, 혹시 요모쓰이쿠사 유생을 죽이지 않았다면 난 먹이가 됐을까? 아니면…… 고무로 양처럼 몸속에 알을 낳았으려나?"

그 광경을 상상하자 몸이 벌벌 떨렸다.

"먹이가 됐을 가능성은 있지만, 알을 낳지는 않았을 거야. 이 생물에게는 생식 기능이 없으니까."

"생식 기능이 없다고?" 아카네는 눈을 깜박였다.

"조사해 봤는데 생식기관에 해당하는 부분이 없었어. 난소고

정소고 눈에 띄지 않았지. 그러니 적어도 이 형태에서는 번식을 못 해."

"번데기에서 우화해서 성체가 돼야 비로소 알을 낳을 수 있다는 뜻?"

"음, 그럴 가능성도 부정할 수는 없겠지만, 보통은 아무리 유생이라도 미숙한 생식기관을 갖추고 있는 법이야. 하지만 이 생물에게는 그럴싸한 조직조차 없었어. 어쩌면 이 요모쓰이쿠사는 병정 같은 유형이라 생식기관 자체가 없는지도 모르지. 개미나 벌도 병정 역할을 담당한 개체는 대부분 생식하지 않고 집을 만들거나 먹이를 모으거나 적과 싸우다 일생을 마쳐. 그리고 병정들에게 보호받는 여왕이 대량의 알을 낳아서 종을 보존하지."

"그럼 이 생물에게도 여왕이 있는 건가?"

"그럴 거야. 있다면 틀림없이 황천의 숲에 있겠지. 거기서 알을 낳아서 자신을 지키기 위한 병정, 요모쓰이쿠사를 탄생시키는 거야."

"요모쓰이쿠사의 퀸이라는 거구나."

"그렇다기보다 이자나미라고 하는 편이 좋을지도 모르겠네."

"이자나미?" 아카네는 고개를 갸웃했다.

"일본 신화야.『고사기』였나."

시노미야는 천장 부근에 시선을 주며 생각을 더듬는 듯했다.

"여신 이자나미는 이자나기와 부부가 되어 국토를 조형하는 수많은 신을 낳았어. 그리고 불의 신 가구쓰치를 낳다가 화상을 입어서 죽었지. 슬픔에 잠긴 이자나기는 죽은 아내를 만나기 위해 황천국으로 향했어. 하지만 이자나미는 부패해서 구더기가 끓는, 추하고 무시무시한 모습이었지."

여기서 보았던 부패해 구더기가 끓는 인부의 시신이 떠올라 아카네는 인상을 찡그렸다.

"이자나기는 완전히 변해버린 아내의 모습에 겁을 먹고 황천국에서 달아나려 했어. 추한 자신의 모습을 들켜서 수치스러웠던 나머지 이자나미는 황천국의 악귀에게 명령해 이자나기를 추격해. 그 악귀는 한자로 '황천의 병사'라고 표기되는 존재……."

"……요모쓰이쿠사黃泉軍."

아카네가 중얼거리자 시노미야는 "맞아." 하고 고개를 끄덕였다.

"그 후 이자나기는 황천과 현세의 경계가 있다는 요모쓰히라사카를 큰 바위로 막아서 이자나미를 황천의 세계에 봉인해. 그리하여 이자나미는 황천신이 됐지."

"그 전설에 빗대서 생각한다면 황천의 숲이 황천국과 이 세상의 경계인 요모쓰히라사카인 셈이네."

"그렇지. 그리고 지금, 막아두었던 큰 바위가 치워져서 황천국의 괴물인 요모쓰이쿠사가 튀어나왔어. ……그걸 조종하는 이자나미와 함께."

몹시 오싹한 시노미야의 말이 포르말린 냄새가 풍기는 공기를 진동시켰다.

5

"그저께 설명해 드렸듯이 수술 중에 출혈이 심했는지라 중환자실에서 경과를 관찰했는데요. 어제 채혈해서 검사한 결과, 수술 후 경과는 양호합니다."

테이블과 접의자, 전자 차트만 놓인 좁은 방에 아카네의 목소리가 울렸다. 시노미야와 이야기한 다음 날 오후 5시경, 외과 병동 구석에 있는 상담실에서 아카네는 고무로 사에의 어머니 고무로 다미와 테이블을 사이에 두고 마주 앉아 있었다.

"저어, 선생님." 다미가 불안한 듯 물었다. "사에의 배 속에 있던 종양은 암이 아니었죠? 우리 애는 괜찮은 거죠?"

"……네. 악성으로 진단할 근거는 얻지 못했습니다. 양성 종양으로 봐도 되지 않을까 싶네요."

"다행이다. 암이면 어쩌나 걱정했는데……."

시원치 못한 아카네의 대답에 다미는 가슴을 쓸어내렸다. 기뻐하는 그 모습을 보자 아카네는 가슴이 뜨끔 아팠다.

요모쓰이쿠사의 알은 붙어 있던 검붉은 조직과 함께 병리부에 제출했다. 병리부의 보고에 따르면 알 겉껍데기에서는 석회화가 보일 뿐 악성은 아닌 듯하며, 검붉은 조직은 태반과 아주 비슷하지만 정상 태반에서는 볼 수 없는 구조가 확인됐다고 한다.

일단 병리부와 산부인과에서는 복강에 자궁 외 임신한 수정란이 종양으로 변해 세포의 비정상적 증식 질환인 포상기태에 가까운 상태가 됐다가, 성숙 기형종과 합쳐졌을 가능성이 크다고 진단했다. 나중에 산부인과가 병리부와 함께 극히 드문 사례로 학회에 보고할 예정이라고 들었다.

그것이 해괴한 기생생물의 알임을 들키지 않아서 안도했지만, 사에의 어머니를 속이려니 죄책감이 몰려왔다.

어쩔 수 없다. 괴상한 생물이 딸에게 기생해서 행동을 조종했다는 사실을 알면, 이 사람은 정신이 나갈 것이다. 그러니 어쩔 수 없다.

그것이 궤변임을 알면서도 아카네는 스스로를 정당화했다.

"그런데 선생님……." 다미가 목을 움츠리고 눈을 치떴다. "사에가 이상하게 행동하던 건 이제 나을까요?"

아카네는 뭐라고 대답해야 할지 망설였다. 성숙 기형종 때문에 발생하는 항NMDA 수용체 뇌염이라면 종양 적출로 정신적 증상이 개선되는 경우가 많다. 하지만 사에는 기생했던 요모쓰이쿠사에게 조종당해 이상한 행동을 했던 것으로 추정된다. 요모쓰이쿠사가 신경계에 어떻게 작용했는지 확실하게는 모른다. 사에의 정신 상태가 예전으로 되돌아갈지는 미지수였다.

"몸 상태는 안정돼서 오늘 아침 정신과 주치의 선생님 입회하에 기관 내 튜브를 빼서 인공호흡 관리를 끝냈습니다. 일시적인 혼란은 있었지만 진정제를 투여해서 지금은 차분해졌어요."

다만 문제는 사에가 잠에 빠졌을 때다. 다미의 이야기도 그렇고 입원 기간에도 그렇고, 사에는 잠들었을 때 이상한 행동을 하곤 했다. 앞으로 어떻게 될지 모른다. 그리고 수술 후 신체에 관한 것은 아카네의 업무지만, 주치의로서 담당하는 건 어디까지나 정신과다. 사에와 단둘이 느긋하게 이야기를 나누기는 쉽지 않으리라.

그렇다면······. 아카네는 "고무로 씨." 하고 테이블 맞은편에 앉은 다미를 바라보았다. "아시다시피 저는 휴일에 산에 사냥을 하러 갔다가 우연히 사에를 발견했어요."

"그건 정말 감사드려요. 선생님이 발견해 주시지 않았다면 우리 애는 산에서 조난당해 죽었을 거예요."

다미는 이마가 테이블에 닿을 만큼 머리를 깊이 숙였다.

"아니요, 별말씀을······. 고개 드세요. 그 일에 관해 좀 여쭤볼 게 있는데요."

"물어볼 게 있으시다고요?" 고개를 든 다미는 의아하다는 듯 물었다.

"네. 사에는 잠자리에 든 후에 몽유병 같은 상태에 빠져서 스쿠터로 산속 주차장까지 이동해 산에 들어간 걸로 추정돼요. 분명 그 산을 목표로 한 거겠죠. 왜 그런 행동을 했는지 짚이는 점은 없으실까요?"

아카네는 거기서 말을 끊고 바싹 마른 입안을 적신 후, 제일

하고 싶었던 질문을 꺼냈다.

"가령 사에가 예전에 그 산의 그 숲에 간 적이 있다거나."

어디서 요모쓰이쿠사가 사에에게 기생했는지, 어디서 그 끔찍한 생물의 알이 몸속에 들어왔는지 지금은 그것이 제일 궁금했다.

시노미야는 황천의 숲에 사는 요모쓰이쿠사의 여왕 이자나미가 숙주의 체내에 알을 낳는 것이라고 가설을 세웠다. 그 가설이 옳다면 일찍이 사에는 황천의 숲에서 이자나미와 만났을 가능성이 컸다.

"황천의 숲……."

다미의 얼굴이 굳어지자 아카네는 "짚이는 점이 있으시군요." 하며 몸을 앞으로 내밀었다.

"그 정도는 아닌데요. 그렇게 대단한 일은 아니라서……."

"아무리 사소한 일도 상관없어요. 꼭 말씀해 주세요."

"어, 옛날에 비에이정 근처에 있는 캠핑장에 온 가족이 캠핑하러 갔다가 사에가 조난당한 적이 있어요. 텐트를 친 곳에서 당시는 살아 있던 아이 아빠가 낚시하던 강까지 사에 혼자 간 거예요. 외길이니까 안전할 것 같았는데 아무래도 도중에 짐승이 다니는 길로 들어섰는지 행방불명됐죠."

"그래서 어떻게 됐나요?"

"저는 당연히 사에가 남편하고 있는 줄 알았고, 남편은 사에가 강으로 향한 줄 모르고서 계속 낚시를 했어요. 저녁에 남편이 돌아오고 나서야 사에가 행방불명된 걸 알아차리고 함께 주변을 찾아다녔지만, 못 찾았어요."

"경찰에 신고는?"

"바로 했죠. 하지만 이미 밤이라 당장은 수색대를 보낼 수 없다고 했어요."

당시의 절망감이 떠올랐는지 다미의 미간에 주름이 잡혔다.

"그럼 다음 날 아침에 바로 수색대가 산에 들어갔겠네요."

"아니요, 바로는 아니었어요." 미간의 주름이 깊어졌다.

"어쩌면 불곰에게 습격당했을 가능성도 있다며 경찰이 지역 엽우회에 동행을 요청했거든요. 그런데 사냥꾼이 좀처럼 모이지 않아서……."

"……황천의 숲이 가까웠기 때문이군요."

아카네가 억누른 목소리로 묻자 다미는 입을 꾹 다물고 고개를 끄덕였다.

"네. 캠핑장에서 산속으로 조금 들어가면 나오는 숲에 괴물이 산다는 전설이 있어서 지역 사냥꾼들은 들어가길 꺼린대요. 그래서 다른 지역의 사냥꾼이 오기를 기다려야 된다고 했어요. 당시는 삿포로에서 이사 온 지 얼마 안 됐을 때라 어처구니가 없었죠. 아이가 행방불명됐는데 그런 미신을 믿다니……. 그래서 경찰의 제지를 무시하고 저 혼자 산에 들어갔어요. 저까지 조난당할 수도 있다고 했지만 개의치 않았죠. 두 명이나 조난당하면 경찰도 제대로 움직일 거라고 생각했거든요."

"그래서 어떻게 됐죠?"

"찾았어요." 다미의 표정이 풀어졌다. "산에 들어가서 몇 시간이나 돌아다녔어요. 일단은 조난당하지 않도록 나무에 표시를 하면서 나아갔죠. 그래도 이따금 제가 어디쯤 있는지 아리송해졌지만, 상관 않고 사에의 이름을 크게 부르며 돌아다녔어요."

"황천의 숲에 들어가셨군요?"

아카네가 목소리를 낮추자 다미는 "아마도요." 하고 어깨를 움츠렸다. "저는 타지 출신이라 금지구역이니 뭐니 신경 쓰지 않았지만, 꽤 안쪽까지 나아갔으니 들어가긴 했을 거예요. 그리고 날이 저물기 시작했을 무렵에 희미하게 들렸어요. '엄마!' 하고 부르는 딸애의 목소리가."

다미는 가늘게 뜬 눈을 들어 천장 언저리를 쳐다보았다. 딸을 찾아낸 순간을 떠올렸는지 얼굴에 행복해 보이는 미소가 맺혀 있었다.

"사에가 다치지는 않았나요?"

"쓸린 상처는 꽤 많았지만 크게 다친 곳은 없었어요."

"그런데…… 사에는 하룻밤 동안 어디에 있었을까요?"

아카네는 긴장된 목소리로 물었다. 분명 행방불명된 사이에 사에는 이자나미에게 붙잡혀 몸속에 산란당했다. 그때 사에가 어디 있었는지 알면 이자나미가 숨어 있는 곳을 알아낼 수 있을지도 모른다.

"그게, 본인도 충격이 심했는지 잘 모르는 것 같더라고요. 길을 잘못 들어서 헤매다가 어두워졌고, 아무것도 보이지 않아서 울다가 정신을 차려보니 아침이었다는 모양이에요."

"……그렇군요."

내심 실망하면서도 아카네는 생각에 집중했다. 시노미야의 이야기에 따르면 거미살이납작맵시벌은 거미에게 알을 낳을 때 산란관을 꽂고 마취 성분을 주입해 거미를 일단 마비시킨다. 어쩌면 이자나미도 같은 방법을 사용하는지도 모른다. 그렇다면 사에의 기억이 혼란스러운 것도 설명이 된다.

등산 경험이 없는 여성이 걸어 다닐 수 있는 범위에서 사에가 발견됐다는 사실을 고려하면, 이자나미가 있는 곳은 캠핑장 근처라는 뜻일까.

아니, 꼭 그렇게 볼 수는 없다. 아카네는 가볍게 고개를 저었다. 요모쓰이쿠사는 여왕 이자나미의 산란을 돕기 위해 행동할 것이다. 인간 아이를 납치해 이자나미가 있는 곳에 데려가서 알을 낳은 후, 원래 있던 곳에 되돌려 놓아도 이상할 것 없다. 여왕의 거처가 들통날 위험성을 줄이려 하는 것이 생물의 본능일 테니까.

사에가 금지구역에서 이자나미에게 산란당했을 가능성이 크다는 건 확인했다. 하지만 기대했던 만큼 많은 정보를 얻지는 못했다.

다미가 "저기……." 하고 말을 걸었다. "산에서 조난된 일이 사에가 이상한 행동을 하는 거랑 관계가 있나요?"

"있을지도 모릅니다. 항NMDA 수용체 뇌염 때문에 심층 의식에 남아 있던 조난 당시의 기억이 자극을 받아 다시 그 숲으로 돌아가는 행동으로 이어졌을 가능성은 있겠죠."

아카네는 이유를 억지로 갖다 붙였다. 다미는 수긍이 가지 않는다는 표정으로 "하지만……." 하고 말을 이었다.

"7년이나 지났는걸요. 그렇게 옛날에 경험한 일이 이제 와 영향을 줄까요?"

"7년?!" 목소리가 커졌다.

"아, 네. 그런데요."

몸을 살짝 젖힌 다미 앞에서 아카네는 손으로 관자놀이를 눌렀다. 인간의 임신 기간과 비슷하게 몇 개월, 길어도 1년쯤 전의 일이라고 생각했다. 하지만 생각해 보면 요모쓰이쿠사는 인간과 완전히 다른 종의 생물이다. 좀 더 오랜 시간 숙주의 몸속에서 알을 성장시켜도 이상할 것 없다.

"7년 전……." 아카네는 입속에서 말을 굴렸다.

가미카쿠시가 일어났던 시기에 이자나미가 사에에게 알을 산란했다. 그리고 그 시기는 호텔 기업에서 황천의 숲이 있는 산을 매입해 개발에 나섰을 무렵이기도 하다.

7년 전에 이 세계와 황천국을 막고 있던 큰 바위가 치워지고, 봉인됐던 요모쓰이쿠사와 이자나미가 튀어나온 건지도 모른다. 그렇다면 큰 바위란 뭐였을까. 누가 어떻게 괴물을 이 세상에 풀어놨단 말인가.

아카네가 좀 더 물어보려는데 노크도 없이 문이 벌컥 열리고 간호사가 상담실로 들어왔다.

"지금 환자 가족분과 이야기하는 중이에요. 용건은 나중에 들을게요."

아카네가 날카롭게 말하자 "하지만 긴급 사태라서요!" 하고 간호사는 목소리를 높였다. 절박한 그 태도에 뭔가 중대한 일이 일어났음을 깨달았다.

"죄송해요, 고무로 씨. 잠깐만 기다려주세요."

"밖에서 이야기하죠." 하고 아카네는 간호사를 재촉했다. 그러자 간호사는 고개를 획획 내저었다.

"그게 아니라요. 고무로 사에 양이 큰일을 냈어요."

"우리 사에가 뭘 어쨌는데요?!"

다미가 벌떡 일어섰다. 접의자가 쓰러져서 큰 소리가 울려 퍼졌다. 간호사는 억누른 목소리로 알렸다.

"고무로 양이…… 병원에서 사라졌어요."

◆

"사에…… 어디로 간 거야?"

아파트 앞 주차장에서 아카네가 중얼거린 말은 밤바람에 지워졌다. 몇 시간 전, 고무로 사에는 병원에서 자취를 감췄다. 수술 후 경과를 확인하기 위해 환자이동침대에 실려 지하 CT실로 갔던 사에는 진정제를 투여해 잠재웠는데도 갑자기 괴성을 지르며 깨어나, 어찌할 바를 모르는 간호사와 방사선 기사를 때려 눕히고 야수처럼 민첩한 몸놀림으로 달아났다. 그 후, 정면 출입구로 뛰쳐나가는 사에를 경비원이 목격했다.

보고를 받은 병원장은 경비원들에게 병원 부지를 철저하게 살펴보라고 지시하고 즉시 경찰에 신고했다. 신고를 받은 경찰도 어제까지 중환자실에서 집중 치료를 받던 환자가 행방불명된 것을 심각하게 보고, 경찰관을 다수 동원해 사에의 행방을 쫓고 있다. 하지만 자취를 감춘 지 여섯 시간이 넘도록 사에는 발견되지 않았다.

아카네는 사에가 돌아올 때까지 병원에서 대기할 작정이었다. 하지만 정신과 주치의인 시미즈가 "이건 우리 과 책임이니까 선생님은 돌아가셔도 됩니다." 하고 점잖게 쫓아냈다. 내일은 아침부터 췌장암 환자에게 췌두십이지장 절제 수술을 해야 하므로 컨디션을 조절할 필요가 있었다. 그래서 어쩔 수 없이 늦은 밤에 집으로 돌아왔다.

"알을 적출해도 즉시 요모쓰이쿠사의 지배에서 벗어나는 건 아니구나……. 특히 비렘수면 중에는."

아파트 입구로 들어가서 엘리베이터로 자택이 있는 12층까지 올라갔다. 아카네는 바깥 복도에서 발을 멈추고 눈앞에 펼쳐진 거리를 바라보았다. 반딧불이 불빛처럼 아름다운 주택가의 불빛을 보자 곤두선 신경이 약간 가라앉았다.

아카네는 심호흡을 되풀이했다. 가슴에 들어찬 앙금을 내뱉고 차갑고 신선한 공기로 폐를 채웠다.

괜찮다, 경찰이 온 힘을 다해 찾고 있다. 사에는 분명 발견될 것이다. 출혈이 심한 수술을 받은 지 얼마 안 돼 체력이 충분히 돌아오지 않았으니, 그렇게 멀리까지는 못 간다. 그리고 환자복 차림의 여고생이 거리를 돌아다니면 분명 눈에 띌 테니 금방 신고가 들어가리라.

내일 아침이 오기 전에 사에는 경찰에게 보호될 것이다. 지금은 내일 수술에 대비해 심신에 충분한 휴식을 주어야 한다.

복도 안쪽에 있는 집으로 걸어가려는데 탁, 탁, 하는 소리가 고막을 때렸다.

발소리? 아카네는 고개만 틀어서 돌아보았지만 복도에 다른 사람은 없었다.

기분 탓인가……. 아카네는 다시 걸음을 옮겼다. 발소리 같은 것이 또 뒤에서 따라왔다. 하지만 뒤를 확인해도 아무도 없었다.

"뭐야……."

아카네는 몸을 뒤로 휙 돌리고 방어 자세를 취했다. 소리는 조금씩, 하지만 확실히 커졌다.

범죄를 목적으로 들어온 사람일까? 하지만 이 아파트는 정면 출입구에 자동잠금장치가 달려 있고, 경비원이 24시간 상주한다. 그렇게 쉽게 침입할 수는 없다.

그래, 그럴 것이다……. 불길한 예감에 심장 박동이 빨라지는 걸 느끼며 아카네는 귀를 기울였다. 알고 보니 소리는 복도 바깥 쪽에서 들려왔다.

아카네는 즉시 난간으로 몸을 내밀어 바깥을 확인하고 두 눈을 의심했다. 아파트 외벽에 설치된 우수관에 사람이 매달려 있었다.

환자복 차림의 소녀가.

아까 그 소리는 사에가 우수관을 기어오르는 소리였다. 그 사실을 깨닫자 아카네는 몸이 벌벌 떨렸다.

개복수술을 받은 지 이틀밖에 지나지 않은 몸으로 가느다란 우수관을 붙잡고 12층까지 기어오르다니…….

사에는 경직된 아카네를 보고도 아랑곳없이 나무를 타는 장수풍뎅이같이 기이한 몸놀림으로 우수관을 기어올랐고 난간을 넘어 복도에 내려섰다. 파란색 환자복의 배 부분에 검은 얼룩이 커다랗게 생긴 것을 보고 아카네는 숨을 삼켰다.

수술한 곳이 벌어져서 피가 나고 있다. 바로 치료하지 않으면 목숨이 위험하다.

"고무로 양, 병원에 돌아……."

"어디에 숨겼어!"

찢어지는 듯한 성난 고함이 아카네의 말을 지웠다.

"어디 감췄어! 어디…… 어디에……. 그 아이를, 내 아이를 어디에……."

헐떡이듯 외치는 사에의 목소리를 듣고 무슨 말을 하는 건지 알아차렸다.

"고무로 양, 잘 들어요. 그건 아이가 아니었어요. 난소에서 생긴 종양인데, 그것 때문에 고무로 양은 그동안 혼란스러웠던 거예요. 그래서 그걸 적출한 거예요."

아카네는 어떻게든 사에를 달래려고 했다. 이런 해명은 통하지 않으리라는 것을 마음 한구석으로는 알면서도.

"거짓말!" 절규가 복도를 뒤흔들었다. "그건 내 아이…… 내, 너 같은 것의 아이가…… 아니야. 넌 엄마가……. 내놔! 내 아이 내놔!"

사에는 입가에 침을 질질 흘리고 초점 없이 핏발 선 눈으로 아카네를 바라보며 한 발짝 한 발짝 다가왔다. 벌어진 환자복 사이로 보이는 하얀 넓적다리가 선혈로 물들었고, 복도에 피가 뚝뚝 떨어졌다.

출혈이 꽤 심하다. 이대로 놔두면 이 아이는 죽는다. 어떻게든 해야 한다. 등을 돌려 도망치고 싶다는 충동을 의사의 사명감으로 겨우 억눌렀다.

"내놔!"

야수가 포효하듯 절규하더니 사에가 덤벼들었다. 아카네는 경동맥을 잡아 뜯을 기세로 달려드는 사에의 양 손목을 재빨리 붙잡고 이를 악물었다.

이제 설득은 불가능하다. 요전처럼 뒤로 돌아가서 목을 졸라 실신시키는 수밖에 없다.

체격으로는 앞서는 아카네가 사에의 양손을 조금씩 밀어냈다. 여기서 힘을 확 빼서 균형을 무너뜨리면 뒤로 돌아갈 수 있다. 그렇게 생각했을 때 사에가 두 손목을 잡힌 채 뛰어올랐다.

중력이 사라진 것처럼 환자복 차림의 소녀가 가뿐히 솟아오르는 모습을 아카네는 입을 반쯤 벌린 채 바라보았다. 다음 순간 사에가 발바닥을 아카네 쪽으로 향했다. 아카네가 재빨리 손을 놓고 가슴 앞에 두 팔을 교차시키는 것과 동시에 사에가 접듯이 구부리고 있던 두 다리를 쭉 내밀었다.

프로레슬링의 드롭킥처럼 체중이 실린 발차기가 교차시킨 사에의 팔을 후려갈겼다. 커다란 망치로 때린 것 같은 충격이 몰려왔다. 팔로 다 흡수하지 못한 충격이 등까지 전해졌다.

무슨 교통사고라도 당한 것 같았다. 아카네는 3미터쯤 튕겨 나가서 뒤로 한 바퀴 굴렀다.

아카네는 간신히 자세를 바로잡고 한쪽 무릎을 꿇은 채 헐떡거렸다. 충격으로 폐가 짓눌려서 숨이 잘 쉬어지지 않았다. 발차기에 맞은 팔이 아팠다. 입술을 깨물고 신중하게 두 팔을 뻗어보았다. 욱신거리기는 했지만 움직여졌다. 골절은 면한 듯했다.

억지로 버티려 하지 않고 바로 뒤쪽으로 뛰어서 충격을 줄이길 잘했다. 아니었으면 위팔, 심하면 척추가 부러졌을지도 모른다.

어쩌지? 복도에 우뚝 서 있는 사에를 바라보며 아카네는 머리를 굴렸다. 요모쓰이쿠사의 알이 기생한 영향은 아직 사라지지 않았다. 눈앞에 있는 건 아담한 소녀가 아니라 미지의 생물에게 조종당해 엄청난 운동 능력을 얻은 초인이다.

12층에 사는 사람들은 소동이 벌어진 걸 알아차렸겠지만, 아무도 현관문을 열어보지 않았다. 말썽에 휘말릴까 봐 그러는 것이리라.

차라리 그게 낫다고 아카네는 속으로 중얼거렸다. 지금 사에는 새끼를 빼앗긴 야생동물처럼 화가 났다. 무관한 사람에게도 위해를 가할 가능성이 크다.

분명 누군가 경찰에 신고하겠지만, 경찰관이 제때 도착할 것 같지는 않았다.

이대로 가다가는 죽임을 당할지도 모른다. 당장 몸을 돌려 달아나고 싶은 충동을 아카네는 애써 억눌렀다. 등을 보이면 사에는 본능적으로 덤벼들 것이다. 그런 확신이 들 만큼 눈앞의 소녀는 야생의 맹수에 가까운 분위기를 뿜어냈다.

"그 아이는 어디…… 어디에 갔어……?"

잠꼬대하듯 중얼거리며 사에는 환자복을 천천히 벗었다. 얼어붙을 듯이 추운 날씨에 옷을 벗고 알몸이 된 사에를 아카네는 그저 멍하니 바라보는 것이 고작이었다.

투명하리만치 흰 피부와 수술 부위에서 줄줄 흐르는 붉은 피가 대비를 이루었다. 그로테스크하면서도 어쩐지 전위적이고 관능적인 아름다움이 느껴졌다.

"여기 있었는데…… 그 아이는 쭉 여기 있었는데……."

사에가 갑자기 두 손을 봉합이 벌어진 곳에 쑤셔 넣었다. 상상을 초월하는 행동에 아카네는 숨을 삼켰다.

"왜? 왜…… 없지? 그 아이는 어디 있어?"

사에는 자신의 복강을 바쁘게 더듬었다. 골반 내 장기인 소장, 직장, 방광, 난소를 맨손으로 헤집는 질척질척한 소리에 아카네는 정신이 나갈 것만 같았다.

공포가 이성을 짓뭉갰다. 아카네는 사에에게 등을 돌리고 기다시피 달아났다. 사에에게서, 이미 인간이 아닌 '뭔가'로 변해 버린 소녀에게서 달아나야 한다.

생존 본능에 온몸을 지배당한 아카네는 오로지 복도 안쪽을 향해 도망쳤다.

"거기 서!"

탁한 고함 소리가 뒤에서 따라왔다. 고개를 돌려 뒤를 확인한 순간, 아카네의 목에서 소리 없는 비명이 새어 나왔다. 사에가 피에 젖은 양손을 뻗은 채 알몸으로 쫓아왔다. 동맥을 다쳤는지 봉합이 벌어진 하복부에서 피가 철철 쏟아졌다.

앞으로 고개를 돌린 아카네는 눈을 부릅떴다. 복도 끝부분이 눈앞으로 다가왔다. 정신없이 뛰다가 자기 집을 지나치고 말았다. 아카네는 몸을 돌려 난간에 등을 댔다. 기이한 괴물로 변해버린 사에가 몇 발짝 거리까지 다가왔다.

사냥감을 몰아붙였음을 깨달았는지 사에가 몸을 휙 날렸다. 아카네는 양손으로 머리를 감싸고 그 자리에 쪼그려 앉았다. 공격하기 직전에 목표를 잃어버린 사에가 허공에서 필사적으로 몸을 비틀었다. 하지만 관성의 법칙을 거스를 수는 없었다.

사에가 복도 난간을 넘어가는 모습을 아카네는 멍하니 올려다보았다. 얼굴에 미지근한 액체가 떨어졌다. 사에의 상처에서 쏟아진 피라는 것을 바로는 알아차리지 못했다.

몇 초 후, 바닥에 알이 떨어져 깨지는 듯한 소리가 멀리서 들렸다.

머뭇머뭇 일어선 아카네는 얼굴에 묻은 피를 닦는 것도 잊고 난간으로 몸을 내밀어 사에의 모습을 찾았다.

저 아래쪽, 외등 불빛이 어렴풋이 비치는 주차장에 알몸뚱이 소녀가 쓰러져 있었다. 두 팔은 말도 안 되는 방향으로 꺾였고, 깨진 머리에서 뇌가 쏟아져 나왔다.

사에의 몸 아래에서 피가 천천히 퍼져나갔다.

시야에서 원근감이 사라졌다. 아카네는 심홍색 봉오리가 피어나는 것처럼 무시무시하면서도 아름다운 광경에 빨려드는 듯한 착각에 사로잡혔다.

6

 현관문을 열자 얼음같이 차가운 바람이 불어 들었다. 몸을 부르르 떤 순간, 아랫배에 찌르는 듯한 통증이 느껴져 아카네는 작게 끙끙거렸다.
 배란통이다. 생리하기 전에 2, 3일은 꼭 통증에 시달린다. 심하면 화장실에 틀어박혀 꼼짝 못 할 때도 있었다.
 저용량 피임약을 사용해 배란 자체를 멈추는 편이 낫지 않을까 싶기도 했다. 하지만 피임약을 사용하면 혈전증 발생 위험성이 다소간 높아진다. 수분을 거의 섭취하지 못하고 장시간 서서 수술할 때가 많기 때문에 다리에 혈전이 생길까 불안해서 아직 결단을 못 내렸다.
 아카네는 입술을 살짝 깨물고 집에서 나와 문을 닫았다. 체력이든 기력이든 남자에게 뒤지지 않을 자신이 있지만, 외과의로서 여성 특유의 핸디캡이 있다는 사실을 새삼 깨닫고 기분이 우울해졌다.
 하지만 지금 우울함의 주된 원인은 배란통이 아니었다. 으깨진 토마토처럼 피와 뇌척수액을 흩뿌린 고무로 사에의 시신이 머릿속에 되살아났다.

내뱉은 숨결이 하얗게 얼어붙었다. 위를 올려다보자 하늘에 별이 가득했다. 시가지에서 멀리 떨어진 이곳은 공기가 맑고, 주변에 불빛도 거의 없어서 무수히 많은 별이 반짝인다.

가슴을 꽉 채운 오폐수처럼 시커먼 감정이 얼마간 희석된 것 같은 느낌이었다.

아카네는 하늘을 가로지르는 은하수를 바라보다 향수에 잠겨 눈을 가늘게 떴다.

아카네는 어제부터 비에이정 외곽에 있는 본가의 목장에 머물고 있었다.

7년 전에 가족이 모두 실종돼 사육하던 소는 모조리 팔았지만, 언제 가족이 돌아와도 되도록 집과 목장은 처분하지 않았다.

지난 7년간 기분이 우울하거나 몸 상태가 안 좋을 때는 여기로 돌아왔다. 오늘처럼 심한 배란통도 여기서 하룻밤 지내면 씻은 듯이 사라지곤 했다.

집을 나선 아카네는 울타리를 열고 달빛이 희미하게 비치는 목초지로 들어갔다. 정비하는 사람이 없어진 목초지는 무릎 높이까지 자란 잡초로 가득했다.

아카네는 목장 한복판까지 가서 크게 심호흡했다. 진한 흙냄새가 반갑게 느껴졌다.

고무로 사에가 아파트에서 추락사하고 닷새가 지났다.

사에가 떨어지고 얼마 지나지 않아 아파트 주민의 신고를 받고 출동한 경찰이 수사에 착수했다. 같은 층 사람이 아카네와 사에가 다퉜다고 증언했으므로 아카네는 경찰서에 가서 형사에게 조사를 받았다. 어디까지나 임의 동행이라는 형태였지만, 형사들의 태도는 고압적이었다. 분명 아카네가 사에를 아파트에서 떨어뜨린 것 아니냐고 의심하는 눈치였다.

신문은 꼬박 하루 동안 진행됐다. 다행히 아파트 복도에 설치된 방범 카메라에 사건의 자초지종이 녹화돼서 아카네는 혐의를 벗고 풀려났다.

결국 상해미수죄를 저지른 사에가 피의자 사망으로 불송치 처리되고 사건 기록이 검찰에 넘어감으로써 사건은 찜찜하게 막을 내렸다. 수사가 종결됐다고 아카네에게 알려준 사람은 오코노기였다.

사흘 전, 오코노기가 아파트를 찾아왔을 때 나누었던 대화가 떠올랐다.

"인부 실종 사건부터 이번 사건까지, 황천의 숲과 관련해 이해할 수 없는 일이 자꾸 벌어지고 있어. 분명 너희 가족이 실종된 것과도 관계가 있을 거야. 하지만 경찰 윗선에서는 단순한 불곰 습격 사건이고, 사건을 일으킨 불곰만 퇴치하면 전부 해결될 거라는 태도를 바꾸려 하지 않아."

오코노기는 부아가 치민다는 듯 콧등에 주름을 잡았다.

"경찰은 고무로 양에 대해 더 조사할 생각이 없는 건가요?"

만약 경찰이 진심으로 수사하면 자신이 요모쓰이쿠사에 대해 감추었다는 사실이 밝혀질지도 모른다. 그게 죄에 해당할지는 모르겠지만, 적어도 도의적으로는 큰 문제가 될 것이다.

아카네가 탐색하듯이 묻자 오코노기는 힘없이 고개를 끄덕였다.

"널 습격한 고무로 사에가 사망한 이상, 체포하고 기소하기 위해 증거를 모을 필요가 없지. 경찰 입장에서 범인이 사망한 사건은 '끝난 사건'이야. 뇌에 병이 나서 정신이 혼란스러워진 피의자가 애먼 원한을 품고 널 습격했고, 실수로 추락사했다는 결론으로 수사는 종결됐어. 미안해."

고개를 숙이는 오코노기에게 "그렇군요." 하고 대답했지만, 아카네는 속으로 가슴을 쓸어내렸다.

요모쓰이쿠사가 기생했다는 사실을 숨긴 탓에 간접적으로 사에의 목숨을 빼앗게 된 건지도 모른다고 아카네는 죄책감을 느꼈다. 그 책임을 질 각오는 했다.

하지만 그건 해야 할 일을 마친 다음이다.

깊은 안개 속에 숨겨져 있던 황천의 숲의 수수께끼가 희미하게 윤곽을 드러내기 시작했다. 기생생물에게 조종당한 듯한 사에의 행동. 그것이 7년 전 가미카쿠시 사건의 진상에 다가설 열쇠가 아닐까.

우리 가족도 어떤 방법으로 그 생물에게 조종당해 스스로 자취를 감췄다. 그렇기에 가미카쿠시 같은 상태로 실종된 것이다. 다시 황천의 숲에 들어가서 거기 숨어 있을 요모쓰이쿠사의 여왕 이자나미를 찾아내면 모든 것이 분명해질지도 모른다.

"아카네, 퇴치팀에 참가할 건가……? 그러고 보니 가지 씨와 함께 황천의 숲에 들어가서 거대한 불곰 사체를 발견한 것도 너잖아."

수사가 종결됐음을 알려주고 돌아가기 전에 오코노기는 그렇게 말했다.

"어지간하면 넌 참가하지 마. 그 숲은 뭔가 이상해. 혹시 너한테 무슨 일이라도 생기면 쓰바키를 볼 면목이 없어."

"저, 얼굴도 성격도 언니를 빼닮았다는 말 많이 들었어요."

아카네는 부드럽게 미소 지었다.

"언니라면 그런 말을 듣고 순순히 물러났을까요?"

한순간 허를 찔렸다는 표정을 짓더니 오코노기는 "할 말이 없네." 하고 머리를 긁적였다.

"쓰바키라면 꼭 가려고 하겠지. 어쩔 수 없군. 그럼 다음 주에는 서로 조심해서 숲에 다녀오도록 하자."

"오코노기 씨도 참가하세요?"

"물론이지. 난 지난 7년간, 오직 쓰바키를 찾아내기 위해 살아왔으니까."

오코노기는 힘없이 미소 짓고 돌아갔다.

사흘 전 일을 머릿속으로 되새기는 동안 어느새 축사 앞까지 왔다. 아카네는 무거운 철문을 열고 희미한 빛으로 가득한 건물에 들어갔다.

예전에 열 마리 넘게 길렀던 소들은 이제 없다. 그런데도 강한 냄새가 축사에 감돌았지만 아카네는 그 냄새조차 어쩐지 그립게 느껴졌다.

아카네는 출입문을 닫은 후 걸치고 있던 다운재킷을 벗었다. 창문이 없는 콘크리트 축사는 보온성이 꽤 높다. 바깥은 영하라도 건물 안은 10도 전후로 유지된다. 소는 원래 추위에 강한 동물이므로 난방 설비 없이 사육할 수 있다. 축사에서 쓰던 전기는 이미 해약했다.

희미한 빛에 비친 축사 안쪽에 싱글 침대와 협탁이 놓여 있었다. 가족이 사라진 후 본가에 머물 때는 축사에서 잠을 청한다.

아무도 없는 집에서 자면 어찌할 바를 모를 고독감이 마음을 갉아먹으니까.

일찍이 많은 소를 길렀던 축사에서는 여전히 생명의 숨결이 느껴졌다. 어째선지 여기 있으면 고독이 느껴지지 않았다.

군데군데 얼룩진 벽을 멍하니 바라보며 축사 중앙에 난 통로를 걸어가 예전에 소 사료를 보관했던 공간에 있는 침대에 드러누웠다. 아카네는 벽보다 진하게 얼룩진 천장을 올려다보다가 천천히 눈을 감았다. 아카네가 어릴 적, 여기서 땀투성이로 소를 돌보던 할아버지, 할머니, 어머니, 아버지의 모습이 눈꺼풀 안쪽에 되살아났다. 아카네는 언니 쓰바키와 함께 가족이 일하는 모습을 바라보았다.

"엄마…… 언니……."

애수가 가슴을 꽉 조이자 감은 눈에서 솟아오른 뜨거운 눈물이 관자놀이를 타고 흘러내렸다. 의식이 깊은 어둠 속으로 떨어져 내렸다.

◆

 희미하게 눈을 뜬 아카네는 침대에서 상반신을 일으켰다. 목소리가 들린 것 같았다. 그리운 목소리가.

 손목시계를 보자 밤 10시가 지난 시각이었다. 어느 틈엔가 잠들어 버린 듯했다. 수면을 취해서인지 몸 상태가 좋아졌다. 하복부에 엉겨 있던 배란통도 사라졌다.

 또 목소리가 들린 것 같아서 아카네는 침대에서 내려왔다. 뭔가에 조종당하는 듯한 감각을 느끼면서도 비틀비틀 축사 입구로 가서 문을 열고 밖으로 나갔다. 다운재킷을 입지 않은 탓에 영하의 밤바람이 사정없이 체온을 앗아 갔다. 하지만 아카네는 전혀 개의치 않고 축사 뒤편에 있는 숲으로 다가갔다.

 상록수인 가문비나무가 빽빽하게 늘어선 숲에는 칠흑 같은 어둠이 서려 있어서 아무것도 보이지 않았다. 하지만 아카네는 느꼈다.

 저기 '뭔가'가 있다고.

 인부 여섯 명을 끔찍하게 죽이고 1톤에 가까운 불곰을 해치운 괴물, 요모쓰이쿠사 성체일까.

 여기서 산을 수백 미터쯤 올라가면 금지구역이, 황천의 숲이 펼쳐진다. 거기서 나온 지옥의 괴물이 나를 노리고 있는 걸까.

 공포는 느껴지지 않았다. 오히려 신기하게도 마음이 평온했다.
 "⋯⋯거기 있어?"

 간이 병리 검사실에서 덤벼든 요모쓰이쿠사 유생이 떠올랐다.

복부에 태아 얼굴이 달린 거대한 거미. 그 무시무시한 생물의 정체가 바로 근처에 있을지도 모르는데 왜 이렇게 마음이 차분한 걸까.

스스로에게 물어보며 아카네는 "혹시 거기 있어?" 하고 숲을 향해 다시 물어보았다.

숲속에서 희미한 목소리가 들렸다. 노래하는 듯한 여성의 목소리. 얼어붙은 바람을 타고 흘러오는 그 선율이 피부를 통해 몸속으로 기분 좋게 스며드는 것 같았다.

어쩌면 우리 가족도 이런 식으로 요모쓰이쿠사의 꾐에 빠져 살해당한 걸까. 나도 여기서 죽는 걸까.

그것도 나쁘지 않다. 아카네의 입술에 웃음이 살짝 맺혔다. 가족과 같은 방법으로 죽어서 같은 곳에 갈 수 있다면.

숲속이 희미하게 빛난 것 같았다. 달빛보다 푸르고 아름다운 반짝임. 아카네는 그것이 사법해부 때 보았던 이메르황천거미가 내뿜던 빛과 똑같다는 사실을 깨달았다.

숲에서 들려오는 '노랫소리'가 조금씩 커졌다. 아카네는 눈을 깜박이는 것도 잊고 칠흑 같은 어둠 속에 떠오른 푸른 실루엣을 바라보았다.

이끌려 가듯 아카네가 오른손을 내밀었을 때, 느닷없이 재즈 음악이 노랫소리를 지워버렸다. 아카네는 정신을 번쩍 차리고 청바지 주머니에 손을 넣었다. 거기 넣어둔 스마트폰에서 수신음이 흘러나오고 있었다.

칠판을 세게 긁듯 불쾌한 소리가 주변에 울려 퍼졌다. 아카네는 반사적으로 양손을 들어 귀를 막았다. 푸른빛이 급속도로 멀어지는 모습이 눈에 들어왔다.

아카네는 망연자실한 기분으로 잠시 서 있다가 주머니에서 스마트폰을 꺼냈다. 액정 화면에 '시노미야'라는 이름이 떠 있었다. 아카네는 통화 버튼을 누르고 스마트폰을 귀에 댔다.

"늦은 시간에 미안해. 자는 걸 깨웠나?"

익숙한 친구의 목소리가 들렸다. 꿈속에 있던 듯한 감각이 열어지고 현실감이 되돌아왔다.

"아니, 깨어 있었어."

어쩌면 괴물에게 최면술 비슷한 걸 걸렸을지도 모르지만.

아카네는 속으로 덧붙였다.

"그거 다행이군. 난 올빼미형이라 날이 샐 무렵에 잠들었다가 한낮에 일어나거든. 그래서 다른 사람과 활동 시간이 안 맞아. 이렇게 생활할 수 있는 건 법의학자라서겠지. 임상의와 달리 살아 있는 환자를 보지 않아도 되니까 내 입맛에 맞게 연구할 수 있거든."

몹시 빠른 시노미야의 말투에서 들뜬 기분이 전해져 왔다.

"좀 진정해. 무슨 용건이야?"

"사하라에게 알려주고 싶은 게 있어서 말이야."

"뭔가 알아냈구나. 자세히 말해봐." 아카네는 양손으로 스마트폰을 움켜잡았다.

"좀 복잡해서 전화로 설명하기는 힘들어. 미안하지만 잠깐 나올 수 있어?"

"물론이지. 구관의 법의학 교실로 가면 되지?"

여기서 도오대학교 의학부까지 차로 한 시간 넘게 걸리지만, 연관 있어 보이는 사건들의 진상에 다가설 실마리를 얻을 수만 있다면 아무 문제도 아니었다. 그리고 이 숲에 요모쓰이쿠사가 숨어서 자신을 노리고 있을지도 모른다. 안전을 위해서라도 당장 여기를 떠날 필요가 있었다.

겨우 몇십 초 전까지 불곰조차 참혹하게 죽이는 괴물과 마주하고 있었을지도 모른다고 생각하자 새삼 공포가 솟구쳤다. 다운재킷을 가지러 가는 것조차 위험하다. 바로 차에 가자.

아카네가 몸을 돌렸을 때 시노미야가 "이번에는 다른 곳에서 보자." 하고 말했다.

"다른 곳이라니? 왜?"

"사실 너한테만은 알려줘서는 안 되는 정보야. 하지만 혼자 끌어안고 있기에는 너무 막중해서 견딜 수가 없어. 그리고 내게 이걸 공유할 수 있을 만한 사람은 너 말고 없지. 그러니…… 부탁할게."

강한 고뇌가 묻어나는 목소리였다. 세상 초연한 시노미야를 이렇게까지 심각하게 만들 만큼 중요한 정보.

"그럼, 어디로 가면 돼?"

"그건……."

시노미야가 알려준 장소를 기억에 새기며 아카네는 뼛속까지 얼어붙을 듯한 추위를 헤치고 재빨리 차로 향했다.

어스름한 계단을 내려가자 세월의 흔적이 느껴지는 나무문이 나왔다.

여기가 맞겠지. 스마트폰으로 주소를 다시 확인한 후 아카네는 손바닥으로 문을 살짝 밀었다. 달려 있던 종이 딸랑, 하고 맑은 소리를 냈다.

아카네는 고개를 움츠리며 부드러운 귤색 간접 조명이 비치는 가게 내부를 둘러보았다. 무슨 산장처럼 통나무로 마감한 벽 앞에는 소파와 작은 테이블이 두 쌍 놓여 있었다. 그 반대편은 바 카운터였다. 카운터 안쪽 선반에는 술병이 길게 진열돼 있었고, 초로의 남자 바텐더가 술잔을 닦고 있었다.

본가의 목장을 나선 지 약 한 시간 후, 아카네는 도오대학교 의학부 부속병원 주차장에 툰드라를 놓아두고 걸어서 약 5분 거리인 바를 찾아왔다.

"어서 오세요." 바텐더가 미소 띤 얼굴로 맞이했다.

"어, 저기, '바 트와일라잇' 맞나요? 친구와 만나기로 했는데요……."

아카네가 머뭇머뭇 물어보는데 "사하라, 여기야, 여기." 하고 밝은 목소리가 들렸다. 그쪽을 살펴보자 문가에서는 보이지 않던 카운터석에 시노미야가 앉아서 담배를 피우고 있었다. 아카네는 작게 안도의 한숨을 내쉬고 바로 들어가서 시노미야 옆자리에 앉았다.

"아직도 담배 안 끊었어? 좀 끊으라고 몇 번을 말하니?"

"만나자마자 설교야? 정말로 스트레스 쌓였을 때만 피우는 거니까 좀 봐줘라."

시노미야는 오래돼 보이는 지포 라이터를 손안에서 돌렸다.

"뭐로 드릴까요?"

바텐더가 차분한 목소리로 물었다. 아카네가 대답하기 전에 시노미야가 "같은 걸로요." 하고 위스키 잔을 들었다.

"마음대로 시키지 마. 차 몰고 왔다고. 술은 못 마셔."

"대리운전 부르면 되잖아. 됐으니까 한 잔만이라도 마셔. 맨정신으로 할 수 있는 이야기가 아니니까. 부탁한다."

애원하는 듯한 시노미야의 태도에서 심상치 않은 분위기가 전해졌다. "알았어. 딱 한 잔이야." 하며 아카네가 한숨을 쉬자 바텐더가 둥글게 깎은 얼음이 담긴 위스키 잔을 카운터에 놓고 물 흐르는 듯한 손놀림으로 위스키 병을 기울였다.

호박색 액체가 반짝반짝 빛나며 얼음 표면을 매끄럽게 타고 내려갔다. 위스키를 다 따르자 바텐더가 "드시죠." 하고 말했다. 아카네는 잔을 살짝 들어 올렸다.

"그럼 일단 건배."

시노미야가 자신의 잔을 갖다 댔다. 유리끼리 부딪치는 경쾌한 소리가 울려 퍼졌다.

잔을 입에 대고 호박색 액체를 한 모금 머금었다. 탄 맛과 더불어 사례가 들릴 만큼 진한 피트 향이 알코올과 함께 휘발돼서 콧속을 지나갔다.

아카네는 입안에서 위스키를 천천히 굴리며 맛본 후 꿀꺽 삼켰다.

"과연 사하라. 이 스카치위스키를 처음 마시면 사레가 들리는 사람이 많은데 말이야."

"특색이 강한 위스키는 싫지 않아. 특히 피트 향이 강한 건. 본가의 흙냄새가 생각나니까."

아카네는 눈을 가늘게 뜨고 얼굴 앞에다 잔을 흔들었다. 얼음이 달각달각 소리를 냈고, 호박색 위스키가 간접 조명 불빛을 난반사했다.

"그나저나 시노미야가 이렇게 멋진 바에 드나드는 줄은 몰랐네."

"내 은신처지. 아침까지 여니까 늦은 밤에 일을 마치고 한잔하러 자주 와. 장사할 마음이 없는지 사장님이 간판을 안 달아놔서 손님도 얼마 없어. 참 마음 편하다니까."

시노미야의 말에 바텐더는 쓴웃음을 지었다.

"시노미야 씨가 늦게 오실 뿐입니다. 이른 시간에는 꽤 북적거려요."

시노미야는 "그렇다고 치죠." 하며 웃더니 위스키를 핥듯이 마셨다.

"병원 근처인데도 병원 관계자들은 거의 모른다는 점이 특히 마음에 들어. 그러니까 사하라도 어디 가서 말하면 안 돼. 내 오아시스를 빼앗지 마."

"그래, 그래, 알았어. 그것보다 무슨 이야기인데? 일부러 '은신처'로 날 불렀으니 남이 들을까 봐 겁난다는 뜻이겠지?"

"그야 물론이고, 너랑 만났다는 것조차 알려지면 좋지 않아."

시노미야는 목소리를 낮추어 말하더니 잔을 카운터에 내려놓았다. 배려할 생각인지 바텐더가 멀찍이 거리를 두었다.

"나랑 만났다는 걸 누가 알면 안 되는데? 혹시 여자친구라도 생겼어? 나랑 바람피운다고 의심받을까 봐?"

아카네는 괜히 주눅이 들어서 농담으로 분위기를 풀어보려 했다. 하지만 시노미야의 표정은 누그러지지 않았다.

"경찰. 경찰이 알면 골치 아파."

"경찰?"

무심코 목소리가 커졌다. 시노미야는 눈을 크게 뜨고 입술 앞에 집게손가락을 세웠다. 아카네는 당황해서 양손으로 입을 막고 곁눈질로 바텐더를 확인했다. 그는 떨어진 곳에서 얼음송곳으로 얼음을 동그랗게 깎고 있었다. 뾰족한 송곳 끄트머리가 얼음을 깎아낼 때마다 칵, 칵, 하고 소리가 났다.

방금 그 목소리가 들리지 않았을 리 없건만, 프로 바텐더로서 손님의 대화에 귀를 기울이지 않으려는 것이리라. 그 배려심에 감사하는 마음을 품고 두 사람은 속삭이듯 작은 목소리로 이야기했다.

"경찰이 알면 골치 아프다니, 그게 무슨 소리야?"

"사흘 전에 어떤 사람을 사법해부했어."

"어떤 사람이 누군데? 감질나게 굴지 말고 정확히 말해."

마음을 가라앉히려는지 시노미야는 위스키를 한 모금 마셨다.

"고무로 사에."

아카네는 한순간 아무 말도 못 하고 눈만 부릅떴다.

"자, 잠깐만. 혹시 고무로 양의 사법해부 결과를 이야기하려는 거야? 그럼 난 들으면 안 돼. 난 고무로 양을 죽였을지도 모른다고 의심받았으니까."

"하지만 방범 카메라 덕분에 의혹은 풀렸잖아?"

"그건 그렇지만 난 고무로 양의 수술도 집도했어. 사법해부 결과를 듣는 건 문제의 소지가 있다고. 예를 들면 의료 과실의 흔적을 없애달라고 너한테 부탁했다는 식으로 엉뚱한 의혹이 제기될 수도 있어."

"그래, 네 말이 맞아. 그래서 경찰에 들키지 않도록 여기로 온 거지. 걱정하지 마. 여기 올 때까지 미행자가 없는 건 확인했어. 그리고 난 네가 돌아간 후에도 두세 시간 더 있다가 종업원용 뒷문으로 나갈 거야. 그러면 설령 누가 널 감시하더라도 나와 만난 줄은 모르겠지."

"……그런 위험을 무릅쓰면서까지 말해야 한다는 거구나."

시노미야는 "응." 하고 힘 있게 고개를 끄덕였다.

"알았어."

아카네는 잔에 남은 위스키를 단숨에 들이켰다. 타는 듯한 감각이 목구멍에서 식도, 그리고 위장으로 내려갔고 몸이 후끈후끈 달아올랐다. 바텐더가 말없이 다가와서 아카네와 시노미야의 잔에 위스키를 따라주고 다시 물러갔다.

시노미야는 심호흡을 몇 번 하고 이야기를 시작했다.

"콘크리트에 머리를 부딪혀서 뇌타박상을 입은 것이 고무로사에 양의 사인이야. 두개골이 깨져서 뇌가 튀어나왔지. 즉사였을 거야."

"응, 알아."

12층에서 내려다본 사에의 시신이 떠올라서 아카네는 잔을 움켜쥐었다.

"두 팔은 몇 군데가 개방골절됐어. 복강에도 심각한 손상이 확인됐고."

"……추락해서 생긴 손상이야?"

"아니. 고무로 양은 상반신을 아래로 향한 자세로 떨어졌어. 몸을 지키려고 손을 뻗었지만 충격이 충분히 흡수되지 않아서 팔, 머리, 척추가 크게 손상됐지. 다만 복부와 그 아래쪽은 추락에 의한 타격을 면했어."

"그럼 역시 복강의 손상은……."

"응, 고무로 양 스스로 그런 거야. 개복해서 확인하니 소장이 납작하게 눌렸고, 대장이 복막 밖으로 끌려 나왔어. 그 때문에 장간막 동맥과 정맥이 찢어져서 대량의 출혈이 발생했지. 아파트에서 떨어지지 않아도 분명 몇 분 안에 실혈사했을 거야."

"그러면 엄청 아플 텐데……."

"그렇지. 복막과 창자에는 통각 신경이 많아. 보통은 어마어마한 통증이 발생할 거야."

"하지만 그때 고무로 양은 아파하는 낌새 하나 없이 덤벼들었어."

"그 점은 이걸로 설명할 수 있을 거야."

시노미야는 옆자리에 놓아둔 토트백에서 서류를 꺼내 카운터에 내려놓았다.

"고무로 양의 혈액을 조사한 결과야. 이 항목을 봐."

시노미야는 'dimethyltryptamine'이라는 글씨를 가리켰다.

"디메틸······?" 익숙지 않은 단어를 보고 아카네의 미간이 좁아졌다.

"다이메틸트립타민, 통칭 DMT라고 부르는 물질이야. 열대 지방에 서식하는 식물이나 버섯, 또는 개구리의 일종과 포유류의 뇌세포에도 존재하지. 그리고 한 가지 물질이 더 있어."

시노미야는 서류를 넘겼다. 거기에는 'harmine'이라고 적혀 있었다.

"하르민이라면 분명······?!"

아카네가 눈을 크게 뜨자 시노미야는 고개를 끄덕끄덕했다.

"응, 이메르황천거미가 지니고 있던 형광물질이야."

"자, 잠깐만."

아카네는 관자놀이를 눌렀다.

"왜 이메르황천거미가 나오는 건데? 통 모르겠네!"

요사스러운 빛을 내는 그 작은 거미가 일련의 사건과 분명 관계가 있을 것 같기는 했다. 하지만 그 거미의 발광 물질이 사에의 혈액에서 검출되다니, 대체 뭐가 어떻게 된 걸까.

"진정해. 자, 위스키 좀 마셔. 정신이 날 거야."

시키는 대로 아카네는 위스키를 한 모금 마셨다. 자극이 강한 알코올이 혼란스러움을 약간 희석시켜 주었다.

"꽤 복잡한 이야기야. 질문은 그때그때 받겠지만, 너무 재촉하지는 마. 그렇게 간단히 이해할 수 있는 내용이 아니거든. 그렇다기보다 나 자신도 아직 반신반의한달까……."

심란한 듯 머리를 긁적이는 시노미야에게 아카네는 "자." 하고 들고 있던 위스키 잔을 내밀었다. 시노미야는 눈을 몇 번 끔벅인 후, 누그러진 표정으로 잔을 받아 맛있게 위스키를 마셨다.

"그래, 나도 진정해야겠지. 그럼 다시 설명해도 될까?"

"물론." 아카네는 대답하고 시노미야가 돌려준 잔을 받았다.

"일단 이메르황천거미가 지니고 있던 형광물질 하르민과 또 하나의 물질 DMT는 둘 다 환각 작용이 있어."

"환각 작용이라면 LSD 같은?"

"응. LSD도 환각제의 일종이지. 사하라, 아야와스카라고 알아?"

"아야와스카? 그게 뭔데?"

"아마존 북서부에서 전통적으로 사용되는 환각제야. 환각 작용이 있는 몇몇 식물을 끓여서 추출하지. 주로 샤먼이 종교 행사에 사용했다나 봐. 선명하고 시각적인 환각이 몰려와서 꿈속에 있는 듯한 착각에 빠진다는군. 흥분 상태에서 지각 능력이 극히 예민해지기도 하고 말이야. 그 환각제의 주된 성분이 바로 고무로 양의 혈액에서 검출된 DMT와 하르민이야."

"그럼 고무로 양이 이상한 행동을 벌인 건……."

"응, 맞아. 잠든 사이에 주로 발생한 이상 행동 및 극도의 흥분 상태와 공격성은 환각 물질 때문으로 추정돼. 특히 비렘수면 때 그런 증상이 강해진 건, 수면으로 대뇌 작용이 억제돼 이성이 억눌린 결과 환각 작용이 강해져서 악몽 속에 있는 것처럼 심한 환각이 나타났기 때문이 아닐까 싶어."

"하지만 고무로 양의 이상한 점은 그뿐만이 아니었는걸. 인간을 초월한 운동 능력을 발휘했어. 큰 수술을 받아서 성치 않은 몸으로 우수관을 타고 12층까지 올라왔을 뿐만 아니라, 나를 간단히 날려버렸다고."

"그것도 환각 물질의 흥분 작용 때문일 거야. 몸이 망가지지 않도록 뇌가 제약하기 때문에 인간은 근력을 100퍼센트 발휘할 수 없어. 하지만 고무로 양은 환각 물질 때문에 제약이 완전히 풀린 상태로 움직였던 거야. 실제로 고무로 양의 다리 근육은 심하게 파열된 부분이 많았어."

아카네는 열흘쯤 전, 정신과의 시미즈가 '위험한 상황에서 나오는 괴력'에 관해 말했던 것을 떠올렸다.

"하지만 그저 환각 물질이 작용했다고 인간이 그런…… 괴물처럼 변해?"

아카네는 혼란스러워서 고개를 살짝 흔들었다. 아파트 복도에서 맞붙었던 사에는 그만큼 인간과 동떨어진 모습이어서 그저 무서울 따름이었다.

"미국에서는 저가 마약에 취한 사람이 좀비처럼 인간을 습격해서 얼굴을 뜯어 먹는 사건도 발생했어. 총으로 쏴도 끄떡없이 경찰관에게 덤벼들었대. 약물로 인간이 괴물처럼 변하는 사례는 전 세계에서 확인되고 있다고."

시노미야는 잔을 들어 가볍게 흔들었다. 얼음과 잔이 맞부딪혀 잘각잘각 기분 좋은 소리가 났다.

"고무로 양이 이상한 행동을 한 건 환각 물질 때문이었다고 치고, 고무로 양이 그걸 어떻게 섭취했는데? 역시 불곰 내장과 함께 이메르황천거미를 먹었을 때……."

"무슨 소리야? 정신이 혼란스러운 건 알겠지만, 잘 생각해 봐."

시노미야가 어이없다는 듯 말했다.

"고무로 양은 반년쯤 전부터 이상한 행동을 보였어. 불곰 내장을 먹기 훨씬 전이잖아."

"그, 그렇네. 그럼 반년 전에 뭔가……."

거기서 아카네는 할 말을 잃었다. 무서운 상상이 머릿속에 떠올랐다.

"혹시 그 알이……."

"맞아." 시노미야는 손가락을 튕겼다. "알 속에서 성장 중이던 요모쓰이쿠사 유생은 태반 같은 조직과 거기에 붙은 제대 동맥 및 정맥 같은 혈관을 통해 고무로 양과 연결돼 있었어. 즉 요모쓰이쿠사 유생이 환각 물질을 분비해 숙주인 고무로 양의 행동을 조종했다고 볼 수 있지."

"확실해? 그냥 추측이 아니라?" 목소리가 갈라졌다.

"틀림없어. 네가 맡긴 유생의 사체를 조사한 결과, 유생의 푸른 혈액에서도 DMT와 하르민이 검출됐어."

시노미야는 기운 없이 웃었다.

"식겁했지. 요모쓰이쿠사 유생도 빛을 내나 싶어서 블랙라이트를 비춰봤더니 복부에 달린 태아의 얼굴 언저리가 푸르스름하게 빛나더라고. 지금까지 비참한 시신을 수없이 봐왔지만, 이번만큼 간담이 서늘했던 적은 없었어."

아카네는 두통이 나서 관자놀이를 꼭 누른 채 "저기." 하고 말을 꺼냈다.

"이메르황천거미와 요모쓰이쿠사 유생은 완전히 다른 생물일 텐데 왜 똑같은 물질을 만드는 거야? 우연은 아니겠지?"

"응, 아니야. 그리고 그게 가장 중요하고, 제일 믿기지 않는 점이지."

시노미야는 입술을 핥고 나서 천천히 말했다.

"사하라, 유전자 수평 전달이라고 들어본 적 있어?"

"수평 전달? 수직 전달이 아니라?"

"유전자 수직 전달은 생식을 통해 부모에게서 자식으로 유전 정보가 전달되는 거지. 수많은 생물이 이 방식을 사용해 유전 정보를 전달해. 물론 인간도 포함해서 말이야. 반면 수평 전달은 전혀 다른 개체 간에 유전 정보가 전이되는 현상을 가리켜. 세균 같은 단세포생물 사이에서는 아주 일반적으로 일어나는 현상이고, 생물의 다양성을 만들어내는 요인 중 한 가지이기도 해. 여기까지는 알겠어?"

아카네는 고개를 끄덕했다. 전문적인 내용이지만 의사인 아카네로서는 충분히 이해할 만한 수준이었다.

"지금까지 단세포생물과 달리 무수히 많은 세포가 복잡하게 얽혀서 생명을 유지하는 다세포생물끼리는 유전자 수평 전달이 일어나지 않는다고 여겨져 왔어. 하지만 최근에 척추동물같이 상당히 진화한 생물에게도 유전자 수평 전달이 일어났다고 추정되는 사례가 발견됐지."

"자연계에서 동물끼리 유전 정보를 교환했다는 거야?"

얼른 믿기지 않는 이야기라 아카네는 미간에 주름을 잡았다.

"응, 마다가스카르에 서식하는 개구리의 게놈을 분석한 결과, 뱀의 유전 정보가 일부 포함돼 있다는 사실이 확인됐지."

"개구리에게 뱀의 유전 정보가 전이됐다고? 포식으로 유전 정보를 획득했다는 거야?"

"그건 아니야." 시노미야는 손을 휘휘 내저었다. "포식으로 전달됐다면 포식자인 뱀이 피포식자인 개구리의 유전 정보를 가지고 있어야겠지. 그런데 이 경우는 완전히 반대야. 개구리가 뱀의 DNA를 가지고 있었으니까."

"아아, 그렇지. 그럼 어떻게 유전 정보가 전달된 건데?"

고개를 살짝 짓는 아카네를 보고 시노미야는 집게손가락을 세웠다.

"벌레야."

아카네는 반사적으로 "벌레?" 하고 물었다.

"응. 마다가스카르에 서식하는 쓰쓰가무시의 일종이 '유전자 운반자'였지. 그 벌레는 뱀이나 개구리에 기생해서 피를 빨아. 그때 상대의 유전 정보를 획득하고, 다른 생물의 피를 빨 때 그 유전 정보를 상대의 세포에 넣은 걸로 추정돼."

"그런다고 정말로 유전 정보가 전달돼?"

아카네의 목소리에 의심이 섞였다. 모기가 말라리아의 원인이듯, 흡혈 생물이 병원체를 운반하는 사례는 적지 않다. 하지만 유전 정보 자체를 매개한다는 소리는 못 들어봤다.

"물론 DNA를 직접 상대에게 주입하는 건 아니야. 그런다고 상대의 세포 내부에 DNA가 도달하지도 않고, 당연히 게놈에 유전 정보가 포함되지도 않으니까. 여기서 부각되는 것이 바로 레트로바이러스야."

"앗!" 아카네는 저도 모르게 소리쳤다.

"이해한 모양이네. 역전사逆轉寫 효소를 가진 레트로바이러스는 감염된 세포의 DNA에 유전 정보를 끼워 넣을 수 있어. 즉 '운반자'인 기생충은 DNA에 레트로바이러스의 유전 정보를 가지고 있고, 그게 정기적으로 발현해서 체내에 바이러스가 생겨. 그 레트로바이러스는 기생충, 그리고 숙주에게 감염돼서 유전 정보의 획득과 전달을 반복하지. 그리하여 유전자 수평 전달이 일어나는 거야."

길게 설명해서 피곤한지 시노미야는 얼음이 녹아서 연해진 위스키로 목을 축였다.

"그럼……." 아카네는 정보를 머릿속에서 차근차근 정리했다. "이메르황천거미가 유전 정보를 매개한다는 뜻?"

"그건 틀림없겠지. 이메르황천거미의 게놈을 조사해 보니 일반적인 거미의 수십 배가 넘는 유전 정보가 포함돼 있었어. 곤충, 파충류, 포유류, 더 나아가 식물의 유전 정보까지. 오랜 세월에 거쳐 이메르황천거미는 레트로바이러스의 역전사를 통해 다양한 생물의 유전 정보를 게놈에 포함시키고, 생식을 통해 그걸 다음 세대로 전달했어. 그 결과 어마어마한 양의 유전 정보가 쌓인 거야."

"그런 것치고는 사냥도 못 하고, 온도만 변해도 금방 죽잖아. 너무 약하지 않나? 그렇게 많은 생물의 유전 정보를 가지고 있다면 좀 더 환경에 적합하게 진화할 법도 한데?"

"이메르황천거미는 획득한 유전 정보를 거의 사용하지 않아."

"무슨 뜻이야?" 아카네는 고개를 갸우뚱했다.

"자세하게 조사해 보니 이메르황천거미에게서는 축적된 유전자가 거의 발현되지 않았더라고. 그 거미는 모아놓은 유전 정보를 스스로 이용하지 않았어. 자신은 변화하지 않은 거야."

"자신은? 그렇다면 혹시……."

시노미야가 무슨 말을 하려는지 깨닫고 아카네는 할 말을 잃었다.

"그래, 자기 말고 다른 생물을 진화시킴으로써 환경에 적응했지."

"……요모쓰이쿠사."

"맞아. 자연은 굉장해. 이렇게 믿기지 않는 방법으로 종을, 생명을 이어나가다니."

시노미야는 천장 언저리를 바라보며 입꼬리를 끌어올렸다.

"감탄만 하지 말고 자세하게 설명해 봐. 이메르황천거미가 요모쓰이쿠사에게 기생해서 유전 정보를 주입했다는 거지?"

"기생이라기보다 공생…… 아니, 어쩌면 이메르황천거미와 요모쓰이쿠사를 합쳐서 하나의 생물로 보는 편이 나을지도 모르겠군. 많은 부분에서 DNA가 공통되니까 말이야."

"DNA가 공통? 하지만 둘은 다른 생물이라고 네가 그랬잖아."

"아아, 다른 생물이기는 해. 하지만 요모쓰이쿠사에 포함된 DNA의 바탕이 된 건 두 종류의 생물이었어. 그중 하나가 이메르황천거미야."

"이메르황천거미는 요모쓰이쿠사에게 자신의 유전 정보를 주입해서 그런 생물로 만든 거구나."

"정확하게는 요모쓰이쿠사의 여왕 이자나미에게. 내 가설은 이래. 대량의 이메르황천거미가 이자나미에게 달라붙어서 난세포에 다양한 생물의 유전 정보를 주입해."

"난세포?"

아카네가 묻자 시노미야는 딱딱한 웃음을 지었다.

"응. 난세포에 다양한 유전 정보를 주입함으로써 알을 만들지. ……요모쓰이쿠사의 알을. 그리고 이자나미는 요모쓰이쿠사의 알을 산란해."

"……인간의 몸속에 알을 낳는 거로구나."

"아니, 꼭 그렇다고 볼 수는 없어. 요모쓰이쿠사의 게놈에서 쉬파리 DNA도 확인됐거든. 사체에 알을 스는 파리야. 그렇게 따지면 초기에는 동물, 예를 들면 사슴 사체 따위에 산란한 것 아닐까. 동물 사체에서 요모쓰이쿠사가 태어난다는 전설과도 일치해."

시노미야는 담담히 말을 이었다.

"부화한 요모쓰이쿠사 유생은 그 사체를 먹고 성장해 흉포한 사냥꾼으로 변하지. 그리고 요모쓰이쿠사가 잡아 온 사냥감에 이자나미가 또 산란하는 거야. 그리하여 여왕 이자나미를 정점으로 하는 요모쓰이쿠사 군대가 탄생하는 거지. 그야말로 황천의 병사야."

"하지만 고무로 양 몸속에 요모쓰이쿠사의 알이 기생했잖아. 더구나 태반 같은 걸 만들어서 고무로 양에게서 영양분을 흡수했어."

"그래, 바로 그거야."

시노미야는 아카네의 코끝에 손가락을 들이댔다.

"그걸 모르겠어. 어떻게 인간의 복강에 알을 낳은 걸까. 분명 이자나미의 생식 활동이 요 몇 년 새 크게 변했어. 예전에는 주로 동물 사체에 알을 낳았는데, 느닷없이 살아 있는 인간에게 알을 낳게 된 거야."

시노미야가 흥분해서 떠들어댔다. 아카네는 "좀 진정해." 하고 시노미야를 달랬다.

"요 몇 년이라니, 그걸 어떻게 알아?"

아카네가 묻자 시노미야는 긴장된 표정으로 가방에서 자료 몇 장을 더 꺼내더니, "이거 봐봐." 하고 그중 한 장을 카운터에 내려놓았다. 막대그래프가 인쇄된 자료였다.

"이게 뭔데?"

"우리 병원에서 맡은 성숙 기형종 적출 수술 건수. 20년 정도 거의 변화가 없었는데, 몇 년 전부터 갑자기 수술 건수가 늘었어. 작년에는 10년 전보다 다섯 배나 많아졌다고."

아카네는 자료를 양손으로 쥐고 눈을 크게 떴다.

"설마 늘어난 수치가……."

"그래, 분명 요모쓰이쿠사의 알이겠지. 그 알은 많이 성장해서 속에 있는 요모쓰이쿠사 유생의 몸체가 완성될 때까지는 일반적인 성숙 기형종과 구별이 안 돼. 그중 대부분은 아직 인간에게 완전히 적응하지 못해서 태반을 만들지 못했을 거야. 그래서 환각 물질로 숙주를 조종하는 데 실패하고 단순한 기형종으로 적출된 거지."

"그럼 요 몇 년 사이 아사히카와시를 중심으로 젊은 여성이 실종되는 건수가 늘어난 건……."

아카네가 가지에게 들은 정보를 말하자 시노미야는 고개를 무겁게 끄덕였다.

"응, 알이 태반을 만드는 데 성공해서 충분히 성장한 요모쓰이쿠사가 환각 물질을 분비했기 때문이겠지. 그러면 숙주는 황천의 숲으로 향해. 그 숲에 서식하는 요모쓰이쿠사 성체가 분비한 페로몬 같은 것에 이끌리는 거겠지. 벌레는 페로몬으로 멀리 떨어진 동료를 불러오기도 하니까."

아카네는 거대한 불곰 사체를 떠올렸다. 요모쓰이쿠사는 그 불곰을 죽이고 페로몬을 뿌렸다. 사에는 그 페로몬에 이끌려 황천의 숲으로 향했다.

복강 속 알을 거기서 부화시키고, 불곰 사체와 함께 요모쓰이쿠사 유생의 먹이가 되기 위해……. 아카네는 구역질이 치밀어서 입을 틀어막고 손가락 사이로 목소리를 밀어냈다.

"대체 왜 그런 일이……."

"모르겠어. 하지만 피해자들이 황천의 숲에서 산란당한 게 아니라는 건 확실해. 이 정도 인원을 그 숲으로 끌고 갔다면 들키지 않을 리 없지."

옳은 말이다. 아카네는 속으로 동의했다. 사에가 예전에 황천의 숲에서 조난된 적 있다는 이야기를 듣고, 거기서 이자나미에게 산란당했을 것이라 생각했다. 하지만 알에 기생당한 여성이 이렇게 많다면 그 예상은 틀렸을 가능성이 크다.

"……협력자가 있어."

혼잣말하듯 시노미야가 불쑥 중얼거렸다. 무슨 뜻인지 몰라서 아카네는 "뭐?" 하고 미간을 모았다.

"들키지 않고 이토록 많은 여성의 배 속에 요모쓰이쿠사의 알을 넣다니, 괴물에게는 불가능한 일이야. 분명 협력자가 있는 거지. 아니, 기생생물의 알을 퍼뜨린다는 점을 고려하면 매개자, '벡터'라고 불러야 하나."

"벡터……."

예를 들면 페스트를 퍼뜨리는 벼룩처럼, 병원체를 매개하는 생물의 총칭을 아카네는 멍하니 중얼거렸다. 너무나 충격적인 사실에 머릿속이 새하얘졌다.

"누군가가…… 인간이 요모쓰이쿠사의 알을 여성의 배 속에 넣는다는 거야?"

입에서 자신의 것이라고 믿기지 않을 만큼 잠긴 목소리가 흘러나왔다.

"상황 증거상 그렇게 볼 수밖에 없어. 아니야?"

"아니, 그럴지도 모르지만…… 그래도 왜 인간이 완전히 다른 종인 괴물에게 협력하는 건데? 이해가 안 돼."

아카네는 지끈지끈 아파오는 머리를 내저었다.

"어쩌면 벡터도 요모쓰이쿠사에게 기생당해서 환각 물질로 조종당하고 있는 건지도 몰라. 또는 뇌를 개조당했다거나."

"뭐? 그건 또 무슨 소리야?"

"사법해부 때 고무로 사에 양의 뇌도 PCR로 게놈을 분석해서 철저하게 조사했어. 인간의 것이 아닌 유전 정보가 뇌에 포함돼 있더군. 분명 요모쓰이쿠사의 알에서 흘러든 거겠지. 요모쓰이쿠사도 이메르황천거미 정도는 아닐지언정, 유전자 수평 전달 능력이 있는 거야. 유전 정보를 숙주의 뇌세포에 끼워 넣어서 새로운 신경 회로를 만들어내는 거지."

"그런 일이, 정말로 가능해……?" 목소리가 떨렸다.

"뇌 손상이 심해서 어디까지나 가설이야. 하지만 가능성은 커. 거미살이납작맵시벌이 번데기를 매달기 위해 숙주인 거미를 조종해서 강도 높은 거미줄을 뽑게 한다고 전에 이야기했지. 그것과 비슷한 시스템일지 몰라. 어쨌든 요모쓰이쿠사가 기생하면 환각 물질과 새로운 신경 회로에 의해 행동이 변화해. 마치 요모쓰이쿠사라는 종의 존속을 위해 행동하는 '다른 인격'이 생긴 것처럼 말이야."

"아무리 행동이 변해도 그렇지, 전혀 다른 종인 요모쓰이쿠사를 위해 같은 종인 인간을 희생시킨다는 거야? 인간에게 요모쓰이쿠사의 알을 넣다니…….”

"사하라, '전혀 다른 종'이라는 말은 정확하지 않아. 요모쓰이쿠사에게서 무수히 많은 동물의 유전 정보가 발현됐지만, 바탕이 되는 생물은 두 종류라고 아까 그랬잖아. 하나는 이메르황천거미, 그리고 또 하나는…….”

"설마…….”

섬뜩한 상상에 할 말을 잃은 아카네를 곁눈질하며 시노미야는 위스키 잔을 들었다.

"그래, 인간이야.”

◼

"벌써 시간이 이렇게 됐나.”

시노미야는 교수실 의자에 앉으며 벽시계에 시선을 주었다. 새벽 5시가 지난 시각이었다.

담배를 물고 지포 라이터로 불을 붙인 후, 눈을 감고 연기를 한껏 빨아들였다. 폐혈관으로 흡수된 니코틴이 뇌세포로 운반되는 느낌이라 기분 좋았다.

이 방도 병원 부지에 있으므로 흡연은 당연히 허용되지 않는다. 하지만 오늘만큼은 그 금기를 깨뜨리지 않을 수 없었다. 니코틴과 알코올로 뇌세포를 적시지 않으면 무시무시한 진실에 짓뭉개질 것만 같았다. 시노미야는 빈 잔에 스카치위스키를 따라서

한 모금 마시고, 천장으로 피어오르는 담배 연기를 멍하니 바라보았다.

변화가 구석에 있는 바에서 사하라 아카네와 이야기를 나눈 지 네 시간 넘게 지났다.

고무로 사에의 사법해부 결과, 그리고 이메르황천거미와 요모쓰이쿠사의 생태에 관한 가설을 들려주자 사하라는 깊은 생각에 잠긴 표정으로 위스키를 온더록스로 세 잔쯤 마신 후, 힘없이 "고마워." 하고 중얼거리며 바를 떠났다. 시노미야는 그 후로도 두 시간쯤 위스키를 홀짝홀짝 마시다가 약속한 대로 종업원용 뒷문으로 나가서 교수실로 돌아왔다.

바를 나서는 사하라의 뒷모습이 평소보다 훨씬 작아 보인 것이 생각났다. 너무나 그로테스크하고 충격적인 이야기에 넋이 나간 것이리라.

"아니, 그뿐만은 아닌가······."

연기와 함께 그런 말이 흘러나왔다.

일부러 말하지 않았지만 사하라는 눈치챘을 것이다. 인간에게 기생하는 요모쓰이쿠사의 생태가 지난 7년간 사하라가 찾아 헤맸던 일가족 가미카쿠시 사건의 진상임을.

가족 중 누군가가 요모쓰이쿠사의 알에 기생당했고, 알이 부화할 무렵 고무로 사에처럼 금지구역으로 향한 것이다.

자신의 몸을 부화한 유생에게 먹이로 주기 위해.

분명 다른 가족은 말리려 했으리라. 그 결과 무슨 일이 일어났을까······.

배 속이 차가워지는 듯한 감각에 시노미야는 위스키를 목구멍으로 흘려 넣었다.

몇 시간 전, 시노미야는 설명을 다 듣고 침묵에 잠긴 사하라에게 "그런데 어떻게 할 거야?" 하고 물었다.

사하라는 한동안 말없이 카운터만 내려다보다가 불쑥 중얼거렸다. "황천의 숲에 갈 거야."라고.

며칠 후 경찰과 사냥꾼으로 이루어진 퇴치팀이 불곰을 사냥하러 황천의 숲에 들어갈 예정이었다.

말려야 할까 시노미야는 망설였다. 황천의 숲에 살고 있는 건 불곰이 아니라 전설의 괴물 요모쓰이쿠사다. 습성은 물론이고 어떻게 생겼는지조차 아무도 모른다. 다만 1톤급 불곰을 죽일 정도니까 몹시 거대하고 위험한 생물인 것만큼은 틀림없다. 총으로 무장했더라도 퇴치팀이 대응할 수 있을 상대일지는 미지수였다.

역시 너무 위험하다. 시노미야는 퇴치팀에 참가하지 말라고 설득하려 했다. 하지만 카운터에 놓인 위스키 잔을 떨릴 만큼 세게 쥐고 있는 사하라를 보고 턱밑까지 올라온 말을 꿀꺽 삼켰다. 사하라의 옆얼굴에는 무심코 눈을 돌리고 싶을 만큼 비장한 각오가 서려 있었다.

그 숲 어딘가에 요모쓰이쿠사의 여왕 이자나미가 있다. 그 존재만 밝혀내면 지방 경찰서가 아니라 훨씬 커다란 조직인 홋카이도 도경, 경우에 따라서는 자위대가 출동해 그 위험한 생물을 섬멸하리라. 그리고 요모쓰이쿠사의 알을 여성의 몸속에 넣는 인물, 벡터의 정체도 분명 드러날 것이다.

만약 가족 중 누군가의 몸에 요모쓰이쿠사의 알이 들어 있던 것이 7년 전 가미카쿠시 사건의 원인이라면, 사하라에게 이자나미와 벡터는 가족의 원수인 셈이다. 사하라가 이번 일에 열성을 보이는 것도 당연하다.

하지만 퇴치에 실패한다면 퇴치팀에 참가했던 사람들은 어떻게 될까. 요모쓰이쿠사에게 사냥당해 잡아먹힐까. 아니면 산 채로 알을 산란당해 부화기 역할을 하다가, 부화한 유생의 먹이로 사용될까.

요모쓰이쿠사의 게놈을 조사해 보니, 동물 사체에 알을 낳는 쉬파리의 유전 정보보다 인간의 유전 정보가 훨씬 많이 포함돼 있었다. 즉 사체에 알을 낳는 것보다 태아가 어머니 자궁 속에서 자라듯이 살아 있는 동물의 몸속에서 영양분을 빼앗으며 천천히 성장하는 것에 적합할 가능성이 크다.

"인간의 몸속에서 자란 요모쓰이쿠사는 동물 사체에서 태어나는 개체와 완전히 다르게 생겼을지도……."

시노미야는 담배를 휴대용 재떨이에 비벼 끄고 새 담배에 불을 붙이면서 중얼거렸다.

전설 속에서 요모쓰이쿠사는 인간의 얼굴을 가진 거미로 표현된다. 그야말로 요모쓰이쿠사 유생의 모습이다. 하지만 요모쓰이쿠사 유생을 해부해서 조사해 보니, 분명 번데기를 만들 준비를 하고 있었다.

전설에도 남아 있지 않은, 변태를 거친 요모쓰이쿠사 성체는 어떤 모습일까. 상상만 해도 내장이 쪼그라드는 듯한 감각이 덮쳐왔다.

가벼운 기분으로 발을 들여놓은 사건이었지만, 조사하는 동안 골수마저 얼어붙을 것처럼 무섭고 기괴한 진상이 그 윤곽을 드러내기 시작했다.

원래는 당국에 정보를 알려야 하리라. 하지만 지금 알고 있는 사실은 이메르황천거미라는 신종 거미가 존재한다는 것, 그 거미가 요모쓰이쿠사라는 무시무시한 괴물과 공생 관계라는 것뿐이다. 지금 상태로는 설령 보고하더라도 미지의 생물이 나타났다는 것을 증명할 수 있을 뿐, 누군가가 괴물의 알을 여성의 복강에 넣어서 기생시킨다는 사실까지는 증명할 수 없다.

고무로 사에의 복강에서 적출한 알에서 요모쓰이쿠사 유생이 태어났다는 사실을 사하라가 정식으로 보고하지 않은 것이 뼈아팠다. 시노미야는 입술을 깨물었다.

너무나 상식을 벗어난 사태라 보고하더라도 아무도 믿어주지 않고 제정신인지 의심할 우려가 있기는 했다. 하지만 보고하지 않은 탓에 요모쓰이쿠사의 알이 인간에 기생한다는 사실을 증명하기가 극히 어려워졌다.

시노미야는 담배 연기가 섞인 한숨을 내쉬고 담배를 문 채 키보드를 두드렸다. 모니터 화면에 2년 전 진료 기록이 표시됐다.

요모쓰이쿠사 쪽으로 접근하기가 힘들다면 벡터의 정체를 밝히는 것이 지름길일지도 모른다. 그런 생각으로 시노미야는 바에서 돌아오자마자 전자 차트를 살펴보고 있었다.

요 몇 년 새 성숙 기형종 수술 건수가 폭발적으로 늘어났으니, 벡터가 요모쓰이쿠사의 알을 복강에 넣은 사례가 꽤 많을 것으로 추정된다.

벡터가 어떻게 인간의 몸속에 알을 넣는지는 아직 모른다. 하지만 피해자들을 자세히 조사해 공통점을 찾아내면 벡터의 정체에 다가설 수 있지 않을까.

같은 인간에게 요모쓰이쿠사의 알을 기생시키는 짓을 하는 건 대체 어떤 자일까. 역시 자신도 기생당해서 조종을 받는 걸까?

시노미야는 화면에 진료 기록을 차례차례 띄웠다.

성숙 기형종 환자 차트를 찾아내느라 상상 이상으로 애먹었다. 월별 수술 건수 자체는 데이터가 있지만, 수술받은 환자의 신원은 개인 정보이므로 공개해 놓지 않는다. 따라서 수술 기록을 모조리 들여다보고, 그중에서 성숙 기형종 적출 수술을 받은 환자의 진료 번호를 찾아내, 차트를 확인하는 단순하면서도 고된 작업을 계속했다.

몇 시간을 들여서 환자 몇 명을 겨우 찾아냈다. 그것만으로 눈이 빠질 것처럼 아팠다.

시노미야는 눈구석을 주무르며 오른손으로 마우스를 조작해 2년 전 성숙 기형종 적출 수술을 받은 30대 여성 환자의 차트를 확인했다. 화면을 내리던 손이 문득 멈췄다. 시노미야는 몸을 내밀어 화면에 얼굴을 가까이 댔다.

"설마……."

나지막한 목소리로 중얼거린 시노미야는 바쁘게 마우스를 조작해, 다른 환자의 진료 기록을 거슬러 올라가서 확인했다.

한 명…… 두 명…… 세 명…….

차트를 확인할 때마다 숨이 거칠어졌다.

"녀석이…… 벡터……."

갈라진 목소리가 목구멍에서 새어 나왔다.

시노미야는 떨리는 손을 뻗어 책상에 놓아둔 스마트폰을 집었다. 통화 기록에서 사하라 아카네의 전화번호를 찾아 발신 버튼을 눌렀다. 통화 연결음은 들렸지만 받지 않았다. 이런 시간이니 자고 있으리라.

그렇다면……. 시노미야는 다른 번호로 전화를 걸었다. 통화 연결음이 몇 번 들린 후 연결됐다.

"지금 외출 중입니다. 남기실 말이 있으신 분은 삐, 하는 소리가 들린 후에……."

흘러나온 인공 음성을 듣고 시노미야는 무심코 혀를 찼다. 어쩔 수 없다. 일단 말을 남겨놓자.

……만약을 위해.

시노미야는 전화에 대고 빠르게 말했다. 몇십 초 후, 메시지 녹음을 끝내려는데 뒤에서 문이 열리는 소리가 들리고 불이 꺼졌다.

반사적으로 돌아본 시노미야는 눈을 부릅떴다. 뒤에 누군가 서 있었다. 어둠 속에서 희미한 푸른빛에 둘러싸인 실루엣이.

칠판을 긁는 듯한 괴성이 공기를 진동시켰다. 시노미야가 "헉." 하고 작게 비명을 내뱉는 것과 동시에 실루엣이 고양잇과 육식동물처럼 유연하고 날렵한 몸놀림으로 다가왔다.

푸른빛의 궤적이 어둠에 그려졌다.

시노미야는 몸을 움츠리며 머리를 지키기 위해 두 팔을 쳐들었다. 실루엣은 그 두 팔을 주먹으로 후려쳤다. 자신의 아래팔뼈가 부서지는 소리를 들으며 시노미야는 3미터쯤 튕겨 나갔다.

인간을 초월한 힘 앞에 시노미야는 깨달았다. 눈앞에 있는 존재의 형체는 사람이지만, 본질은 괴물이라는 것을.

어떻게든 이 사실을 사하라에게 알려야 한다.

그녀를 구해야 한다.

뇌진탕을 일으켰는지 생각이 잘 정리되지 않았다. 그런 시노미야 곁으로 푸르스름하게 빛나는 실루엣이 다가와서 발을 천천히 들었다.

"사하라……."

가녀린 목소리를 토해낸 시노미야의 눈앞으로 발바닥이 다가왔다.

부서진 두개골에서 튀어나온 뇌척수액과 피가 전자 차트 화면을 붉게 적셨다.

막간 2

 울음소리가 나무들 사이로 메아리쳤다. 코트를 입은 아이는 거듭 눈물을 닦으며 깊은 숲을 터벅터벅 걸었다.
 다리가 무겁고 배고팠다. 추위가 뼛속까지 스며들었다.
 "엄마…… 엄마, 어디 있어?"
 아이는 애절하게 소리쳤다. 하지만 대답해 주는 사람은 없었다.
 멀리 짐승이 울부짖는 소리가 들려서 아이는 몸을 움찔했다.
 다람쥐를 보고 잠깐 쫓아가 봤을 뿐이었다. 얼마 후 다람쥐가 나무줄기로 뛰어올라 사라져서 그만 돌아가려고 했다. 하지만 주위를 빙 둘러보자 나무가 사방팔방 미로처럼 늘어서 있어서 어디로 들어왔는지 분간이 되지 않았다.
 몇 시간이나 헤맸는지 모르겠다. 숲에는 낮에 들어왔는데 주변이 어두워지기 시작했다. 아무리 걸어도 비슷한 풍경만 펼쳐져서 같은 곳을 빙글빙글 도는 듯한 기분이었다.
 여기서 죽는 걸까. 아이는 걸음을 멈추고 커다란 가문비나무 밑동에 웅크려 앉았다. 피곤하고 배가 고파서 더는 움직일 수가 없었다. 그때 멀리서 노랫소리가 들린 것 같았다. 여자의 노랫소리가. 아이는 눈을 크게 뜨고 벌떡 일어서서 목소리가 들린 방향으로 달려갔다. 이윽고 커다란 동굴 입구가 나타났다. 아이는 멈춰 섰다. 노래는 동굴 안쪽에서 들려왔다.

어쩌지……. 숲에 혼자 있는 건 무섭지만, 어두운 동굴로 들어가는 것도 그에 못지않게 무서웠다.

얼음같이 차가운 바람이 한층 강하게 불자 온몸이 바늘에 찔린 것처럼 아팠다.

아이는 몸을 돌려 숲을 보았다. 해가 져서 안 그래도 어둑어둑했던 숲이 어둠에 뒤덮였다.

어차피 숲도 곧 캄캄해진다. 바람을 피할 수 있는 동굴이 그나마 낫다.

마음을 굳힌 아이는 목을 움츠린 채 동굴로 들어갔다. 동굴 안은 바깥보다 훨씬 따뜻했다. 굳은 몸이 풀렸다. 노랫소리가 더 확실히 들려왔다.

뭐라고 노래하는지는 모르겠다. 하지만 어쩐지 이리로 오라고 부르는 것만 같았다. 동굴을 천천히 나아가던 아이는 눈이 휘둥그레졌다. 동굴 벽과 천장에서 푸른빛이 났다. 그 아름다우면서도 덧없는 빛은 안쪽으로 가면 갈수록 강해졌다.

꿈속에 있는 것 같은 기분으로 아이는 동굴 안쪽으로 계속 걸어갔다. 아이는 어느덧 자기 몸도 푸르게 빛나고 있다는 사실을 깨달았다.

손을 살짝 흔들자 허공에 푸른빛의 궤적이 그려졌다. 그 환상적인 광경에 입매가 누그러졌다. 족쇄가 채워진 것처럼 무거웠던 다리가 어느새 날개 돋친 것처럼 가벼워졌다.

아이는 폴짝폴짝 뛰는 듯한 발걸음으로 나아갔다. 안으로, 더 안으로…….

잠시 후 커다란 돔 모양의 공간으로 나왔다. 푸르게 빛나는 천장을 올려다본 아이는 아름다운 플라네타리움 같은 광경에 감탄 섞인 숨을 내쉬었다. 그때 공간 안쪽에서 거대한 형체가 꿈틀거리는 것을 깨달았다. 하지만 두렵지는 않았다. 푸른빛과 기분 좋은 선율이 아이의 온몸에 스며들었다.

거대한 형체가 다가왔다. 갑자기 그것이 눈부실 만큼 푸르게 빛났다. 그 몸에서 쏟아져 나온 빛이 아이의 몸을 감쌌다.

엄마에게 안겨 있는 것 같은 행복감을 느끼며 아이는 목소리를 살짝 흘렸다.

"예쁘다……."

제 3 장

여왕 강림

1

 미스터리 서클처럼 눌려서 쓰러진 잡초에 검붉은 핏자국과 썩은 내장 일부가 남아 있었다. 경찰관이 한쪽 무릎을 꿇고 그 흔적을 조사하는 동안, 사냥꾼 십수 명은 사냥총을 들고 험악한 표정으로 주변을 경계했다.

 날씨가 흐린 데다 상록수인 가문비나무의 잎이 햇빛을 가려서 대낮인데도 숲은 어두침침했다. 바람이 위쪽에서 나뭇잎을 강하게 흔드는 소리가 들렸다. 요 2주일쯤 비가 내리지 않아서 몹시 건조하다. 산불의 위험이 큰 상황이었다.

 눈이라도 내리면 좋을 텐데. 그러면 사냥감의 흔적이 확실히 남아서 사냥에 유리하다. 그런 생각을 하면서 아카네는 다리를 움직였다.

 바에서 시노미야에게 요모쓰이쿠사와 이메르황천거미의 무서운 생태를 들은 지 여드레 후, 아카네는 황천의 숲으로 들어가는 퇴치팀에 참가했다. 퇴치팀은 일출과 함께 산에 진입해 정오께에는 아사히의 사체가 있었던 곳에 다다랐다.

"가지와 사하라가 말했던 대로군. 이 크기라면 정말로 1톤 전후는 됐겠어. 어마어마하게 거대한 불곰이야. 믿기지 않을 만큼 커."

엽우회 회장 야스미가 한쪽 무릎을 꿇고 땅바닥에 남은 흔적을 바라보며 말했다. 지역 엽우회에서 퇴치팀에 참가한 사람은 아카네, 야스미, 가지 총 세 명뿐이었다. 다른 사람들은 전부 홋카이도의 다른 지역에서 온 사냥꾼이다. 아카네는 그들을 둘러보았다.

모두가 언제라도 장전할 수 있도록 탄알을 손가락에 끼운 채 라이플을 들고 있었다. 탄알은 전부 매그넘탄과 같이 위력 있는 것들이었다.

평소 사슴이나 새를 잡는 사냥꾼들과는 인상부터 달랐다. 가지를 빼고는 지금까지 이토록 위험한 분위기를 자아내는 사냥꾼을 만나본 적이 없었다.

이번 퇴치팀에 참가한 사냥꾼은 대부분 불곰 사냥이 생업인 '곰 사냥꾼'이었다. 이름난 곰 사냥꾼들이 홋카이도 전역에서 찾아온 것이다. 이 숲에 숨어 있는 '괴물'을 잡기 위해.

"여기에 거대한 불곰의 사체가 있던 건 틀림없다는 거로군요."

경찰관의 질문에 야스미는 "암, 틀림없어." 하고 고개를 끄덕였다.

"그럼 그 사체는 어디로 갔을까요?"

경찰관이 다시 묻자 야스미는 일어서서 천천히 주변을 둘러본 후, 숲속을 가리켰다.

"커다란 게 끌려간 자국이 희미하게나마 남아 있어. 뭔가가 죽은 불곰을 가져간 거겠지."

"뭔가라니요?"

"뭐, 다른 불곰이겠지. 1톤에 가까운 사체를 옮길 수 있는 동물은 일본에 두 종류밖에 없어. 불곰과 인간."

"불곰이 아무리 힘이 좋기로서니 1톤짜리 사체를 옮길 수 있습니까?"

경찰관이 미심쩍다는 듯 묻자 야스미는 관자놀이를 긁적였다.

"보통 불곰은 못 하겠지……. 이봐, 사하라."

야스미가 갑자기 불러서 아카네는 "네." 하고 등을 폈다.

"자넨 가지와 함께 여기서 죽은 불곰을 봤잖아. 그놈이 뭔가와 싸우다 죽은 건 틀림없나?"

"네, 틀림없어요……."

배를 찢겨서 죽은 불곰이 떠올랐다.

"그럼 1톤급 불곰을 죽일 수 있는 더 큰 불곰이 이 숲 어딘가에 있는 셈이로군."

술렁이는 분위기가 퍼져나갔다. 사냥꾼들의 얼굴에 붉은 기가 도는 것처럼 보였다.

1톤급 불곰을 죽일 수 있는 더 큰 불곰. 곰 사냥에 목숨을 건 그들로서는 군침이 돌 만큼 매력적인 사냥감이리라.

"그런 괴물 같은 곰이 정말 있을까요?"

경찰관의 목소리에 섞인 의심의 색이 짙어졌다.

"만약 불곰이 아니라면 이 세상 생물이 아닐걸. 전설대로 이 숲에 산다는 황천국의 괴물 요모쓰이쿠사가 그랬는지도 모르지."

"장난치지 마시고요. 그런 게 어디 있습니까." 경찰관은 인상을 찌푸렸다.

아니, 있어. 아카네는 속으로 중얼거렸다. 아사히를 죽인 것도, 아사히의 사체를 옮긴 것도 분명 요모쓰이쿠사다. 하지만 지금 그렇게 주장해 봤자 사람들을 혼란에 빠뜨릴 뿐이고, 요모쓰이쿠사의 존재를 증명할 증거도 이제는 없다.

아카네의 머릿속에 사람 좋게 웃던 친구의 모습이 떠올랐다.

바에서 이야기를 나눈 그날 밤부터 시노미야의 행방이 묘연하다. 법의학 교실에 소속된 유일한 의국원일뿐더러 며칠이나 교수실에 머물며 논문을 쓰다가 목적지도 알리지 않고 훌쩍 방랑 여행을 떠나기도 하는 사람이라, 아무도 시노미야가 실종됐다는 걸 금방 눈치채지 못했다. 하지만 아카네가 몇 번 전화를 걸어도 연결되지 않는 데다, 지금까지 한 번도 휴강한 적 없는 학부생 강의에도 모습을 드러내지 않아서 사흘 전에 학교 관계자가 그제야 그의 실종 사실을 파악했다. 삿포로에 사는 시노미야의 부모님이 경찰에 실종 신고를 했지만, 사건에 휘말렸다는 증거가 없고 성인 남성인 시노미야가 본인의 의지로 사라졌을 가능성도 크다는 이유로 경찰은 적극적인 수사에 나서지 않았다.

하지만 아카네는 시노미야가 누군가에게 습격당해 끌려간 것이라고 확신했다. 그저께 시노미야가 실종됐음을 알고 법의학 교실에 가보자, 맡겨두었던 요모쓰이쿠사 유생의 사체가 사라지고 없었다. 그 괴물의 존재를 무엇보다도 명확하게 증명할 증거가.

시노미야 말로는 교수실의 자물쇠 달린 냉동고에 보관해 두었다고 했다. 하지만 아카네가 갔을 때 냉동고에 자물쇠는 채워져 있지 않았고, 냉동고 속에는 컵 아이스크림만 몇 개 들어 있을 뿐이었다.

바에서 돌아온 후 시노미야는 분명 뭔가 중대한 사실을 알아차렸다.

그렇기에 전화해서 알려주려 했다.

아카네는 입술을 깨물었다. 아침에 깨어나서야 간밤에 시노미야에게 전화가 왔었다는 걸 알았다.

만약 그 전화를 받았다면 시노미야를 구할 수 있었을지도 모른다……. 극심한 후회가 아카네의 가슴을 후벼팠다.

시노미야는 분명 일련의 사건의 진상에 다가섰다. 그걸 알아차린 누군가가 시노미야를 습격해 입막음을 하고 증거를 몽땅 가져갔다.

범인이 누구인지는 안다.

"벡터…….” 아카네는 나지막하게 중얼거렸다.

여성의 배 속에 요모쓰이쿠사의 알을 넣는 자가 시노미야를 습격한 것이다.

대체 벡터는 누구일까. 역시 고무로 사에처럼 유전 정보 주입으로 뇌가 개조되고 환각 물질에 조종당해 요모쓰이쿠사의 번식을 도와주고 있는 걸까. 그런데 벡터는 시노미야가 진상에 다가섰다는 사실과 요모쓰이쿠사의 표본을 가지고 있다는 사실을 어떻게 알았을까.

벡터는 근처에 있을지도 모른다. 어쩌면 여기에도…….

퇴치팀에 참가한 사람들을 둘러보고 있는데 갑자기 누가 어깨를 두드렸다. 잠깐 굳어버린 아카네는 쇼트셸홀더에서 슬러그탄을 꺼내며 몸을 휙 돌렸다.

탄알을 탄창에 넣으려 했을 때 뒤에 서 있는 남자와 눈이 마주쳤다.

"가, 갑자기 건드려서 미안해." 오코노기는 겁먹은 표정으로 양손을 살짝 들었다.

"깜짝 놀랐잖아요. 왜요?"

아카네는 슬러그탄을 쇼트셸홀더에 다시 끼웠다.

"그게, 심각한 표정이길래 괜찮나 싶어서."

"괜찮을 리가요. 여기에는 1톤급 불곰을 죽이고 사체를 끌고 가는 괴물이 살잖아요. 그놈이 언제 덮쳐올지 모른다고요. 항상 긴장하고 경계하는 게 당연하죠."

아카네가 한숨을 쉬었을 때 "아카네, 슬슬 이동한대." 하고 가지가 다가왔다.

"오, 요전의 형사님이잖아."

가지는 오코노기를 보고 눈이 커다래졌다.

"당신도 참가했나. 꽤 무서운 꼴을 당했는데 용케 또 왔군."

"약혼자가 행방불명된 사건의 실마리가 분명 이 숲에 있을 겁니다. 당연히 와야죠."

"제법 뚝심이 있군. 하지만 요전번 수색과는 비교도 안 될 만큼 위험해. 여기는 완전히 '괴물'의 영역이라고."

"오늘은 당신 말고도 곰 사냥꾼들이 많이 참가하지 않았습니까. 분명 괜찮을 겁니다."

스스로를 격려하는 듯한 오코노기의 말에 가지는 냉소적으로 입꼬리를 끌어올렸다.

"상대가 단순한 불곰이라면 말이지."

"그게 무슨 말입니까?"

오코노기가 고개를 갸웃했지만 가지는 의미심장한 웃음만 지었다.

퇴치팀이 이동하기 시작했다. 다른 경찰관이 부르는 소리에 오코노기는 "그럼 아카네, 조심해." 하며 선두로 향했다.

"자, 우리도 갈까."

가지가 라이플을 들고 걸음을 옮겼다. 아카네도 그 뒤를 따랐다.

아사히의 사체가 끌려간 흔적을 추적하는 야스미를 선두로, 퇴치팀은 사냥감을 놓치지 않도록 수십 미터 범위로 흩어져서 가문비나무로 빽빽한 숲을 나아갔다.

몇 분 후 아카네는 "왜 왔어?" 하며 가지 옆에 나란히 섰다.

"응? 무슨 소리야?"

"얼버무리지 말고. 당신 부인의 원수인 아사히는 요전에 여기서 죽었어. 이제 목숨을 걸면서까지 이 숲에 들어올 이유가 없잖아. 알 텐데. 이 숲에 있는 게 평범한 불곰이 아니라는 걸."

"불곰이 아니면 뭔데?"

놀리는 듯한 가지의 말투가 거슬려서 아카네는 인상을 찌푸렸다.

"글쎄, 진짜로 요모쓰이쿠사가 있다든가."

아카네는 곁눈질로 가지의 반응을 살폈다. 여기에 벡터가 있을 가능성은 충분하다. 그렇다면 가지도 용의자 중 한 명이다.

사냥꾼인 가지는 칼로 살을 가르는 데 익숙하다. 어쩌면 무슨 방법으로 여성을 혼수상태로 만들고, 작은 상처를 내서 요모쓰이쿠사의 알을 넣었는지도 모른다.

"요모쓰이쿠사라……. 과연."

가지는 어쩐지 자학적인 웃음을 흘렸다.

"뭐가 웃겨?"

"아니, 네 말대로야. 이 숲에는 요모쓰이쿠사가 살아."

"……무슨 뜻이야?"

가지의 의도를 헤아리기 힘들어서 아카네는 신중하게 물었다.

"난 요모쓰이쿠사가 식인 불곰이라고 믿어왔어. 아이누족의 전설 속 웬카무이가 변해서 전해져 내려온 거라고 말이지. 하지만 요모쓰이쿠사는 불곰이 아니었어. 아사히는 불곰의 한계까지 커진 개체야. 다른 불곰에게 죽을 리 없지."

"그럼 뭐가 아사히를 죽였다는 건데?"

가지는 요모쓰이쿠사에 대해 뭔가 알고 있는 걸까? 이 남자가 벡터일까. 긴장한 아카네 옆에서 가지는 "글쎄." 하고 장난치듯 어깨를 으쓱했다.

"뭐야, 아무것도 모르잖아."

맥이 탁 풀린 아카네는 보란 듯이 한숨을 쉬었다.

"……그래, 아무것도 몰라." 가지의 표정이 딱딱해졌다. "하지만 이것만큼은 확실해. 이 숲에는 아사히를 죽이고 사체를 옮길 수 있는 정체불명의 괴물이 숨어 있어. 전설이 맞았던 거야. 여기는 인간이 발을 들여놔서는 안 되는 곳이야."

"당신 생각이 그렇다면 더 이상하네. 왜 생명의 위험을 무릅쓰면서까지 퇴치팀에 참가한 건데? 당신의 원수는 이제 없잖아."

"원수가 없다고?"

가지의 옆얼굴에 위험한 그늘이 드리웠다. 아사히를 쫓을 때 드리웠던 것과 똑같은 그늘이었다.

"원수라면 있지……. 아사히의 원수가." 가지는 억양 없는 목소리로 말했다.

"……그게 무슨 소리야?"

"아사히는 내 손에 죽어야 했어. 내가 놈의 심장에 탄알을 박아 넣어야 했다고. 그런데 그걸 방해한 놈이 있지. 내 사냥감을 빼앗아 간 놈. 나 말고 그 누구도 아사히를 죽여선 안 돼……. 내가 놈의 복수를 해주겠어……."

뭔가에 씐 것처럼 중얼거리는 가지의 모습을 보자 등골이 오싹해졌다.

인생을 걸고 추적해 온 아사히를 제 손으로 죽이지 못해서 가지는 실성해 버린 걸까. 아니, 눈앞에서 아내가 산 채로 잡아먹히는 광경을 봤을 때부터 미쳐 있었는지도 모른다. 썩어서 허물어질 것 같은 정신을 복수심으로 겨우 유지해 왔을 뿐인지도 모른다.

"복수할 거면 왜 이런 곳에 있어? 다른 사냥꾼들이 먼저 쏴 죽이면 어쩌려고?"

가지의 정신 상태를 탐색해 보기 위해 아카네는 신중하게 물었다. 아카네와 가지는 수십 미터 범위로 흩어져서 나아가는 퇴치팀의 한복판쯤에 있었다. 많은 사냥꾼이 앞쪽에 있었다. 한시라도 빨리 사냥감을 발견해 잡으려는 것이리라.

"놈들은 못 잡아." 가지는 의기양양하게 코웃음 쳤다. "놈들은 사냥감이 불곰이라고 믿거든. 그래서 불곰이 숨어 있을 만한 곳을 찾고, 불곰을 쏠 준비만 하고 있어. 하지만 이 숲에 있는 괴물은 불곰과 습성, 형태, 공격 방법이 전혀 달라. 놈들로서는 대처할 수 없어. 곰 사냥꾼으로서 쌓아온 경험이 오히려 발목을 붙잡겠지."

가지는 말을 끊고, 손가락에 끼워둔 338 라푸아 매그넘탄을 라이플의 내부 탄창에 넣었다.

"어, 근처에 경찰관이 있어. 사냥감을 발견하지도 않았는데 탄알을 장전했다가 걸리면 총기 소지 면허를 박탈당할 거야."

아카네는 허둥지둥 주변을 둘러보았다. 앞쪽과 뒤쪽에 몇 미터 거리를 두고 경찰관이 있었지만, 가지의 행동을 알아차린 낌새는 없었다.

"괜찮아. 이게 내 인생 마지막 사냥이라도 상관없어. 아사히의 원수만 갚을 수 있다면."

가지는 씩 웃더니 "그것보다." 하고 아카네의 M4에 시선을 주었다.

"너도 장전해 놔. 여기는 괴물의 사냥터야. 여기서 우리는 사냥꾼이 아니라 사냥감에 불과하다고. 안전만 우선하는 법률을 준수했다간 순식간에 내장이 휘저어질 거야."

"하지만……."

아카네가 망설이는데 요모쓰이쿠사 유생에게, 태아의 얼굴을 가진 거대한 거미에게 습격당했을 때의 기억이 번쩍 떠올랐다. 당시의 공포가 되살아나 심장이 꽉 조여드는 듯한 기분이었다.

가지 말이 옳다. 막 부화한 유생도 그만한 전투 능력과 흉포함을 발휘했다. 더구나 여기 숨어 있는 건 숙주의 고기를 먹고 성장해 번데기를 만들어 변태를 마친 성체. 얼마나 거대하고 얼마나 무시무시한 모습으로 변했을지 모른다. 1톤급 불곰을 해치운 걸 고려하건대, 분명 상상을 초월하는 괴물로 탈바꿈했을 것이다.

아카네는 손가락에 끼워둔 슬러그탄을 앞뒤에 있는 경찰 모르게 장전했다.

"암, 그래야지."

아카네는 의기양양하게 말하는 가지를 무시하고 신경을 곤두세웠다. 이 숲에 숨어 있을 요모쓰이쿠사의 기척을 놓치지 않도록.

퇴치팀은 한 시간쯤 걸려서 숲속을 2킬로미터 정도 더 나아갔다. 그때까지 잠자코 있던 가지가 나직이 중얼거렸다.

"얼른 여기를 빠져나가야 해. 여기는 최악이야."

"왜? 조릿대 덤불은 없잖아."

아카네는 고개를 기웃했다. 불곰이 서식하는 산에서는 조릿대 덤불을 경계한다. 그것이 사냥꾼의 철칙이었다.

"그래서야. 조릿대 덤불이 없어서 사냥꾼들의 경계심이 약해졌어. 이 부근은 굵직한 가문비나무가 빽빽해서 사각지대가 많아. 이런 곳에서는 불곰이 돌진해도 사냥꾼이 여러 명이면 비교적 안전하게 사냥할 수 있지. 하지만 불곰과 습성이 완전히 다른 괴물이라면, 이 사각지대를 이용해서 습격할지도 몰라."

"곰 사냥꾼으로서 쌓아온 경험이 발목을 잡을 거라는 말은 그런 뜻이었구나."

"응, 맞아. 애당초……."

말하다 말고 가지는 멈춰 서서 고개만 돌려 뒤쪽을 보았다. 미심쩍다는 듯 눈이 가늘어졌다.

"왜 그래?"

아카네가 묻자 가지는 돌아서서 노려보듯 뒤쪽을 응시하며 입을 열었다.

"우리, 퇴치팀 중간쯤에 있었지?"

"그런데……."

"그럼 왜 뒤에서 아무도 따라오지 않는 거야?"

"뭐?!"

아카네는 당황해서 몸을 돌렸다. 뒤쪽에 있었을 경찰관 몇 명의 모습이 보이지 않았다.

가지는 메고 있던 배낭을 말없이 땅에 내려놓은 뒤 무릎쏴 자세로 앉아, 레밍턴 모델 700의 개머리판을 견착하고 총구를 들었다.

"자, 잠깐만. 사람이 있는 방향으로 총을 겨누면 어떡해?"

"……없어."

가지는 총을 겨눈 채 나직이 중얼거렸다.

"이제 뒤쪽에 사람은 없다고. 전부 죽었어."

"뭐……."

아카네는 할 말을 잃었다. 고작 10미터쯤 앞서 걷던 두 사람 모르게 경찰관 몇 명이 살해당하다니, 그게 말이 될까.

"잔말 말고 사격 준비해. 죽기 싫으면 총구 올리고 쏠 준비를 하라고."

아카네는 망설이면서도 M4를 처들었다. 숨 쉬는 것도 꺼려질 만큼 팽팽한 긴장감이 주변을 가득 채웠다. 앞서 나아가는 사냥꾼들을 부르고 싶었지만, 큰 소리를 낸 순간 근처에 숨어 있는 괴물이 덤벼들지도 모른다. 공포에 몸이 옭매여서 움직일 수가 없었다.

십수 미터 앞에 있는 굵은 가문비나무 뒤편에서 시커먼 뭔가가 훌쩍 모습을 드러냈다. 아카네는 그쪽을 겨냥하고 방아쇠를 당기려 했다.

"쏘지 마!"

가지의 날카로운 목소리가 날아들었다. 발포하려던 아카네는 얼른 방아쇠에서 손가락을 뗐다.

그것은 인간이었다. 검은색 다운재킷을 입은 경찰관.

하마터면 쏠 뻔했다. 아픔이 느껴질 정도로 심장 박동이 빨라졌다.

"괜찮으세요?"

아카네가 경찰관에게 달려가려 하자 가지가 어깨를 잡았다.

"뭐야?!"

가지는 어깨를 놓고 "잘 봐." 하고 턱짓을 했다. 아카네는 콧등에 주름을 잡으며 큰 나무에 기대듯이 서 있는 경찰관을 관찰했다. 배 언저리에 하얀 밧줄 같은 것이 늘어져 있었다. 경찰관은 떨리는 손으로 그것을 끌어올리려고 애썼다. 그 밧줄 같은 것의 정체를 알아차리고 아카네는 두 눈을 의심했다.

창자였다. 경찰관은 배에서 쏟아진 창자를 필사적으로 집어넣으려 하고 있었다.

"구해야 해……."

아카네가 한 걸음 내디디자 가지가 총신을 들어서 막았다.

"이미 글렀어. 저런데 어떻게 살아?"

타이르는 가지의 말에 아카네는 냉정함을 되찾고, 나무줄기에 몸을 맡긴 채 쓰러지는 경찰관을 관찰했다.

창자가 저렇게 쏟아져 나온 것으로 보건대 복부가 깊이 찢어졌다는 뜻이다. 복강이 오염됐을 테고, 중요한 장기와 혈관도 손상됐을 것이다. 여기가 수술실이라면 목숨을 구할 수 있을지도 모르지만, 병원 이송에 몇 시간이나 걸릴지 모르는 이 산속에서는 구할 수 없다.

외과의로서 쌓아온 경험이 잔혹한 현실을 일깨워 주었다.

"저 사람은 미끼야."

가지가 라이플의 스코프를 들여다보며 중얼거렸다.

"'놈'은 저 나무 뒤편에 숨어 있어. 저 경찰관을 구하러 온 사람을 덮치려는 거겠지."

"지능이 그렇게 높다고?"

"멍청한 짐승이라고 단정하지 마. 상대는 정체불명이야. 이 정도 덫을 설치할 만큼 교활하다 해도 놀라울 것 없어."

요모쓰이쿠사의 게놈에서 인간의 유전 정보가 대량으로 확인됐다는 사실이 떠올랐다. 요모쓰이쿠사 유생의 배 쪽에 달린 태아의 얼굴. 만약 거기에 뇌가 있다면, 인간에 필적할 지능을 지녔다고 해도 이상할 것 없다.

저 나무 뒤편에는 어떤 괴물이 숨어 있을까. 과연 요모쓰이쿠사는 총으로 잡을 수 있을 만한 생물일까.

입속에서 급격히 수분이 사라지는 걸 느끼며 아카네도 무릎쏴 자세로 M4를 겨누었다. 서서쏴 자세보다 무릎쏴 자세가 안정적이다.

구하러 오지 않는다는 걸 깨달았는지 경찰관의 얼굴이 절망의 빛으로 물들었다.

미안해. 아카네가 속으로 사과한 순간, 곤충 날갯짓 같은 소리와 함께 검은 선이 경찰관의 목 언저리를 가로지른 것 같았다. 가지가 "봤어?" 하고 물었다.

"아, 아마도. 하지만 뭘 어쩐 건지……."

모르겠다고 말을 이으려다 아카네는 눈을 의심했다. 나무줄기에 등을 기대고 있던 경찰관의 머리가 마치 동백꽃 떨어지듯 땅에 툭 떨어져서 한 바퀴 빙글 굴렀다. 심장 박동에 맞춰 절단된 목에서 피가 분수처럼 솟구쳤다. 머리를 잃은 몸뚱이가 실이 끊어진 마리오네트처럼 힘없이 쓰러지는 모습을 아카네는 멀뚱히 바라보는 것이 고작이었다.

너무나 처참한 광경에 현실감이 희미해졌다.

"멍하게 있지 마. 그러다 죽어!"

가지의 호통에 아카네는 정신을 번쩍 차리고 아랫배에 힘을 주었다. 저 나무 뒤편에서 날붙이가 달린 채찍 같은 것을 휘둘러서 경찰관의 목을 절단했으리라. 아카네는 아사히의 몸에 남은 상처를 떠올렸다. 불곰의 뻣뻣한 털과 질긴 피부, 그리고 두툼한 지방도 베어내는 공격이다. 인간의 목을 절단하는 정도는 식은 죽 먹기다.

황천의 병사, 요모쓰이쿠사. 전설 속 괴물과 대치 중이라는 공포심이 몰려와서 근육이 굳어졌다.

다음 순간 찢어지는 듯한 소리가 들렸다. 여성의 비명 같은 목소리.

"온다!"

가지가 긴장된 목소리로 외쳤다. 아카네는 요모쓰이쿠사가 숨어 있는 나무로 총구를 향하고 집게손가락을 방아쇠에 얹었다.

10미터가 넘는 거리다. 나무 뒤편에서 나와서 여기에 다다르기 전에 두 발은 쏠 수 있다. 이 거리라면 확실히 명중한다. 살상 능력이 아주 높은 리슬 유형의 슬러그탄이다. 상대가 어떤 괴물이라도 두 발이면 제압할 수 있다.

호흡 때문에 조준이 빗나가지 않도록 휘파람을 불듯 입술을 오므리고 천천히 숨을 내뱉었다. 그러자 굳었던 근육도 풀렸다. 바람 탓인지 머리 위에서 나뭇잎이 흔들리는 소리가 들렸다.

올 테면 와봐라. 정확하게 명중시키고, 우리 가족에게 무슨 일이 있었는지 밝혀내겠다.

아카네가 속으로 결의를 다진 순간, 절규가 들려왔다.

뒤쪽에서.

아카네는 홱 돌아보았다. 100미터 넘게 떨어진 나무들 틈새로 피보라가 이는 모습이 어렴풋이 보였다. 꽤 멀리까지 나아간 선두의 사냥꾼들이 '뭔가'에게 습격당하고 있었다.

어째서?! 요모쓰이쿠사는 저 나무 뒤편에 숨어 있었을 텐데. 아카네는 일어서서 총을 겨눈 채 경찰관의 시신이 있는 나무로 슬금슬금 다가갔다. 가지가 "어, 가지 마!" 하고 불렀지만 발을 멈출 수가 없었다.

나무에서 약 3미터 거리까지 접근했다. 진한 피 냄새에 섞여 대변 냄새도 살짝 풍겼다. 배가 갈라졌을 때 대장까지 찢어져서 내용물이 흘러나온 것이리라.

발치에 경찰관의 머리가 축구공처럼 나뒹굴고 있었다. 동공이 완전히 풀린 두 눈이 원망스럽게 아카네를 올려다보았다.

아카네는 몇 번 심호흡한 후 "으아아!" 하고 고함을 지르며 옆으로 풀쩍 뛰어 나무 뒤편에 총구를 향했다. 하지만 괴물의 모습은 없었다.

"없어! 역시 앞쪽 사람들을 습격하러 간 거야!"

아카네가 외치자 가지는 크게 혀를 찼다.

"어떻게 된 거야! 우리가 계속 이 나무를 감시하고 있었잖아! 놈이 어떻게 앞쪽 사람들이 있는 곳으로 이동한 거지?"

"내가 어떻게 알아!"

아카네가 악을 쓰자 가지는 "젠장!" 하고 소리친 후, 레밍턴 모델 700을 들고 단말마의 비명이 울려 퍼지는 숲속으로 달려갔다.

"아, 같이 가!"

따라가려 했을 때 바로 옆에 있던 나무줄기가 팍 터졌다. 사방으로 튄 나무껍질이 뺨을 스쳐서 아팠다. 아카네가 화끈하게 달아오르는 부분을 누르자 미끌미끌한 감각이 느껴졌다. 손바닥을 확인하니 새빨간 피가 묻어 있었다.

대체 뭐지? 당황해서 나무줄기를 보았다. 총에 맞은 흔적이 똑똑히 남아 있었다.

숲속에서 날아온 탄알이다. 위력이 강한 라이플 탄알이 이 나무에 맞은 것이다.

몇십 센티만 더 어긋났다면 머리가 날아갔다. 아카네는 등골이 싸늘해지고 몸이 부르르 떨렸다. 그때 몇 미터 앞쪽 땅바닥에서 흙이 튀어 올랐다.

또다. 아카네는 허둥지둥 나무 뒤편에 몸을 숨겼다. 여기 숨어 있던 요모쓰이쿠사가 무슨 방법으로 들키지 않고 이동해 앞쪽 사람들을 습격했다. 상대가 불곰이라고 믿었던 사냥꾼들은 미지의 괴물에게 습격받고 혼란에 빠져…… 학살당하고 있다.

아카네의 예상을 뒷받침하듯 단말마의 비명이 잇달아 숲에 메아리쳤다.

여기서 나가는 건 위험하다. 혼란에 빠진 사냥꾼들이 총을 난사하고 있다. 총열에 나선형으로 패인 강선 때문에 회전하며 날아가는 라이플 탄알은 공기 저항을 잘 받지 않아 산탄총보다 사정거리가 훨씬 길다. 100미터 넘게 떨어진 숲속에서도 살상 능력을 유지한 채 날아온다.

"아카네!"

느닷없이 이름을 부르는 소리에 아카네는 움찔했다. 그쪽을 보자 오코노기가 바로 곁에 숨을 헐떡이며 서 있었다. 오코노기는 앞쪽 사람들과 함께 있었다. 분명 요모쓰이쿠사에게 습격당해 지옥도같이 변한 현장에서 달아난 것이리라.

"도망쳐야 해! 빨리 도망쳐야 한다고. 아니면 놈이……."

혼란스러워서 혀가 잘 돌아가지 않는지 오코노기는 도중에 말을 멈췄다. 아카네는 오코노기의 손목을 잡고 나무 뒤편으로 끌어당겼다.

"좀 진정해요. 무슨 일이 일어난 건가요?"

"습격당했어. 갑자기 습격당해서 앞에서 나아가던 사냥꾼들이 죽었다고."

"뭐에 습격당했는데요?!"

요모쓰이쿠사는 어떤 생물이고, 어떻게 공격하는가. 그걸 모르면 대처할 방도가 없다.

"몰라!" 오코노기는 양손으로 머리를 쥐어뜯었다. "부지불식간에 주변 사람들이 차례대로 죽어나갔어. 온몸을 난도질당하거나 바위 뒤로 끌려가거나……. 불곰이 아니었어. 불곰보다 훨씬 무서운 뭔가가……."

오코노기는 자기 두 어깨를 끌어안고 몸을 부들부들 떨었다.

"아무튼 도망치자. 당장 여기를 떠나야 해."

오코노기가 왔던 길을 되돌아가려 하길래 아카네는 "안 돼요." 하고 조용히 말했다.

"왜?!" 오코노기의 목소리가 뒤집혔다.

"뭐가 습격했든 간에 틀림없이 동물이에요. 포식동물은 등을 보이고 달아나는 상대를 본능적으로 쫓아가죠. 그리고 이 숲은 그 괴물의 영역이에요. 달아나도 순식간에 따라잡혀서 죽을 뿐이라고요."

"그럴 수가……. 그럼 어쩌면……."

죽은 사람처럼 창백한 오코노기의 얼굴이 절망으로 진하게 채색됐다.

"일단 냉정해져야 해요. 그리고 상대의 정체를 확인하는 거죠. 알아들었어요?"

오코노기를 조금이라도 진정시키기 위해 아카네는 다그치는 투로 말하다가 알아차렸다. 어느 틈엔가 총소리도 단말마의 비명도 들리지 않는다는 사실을.

전멸했나? 아직 습격당한 지 5분도 지나지 않았는데.

두려워서 숨이 차올랐다. 실력 있는 곰 사냥꾼 십수 명을 이토록 간단하게 참살한 괴물에게 혼자 맞설 수 있을까.

아니, 할 수 있고 없고가 아니다. 해야 한다. 아카네는 하얀 숨결을 토해내며 스스로를 격려했다.

사냥꾼들은 상대가 불곰이라고 믿었기에 예상치 못한 습격에 당황해 일방적으로 사냥당했다. 상대가 어떤 생물인지 확인하고 대처하면 승산은 있을 것이다.

아카네는 나무줄기에서 조심스레 고개를 내밀고 상황을 살폈다. 저 멀리 쓰러져 있는 사냥꾼들의 모습이 어렴풋이 보였다. 절단된 팔다리가 땅에 널브러져 있었다. 하지만 비극을 자행한 괴물의 모습은 역시 눈에 띄지 않았다.

요모쓰이쿠사는 어디에 숨은 걸까. 어떻게 숲속을 이동해서 뛰어난 곰 사냥꾼들을 이렇게 간단히 해치울 수 있었을까.

생각해라. 생각해야 한다. 이 수수께끼를 풀지 못하면 몇 분 안에 저기 쓰러진 사냥꾼들과 똑같은 꼴이 된다.

어금니를 악물고 생각에 잠겼던 아카네의 눈이 커졌다. 초로의 남자가 헐떡이듯 비명을 지르며 숲 안쪽에서 뛰쳐나왔다. 엽우회 회장 야스미였다. 오른쪽 아래팔을 절단당해 피를 철철 흘리는 야스미를 보고 아카네는 뺨이 굳어졌다.

꽤 중상이다. 하지만 팔이니까 지혈만 잘하면 목숨을 살릴 수 있을지도 모른다.

자신이라면 야스미를 구할 수 있다고 확신한 순간, 머리보다 몸이 먼저 움직였다.

"회장님, 여기요!"

아카네는 나무 뒤편에서 뛰쳐나와 소리를 질렀다. 야스미는 발을 멈추고 두려움과 반가움이 뒤섞인 표정으로 아카네 쪽을 보았다.

다음 순간 야스미의 몸이 크게 떨리며 위로 떠올랐다. 마치 중력이 사라진 것처럼 야스미의 발이 땅에서 천천히 떨어지는 광경을 아카네는 멍하니 바라보았다.

야스미는 거미줄에 걸린 나방처럼 팔다리를 세차게 버둥거렸다. 그때 검고 뾰족한 것이 그의 명치를 꿰뚫었다. 비명과 함께 야스미의 입에서 왈칵 쏟아져 나온 피가 땅에 후드득 떨어졌다.

가슴을 꿰뚫은 검은 창 같은 물체와 함께 야스미의 몸이 더 높게 떠올랐다.

"아, 아아……."

아카네는 천천히 시선을 들었다. 넋 나간 듯한 목소리가 입에서 새어 나왔다.

가문비나무에 '괴물'이 머리를 아래로 향한 채 매달려 있었다.

그야말로 괴물이라고밖에 표현이 안 되는 존재였다. 두흉부와 복부로 이루어진 표주박 모양의 몸체만 보면, 검게 빛나는 비늘이 달린 약 3미터 크기의 거미다. 하지만 복부에는 전갈 같은 꼬리가 세 개 돋아 있었다. 인간의 몸통만큼 굵어 보이는 꼬리는 족히 5미터는 넘을 만큼 길었고, 각각 독립된 생물처럼 복잡하게 꿈틀거렸다.

그중 창처럼 끝부분이 날카롭고 뾰족한 중앙의 꼬리가 야스미의 몸을 꿰뚫었고, 좌우의 꼬리 끝부분에는 사마귀처럼 거대한 낫이 달려 있었다.

저 낫으로 아까 경찰관의 목을 잘라냈구나……. 혼란에 빠진 와중에도 그렇게 생각하며 아카네는 괴물을 계속 관찰했다.

두흉부에 옆으로 줄지은 커다란 눈 여덟 개가 바쁘게 움직이며 주변을 살피고 있다는 것을 알 수 있었다. 그 밑에는 검은 장미 봉오리 같은 것이 달려 있었다. 아마 저것은 부리고, 그 안쪽에 입이 있으리라.

두흉부에서 튀어나와 나무줄기에 단단히 달라붙은 촉완 여덟 개는 연체동물의 것처럼 유연했고 자세히 보니 흡반 같은 것이 빽빽했다.

"저것이…… 요모쓰이쿠사 성체…….'"

아카네는 헐떡이듯 목소리를 짜냈다. 불곰을 해치웠을 정도니까 무섭게 생겼을 것이라 예상은 했다. 하지만 실제로 보니 너무나 초현실적인 형상이라 그야말로 지옥 밑바닥에서 기어 올라온 괴물이라는 생각밖에 안 들었다.

꼬리에 꿰인 야스미의 몸이 요모쓰이쿠사의 두흉부로 다가갔다. 꽃봉오리가 열리듯 부리가 벌어지고, 칼 같은 이빨로 가득한 원형 구멍이 나타났다. 거기서 칠판을 긁는 듯한 불쾌한 괴성이 울려 퍼졌다. 그 소리에 의식을 되찾았는지 축 늘어져 있던 야스미가 느릿느릿 고개를 들었다.

자신의 몸에 무슨 일이 벌어졌는지 깨닫고 야스미의 부은 듯한 눈이 동그래졌다.

야스미는 왼손을 뻗어 요모쓰이쿠사의 부리를 붙잡고 저항하려 했다. 요모쓰이쿠사는 다시 괴성을 내지르더니 좌우의 꼬리를 채찍처럼 탄력 있게 흔들었다. 끝부분에 달린 낫이 야스미의 왼팔을 단번에 절단했다.

잘려 나간 팔이 땅에 떨어지는 것과 동시에 야스미의 머리가 요모쓰이쿠사의 입속으로 빨려들었다.

털이 쭈뼛 설 만큼 소름 끼치는 절규가 울려 퍼졌고, 과일이 으스러지는 듯한 소리가 이어졌다.

요모쓰이쿠사가 야스미의 상반신을 씹어 삼키는 모습을 보자 뜨끈한 것이 식도를 역류했다. 아카네는 고개를 돌리고 토악질을 했다. 노랗고 끈적끈적한 위액을 토해내자 통증과도 비슷한 쓴맛이 입속에 번졌다.

맛있다는 듯 씹는 소리를 내던 요모쓰이쿠사가 움직임을 멈췄다. 따로따로 움직이던 눈 여덟 개가 모조리 이쪽을 향했다. 귀를 찢을 듯한 괴성과 함께 요모쓰이쿠사가 오른쪽 꼬리를 휘둘렀다. 가슴께까지 뜯어 먹힌 야스미의 시신이 두 동강 났다. 남은 몸통도 중앙의 꼬리에서 빠져 땅에 떨어졌다.

들켰다. 아카네는 숨을 삼키고 M4로 요모쓰이쿠사를 조준했다.

거리는 약 30미터. 슬러그탄은 공기 저항을 강하게 받으니 이 정도가 아슬아슬하게 사정거리다.

괜찮다. 표적이 저만큼 크니까 이 거리에서도 맞힐 수 있다.

큰바다사자도 한 방에 거꾸러뜨리는 슬러그탄이 명중하면 저 괴물도 분명 죽을 것이다.

아카네는 요모쓰이쿠사의 복부를 조준하고 방아쇠를 당겼다. 폭발음이 울려 퍼진 순간, 요모쓰이쿠사가 뛰어올랐다. 슬러그탄은 나무줄기를 후려갈겼다. 요모쓰이쿠사는 촉완 여덟 개 사이에 붙은 얇은 막을 날다람쥐처럼 펼쳐서 몇 미터 떨어진 나무로 옮겨 간 뒤였다.

빗나갔다.

일그러진 얼굴로 한 방 더 쏘려다가 원숭이처럼 가뿐하게 나무에서 나무로 이동하는 요모쓰이쿠사의 모습을 보고 아카네는 드디어 그 생태를 이해했다. 저 괴물은 나무 위에 숨어 있다가 사냥감을 발견하면 나무줄기를 타고 내려와서 강력한 꼬리로 처치해 먹이로 삼는 것이다.

사냥꾼들이 아주 간단히 전멸할 법도 했다. 나무 위에서 인간을 습격하는 동물은 일본에 존재하지 않는다. 불곰을 예상하고 왔던 만큼 완전히 허를 찔렸으리라.

아카네는 요모쓰이쿠사를 조준하려 애썼다. 하지만 덩치와는 딴판으로 민첩하게 나무 사이를 돌아다니는 데다 어두침침한 숲에 녹아드는 색깔이라 조준하기가 쉽지 않았다.

평소는 이렇게 위쪽으로 총을 겨누지 않는다. 익숙지 않은 자세로 발사 각도를 조정하느라 애먹던 아카네는 땅에 자란 이끼를 밟고 미끄러졌다. 반사적으로 발밑을 확인하느라 요모쓰이쿠사에게서 잠깐 눈을 뗐다. 다시 고개를 들었을 때 괴물의 모습은 온데간데없었다.

 놓쳤다. 대체 어디로 갔을까. 아카네는 숨을 헐떡이며 시선을 이리저리 돌렸다. 곁에 서 있던 오코노기가 "……아카네." 하고 잠긴 목소리로 불렀다.

 지금은 여유롭게 이야기할 시간이 없다. 아카네가 무시하자 오코노기는 "위, 위에……." 하고 길 잃은 어린아이 같은 목소리로 말했다. 곁눈질하자 오코노기는 하늘을 올려다보고 있었다. 죽은 사람처럼 핏기 없는 얼굴에 두려운 기색이 역력했다.

 아카네는 오코노기의 시선을 따라 천천히 고개를 들었다. 목구멍에서 피리를 부는 듯한 소리가 새어 나왔다.

 바로 위에 요모쓰이쿠사가 있었다. 어느 틈엔가 아까 숨어 있던 나무의 높은 곳으로 돌아왔다.

 얼른 쏴야 하지만 산탄총은 지면에 수직으로 세워서 사격하기가 쉽지 않다. 아카네는 몸을 한껏 젖히고 방아쇠에 손가락을 얹었다. 하지만 발포하기 전에 요모쓰이쿠사가 촉완을 움직여서 나무줄기 뒤쪽으로 돌아갔다.

 조준이 빗나갔다. 사격을 멈춰야 한다. 생각과는 달리, 무리한 사격 자세와 괴물에게 잡아먹힌다는 공포가 집게손가락의 근육을 긴장시켜 방아쇠가 당겨졌다.

 총소리가 숲에 공허하게 울려 퍼졌다.

 산탄총의 탄창에는 두 발밖에 못 넣는다. 탄알을 다 썼다.

 빨리 재장전해야 한다. 쇼트셸홀더에서 탄알을 꺼내려 했으나 손이 떨려서 떨어뜨렸다. 탄알을 주우려고 무릎을 꿇은 아카네

앞에 거대한 뭔가가 쿵 떨어져 내렸다.

　보고 싶지 않았다. 눈앞에 있는 것이 '무엇'인지 확인하고 싶지 않았다.

　하지만 몸이 멋대로 움직여서 고개가 들렸다.

　고양이처럼 동공이 세로로 가늘고, 하얀 결막에 혈관이 도드라진 눈알 여덟 개가 아카네를 향했다. 거대한 거미 같은 몸체 뒤에서 피로 번들번들 빛나는 새까만 꼬리 세 개가 흔들렸다.

　장미 봉오리 같은 부리가 벌어지고, 지름 30센티미터는 될 법한 입이 드러났다. 검붉은 입안에는 강판처럼 자잘한 이빨이 목구멍까지 빽빽이 들어차 있었다.

　악몽을 졸여서 농축한 듯한 그 모습을 보자 아카네는 온몸에서 힘이 쭉 빠졌다.

　아아, 이제 이 괴물의 먹이가 되는 건가.

　아카네는 희롱하듯 천천히 흔들리는 꼬리 세 개를 초점 없는 눈으로 바라보며 각오를 다졌다. 그때 요모쓰이쿠사가 몸을 크게 떨었다.

　눈을 깜박이듯 바쁘게 각막 위의 투명 막을 열었다 닫았다 하며 크게 벌린 입으로 고막이 아플 만큼 우렁차게 포효했다. 꼬리 세 개가 땅에 꽂혔다.

　뭐가 어떻게 된 건지 몰라 당황한 아카네 앞에서 요모쓰이쿠사가 꼬리의 힘으로 몸을 일으켜 세웠다. 훤히 드러난 배 쪽에는 지네같이 무수히 많은 검은색 다리가 깍지를 끼듯 엇갈리게 맞물려 있었다. 문이 열리듯 맞물린 다리가 천천히 벌어지고, 그 아래에 숨겨져 있던 것이 모습을 드러냈다.

"뭐야……."

아카네의 손에서 산탄총이 떨어졌다. 자신이 뭘 보고 있는 건지 이해가 되지 않았다.

눈앞에 여성이 있었다. 실오라기 하나 걸치지 않은 젊은 여성의 상반신이 요모쓰이쿠사의 배 쪽에 박혀 있었다. 유방은 쇄골부터 부드러운 곡선을 그렸고, 머리카락은 없지만 의지가 강해 보이는 눈썹과 긴 속눈썹은 달려 있었다.

아니, 박혀 있는 게 아니다. 돋아난 것이다.

거칠게 호흡하면서도 아카네는 필사적으로 상황을 정리했다. 요모쓰이쿠사는 이메르황천거미와 인간의 DNA를 바탕으로 다양한 생물의 유전 정보가 조합되어 태어난 괴물이다. 그리고 유생의 복부 배 쪽에 태아의 얼굴이 있던 것처럼, 성체에서는 인간의 유전 정보가 복부에서 돋아난 사람의 형태로 발현된 것 같았다.

요모쓰이쿠사가 연체동물 같은 촉완을 활짝 펼쳤다. 마치 배에서 돋아난 '사람' 부분에 후광이 비치는 듯한 광경이었다.

뭘 어쩌려는 거지? 숨을 죽인 채 경계하던 아카네는 벌레가 뇌 표면을 기어다니는 듯한 느낌을 받았다. 요모쓰이쿠사의 배에서 돋아난 '사람'을 본 적 있는 것 같았다.

높은 콧대와 얇은 입술, 길쭉한 두 눈. 아카네는 이 '사람'을 어디선가 본 적 있었다. 하지만 머리카락이 없어서 그런지 언제였는지는 기억나지 않았다.

아카네가 기억해 내려고 기를 쓰고 있는데 '사람'이 눈을 떴다. 살짝 푸른 기가 도는 눈동자로 아카네를 보았다. '사람'은 행복한 듯 미소 짓더니 양손을 뻗었다. 그 순간 가슴속에서 심장이 미친 듯이 뛰었다.

"언니!"

아카네는 목이 터져라 외쳤다. 기억이 선명하게 되살아났다. 요모쓰이쿠사의 복부에서 돋아난 '사람'의 모습은, 7년 전 행방불명된 언니 사하라 쓰바키의 젊은 시절과 똑 닮았다.

"쓰바키……?"

곁에 우두커니 서 있던 오코노기도 어안이 벙벙한 표정으로 중얼거렸다.

'사람'이 양손을 아카네에게 뻗으며 얇은 입술을 서서히 벌렸다. 거기서 목소리가 흘러나왔다. 불쾌한 절규가 아니라 한없이 맑고 높은 노랫소리가.

하프 음색 같은 노래와 함께 '사람'의 입에서 어렴풋이 반짝거리는 자잘한 결정이 쏟아져 나왔다. 인간은 결코 낼 수 없는 아름다운 선율과 푸르스름한 빛을 아카네와 오코노기는 황홀한 표정으로 받아들였다.

푸르스름한 빛의 결정이 빛을 발하는 대량의 이메르황천거미라는 사실은 알고 있었다. 하지만 환상적일 만큼 아름답게 반짝이는 데다 몸에 스며드는 듯한 맑은 음색 때문인지 혐오감은 느껴지지 않았다. 오히려 온몸이 행복감에 휩싸였다.

타이어가 펑크 나는 듯한 소리가 요모쓰이쿠사의 노랫소리를 지워버렸다. 요모쓰이쿠사의 촉완 중 하나가 날아가고 거기서 파란 피가 뿜어져 나왔다.

'사람'이 고통스러운 표정을 지으며 노래를 멈췄다. 대신에 칠판을 긁는 듯한 울음소리가 사방을 진동시켰다. 아카네가 반사적으로 양손을 들어 귀를 막았을 때, 또 뭔가 터뜨리는 듯한 소리가 울렸다. 이번에는 요모쓰이쿠사의 몸을 지탱하던 꼬리 중 하나에서 피가 팍 튀었다. 균형을 잃은 요모쓰이쿠사는 배 쪽에 돋은 가느다란 다리를 다시 교차시켜 '사람'을 숨겼다.

오른쪽 꼬리에 타격을 받아서 몸을 세울 수가 없는 건지, 아니면 단단한 비늘이 있는 등 쪽으로 공격을 막으려는 건지 요모쓰이쿠사는 지면에 착지해 드높게 포효했다.

요모쓰이쿠사의 눈 여덟 개가 향한 곳을 보고 아카네는 "앗!" 하고 소리쳤다. 20미터쯤 저편에 있는 나무 뒤쪽에서 가지가 무릎쏴 자세로 총을 겨눈 채 스코프를 들여다보고 있었다. 아카네는 그제야 요모쓰이쿠사가 총에 맞았다는 사실을 알아차렸다.

숲 안쪽으로 달려갔기에 가지도 분명 요모쓰이쿠사에게 죽은 줄 알았다. 하지만 저 남자는 다른 사냥꾼들처럼 혼란에 빠지지 않고 조용히 몸을 숨긴 채 요모쓰이쿠사를 쏠 기회를 노렸다.

우리를 미끼로 삼아서…….

아카네가 입술을 일그러뜨렸을 때 가지가 방아쇠를 당겼다. 총소리가 공기를 뒤흔들었고, 요모쓰이쿠사의 눈 여덟 개 중 제일 왼쪽에 있는 눈이 날아갔다. 요모쓰이쿠사는 절규하며 심하게 몸부림쳤다.

처치했나? 아카네가 기대했을 때 요모쓰이쿠사의 촉완이 크게 휘어졌다. 요모쓰이쿠사는 강인한 근육 덩어리인 촉완의 반동을 이용해 땅을 박차고 수백 킬로그램은 될 법한 몸을 띄워 올려 3미터쯤 앞에 있는 나무줄기에 달라붙었다. 그리고 다람쥐처럼 가뿐하게 나무에서 나무로 옮겨 갔다.

가지가 연달아 발포했지만 거대한 몸만 봐서는 상상도 안 될 만큼 민첩하게 달아나는 요모쓰이쿠사를 명중시키지는 못했다.

"빌어먹을!"

욕을 내뱉은 가지는 라이플의 내부 탄창에 라푸아 매그넘탄을 넣으며 종종걸음으로 다가왔다.

"괜찮아?"

"……우리를 미끼로 썼구나."

아카네가 노려보자 가지는 콧방귀를 뀌었다.

"말이 심하네. 내 덕분에 살았으면서. 몇 초만 늦었으면 그 괴물의 밥이 됐을 거야."

과연 그럴까. 요모쓰이쿠사는 정말로 나를 죽이려 했을까?

요모쓰이쿠사의 배에서 돋아난 '사람'. 아카네는 언니와 똑 닮았던 그 모습을 떠올렸다. 요모쓰이쿠사는 습격하려 했던 게 아니라 다른 목적이 있었던 것 아닐까.

"그것보다 몸에 붙은 파란 건 뭐야? 그 괴물이 뱉어낸 거잖아."

가지의 지적에 아카네는 빛을 내는 아주 작은 거미들이 온몸에 잔뜩 붙어 있다는 걸 새삼 깨달았다.

"오코노기 씨, 이건 작은 거미예요. 다른 생물에게 유전 정보를 주입하는 능력이 있어요. 얼른 털어내세요."

아카네가 자기 몸에 붙은 이메르황천거미를 털어내며 말하자 오코노기는 기겁한 표정으로 몸을 털었다.

"이봐……." 가지가 억누른 목소리로 말했다. "어떻게 그런 걸 아는 거야? 뭔가 숨기는 게 있지?"

"그건……." 하고 아카네가 말을 얼버무리자 가지는 크게 혀를 찼다.

"지금은 그런 걸 따질 때가 아닌가. 그 괴물을 쫓자."

"무슨 말입니까?!" 오코노기가 놀란 목소리로 항변했다. "저희 말고 전부 다 죽었어요. 당장 하산해서 도움을 요청해야 합니다. 그리고 경찰에서 다시 계획을 세워서, 아니 자위대라도 출동시켜서 퇴치해야 해요."

"산에서 내려갈 수 있을 것 같나?"

가지가 코웃음 쳤다. 오코노기의 입에서 "어……." 하고 얼빠진 목소리가 흘러나왔다.

"그 괴물의 움직임을 봤잖아. 황천의 숲 전체가 그 괴물의 사냥터나 마찬가지야. 도망쳐도 순식간에 따라잡혀서 개죽음당하겠지. 기동력이 너무 차이나."

"하, 하지만 아까 맞히지 않았습니까."

"응, 꽤 많이 다쳤겠지. 하지만 치명상은 아니야. 어중간하게 다친 상태지. 어중간하게 다친 맹수는 성가셔. 사냥감을 잡기 위해서가 아니라 자기 몸을 지키기 위해 필사적으로 사냥꾼을 죽이려 들거든. 여기서 등을 보였다간 죽여달라고 자청하는 꼴이

나 마찬가지야."

"그럼 어떻게 해야 하는데요!"

오코노기가 머리를 끌어안자, 삽탄을 끝낸 가지는 라이플 장전손잡이를 앞으로 밀어 장전했다. 묵직한 금속음이 울려 퍼졌다.

"물론 추적해서 끝장을 봐야지. 그게 맹수에게 어중간하게 상처를 입힌 사냥꾼의 의무니까."

"추적한다고요?! 고작 셋이서 그 괴물을 처치하자는 겁니까? 말도 안 돼. 산에서 내려가기가 불가능하다면 무전으로 상황을 전달해서 구조대를 부르죠."

"무전기가 어디 있는데?"

가지는 조롱하듯이 웃음을 지었다. 오코노기는 입술을 깨물며, 토막 난 시체들이 널브러져 있는 숲 안쪽을 바라보았다.

저 중에 무전기를 가진 사람이 있을 것이다. 하지만 원형을 알아볼 수 없을 만큼 손상된 시신들이 여기저기 흩어져 있는 곳에서 무전기를 찾기는 쉽지 않으리라.

"어쨌거나 난 그 괴물을 쫓을 거야. 두 사람은 하산하든 무전기를 찾든 마음대로 해. 나 없이 그 괴물에게 습격당해도 살아남으면 좋겠군."

가지는 "그럼 갈게." 하고 한 손을 들어 인사한 후 요모쓰이쿠사가 사라진 방향으로 걸어갔다. 아카네는 땅에 떨어진 M4를 주워서 바로 쫓아갔다.

"뭐야, 너도 가려고?"

"요모쓰이쿠사는 실종된 가족의 수수께끼를 풀기 위한 중요한 단서야. 겨우 찾아냈는데 여기서 도망칠 수는 없지."

"역시 뭔가 숨긴 게 있구나? 뭐, 됐어. 그 괴물을 잡고 나서 느긋하게 들으면 되지. 방심은 하지 마. 언제든지 쏠 수 있도록 얼른 장전해."

시키는 대로 슬러그탄을 탄창에 넣고 있자니 오코노기가 딱딱한 표정으로 다가왔다.

"형사님도 가려고?"

"그것 말고는 선택지가 없잖습니까." 오코노기가 경찰용 권총을 꺼냈다.

"쯧쯧, 그런 딱총으로 괴물과 싸우겠다는 거야? 저기 죽은 사냥꾼들의 라이플이 널렸잖아. 하나 가지고 와."

"라이플은 쏠 줄 모릅니다. 그리고 사냥총은 실제 등록자만 사용해야 해요."

"준법 의식이 참 투철하시네." 가지는 잔뜩 비아냥거리는 어조로 말한 후 날카로운 눈빛으로 덧붙였다.

"하지만 여기는 인간의 법률이 통하는 세계가 아니야. 그런 것에 얽매였다간 제일 먼저 죽어. 따라올 거면 그 점을 잊지 마."

가지는 천천히 숲 안쪽으로 나아갔다. 아카네와 오코노기는 그 뒤를 나란히 따라갔다.

"그 괴물은 나무에서 나무로 옮겨 다니면서 이동해. 검은 몸체는 멀리서 보면 무성한 가문비나무 잎의 색깔과 비슷해서 구분하기 힘들고, 오징어처럼 유연한 팔은 나무에 옮겨 붙었을 때 나는 소리를 흡수하지. 그야말로 이 숲에서 먹잇감을 사냥하기 위해

진화한 것 같은 생물이야."

 가지가 중얼거리는 소리를 들으며 아카네는 요모쓰이쿠사의 생태를 떠올렸다.

 요모쓰이쿠사는 이메르황천거미가 여왕 이자나미의 난세포에 무수히 많은 생물의 유전 정보를 수평 전달함으로써 태어난 생물이다.

 아까 요모쓰이쿠사의 배에 돋은 '사람'의 입에서 아름다운 선율과 함께 이메르황천거미가 잔뜩 쏟아져 나왔던 광경이 머릿속에 되살아났다.

 요모쓰이쿠사는 먹다 남은 먹잇감의 사체에 이메르황천거미를 흩뿌린다. 썩은 사체를 먹은 이메르황천거미는 그 생물의 유전 정보를 축적해서 요모쓰이쿠사의 몸속으로 돌아간다.

 이 같은 과정을 정신이 아득해질 만큼 오랫동안 반복하면서 요모쓰이쿠사는 황천의 숲에 특화된 생물로 진화한 것이리라.

 그런데 왜 그 생물은 지금까지 전설로만 알려진 걸까? 그토록 살상 능력이 뛰어난 생물이라면 보통은 황천의 숲 밖까지 영역을 넓히지 않을까.

 요모쓰이쿠사에게는 생물로서 큰 결점이 있다고 아카네는 직감했다.

 "분명 생식······." 아카네는 입속에서 말을 웅얼거렸다.

 시노미야가 그랬다. 요모쓰이쿠사 유생을 해부해 보니 생식에 관련된 기관은 발견되지 않았다고. 즉 일반적인 요모쓰이쿠사에게는 생식 능력이 없고, 여왕 이자나미만이 알을 낳을 수 있다.

거기까지 생각했을 때 의문이 떠올랐다. 그럼 이자나미는 어떻게 세대를 교체하는 걸까? 벌이나 개미처럼 여왕을 정점으로 집단생활을 영위하는 곤충은 모든 개체가 일단 생식기관을 가지고 있는 경우가 많다. 그중에서 여왕으로 뽑힌 개체가 특별한 영양분을 공급받고 대량의 알을 낳는다. 하지만 요모쓰이쿠사는 일반 개체에게 생식기관이 없으니 그런 곤충들과 생태가 다를 것이다.

여왕 이자나미와 일반 요모쓰이쿠사는 근본적으로 다른 생물이 아닐까. 이자나미는 요모쓰이쿠사를 낳는 것과는 완전히 다른 방법으로, 차세대 이자나미를 낳아서 세대를 교체하는지도 모른다. 다만 효율이 아주 안 좋은 것이리라. 그렇기에 요모쓰이쿠사는 광범위하게 퍼져나가지 못하고 황천의 숲에서만 서식해 왔다.

사실과 가설이 유기적으로 조합돼, 짙은 안개에 가려져 흐릿했던 진실의 윤곽이 드러나기 시작했다. 그때 "아카네." 하고 부르는 소리가 들렸다.

"왜요, 오코노기 씨?" 팽팽 돌아가던 생각을 방해받은 탓에 아카네는 짜증을 감추지 않고 대꾸했다. 떨리는 손으로 권총을 쥐고 있던 오코노기는 고개를 움츠렸다.

"이런 상황에서 말을 걸어 미안해. 하지만 아무래도 마음에 걸려서……."

오코노기는 핏기가 가신 입술을 핥았다.

"그 괴물 배에서 돋아난 사람…… 쓰바키랑 닮지 않았어?"

"……글쎄요." 뭐라고 대답해야 좋을지 몰라서 아카네는 말을 얼버무렸다.

"아카네도 그때 그랬잖아. '언니'라고. 그 괴물은 쓰바키가 실종된 일과 관련 있어. 틀림없다고."

"큰 소리 내지 마세요. 어디에 그 괴물이 숨어 있을지 모르잖아요. 저도 혼란스럽다고요."

거짓말이 아니었다. 왜 요모쓰이쿠사의 배에 언니와 똑 닮은 '사람'이 들어 있는 건지 모르겠다. 아니, 그 이유를 생각하는 걸 본능이 거부했다.

"미안." 오코노기는 고개를 떨구고 힘없이 사과했다.

거북한 분위기를 느끼면서도 아카네는 입을 꾹 다물고 신중하게 걸음을 옮겼다. 잠시 후 무거운 침묵을 견딜 수 없었는지 오코노기가 또 머뭇머뭇 말을 걸었다.

"가지 씨가 정말로 그 괴물을 추적할 수 있을까?"

"모르겠어요." 아카네는 고개를 살짝 저었다. "하지만 저 사람은 일본에서 손꼽히는 곰 사냥꾼이에요. 게다가 이 지역 산들을 환히 꿰고 있죠. 그 사람이 추적할 수 없다면 아무도 추적 못 해요."

십수 미터 앞에 있는 가지는 나무를 하나하나 올려다보며 꼼꼼히 조사하고 있었다.

"괴물이 위에 없는지 확인하는 건가?"

"그것도 그렇겠지만, 흔적을 찾는 거겠죠."

"흔적?" 오코노기는 고개를 갸우뚱했다.

"뛰어난 사냥꾼은 발자국, 배설물, 먹이를 먹은 흔적, 냄새 등 다양한 정보를 통해 사냥감을 쫓아요. 특히 사슴 등과 달리 개체 수가 적은 불곰 사냥에서는 그러한 추적 능력이 중요하죠."

"하지만 그 괴물은 불곰과 다르잖아. 흔적이 남아 있을까? 놈의 다리는 부드러워 보였어. 분명 나무줄기에 흠집이 생기지 않을 거야."

"흠집이 아니라 저걸 쫓는 거예요."

아카네는 근처에 있는 가문비나무의 높은 지점을 가리켰다. 거기에는 사파이어처럼 파란 피가 묻어 있었다. 오코노기는 "저건……." 하고 눈을 끔벅거렸다.

"괴물의 피예요. 가지 씨는 핏자국을 쫓고 있는 거예요."

"그럼 진짜로 괴물을 찾아내서 처치하려는 건가?"

"다만 그럴 시간이 있을지……."

아카네는 손목시계를 들여다보았다. 이미 오후 4시가 지났다.

"곧 날이 저물어요. 그럼 캄캄해서 아무것도 보이지 않겠죠. 하지만 요모쓰이쿠사, 아까 본 그 괴물은 달라요. 그건 분명 야행성 생물이에요."

"그걸 어떻게 아는데?"

"그 괴물의 눈은 동공이 세로로 길쭉하고 빛이 났어요. 분명 고양이와 비슷한 구조겠죠. 약한 빛을 눈 속에서 반사해 증폭시켜 어둠 속에서도 볼 수 있는 거예요."

"그럼 어두워지기 전에 처치하지 못하면 끝장이라는 거야?"

오코노기의 뺨이 일그러졌다.

"그런 건 아니고요. 야영 준비는 해 왔고, 요즘은 비가 내리지 않았으니 모닥불도 쉽게 피울 수 있겠죠. 헤드램프도 가지고 왔고요. 하지만 아주 불리하긴 할 거예요. 그래서 가지 씨도 초조해하는 거고요."

아카네는 험악한 표정으로 나무를 올려다보는 가지를 턱으로 가리켰다.

가지가 아무리 불곰 추적에 도가 텄을지언정 이동 방법이 전혀 다른 요모쓰이쿠사를 추적하기는 쉽지 않을 테고, 요모쓰이쿠사가 언제 덮쳐올지 모르니 경계를 늦출 수 없다. 그래서인지 걸음은 결코 빠르지 않았다. 추적을 시작한 지 한 시간 넘게 지났지만, 1킬로미터 정도밖에 이동하지 못했다.

얼마 지나지 않아 숲은 어둠으로 가득 찬다. 그 전에 대피할 곳을 찾는 편이 낫지 않을까.

간이 텐트를 치고 모닥불을 피워 체온을 유지하면 밤을 보낼 수는 있다. 하지만 이 숲에서 천으로 명색뿐인 지붕을 만들어 야영하는 건 요모쓰이쿠사에게 죽여달라고 청하는 것이나 마찬가지다. 요모쓰이쿠사는 주변의 나무를 타고 소리도 없이 접근해서, 강력한 꼬리로 사정없이 세 사람을 토막 내리라.

아까 왜 죽이지 않았는지 모르겠다. 요모쓰이쿠사의 배에 돋아난 언니 비슷한 '사람'과 관련이 있을지도 모른다. 그러나 이번에도 똑같은 행운이 있으리라는 보장은 없었다.

치명상은 아니라지만 요모쓰이쿠사는 꽤 크게 다쳤다. 그런 식으로 다친 동물은 무섭다. 아카네도 사냥 경력을 쌓으면서 그 사실을 뼈저리게 느꼈다.

부상당한 생물은 목숨을 지키기 위해 아주 흉포해진다. 온순한 초식동물인 사슴도 뿔로 들이받고는 한다.

이제 요모쓰이쿠사에게 우리는 '사냥감'이 아니라 '침략자'다. 그리고 이 숲 어딘가에는 요모쓰이쿠사의 여왕인 이자나미도 숨어 있을 것이다.

지금까지 알아낸 정보로 추측하건대 요모쓰이쿠사는 번식력이 아주 약한 생물이다. 여왕이 죽으면 멸종할 가능성도 있다.

그 요모쓰이쿠사는 자기 자신을, 그리고 무엇보다 이자나미를 지키기 위해 온 힘을 다해 우리를 죽이려 들 것이다. 지금까지 덮치지 않은 건 분명 밤이 오기를 기다리려는 속셈이다. 그 전에 적어도 탁 트인 장소, 그리고 가능하면 나무 위에서 관찰할 수 없는 장소를 찾아야 한다.

하지만 이 깊은 숲에서 그런 곳을 찾아낼 수 있을까.

아카네는 초조함을 느끼며 가지를 따라 숲을 나아갔다. 이윽고 우거진 가문비나무 잎들 사이로 보이는 하늘이 붉게 물들기 시작했다. 해가 서쪽으로 기울고 있다. 곧 밤이 온다.

어쩌면 좋을까? 아카네는 산탄총의 총목을 꽉 움켜쥐었다. 그때 앞에서 걸어가던 가지가 "오오." 하고 목소리를 높였다.

요모쓰이쿠사가 나타났나?! 아카네가 산탄총을 겨누려 하자 가지는 고개를 저었다.

"아니, 괴물이 아니야. 괜찮으니까 이리로 와."

아카네와 오코노기는 얼굴을 마주 본 후 재빨리 가지에게 다가갔다. "이건……." 아카네는 눈앞에 펼쳐진 광경을 우두커니 바라보았다.

마을이었다. 오래된 단층 전통 가옥이 얼핏 보기에도 스무 채 넘게 늘어서 있었다. 대부분 반쯤 무너졌는지라 수십 년, 어쩌면 100년도 전에 버려진 마을임을 알 수 있었다.

"뭐지, 이 마을은?"

아카네가 눈을 깜박거리며 중얼거리자 가지는 "글쎄." 하고 어깨를 으쓱했다.

"괴물의 흔적을 쫓다 보니 여기에 다다랐어. 아무래도 놈은 여기서 더 안쪽으로 달아난 것 같아."

가지는 마을 반대편에 서 있는 나무를 가리켰다. 나무줄기에 파란 피가 묻어 있었다.

"곧 밤이 돼. 일단 이 마을에서 밤을 보내자. 낡아빠졌지만 숲에서 야영하는 것보다 훨씬 안전하겠지."

아카네는 안도의 한숨을 내쉬었다. 가지는 아내를 죽인 불곰에게 복수하겠다는 마음을 고스란히 요모쓰이쿠사에게 퍼부었다. 그래서 이성을 잃고 밤에도 추적하려는 것 아닐까 걱정했다. 하지만 밤에 요모쓰이쿠사와 싸우는 건 위험하다고 판단할 만큼은 이성이 남아 있었던 모양이다.

"뭐야, 아카네. 내가 밤에도 그 괴물을 쫓아갈 만큼 정신 나간 것처럼 보였어?"

정곡을 찔린 아카네가 아무 말도 못 하자 가지는 씩 웃었다.

"내가 죽지 않고 불곰을 몇십 마리나 잡을 수 있었던 건 조심성이 많았기 때문이야. 상대가 아무리 미워도 무리하게 추적하지는 않지. 내가 유리해질 때까지 기다렸다가 확실히 처치하는 게 내 방식이야. 그리고……."

가지의 눈이 슥 가늘어졌다.

"너한테 물어보고 싶은 것도 있거든."

"……알았어." 아카네는 고개를 크게 끄덕였다.

이제 숨겨봤자 아무 의미도 없다. 가지도 오코노기도 요모쓰이쿠사를 목격했다. 인간에게 기생하는 그 괴물의 상상을 초월한 생태를 들려줘도 제정신인지 의심하지는 않을 것이다.

아니, 어쩌면 난 이미 제정신이 아닌지도 모른다. 제정신이라면 금지구역에서 전설의 괴물을 사냥하려 할 리 없다. 그렇게 생각하자 무심코 입매가 누그러졌다.

"웃기는. 앞으로 30분이면 해가 완전히 져. 그 전에 마을을 조사해서 안전하게 지낼 수 있는 곳을 찾아야 해."

가지가 턱짓을 했다.

◼

아카네 일행은 무릎 높이까지 잡초가 자란 길을 나아갔다. 좌우에는 무너져 가는 집들이 줄지어 있었다. 집들 사이에는 숲속만큼 빽빽하지는 않지만 가문비나무가 우뚝 서 있었다.

"가문비나무는 1년 내내 잎이 달려 있지. 잎에 가려서 이 마을은 위성 사진에도 찍히지 않을 거야. 지금까지 발견되지 않았을 만도 해."

가지가 시선을 들었다.

"여기는 뭘까요? 이런 곳에 버려진 마을이 있다는 소리는 못 들어봤는데."

오코노기가 틀이 썩어서 무너지고 구멍만 남아 있는 우물을 들여다보며 중얼거렸다.

"글쎄. 다만 구조를 보건대 꽤 옛날에 지은 집이야. 이 지역이 개척된 메이지 시대 무렵일지도……."

가지는 거기서 말을 멈추고 갑자기 쪼그려 앉았다.

"왜?"

아카네가 묻자 가지는 "이걸 봐." 하고 잡초를 헤쳤다. 농구공만 한 갈색 덩어리에 파리가 득시글거렸다.

"이건…… 똥?"

"응, 그렇겠지. 하지만 이렇게 큰 똥은 처음 봐. 틀림없이 그 괴물 거야."

가지는 옆에 떨어져 있던 마른 나뭇가지로 거대한 똥을 파헤쳤다.

"형태는 벌레 똥과 비슷하지만, 내용물은 불곰 똥에 가까워. 도토리, 머위, 머루 따위를 먹었군. 하지만 악취가 나는 걸 보니 고기가 중심이야. 요 부근에 사는 야생동물이 주식이겠지."

"그럼 그 괴물이 여기에도 왔다는 겁니까?"

오코노기가 겁먹은 목소리로 묻자 가지는 작게 웃었다.

"왔다고? 이 마을이 바로 그 괴물의 보금자리야."

"여기가 보금자리?!" 오코노기의 얼굴이 대번에 창백해졌다.

"그래. 내 총에 맞고 당황해서 보금자리인 여기로 향한 거지."

"그럼 당장 도망쳐야죠!"

"도망치자니? 이봐, 형사님, 무슨 소릴 하는 거야. 놈은 내가 쫓는 걸 알아차리고 이 마을에 들어서기 직전에 숲속으로 방향을 틀었어. 즉 우리가 이 마을에 들어서기를 원하지 않은 거야. 상대가 싫어하는 일을 하는 게 승부의 철칙이라고."

"하지만……."

"뭐, 숲에서 밤을 보내고 싶다면 마음대로 해. 아침까지 목숨이 붙어 있다면 기적이겠지만."

"……알겠습니다." 오코노기는 머리를 푹 숙이듯이 고개를 끄덕였다.

"일단 안전을 확보해야 해. 마을을 한 바퀴 돌면서 밤을 보낼 만한 집을 찾고, 다른 괴물이 없는지 확인하는 거야."

가지의 말에 아카네는 흠칫했다. 옳은 말이다. 요모쓰이쿠사가 한 마리뿐이라는 보장은 없다. 그 생물의 생태를 고려하면 오히려 좀 더 많이 서식한다고 받아들이는 편이 타당하다.

근처에 그 악몽 같은 생물이 또 있을지도 모른다고 생각하자 아카네는 몸속까지 뻣뻣하게 굳는 것만 같았다.

"좋아, 나눠서 찾아보기로 할까."

가지가 손뼉을 치자 오코노기의 눈이 휘둥그레졌다.

"흩어지자는 말입니까? 그 괴물을 발견하면 어쩌고요?!"

"그야 당연히 쏴야지."

가지가 어처구니없다는 목소리로 대꾸했다. 오코노기는 들고 있는 권총을 내려다보았다. 인간을 상대로는 절대적인 위력을 발휘하는 38구경 권총이지만, 요모쓰이쿠사와 대치한 후에는 장난감처럼 보였다.

"그러니까 아까 라이플을 주워 오라고 했잖아. 뭐, 걱정하지 마. 총소리가 들리면 바로 달려가서 이걸로 괴물을 쏴 죽일 테니까. 내가 갈 때까지만 어떻게든 버텨."

가지는 과시하듯 애용하는 총을 쳐들었다. 오코노기가 "하지만……." 하고 말을 흐리자 가지는 팔을 크게 휘둘렀다.

"셋이 함께 조사한답시고 꾸물거리다가 밤이 되면 어떻게 할 건데? 어둠 속에서 그 괴물에게 습격당하면 쥐도 새도 모르게 죽어. 잔말 말고 얼른 흩어져."

마지못한 표정으로 몸을 돌린 오코노기는 몇 걸음 나아가다 말고 "으헉?!" 하고 소리를 질렀다.

"이번에는 또 뭔데?"

가지가 짜증을 숨기지 않고 묻자 오코노기는 "이것 좀 봐요." 하며 무릎 높이의 잡초가 자란 발 언저리를 가리켰다. 아카네는 고개를 갸웃하며 오코노기 곁으로 갔다가 눈이 동그래졌다. 시체가 잡초 사이에 파묻혀 있었다. 완전히 백골로 변한 인간의 시체가.

"……행방불명된 인부의 뼈인가?" 가지도 다가왔다.

"아니야. 뼈가 많이 손상된 데다 잡초에 완전히 파묻혀 있으니 꽤 오래된 시신이겠지. 그리고 골반 형태로 보건대 여성일 테고."

"그럼 이 마을에 살던 사람이라는 거로군."

가지가 흥미 없다는 듯이 말했다. 아카네는 한쪽 무릎을 꿇고 백골 시체를 관찰했다.

"시기적으로는 그렇게 봐도 이상하지 않지만, 왜 길 한복판에 시체를 방치했는지 모르겠네. 그리고 사인이……."

시체의 머리 부분을 조사하던 아카네는 숨을 크게 삼켰다. 두개골 뒤쪽에 구멍이 뚫려 있었다. 창으로 찌른 것 같은 지름 5센티 정도의 동그란 구멍이었다.

아카네는 벌떡 일어서서 주변을 유심히 둘러보았다. 십수 미터 앞 십자로에 자란 잡초 사이로 하얀 것이 보였다. 아카네는 주저 없이 그리로 달려가서 잡초를 헤쳤다. 양손의 움직임이 멈췄다. 거기에도 인간의 시체가 있었다. 유아로 추정되는 작은 백골 시체. 이마 부분을 꿰뚫렸는지 두개골 앞면이 거의 박살 나서 원형을 유지하지 못했다.

"뭐야, 이 마을은. 왜 백골이 여기저기 널브러져 있는 건데?"

쫓아온 가지의 목소리에서 불안해하는 낌새가 희미하게 배어났다.

"……탄광 마을."

아카네는 불쑥 중얼거렸다. 가지가 "뭐라고?" 하고 물었다.

"전설에 따르면 황천신에게 힘을 받아 현세로 돌아온 하루는 동물 사체에서 황천의 괴물인 요모쓰이쿠사를 불러내 마을 사람들을 몰살시켰어."

가지와 오코노기는 험악한 표정으로 아카네의 담담한 설명에 귀를 기울였다.

"설마 여기가 전설에 나오는 '탄광 마을'이라는 거야?"

오코노기가 갈라진 목소리를 짜냈다. 아카네는 천천히 고개를 끄덕했다.

"무슨 헛소리야!" 가지가 내뱉듯이 말했다. "그런 건 그냥 전래동화잖아. 어린아이가 산에 들어가지 못하도록 지어낸 이야기라고. '탄광 마을'이 실제로 있을 리 없어."

"전래동화 속 괴물, 요모쓰이쿠사를 당신도 봤잖아. 요모쓰이쿠사가 있으니 '탄광 마을'이 실제로 존재해도 이상할 것 없지."

아카네의 논리에 가지는 "윽." 하고 말문이 막혔다.

"여기서 대체 무슨 일이 일어난 걸까." 오코노기가 불안한 듯 주변을 둘러보았다.

"아까 가지 씨가 말한 대로 집의 구조상 이 마을은 홋카이도가 본격적으로 개척되던 시절에 만들어진 마을일 거예요. 이 지방에 살던 아이누족은 이 숲에 있는 요모쓰이쿠사를 '아미탄네카무이' 또는 '아미탄네'라고 부르며 두려워했죠. 그들은 동물을 공물로 바치고 숲에 들어가지 않음으로써 영역을 나누어 공존했던 것 아닐까요?"

"개척민들은 그걸 모르고 황천의 숲에 발을 들여놨다는 건가." 오코노기가 낮은 목소리로 말했다.

"아니요, 알고 있었을 거예요. 아이누족은 분명 경고했겠죠. 이 숲에는 무시무시한 카무이가 살고 있으니까 들어가서는 안 된다고요. 하지만 개척민들은 그 전설을 무시했어요. ……질 좋은 석탄을 캘 수 있는 광산이 있었으니까."

"그런데 이 숲에는 진짜로 괴물이 있었다."

아카네는 "그랬던 거죠." 하고 고개를 끄덕였다.

"요모쓰이쿠사에게 가끔 습격당해 상황이 심각해지자 촌장은 아이누족이 동물을 공물로 바쳤다는 걸 떠올렸어요. 제물을 바치면 요모쓰이쿠사가 습격을 그치지 않을까 싶어 실행에 옮겼죠. 하지만 계획은 실패했고, 수많은 요모쓰이쿠사에게 습격당해…… 전멸한 거예요."

아카네가 설명을 마치고 한숨 돌리자 가지가 신경질적으로 머리를 긁적였다.

"이해가 안 되는군. 정말로 그런 일이 있었다면 왜 정식 기록이 아니라 전래동화 같은 형태로 남아 있는 거지?"

"러시아와 전쟁을 치르느라 메이지 시대의 홋카이도는 상당히 혼란스러웠을 거야. 그리고 마을 사람이 모두 죽었으니 정식 기록이 남아 있지 않아도 이상할 것 없지. 무엇보다 문명이 개화되던 시대에 마을을 위한답시고 소녀를 제물로 삼았다는 기록을 남기는 데 반감도 있었을 테고. 하지만 소수나마 사정을 아는 사람들이 있었겠지. 그들은 황천의 숲에 또 누군가 침입해 요모쓰이쿠사가 인간 세계를 습격할까 봐 두려워서 전설이라는 형태로 참극의 기록을 입에서 입으로 전했고, 이 숲을 금지구역으로 삼았어. 분명 그랬을 거야."

"아카네." 오코노기가 나지막한 목소리로 말했다. "역시 뭔가 숨기고 있는 거구나. 아니면 전설이 실제로 있었던 일이라는 걸 그렇게 쉽게 받아들일 리 없어."

뭐라고 대답해야 할지 몰라서 아카네는 말문이 막혔다. 그때 뭔가 터지는 듯한 소리가 들렸다. 몸을 움찔한 아카네와 오코노기는 박수를 친 것처럼 양손을 모은 가지에게 시선을 주었다.

"자세한 이야기는 나중에. 날이 저물고 있어. 일단은 안전을 확보하는 게 최우선이야."

가지가 그렇게 말했을 때 멀리서 울음소리가 들렸다. 칠판을 긁는 듯한 그 불쾌한 울음소리가.

"봐, 저 괴물도 그렇다잖아."

빈정거리듯이 씩 웃더니 가지는 다시 손뼉을 쳤다.

"앞으로 30분 후면 여기는 캄캄한 어둠에 뒤덮일 거야. 그 전에 저 괴물과 맞서 싸울 수 있는 집을 찾아서 불을 지펴야 해. 불만 없지?"

아카네와 오코노기가 고개를 끄덕이자 가지는 "좋아, 가자." 하고 혼자 앞쪽으로 걸어갔다.

"……난 저쪽을 확인할게."

오코노기는 의심에 찬 눈빛을 지우지 않고 몸을 돌려 오른쪽 길로 나아갔다. 아카네는 그 뒷모습을 바라보다 고개를 살짝 내저었다. 지금은 요모쓰이쿠사에 대해 어떻게 설명할지 망설일 때가 아니다. 가지 말대로 일단 안전을 확보해야 한다.

아카네는 산탄총을 가슴 앞에 들고 왼쪽 길로 나아가다가 반쯤 허물어진 집을 들여다보았다. 어두워서 안쪽이 잘 보이지 않았다. 배낭에서 헤드램프를 꺼내 머리에 쓰고 불을 켰다.

어둠 속에서 요모쓰이쿠사가 튀어나오지는 않을까 싶어서 총을 쥔 손에 땀이 뱄다.

맹장지는 썩어서 다 떨어져 나갔다. 봉당 안쪽에 있는 다다미를 시작으로 집 전체가 눈에 들어왔다. 얼핏 보기에 요모쓰이쿠사는 없었다. 하지만 내려앉은 지붕에 눌린 백골 시체가 보였다.

요모쓰이쿠사에게 습격당했을 때 이 마을에는 사람이 몇 명이나 살았을까. 얼마나 비참한 광경이 여기서 펼쳐졌을까.

아카네는 암담한 기분으로 집을 나섰다. 요모쓰이쿠사와 싸우기 위해서는 침입 경로가 한정된 곳이 필요하다. 이렇게 지붕이 내려앉은 집은 너무 위험하다.

아카네는 다시 잡초를 밟으며 집들이 늘어선 길을 나아갔다. 이윽고 걸음을 멈췄다.

머릿속이 새하얘졌다. 자신이 보고 있는 것이, 망막에 비치는 광경이 무엇인지 이해가 되지 않았다.

길 한복판에 소형 트랙터가 세워져 있었다. 오랜 세월 비바람에 시달렸는지 색이 바랜 데다 잔뜩 녹이 슬었으며, 앞 유리는 깨졌고 찢어진 좌석에서 풀이 솟아난 트랙터가.

낯익은 트랙터였다. 예전에 본가에서 쓰던 물건이다.

어느 틈엔가 없어졌는데 왜 여기에……?

아카네는 휘청휘청 트랙터로 다가갔다. 눈 위를 걷는 것처럼 발밑이 불안정했다.

분명 아니다. 우리 집 트랙터일 리 없다. 그냥 똑같은 기종일 뿐이다. 그렇게 자신을 타이르며 트랙터로 다가간 아카네는 백미러에 걸린 도쿄 스카이트리 마스코트의 스트랩을 보고 현기증을 느꼈다. 아카네가 학회 참석차 도쿄에 갔을 때 사서 아버지에게 선물한 물건이었다.

진정해, 진정해야 해.

아카네는 속으로 되풀이해 말했다. 그러지 않으면 과호흡이 일어날 것 같았다.

이 트랙터는 소형이지만 엔진 출력이 꽤 좋은 사륜구동이다. 나무 사이를 빠져나와 산을 오르는 것도 가능하다.

그날 우리 가족은 이 트랙터를 타고 황천의 숲에 들어와서 이 마을까지 온 것이다.

문제는 가족이 어떤 상태로 트랙터에 올라탔느냐, 그리고 누가 운전했느냐다. 불길한 상상이 차례차례 떠올라서 심장이 꽉 조여드는 기분이었다.

우리 가족은 분명 여기 있다. 7년간 찾아왔던 진실이 여기 있다.

주먹을 꽉 움켜쥐었을 때 멀리서 총소리가 들렸다. 아카네는 반사적으로 돌아보았다.

처음 들어보는 총소리였다. 가지의 라이플이 아니다.

"오코노기 씨……."

아카네는 언제라도 총을 쏠 자세를 취한 채 왔던 길을 되돌아갔다. 아까 헤어졌던 십자로에서 감정이 격해져 얼굴이 벌겋게 달아오른 가지와 합류했다.

"그 형사는 어디로 갔어?!"

가지가 고함을 지르듯 물었다. 아카네는 "저쪽!" 하고 오코노기가 향한 길을 가리켰다.

"오코노기 씨! 어디 있어요?!"

뛰어가면서 아카네가 소리치자 옆에서 달리던 가지가 "소리 내지 마." 하고 나무랐다.

"그 괴물이 있을지도 몰라. 들키면 어쩌려고?"

아카네는 입술을 일그러뜨렸다. 가지에게는 오코노기의 목숨보다 요모쓰이쿠사를 잡는 것이 더 중요하다. 그 괴물을 쏘기 위해서는 아무 망설임 없이 인간을 미끼로 쓰리라. 설령 한때 몸을 섞은 적이 있는 아카네라도…….

이 남자는 요모쓰이쿠사에게 홀린 것이다.

아니, 그건 자신도 마찬가지인가. 아카네는 곁눈질로 가지를 경계하며 자학적인 웃음을 지었다. 요모쓰이쿠사가 있는 줄 알면서 자청해서 황천의 숲에 들어왔으니까. 우리뿐만이 아니다. 퇴치팀에 지원한 오코노기, 요모쓰이쿠사 유생을 자기 아이라고 말한 고무로 사에, 요모쓰이쿠사 연구에 몰두하다 행방불명된 시노미야, 그리고 요모쓰이쿠사의 알을 여성의 배 속에 넣는다는 정체불명의 인물, 벡터. 다들 무시무시하면서도 아름다운 그 괴물에게 매료돼 제정신이 아니다.

"이쪽이야!"

목소리가 들려서 아카네는 고개를 들었다. 비교적 손상이 적은 민가의 처마 아래에서 오코노기가 손을 흔들었다.

"괴물은 어디 있어?!"

가지의 물음에 오코노기는 고개를 저었다.

"괴물이 있었던 건 아닙니다."

"괴물에게 습격당한 것도 아닌데 귀중한 탄알을 썼다는 거야?"

"경찰관의 권총은 첫발이 공포탄이에요. 아까 쏜 건 공포탄입니다. 어마어마한 걸 발견했거든요."

오코노기의 표정이 복잡하게 일그러졌다.

"어마어마한 거라니?"

"뭐라고 하면 좋을까……. 일단 이 집을 살펴보십시오."

오코노기는 한 손으로 눈가를 덮고 힘없이 고개를 설레설레 흔들었다. 혼란스러워하는 심정이 역력히 전해졌다. 가지는 더 이상 묻지 않고 배낭에서 꺼낸 헤드램프를 머리에 썼다.

아카네가 긴장하며 집으로 다가가자 이상한 냄새가 코를 스쳤다. 아는 냄새였다. 썩어가는 고기에서 나는 냄새가 집 쪽에서 풍겨왔다.

저 집 안에 부패한 '뭔가'의 사체가 있다. 입속에서 급속도로 수분이 말랐다.

현관 앞에 다다르자 "저걸 봐." 하며 오코노기가 손전등으로 집 안을 비췄다. 아카네는 온몸에 소름이 돋았다.

집 안쪽의 거실에 사체가 널브러져 있었다. 믿기지 않을 만큼 거대한 불곰 사체가.

"아사히……."

중얼거리는 아카네 옆으로 가지가 다가섰다. 그 옆얼굴에 드리운 한없이 어두운 그늘을 보고 아카네는 저도 모르게 몸을 뺐다.

가지는 아무 말 없이 집으로 성큼 들어갔다.

"잠깐! 냉정함을 잃으면 안 돼!"

아카네는 허둥지둥 가지를 쫓아갔다. 지금 가지의 눈에는 아내의 원수인 아사히의 사체밖에 보이지 않는다. 만약 어딘가에 요모쓰이쿠사가 숨어 있어도 가지는 알아차리지 못하리라.

현관을 지나 봉당에 들어선 순간, 썩는 냄새가 숨 막힐 듯 밀려왔다. 눈이 따끔따끔하고 기침이 나왔다.

금방이라도 올라올 것처럼 위장이 쪼그라들었지만, 아카네는 목에 힘을 줘서 구역질을 참으며 눈물 어린 눈으로 집 안을 관찰했다.

헤드램프 불빛에 비친 실내에는 망가진 옷장, 밥상, 이불 등이 있었지만 요모쓰이쿠사의 모습은 보이지 않았다. 맹장지 문 뒤쪽 등을 경계하며 아카네와 오코노기는 이미 아사히의 사체 곁에 서 있는 가지에게 다가갔다.

"가지 씨."

말을 걸었지만 가지는 꼼짝도 않고 불곰만 내려다보았다.

"가지 씨, 가자. 아사히의 사체가 마음에 걸리는 건 알지만 일단 안전한 장소를 찾아야 해."

아카네의 재촉에 가지는 천천히 손가락을 뻗어서 가리켰다. 거대한 불곰 사체 건너편을.

"······아사히뿐만이 아니야."

"뭐……?"

아카네는 가지가 가리킨 곳으로 시선을 돌렸다. 순간 머리부터 얼음물을 뒤집어쓴 듯한 기분에 사로잡혔다.

아사히의 사체 뒤편에 숨겨진 것처럼 인간의 시체가 나뒹굴고 있었다.

죽은 지 2, 3주는 지났으리라. 안구와 코는 구더기에게 파먹혔고, 안면은 검붉은 가면같이 변했다. 길고 검은 머리카락, 그리고 곁에 버려진 여성용 원피스로 젊은 여성의 시체임을 짐작할 수 있었다.

하지만 끔찍하게 변한 얼굴보다 몸통이 아카네의 시선을 사로잡았다. 복강 내 장기가 도려낸 것처럼 사라져서 복부는 텅 비어 있었다. 양쪽 유방 사이에는 커다란 구멍이 뚫렸다. 부러진 갈비뼈가 꽃이 피어나듯 바깥쪽으로 벌어져 있었다.

뭔가가 여성의 내장을 먹어치운 후, 흉곽을 뚫고 나온 것이다.

무엇일지는 뻔했다. 요모쓰이쿠사 유생이다.

배에 태아의 얼굴이 있는 거대한 거미가 이 집 어딘가에 숨어 있을지도 모른다. 더구나 병원 복도에서 아카네를 공격한 개체와 달리, 이 시신에서 태어난 유생은 여성의 내장을 먹어치웠다. 많이 성장했을 것이다.

"뭐야?! 이 시신은 뭐지? 그 괴물에게 잡아먹힌 건가?"

오코노기가 긴장한 목소리로 떠들어댔다. 가지가 "아니." 하고 억누른 목소리로 대답했다.

"시신의 가슴을 봐. 몸속에서 뭔가가 튀어나온 거야. ……과연. 산속에서 구한 그 애도 똑같은 건가. 뭔가가 기생했던 건가."

가지는 아카네에게 천천히 시선을 돌렸다.

"아카네, 네가 그 애를 수술했지. 배 속에서 뭔가 꺼낸 걸로 아는데."

"응······."

가지의 위압감에 압도당해 아카네는 한 발짝 물러났다.

"비밀이란 그건가. 아카네, 그 생물의 정체를 아는 거야?"

뭐라고 대답해야 좋을지 몰라서 아카네는 입을 꾹 다물었다. 섣부르게 설명했다간 가지의 총에 맞을지도 모른다. 그럴까 봐 겁날 만큼 가지의 눈빛은 매서웠다.

"그것보다 이 여성을 먹은 생물은 어디로 갔을까요? 아직 이 집에 있는 걸까요?"

오코노기가 초조함이 가득한 목소리로 외쳤다. 가지는 라이플의 멜빵을 어깨에 메고, 허리에서 칼을 뽑았다. 아카네는 눈을 부릅뜨며 산탄총 총구를 올리려 했다.

"착각하지 마."

가지는 고함을 버럭 지르더니 위를 보고 누운 아사히의 사체에 올라타 배를 위아래로 쭉 갈랐다.

가지는 칼을 벨트에 달린 칼집에 넣은 후, 전혀 망설이는 기색 없이 부패한 불곰의 배에 손을 집어넣어 좌우로 힘껏 벌렸다. 오코노기가 배 속을 손전등으로 비추어보더니 "으엇?!" 하고 놀라서 소리를 질렀다.

내장이 없었다. 대신에 럭비공처럼 생긴 거대한 물체가 불곰의 복강을 가득 채운 상태였다.

제일 굵은 부분의 폭은 50센티미터, 세로 150센티미터의 타원체. 표면에는 흑요석같이 아름다운 광택이 흘렀다.

"이건…… 뭐지……?"

오코노기의 잠긴 목소리를 들으며 아카네는 천천히 입을 열었다.

"……번데기예요. 요모쓰이쿠사의 번데기."

복강에 요모쓰이쿠사의 알이 기생한 여성은 환각 물질과 유전 정보가 주입된 뇌세포에 조종당해 요모쓰이쿠사 성체가 준비한 동물의 사체를 찾아온다. 거기서 배 속의 알이 부화해 여성은 목숨을 잃는다.

유생은 숙주인 여성의 내장을 먹으며 자라다가 흉곽을 뚫고 밖으로 나와서 준비된 동물 사체를 먹으며 더욱 성장한다. 그리고 충분히 성장했을 때 안전한 곳에서 번데기를 만들어 무시무시한 성체로 탈바꿈한다.

"번데기? 그러니까 이 속에서 그 괴물이 자라고 있다는 거야?"

가지가 요모쓰이쿠사의 번데기를 아무렇게나 걷어찼다. 그러자 헤드램프 불빛을 반사하던 타원체가 크게 떨렸다. 가지는 "망할!" 하고 소리치며 아사히의 배에서 얼른 뛰어내렸다. 그래도 번데기는 움직임을 멈추지 않고 점점 심하게 떨렸다.

안 그래도 우화하기 직전인 번데기에 가지가 자극을 줘서 잠들어 있던 요모쓰이쿠사가 깨어난 것이리라.

아카네의 상상을 뒷받침하듯 흐릿한 절규가 번데기 속에서 울려 퍼지고, 시커먼 꼬리 세 개가 번데기를 뚫고 튀어나왔다.

아까 싸웠던 개체와 비교하면 많이 작지만, 끝부분에는 창과 낫 같은 무기가 달려 있었다. 제대로 맞으면 치명상을 입을 것이다. 세 사람은 공격 범위에서 벗어나기 위해 허둥지둥 거리를 두었다.

요모쓰이쿠사가 꼬리 세 개를 미친 듯이 휘둘렀다. 더 커진 번데기의 구멍으로 촉완이 꿈틀꿈틀 비어져 나왔다. 악몽 같은 광경과 마주하자 마치 가위에 눌린 것처럼 몸이 꼼짝도 하지 않았다. 그러자 가지가 "줘봐." 하며 아카네가 메고 있던 M4를 가져갔다.

"무슨……."

아카네가 항의하기 전에 가지는 번데기를 향해 방아쇠를 당겼다.

총소리가 좁은 공간에 울려 퍼지고, 슬러그탄이 번데기와 함께 요모쓰이쿠사를 날려버렸다. 절단된 꼬리 두 개가 바닥에서 펄떡거렸다. 두흉부가 반쯤 날아간 요모쓰이쿠사 성체가 절규와 함께 촉완을 꿈틀거리며 깨진 번데기에서 기어 나와 이쪽으로 배를 향했다. 단단히 맞물린 검고 가느다란 다리가 좌우로 벌어지고 그 아래에 숨겨져 있던 '사람'이 모습을 드러냈다.

소녀 같은 '사람'은 눈물을 흘리며 입을 벌렸다. 아이가 흐느껴 우는 듯한 소리와 함께 파란 입자, 이메르황천거미가 어둠 속으로 흘러나왔다.

"시끄러워. 어디서 인간 흉내야!"

가지는 차갑게 소리치고 방아쇠를 또 당겼다. '사람'의 머리를 포함해 요모쓰이쿠사의 복부에 구멍이 뚫리고, 힘차게 흔들리던 꼬리가 바닥에 툭 떨어졌다.

방에 침묵이 찾아왔다.

아카네가 처참한 광경 앞에 우두커니 서 있으니, 가지가 산탄총을 넘겨주었다.

"역시 이 정도 거리에서는 슬러그탄이 위력적이군. 덕분에 이 괴물의 급소를 알았어. 불곰과 똑같아. 머리를 쏴도 치명상은 못 입혀. 몸통을 쏴서 심장을 박살 내야 해. 다음에 만나면 확실히 처리해 주마."

으스스하게 웃는 가지 옆에서 아카네는 부서진 번데기와 죽은 요모쓰이쿠사를 내려다보았다.

아사히의 사체를 먹은 사에, 요모쓰이쿠사의 배에 돋은 언니와 똑 닮은 '사람', 그리고 방금 본 트랙터. 다양한 광경이 뇌리를 스치다가 가설이 하나 떠올랐다.

몸속까지 얼어붙을 만큼 무시무시한 가설이.

아카네는 몸을 휙 돌려 집을 뛰쳐나갔다. 뒤에서 "어이, 어디가!" 하고 가지가 부르는 소리가 날아들었지만 개의치 않고 달렸다.

확인하고 싶었다. 떠오른 가설이 틀렸다는 걸.

십자로를 지나 트랙터가 있는 곳에 도착하자, 아카네는 거친 숨을 몰아쉬며 제일 가까운 민가로 들어갔다.

마을 유지가 살았는지 다른 집에 비해 훨씬 큰 집이었다. 아카네는 헤드램프 불빛으로 앞쪽을 비추면서 안쪽으로 나아갔다. 반쯤 떨어져 나간 맹장지 문을 연 순간, 아카네의 손에서 M4가 툭 떨어졌다.

완전히 백골로 변한 시신 네 구가 포개어지듯 누워 있었고, 그 너머에 갈라진 요모쓰이쿠사의 번데기가 보였다.

시신 곁에 있는 물건을 보고 아카네는 발밑이 무너져 허공에 붕 뜬 것 같은 착각에 사로잡혔다. 너덜너덜해진 여자 경찰관 제복이 아무렇게나 버려져 있었다.

"어, 으으, 으아아아……."

아카네는 의미 없는 말을 흘리며 포개어져 있는 백골로 기다시피 다가갔다.

"아카네, 왜 그래?"

"대체 뭐 하는 거야."

뒤쫓아온 오코노기와 가지가 집으로 들어왔지만 아카네는 돌아보지 않았다.

"그 제복…… 쓰바키의……?"

말을 잇지 못하는 오코노기를 뒤로하고 아카네는 백골 곁으로 다가가 손을 내밀었다. 아버지, 어머니, 할머니로 추정되는 아래쪽 시신 세 구는 두개골에 구멍이 뚫려 있었다. 아마도 권총에 맞아서 생겼을 구멍이.

제일 위쪽의 언니 것으로 추정되는 시신은 가슴뼈와 갈비뼈가 안쪽에서 밀어낸 것처럼 밖으로 벌어져 있었다.

"다들……. 언니……."

아카네는 양팔을 벌리고 뛰어들다시피 백골 시체 네 구를 끌어안았다.

아카네의 울음소리가 곰팡내 나는 공기를 진동시켰다.

2

"······이게 내가 아는 전부야."

난방용 구덩이에서 흔들리는 장작불을 바라보며 아카네는 단조로운 목소리로 말했다.

이미 밤 10시가 지났다. 몇 시간 전, 아카네는 폐가에서 가족의 시신을 발견하고 공황 상태에 빠졌다. 가지는 가족의 유골에 매달려 우는 아카네를 오코노기에게 떠맡기고 밤을 보낼 곳을 찾으러 나갔다. 그리하여 발견한 곳이 이 집이었다.

마을 중심부에 있고 크기가 다른 폐가의 세 배는 됨 직한 이 집은, 만듦새도 튼튼해서 밤을 보낼 대피소로 최적이었다.

가지는 솜씨 좋은 사냥꾼답게 마을을 돌아다니며 재빨리 장작을 모아 난방용 구덩이에 불을 지핀 후, 집 주변에도 횃불을 몇 개 매달았다.

과호흡으로 경련하는 아카네는 오코노기가 부축해서 이 집으로 데려왔다.

한 시간쯤 온몸의 수분이 다 마를 만큼 펑펑 운 후에야 아카네는 눈물을 멈췄다. 하지만 진정됐기 때문이 아니라 무감각해졌기 때문이었다. 내장을 뜯어 먹힌 시신처럼, 흉곽 속 알맹이가 모조리 뽑혀 나간 듯한 기분이었다.

빈껍데기처럼 변한 아카네가 안쓰러웠는지 가지도 요모쓰이쿠사의 정체에 대해 따져 묻지는 않았다.

밤을 보내기 위해 최소한의 준비를 마치자, 세 사람은 난방용 구덩이에 둘러앉아 가져온 주먹밥과 휴대용 비상식을 말없이 우물우물 먹었다. 식욕은 없었지만 오코노기가 "안 먹으면 몸이 축나." 하며 연어주먹밥을 쥐여줘서 아카네는 하는 수 없이 주먹밥을 입에 넣었다. 하지만 흙이라도 씹는 것처럼 아무 맛도 나지 않았다.

나는 변하고 말았다. 가족의 시신을 발견했을 때, 제일 사랑하는 가족에게 무슨 일이 일어났는지 알았을 때, 머릿속에서 유리가 깨지는 듯한 소리가 울려 퍼졌다. 그건 분명 인간으로서의 '나'가 완전히 망가지는 소리였다.

지난 7년간 가족에게 무슨 일이 있었던 건지 알아내려고 무던히 애썼다. 진실을 알면 앞으로 나아갈 수 있으리라고 믿었다.

하지만 알아낸 진실은 너무나 잔혹했다. 마음이 망가질 만큼.

앞으로 어쩌면 좋을까. 뭘 위해 살아 있는 걸까.

인간으로서 망가진 나는 대체 뭐가 된 걸까.

머릿속을 맴도는 그런 의문 때문인지 아카네는 여기 있는 자신이 다른 존재가 된 것 같은 감각에 사로잡혔다. 그때 식사를 끝낸 가지가 "저기, 아카네." 하고 조심스레 말을 걸었다.

"마음은 알겠지만, 이제 네가 숨기고…… 아니, 알고 있는 걸 전부 알려줬으면 하는데."

거절할 이유는 없었다. 이제 자신에게 남은 건 아무것도 없으니까.

아카네는 담담히 설명했다. 요모쓰이쿠사에 대해 아는 바를 모조리.

얼마 후 설명이 끝나자 가지와 오코노기는 망연자실한 표정으로 아무 말 없이 모닥불을 바라보았다. 장작이 터지는 소리만 들렸다.

얼마나 침묵이 흘렀을까, 오코노기가 모깃소리로 중얼거렸다.
"그럼 쓰바키는……."

텅 비었을 아카네의 가슴속에서 심장이 크게 요동쳤다. 한순간 견디기 힘든 슬픔이 솟아올랐지만, 바로 어디론가 사라졌.

7년 전 가미카쿠시 사건의 진상은 감정을 완전히 지우지 않으면 입 밖에 낼 수 있는 내용이 아니니까.

"벡터가 언니의 복강에 요모쓰이쿠사의 알을 넣었을 거예요. 그 알이 성장해서 부화할 단계가 되자 언니의 행동을 지배했고요."

실종되기 직전, 언니는 상태가 이상했다. '결혼 전 증후군'인 줄 알았는데, 성장한 요모쓰이쿠사의 알이 분비한 환각 물질과 뇌세포에 주입된 유전 정보 때문에 생성된 신경 회로 탓이었다.

"파출소를 떠나 본가로 향한 언니는 저녁을 먹던 부모님과 할머니를 밖으로 불러내서…… 총으로 쐈어요."

오코노기의 얼굴에 고통을 참는 듯한 표정이 떠올랐다.

"언니는 가족의 시신을 트랙터에 싣고 숲으로 들어가서 이 마을로 왔어요. 이메르황천거미가 내뿜는 페로몬에 이끌려서."

딱딱한 표정으로 입을 다물고 있던 가지가 "그렇군." 하고 중얼거렸다.

"그 여고생이 아사히의 사체가 있는 곳에 나타난 것도 페로몬 때문인가?"

"응. 요모쓰이쿠사 성체는 사냥감의 사체에 체내의 이메르황천거미를 흩뿌리는 습성이 있어. 거기에는 두 가지 의미가 있지. 하나는 이메르황천거미가 축적한 그 생물의 유전 정보를 활용해 요모쓰이쿠사라는 종을 더욱 진화시키는 것. 또 하나는 이메르황천거미가 분비하는 페로몬으로 알이 기생한 생물을 불러들여 부화한 유생에게 먹이를 제공하는 것."

가지는 굳은 표정으로 "썩을 놈, 누가 괴물 아니랄까 봐." 하고 말을 내뱉었다. 대신에 오코노기가 질문을 던졌다.

"기생한 알에 조종당했더라도 왜 가족을 죽일 필요가 있는 건데? 그냥 이 마을로 오면 되는 거 아니야?"

"……먹이가 없었으니까요."

아카네는 조용히 대답했다. 오코노기는 한순간 어리둥절한 표정을 지었다가 눈이 커졌다. 얼굴에서는 핏기가 가셨다.

"설마……."

"네, 맞아요. 부화한 요모쓰이쿠사 유생에게 가족의 시신을 먹인 거죠."

아카네는 감정을 뺀 목소리로 설명했다.

"분명 요모쓰이쿠사는 그렇게 많지 않을 거예요. 벡터는 몇 년 전부터 본격적으로 활동했다고 추정되니까, 언니에게 기생했던 알이 부화할 무렵에 대형 동물을 사냥할 만한 요모쓰이쿠사는 없었겠죠. 그래서 언니는 스스로 '고기'를 준비한 거예요."

구역질이 나는지 오코노기는 손을 들어 입을 막았다.

"저랑 달리 언니는 사냥해 본 경험이 없으니까, 사슴이나 곰을 잡는다는 선택지는 없었겠죠. 그래서 가족을 죽이고 살해 흔적을 지운 후, 트랙터로 이 마을까지 운반했어요. 그날은 큰 눈이 내려서 바퀴 자국도 남지 않았는지라 우리 가족은 마치 연기처럼 사라진 꼴이 되고 말았죠. 언니는 아까 그 집에 가족의 시신을 옮긴 후, 복강에서 요모쓰이쿠사 유생이 부화해서 목숨을 잃었고요. 그게 7년 전 가미카쿠시 사건의 진상이에요."

설명이 끝나자 아카네는 숨을 크게 내쉬었다. 납덩이같은 피로감이 혈류를 타고 온몸의 세포에 퍼져나갔다. 아무리 기생생물에게 조종당했다고는 하나, 언니가 부모님과 할머니를 죽였다. 그리고 네 명 모두 기생생물의 먹이가 되고 말았다. 가족의 죽음은 각오했지만, 현실은 그보다 훨씬 끔찍했다.

아카네는 힘없이 고개를 떨구었다. 할 수만 있다면 이대로 의식을 잃고 싶었다. 그리고…… 사라지고 싶었다.

가지가 "저기……." 하고 말을 걸어서 아카네는 느릿느릿 고개를 들었다.

"숲속에서 퇴치팀을 습격한 괴물이 너희 가족을 먹은 거지?"

"응…… 틀림없어."

아카네는 고개를 끄덕했다. 그 요모쓰이쿠사의 배에 돋아 있던 '사람'에게서 언니의 모습을 찾아볼 수 있었다. 그 요모쓰이쿠사가 바로 언니의 배 속에 기생한 알에서 태어나, 가족의 고기를 먹고 성장한 괴물이다.

"그렇구나……. 그런데 만약 그 괴물이 덤벼들면 쏠 수 있겠어?"

"그건 무슨 소리야?"

질문의 의도를 이해할 수 없어서 아카네는 콧등에 주름을 잡았다.

"숲에서 습격당했을 때 사냥꾼과 경찰관들은 속수무책으로 죽어나갔어. 하지만 그 괴물은 너랑 이 형사를 죽이기는커녕 약점인 배를 드러내고 이상한 노래를 불렀지."

"그건……." 아카네는 말문이 막혔다.

들고 보니 그랬다. 너무나 현실 같지 않은 사태에 혼란스러웠지만, 왜 그때 꼬리로 찌르고 베지 않았는지 모르겠다.

"어쩌면 그 괴물에게 너희 언니의 마음이나 기억이 남아 있는 거 아닐까?"

"뭐라고?!" 아카네는 입술을 찡그렸다. "웬 헛소리야? 그 생물은 언니의 유전 정보를 가지고 있으니까 '사람' 부분이 닮았을 뿐이라고."

"유전 정보라면 DNA인가 그거잖아. 그걸 가졌으니 기억도 가질 수 있는 거 아니야?"

"아니야! 과학적으로 틀렸어. 기억은 유전자에 새겨지는 게 아니야. DNA가 똑같은 일란성 쌍둥이도 각자 다른 사람이듯이, 유전 정보가 일치한다고 의지나 마음이 동일한 건……."

"아아, 난 문외한이라서 과학이니 뭐니 자세한 건 몰라."

가지가 손을 휘휘 내저었다.

"하지만 그 괴물은 이른바 '과학적 상식'이 통하지 않는 생물 아니야? 그렇다면 뭔가 알 수 없는 방법으로 그 괴물이 너희 언니의 마음을 지니고 있어도 이상할 것 없잖아. 그게 아니라면 두 사람을 살려둔 이유가 뭔데?"

그 요모쓰이쿠사에게 언니의 마음이……. 그럴 리 없다. 말도 안 된다. 속으로 애써 부정했지만 몇 시간 전에 본 '사람'의 웃음, 그리고 사랑스러운 가족을 보는 듯한 눈빛이 머리를 떠나지 않았다.

"뭐, 아무렴 어때. 나하곤 상관없어."

가지는 옆에 놓아둔 라이플을 집었다.

"그 괴물이 나타나면 이번에야말로 급소에 탄알을 처박아서 죽여버리겠어. 그런데……."

모닥불을 사이에 두고 맞은편에 앉은 가지가 시선을 던졌다. 불 때문에 가지의 모습이 일렁거리는 것처럼 보였다.

"넌 그 괴물을 쏠 수 있겠어? 놈의 배에서 돋아난 언니의 얼굴을 슬러그탄으로 박살 낼 각오는 됐어?"

언니를 쏜다? 아카네는 옆에 놓아둔 산탄총을 보았다.

그 요모쓰이쿠사는 언니의, 가족의 원수다. 내 소중한 사람들은 그 괴물에게 잡아먹혔다. 하지만…… 그건 그 생물의 DNA에 포함된 본능이다.

아카네는 주먹을 움켜쥐었다. 요모쓰이쿠사는 그저 살아남기 위해 그랬을 뿐이다. 그 행동에 악의는 전혀 존재하지 않는다.

게다가 어쩌면 가지 말처럼 그 요모쓰이쿠사에게는 언니의 의식이 남아 있을지도 모른다. 그렇기에 나와 오코노기 씨를 죽이지 않고 해칠 뜻이 없다는 것을 보여주기 위해 '사람'을 드러냈는지도 모른다.

정말로 증오해야 할 상대는 요모쓰이쿠사가 아니다. 그 무시무시한 생물의 알을 언니의 복강에 넣은 벡터다. 그자야말로 슬러그탄으로 날려야 할 상대 아닐까.

아카네가 우물쭈물하자 가지는 벌렁 드러누웠다.

"알았어. 넌 그 괴물을 안 쏴도 돼. 내가 대신 결판을 내주지."

가지는 아카네의 마음을 읽었다는 듯이 말하더니, "좀 잘게." 하며 눈을 감았다.

"자겠다니, 그 괴물이 습격할지도 모르잖습니까."

오코노기가 바로 항의했다. 가지는 귀찮다는 듯 한쪽 눈만 떴다.

"그러니까 눈을 붙여야지. 오늘 온종일 숲을 걸은 데다 괴물과도 목숨을 걸고 싸웠어. 녹초가 됐다고. 놈과 결판을 내기 위해서라도 잘 쉬어야 해."

"만약 잠든 사이에 쳐들어오면 어떻게 합니까?"

"그걸 막으려고 여기 숨은 거잖아. 이 집은 지붕이 멀쩡하고,

우리는 출입구에서 떨어진 곳에 자리를 잡았어. 그 괴물에게 허를 찔릴 위험성이 낮지. 순서대로 자고, 나머지 두 명은 괴물이 오는지 감시하면 돼. 그럼 난 먼저 잘 테니 세 시간 후, 아니면 괴물의 기척이 느껴지자마자 깨워."

다시 눈을 감은 가지는 몇 초 만에 바로 코를 골았다.

"아카네…… 괜찮아?"

오코노기가 머뭇머뭇 물었다. 아카네는 기운 없이 고개를 저었다.

"괜찮을 리가요. 하지만 오코노기 씨도 마찬가지잖아요."

자신처럼 오코노기도 7년간 쓰바키의 행방을 쫓았다. 약혼자에게 무슨 일이 있었는지 알고 절망하지 않았을 리 없다.

"응, 그렇지. 하지만 너무 이상한 일이 한꺼번에 일어나서 그런지, 아까 아카네에게 들은 설명을 잘 못 받아들이겠어. 이게 현실이라니 믿기지가 않네. 아니, 믿고 싶지 않은 건가."

오코노기는 고개를 푹 숙였다.

"오코노기 씨가 믿든 말든 이게 현실이에요."

아카네는 차갑게 대꾸했다. 지금 오코노기를 위로할 만한 여유는 없었다. 오코노기는 "그렇겠지." 하고 기어드는 목소리로 대답한 후 고개를 번쩍 들었다.

"하지만 방금 가지 씨 이야기는 가능성이 있지 않을까. 쓰바키의 의식이 그 괴물에게 남아 있다면……."

"있으면 뭐요?"

아카네가 노려보자 오코노기는 입을 다물었다.

"언니를 되살릴 수 있다는 건가요? 괴물의 배에서 언니를 끄집어낼 수 있다는 거예요? 그럴 리 없잖아요. 그건 반복적인 수평 전달로 유전자를 축적해서 탄생한 괴물이에요. 그 이상도 그 이하도 아니라고요. 언니는, 우리 가족은 그 괴물에게 죽었어요."

유전 정보와 함께 마음까지 전달될 리 없다. 그런 건 비과학적인 망상에 불과하다.

요모쓰이쿠사는 퇴치해야 마땅한 위험 생물이다. 지금은 황천에 숲에 머물러 있지만, 어쩌다 넓은 범위로 퍼져나가는 사태가 발생하면 인간 사회에 큰 위협이 된다.

요모쓰이쿠사를, 아니 여왕 이자나미를 퇴치하는 것이 내가 할 일이다. 그렇게 생각하자 아카네는 심장이 세차게 뛰는 기분이 들었다. 느려졌던 혈액이 단숨에 온몸을 돌아서 얼어붙었던 심장이 열기를 띠었다.

그렇다, 생식 능력이 있는 유일한 개체인 이자나미만 퇴치하면 요모쓰이쿠사는 더 이상 늘어나지 않는다. 황천국에서 기어 올라온 듯한 그 생물을 이 세상에서 없앨 수 있다.

가미카쿠시 사건의 진상을 밝혀낸다는 인생 목표를 최악의 형태로 달성한 지금, 이자나미를 찾아내서 죽이는 것이 새로운 목표이자 살아갈 의미이고 내가 존재할 이유다.

아카네는 산탄총을 들고 탄창에 슬러그탄을 두 발 넣었다.

"아카네, 뭐 하는 거야?"

아카네의 달라진 분위기를 느꼈는지 오코노기가 당혹스러운 목소리로 물었다.

"결심했어요. 그 생물을 이 세상에서 없애버리기로. 그러면 우리 가족의 죽음도 헛되지 않을 거예요."

아카네는 일어서서 오코노기를 내려다보았다.

"제가 현관에 가서 상황을 살필 테니, 오코노기 씨는 쉬세요."

"아니, 내가 할게. 너도 피곤할 텐데."

"아니요, 전혀."

아카네는 즉시 답했다. 사실이었다. 평소에 운동을 많이 하는 덕분인지 지금도 피로가 거의 느껴지지 않았다. 움직이지 못한 건 몸이 아니라 마음에 타격이 컸던 탓이었다.

하지만 이자나미를 처치한다는 새로운 목표가 생기자 온몸에 힘이 넘쳤다. 가족에게 일어난 너무나 끔찍하고 서글픈 비극을 잊기 위해 임시방편을 택했다는 건 안다. 그러나 그렇게라도 하지 않고서는 무너져 내리는 정신을 제대로 유지할 수 없다.

아카네는 산탄총을 어깨에 메고 현관으로 가려다가 방 한구석에 가지가 애용하는 천 가방이 놓여 있는 걸 보았다. 접으면 주머니에 들어가는 크기라 사냥할 때 다양한 용도로 사용하는 천 가방이 지금은 빵빵하게 부풀어 있었다.

"이거, 뭐가 든 거지?"

아카네가 천 가방으로 다가가자 오코노기가 "위험해!" 하고 목소리를 높였다.

"조심해. 다이너마이트가 들었어."

"다이너마이트?"

아카네는 눈이 휘둥그레졌다. 오코노기는 곁에서 코를 고는 가지를 내려다보았다.

"가지 씨가 장작을 찾으러 돌아다니다가 이 마을 창고에서 발견한 거야. 아마도 광산을 발파할 때 사용하는 거겠지. 그 괴물의 둥지를 찾아내면 다이너마이트로 폭파시키겠다고 했어."

"요모쓰이쿠사의 둥지……."

아카네는 입가에 손을 댔다. 황천의 숲 어딘가에 이자나미가 사는 건 틀림없다.

요모쓰이쿠사의 여왕 이자나미는 어디에, 어떤 모습으로 살고 있을까?

아카네는 전설을 떠올렸다. 전설 속에서 하루는 푸르스름하게 빛나는 동굴로 들어갔다. 그 푸른빛은 이메르황천거미가 내는 빛이다. 아주 작은 그 거미는 몹시 약한 생물이고, 특히 온도 변화에 취약하다. 기온이 일정하게 유지되는 동굴에 서식한다는 건 일리 있는 가설이다. 그리고 스스로 포획 활동을 할 수 없으므로 요모쓰이쿠사와 공생해야 한다. 그 동굴에는 대량의 요모쓰이쿠사가, 그리고 분명 여왕 이자나미가 있다.

하지만 '요모쓰이쿠사의 둥지'를 찾아내려면 어떻게 해야 할까. 아카네는 고민하며 봉당에 내려서서 군데군데 부서진 현관의 미닫이문을 살짝 열고 바깥을 살폈다.

희미한 달빛과 가지가 피워놓은 횃불 불빛 속에 한때는 사람들이 오갔을 길이 어렴풋이 떠올랐다.

"슬슬 가지 씨를 깨워야겠군."

봉당에 서 있던 오코노기가 말했다. 손목시계를 보자 곧 새벽 1시였다.

가지가 잠든 지 약 세 시간이 지났다. 그동안 아카네와 오코노기는 교대로 봉당에 서서 바깥을 살피며 약해진 모닥불에 장작을 보충하고, 가끔 꾸벅꾸벅 졸면서 시간을 보냈다.

모닥불에 손을 쬐던 아카네는 곁에서 푹 잠든 가지를 보았다.

요모쓰이쿠사와 싸우려면 잘 쉬긴 해야겠지만, 이런 상황에서 용케도 깊은 잠에 빠지는구나 싶었다. 10년 넘게 목숨을 내놓고 불곰을 사냥해 왔기 때문이리라.

초일류 사냥꾼인 가지라면 요모쓰이쿠사를 해치울 가능성이 충분하다. 가지의 곁에 놓인 레밍턴 모델 700에서 발사되는 338 라푸아 매그넘탄은 코끼리조차 죽일 만큼 위력이 뛰어나다. 아무리 요모쓰이쿠사라도 급소에 맞으면 버티지 못할 것이다. 그리고 가지는 요모쓰이쿠사의 급소가 어딘지 안다.

―그 괴물이 너희 언니의 마음을 지니고 있어도 이상할 것 없잖아.

세 시간 전, 가지가 던진 말이 귓속에 되살아났다.

그럴 리 없다. 설령 언니와 유전 정보가 일부 일치하더라도 마음까지 이어받는 건 과학적으로 불가능하다. 유전자는 어디까지나 몸의 설계도에 지나지 않는다. 거기에 기억이나 정신이 포함되는 건 아니다.

하지만…… 자신을 보고 부드럽게 미소 짓던 '사람'의 모습이 떠올랐다.

그 요모쓰이쿠사는 나를 죽이지 않았다. 분명 나와 의사소통을 하려고 했다. 어쩌면 정말로 언니의 마음이 그 생물에게 깃들어 있을지도…….

두통이 나서 아카네는 관자놀이를 꾹 눌렀다. 오코노기가 "괜찮아?" 하며 다가왔다.

"괜찮아요. 이번에는 오코노기 씨가 주무세요. 제가 밖을 감시할게요."

아카네는 M4를 들고 일어섰다.

"아니, 아카네가 쉬어. 너무 무리하면 안 돼."

"무리하기는요."

아카네는 얼굴에 미소를 띠었다. 이자나미를 처치한다는 목표로 가슴에 뻥 뚫린 구멍을 임시로나마 막아서인지 웃음을 지을 수 있었다. 얼굴 근육을 억지로 움직여서 만든 공허한 웃음일지라도.

"저는 외과의사잖아요. 당직 근무 때문에 밤새우는 데는 이골이 났어요. 그리고 오코노기 씨보다 젊고, 휴일에도 운동해서 체력에는 자신이 있다고요. 걱정하지 마세요."

"하지만……." 하고 망설이는 오코노기를 외면하고 아카네는 봉당으로 향했다. 여기서 서로 양보하고 있어봤자 시간 낭비다. 봉당에 내려서서 바깥 상황을 살펴보려다가 아카네는 몸을 부르르 떨었다.

노랫소리가 들린 것 같았다. 사람이 아닌 존재가 자아내는 그 아름다운 선율이.

아카네는 미닫이문을 열고 밖으로 나갔다. "아카네, 어디 가?" 하고 오코노기가 물었지만 발을 멈출 수 없었다. 집 앞에 뻗은 큰길로 나가자 '그것'이 눈에 들어왔다.

수십 미터 떨어진 곳에 우뚝 선 거대한 가문비나무, 그 앞에 요모쓰이쿠사가 있었다.

몇 시간 전처럼 꼬리의 힘을 이용해 몸을 세우고 배 쪽에 있는 '사람'을 드러냈다. 가지의 총에 꼬리를 맞은 탓인지 몸이 좌우로 천천히 흔들렸다. 활짝 펼쳐진 촉완에서 희미한 빛이 뿜어져 나와 '사람'을 비췄다. 마치 푸르스름한 달빛이 비치는 호수에 여자가 서 있는 것만 같았다.

아카네의 모습을 포착한 '사람', 언니의 옛 모습이 짙게 남아 있는 그 부분이 행복하다는 듯 눈을 가늘게 떴다. 그 입에서 푸른빛과 함께 흘러나오는 아름다운 선율이 아카네의 몸에 스며들었다.

그 광경에 매료된 아카네는 전등 불빛을 향해 날아드는 날벌레처럼 비슬비슬 길을 나아갔다. 겁은 나지 않았다. 오히려 가족이 실종되고 7년간 느껴본 적 없는 평온함을 맛보았다. 산탄총을 들고 있던 손이 축 늘어졌다.

"언니……."

입에서 그 말이 새어 나왔을 때, 삐걱이는 듯한 소리가 고막을 흔들었다. 그쪽으로 고개를 돌린 아카네는 눈이 동그래졌다. 라이플을 든 가지가 뻑뻑한 미닫이문을 막무가내로 열고 나왔다.

가문비나무 앞에 있는 요모쓰이쿠사를 보고 가지가 입꼬리를 천천히 끌어올렸다. 요모쓰이쿠사의 노래가 멈췄다.

"자, 한판 붙어볼까."

무덤덤한 투로 말하며 가지가 앞으로 걸어 나왔다.

"아카네, 넌 여기서 보고 있어. 나랑 저 괴물의 승부야. 끼어들지 마."

가지는 아카네 옆을 지나쳐 산책이라도 하듯 요모쓰이쿠사에게 다가갔다. 요모쓰이쿠사의 배 양쪽에 줄지은 가느다란 다리가 단단히 맞물려서 '사람'을 감추었다.

"역시 배가 급소로군. 거길 맞으면 위험한 거야."

가지가 콧노래를 섞어 중얼거리자 꼬리로 몸을 띄우고 있던 요모쓰이쿠사가 땅에 착지했다. 꼬리 세 개와 촉완 여덟 개에 갑옷 같은 비늘이 온몸에 덮인 거미 형상으로 돌아온 요모쓰이쿠사는, 가지의 총에 맞아 일곱 개가 된 눈동자를 푸른빛으로 형형하게 빛내며 장미 봉오리 같은 부리를 벌렸다. 드높은 울음소리가 울려 퍼지고, 총에 맞지 않은 꼬리 두 개가 위협적으로 흔들렸다. 검은 비늘 틈새로 새어 나온 푸른빛이 어둠에 빛의 궤적을 그렸다.

요모쓰이쿠사가 전투 태세에 들어가자 가지는 아카네에게서 약 10미터 떨어진 곳에 한쪽 무릎을 꿇고 레밍턴 모델 700을 겨누었다. 숨 쉬는 것도 꺼려질 만큼 팽팽한 긴장감이 주변을 가득 채웠다.

 요모쓰이쿠사는 한층 높게 포효한 후, 촉완으로 지면을 박차며 가지에게 덤벼들었다. 하지만 가지는 발포하지 않았다. 방아쇠에 손가락을 얹고 스코프를 들여다보는 자세로 꼼짝도 하지 않았다.

 확실히 맞힐 수 있는 거리까지 끌어들여서 한 방에 급소를 꿰뚫을 작정이다.

 사냥감인 불곰에게 들키지 않도록 사정거리 안으로 들어가, 멀리서 '3번 갈빗대'라고 불리는 앞다리의 밑동 부분을 노려 심장을 꿰뚫는 것이 불곰 사냥의 기본이다. 하지만 들켜서 불곰이 덤벼들면 최대한 가까이 끌어들이고, 불곰의 턱 아래를 조준해 심장을 확실하게 파괴함으로써 숨통을 끊는다.

 한 발. 단 한 발로 승부가 난다. 아카네는 숨 쉬는 것도 잊어버리고 결투의 향방을 지켜보았다.

 몸무게가 수백 킬로그램은 나갈 요모쓰이쿠사가 속도를 높여 순식간에 거리를 좁혔다. 방아쇠에 얹힌 가지의 집게손가락이 움찔한 순간 요모쓰이쿠사가 촉완으로 지면을 밀어내며 뛰어올랐다. 몇 미터 앞에 있는 가지를 공중에서 덮치려는 수작이다. 하지만 그러면 급소가, '사람'이 있는 배 쪽이 가지에게 훤히 드러난다.

 가지는 아주 자연스럽게 총구를 들어 요모쓰이쿠사의 복부를 조준하고 방아쇠를 당겼다.

 명중이다. 코끼리조차 거꾸러뜨리는 라푸아 매그넘탄이 요모쓰이쿠사의 복부를 날려버린다. 아카네가 그렇게 확신한 순간, 귀를 찢을 듯한 총소리 대신 철컥, 하고 작은 금속음이 울렸다.

가지가 눈을 부릅뜨고 다시 방아쇠를 당겼지만 총에서는 또 맥없는 소리만 났다.

불발?! 아카네는 숨을 삼켰다. 탄알이 불량품이라 드물게 발포되지 않을 때도 있기는 하다. 하지만 하필이면 이럴 때.

가지는 허둥지둥 그 자리에서 도망치려 했지만 이미 늦었다. 촉완이 감싸듯이 가지의 몸을 붙잡았고, 요모쓰이쿠사가 그 위를 덮쳤다.

수백 킬로그램의 육중한 몸체에 떠밀려 넘어진 가지는 필사적으로 몸을 뒤틀며 달아나려 했지만, 촉완이 아나콘다처럼 그의 온몸을 졸랐다. 뼈 부러지는 소리와 고통에 찬 가지의 비명 소리가 아카네가 있는 곳까지 들려왔다.

요모쓰이쿠사는 홍채가 파란 눈동자 일곱 개를 가늘게 오므리더니 부리를 가지의 복부에 갖다 댔다.

"안 돼! 씨발, 하지 말라고!"

악을 쓰는 가지를 괴롭히듯, 요모쓰이쿠사는 부리로 가지의 배를 천천히 쑤셨다. 소름 끼치는 절규가 가지의 입에서 터져 나왔다.

부리가 절반쯤 가지의 배에 박혔을 때, 요모쓰이쿠사가 피어나는 꽃봉오리처럼 부리를 벌렸다. 피부, 근육, 복막, 그리고 갈비뼈가 뜯겨 나가자 가지의 입에서 절규 대신 뭐라 형용할 수 없는 비명이 거품과 함께 튀어나왔다. 국수를 먹는 듯한 소리가 요모쓰이쿠사의 입에서 들려왔다. 그것이 가지의 내장을 후루룩 빨아들여 씹는 소리임을 깨닫자 무릎이 벌벌 떨렸다. 요모쓰이쿠사가 복강 내부를 흡입하듯 내장을 먹어치우는 동안, 가지의 입에서 괴로움에 허덕이는 목소리가 새어 나왔다.

"먹지 마……. 날…… 산 채로…… 먹지 마……."

아카네는 머릿속을 맨손으로 휘젓는 듯한 감각에 휩싸였다. 친구가 눈앞에서 잡아먹히고 있다. 인간으로서 존엄성을 빼앗기고 한낱 먹이로 소비된다. 12년 전, 가지는 이 악몽 같은 순간을 몇 시간이나 체험했단 말인가. 그가 복수에 사로잡힌 이유를 이제야 알 것 같았다.

슬러그탄을 요모쓰이쿠사에게 쏴서 가지를 이 지옥에서 구해내야 한다. 생각은 그랬지만 뇌와 몸을 잇는 신경이 끊어진 것처럼 손가락 하나 까딱할 수가 없었다.

갑자기 뭔가 터지는 소리가 울려 퍼졌다. 요모쓰이쿠사 옆의 잡초와 흙이 튀어 올랐다. 몸이 움찔하는 것과 동시에 마비가 풀렸다. 상황을 확인하자 집에서 나온 오코노기가 권총을 겨누고 있었다.

"쓰바키, 그만해. 나야, 오코노기."

오코노기는 눈물이 그렁그렁하고 충혈된 눈으로 요모쓰이쿠사를 바라보았다.

"난 알아. 네가 거기 있다는 걸. 어떤 모습일지언정 널 사랑해. 그러니 제발 그런 짓은 그만해."

오코노기의 눈에서 쏟아진 눈물이 뺨을 타고 흘러내렸다.

그런 설득이 통할 리 없다. 가지를 산 채로 잡아먹는 괴물 속에 언니의 의식이 남아 있을 리 없다.

아카네는 속으로 그렇게 중얼거리며 눈을 부릅떴다. 요모쓰이쿠사가 가지의 배에서 부리를 빼내고 파랗게 빛나는 일곱 개의 눈으로 이쪽을 보더니, 꼬리를 땅에 꽂았다.

요모쓰이쿠사는 촉완으로 붙잡고 있던 가지를 놓아주고 몸을 일으켰다. 복부가 이쪽을 향하고, 맞물린 좌우의 가느다란 다리들이 벌어졌다. '사람'이 다시 모습을 드러냈다.

쏘자. 아카네는 스스로를 격려하며 M4를 들어 올렸다. 요모쓰이쿠사와의 거리는 고작 10여 미터, 게다가 지금은 급소가 훤히 드러났다.

아카네는 개머리판을 견착하고 조준했다. 요모쓰이쿠사의 배에 돋아난 '사람'의 머리를.

─언니의 얼굴을 슬러그탄으로 박살 낼 각오는 됐어?

가지의 말이 귓속에 되살아났다. 두말하면 잔소리다. 저 괴물은 언니가 아니니까. 우리 가족을 잡아먹은 괴물이니까.

집게손가락에 방아쇠의 차가운 감촉이 느껴진 순간, '사람'이 행복하다는 듯 미소 지었다.

추억이 머리를 가득 채웠다. 다정한 언니와 쌓은 아름다운 추억. 부모님에게 혼나서 울 때는 늘 위로해 주었다. 무서운 꿈을 꾸면 잠들 때까지 안아주었다. 숲에서 길을 잃었을 때는 몸을 사리지 않고 사방팔방 찾아다녔다. 배가 고플 때는 간식을 나누어 주었다. 의학부에 합격했을 때는 눈물을 흘리며 기뻐해 주었다.

"언니." 하고 부르면 늘 기쁜 듯이 부드럽게 미소를 지어주었다.

"……못 쏴."

손가락이 방아쇠에서 떨어졌다. 산탄총을 들고 있던 양손이 축 늘어졌다.

눈앞의 존재가 흉포한 괴물이라는 걸 머리로는 안다. 하지만 언니의 모습이 뚜렷하게 남아 있는 '사람'을 쏠 수는 없었다.

이제 요모쓰이쿠사에게 죽는 걸까. 가지처럼 산 채로 잡아먹히는 걸까. 멍하니 그런 생각을 하고 있다가 '사람'과 눈이 마주쳤다.

몸에 전기가 통한 기분이었다. 시선을 통해 요모쓰이쿠사와 연결되고, 의식이 융합되는 듯한 착각에 빠졌다.

아니, 착각이 아닐지도 모른다. 그런 생각이 들 만큼 눈앞의 기괴한 괴물에게 강한 유대감을 느꼈다.

뭐지? 무슨 일이 일어난 거지? 왜 요모쓰이쿠사가 이렇게 애틋하게 느껴지는 거지?

마치 영영 잃은 줄 알았던 '가족'과 다시 만난 것처럼…….

당황한 아카네와 몇 초 마주 본 후, 요모쓰이쿠사는 원래 형태로 돌아가더니 더는 가지에게 입을 대지 않고 몸을 돌렸다. 그리고 촉완을 움직여 천천히 멀어졌다.

요모쓰이쿠사가 녹아내리듯 어둠 속으로 사라지자 아카네는 정신을 번쩍 차리고 가지에게 달려갔다. 가지의 상태를 확인하자 목구멍에서 흐릿한 신음이 새어 나왔다. 복강에 담겨 있어야 할 창자가 대부분 사라졌다. 간장 등의 장기도 반 이상 뜯겨 나가서 피가 철철 흘렀다.

손쓸 방도가 없었다. 앞으로 몇 분 안에 가지는 사망한다.

"아…… 아카네…… 아파……."

가지가 피와 함께 가느다란 목소리를 뱉어냈다. 아카네는 꿇어앉아서 그의 손을 잡았다.

"걱정하지 마, 가지 씨. 요모쓰이쿠사는 사라졌어. 이제 괜찮아. 살 수 있으니까 걱정하지 마."

스스로 말하고도 너무 뻔뻔하게 느껴져서 아카네는 어금니를 악물었다. 지금까지 가지는 사냥꾼으로서 수많은 동물의 목숨이 끊어지는 순간을 봐왔다. 자신이 어떤 상태인지 모를 리 없다.

"싫어…… 그딴…… 괴물의…… 먹잇감으로 죽는 건……."

가지가 힘없이 기침했다. 핏물이 튀었지만 아카네는 고개를 돌리지 않았다. 하지만 뭐라고 대답해야 좋을지 몰랐다.

"하지만 네가 해준다면 괜찮아."

가지는 갑자기 힘찬 목소리로 말하더니, 벨트에 달린 칼집에서 칼을 뽑았다. 가지가 사냥감을 해체할 때 사용하는 투박한 칼.

"……부탁해."

가지는 칼날을 쥐고 칼자루를 아카네에게 내밀었다. 뭘 요구하는지 이해하고 아카네는 숨을 삼켰다.

"놈에게…… 죽기는…… 싫어……."

죽어간다고는 믿기지 않을 만큼 강한 의지로 불타는 눈이었다. 잠시 망설인 후 아카네는 힘 있게 고개를 끄덕이고 칼자루를 잡았다.

"아카네, 뭘 어쩌려고?!" 가까이 다가온 오코노기가 놀란 듯 목소리를 높였다.

"가지 씨를 해방시켜 주려고요."

창자를 뜯어 먹힌 고통에서. 그리고 아내의 복수에 사로잡힌 인생에서.

가지의 셔츠를 칼로 찢어 털이 수북한 가슴이 드러나자 아카네는 옆으로 눕힌 칼을 흉골 아래쪽에 댔다. 여기서 머리 쪽을 향해 45도 각도로 비스듬히 칼을 밀어 넣으면, 흉골 안쪽에 있는 심장을 찔러서 숨통을 끊을 수 있다.

"안 돼, 아카네!"

오코노기가 만류하자 아카네는 "뭐가요?" 하고 차가운 시선을 퍼부었다.

"뭐냐니…… 고통을 덜어주기 위해서라지만 숨통을 끊는 건 살인에 해당해."

"체포하고 싶으면 마음대로 해요."

아카네는 내뱉듯이 말한 후, 밭은 숨을 몰아쉬는 가지를 내려다보았다.

"가지 씨, 할게."

가지의 입꼬리가 희미하게 올라가는 것을 보고 마주 웃어준 후, 아카네는 단숨에 칼을 밀어 넣었다. 날카로운 칼날이 거의 저항 없이 가슴을 뚫고 들어가 흉골 안쪽에서 뛰고 있던 심장을 꿰뚫었다.

가지의 몸이 파들파들 떨리고 동공이 풀렸다.

아카네는 칼을 뽑고 가지의 눈을 감겨주었다.

"자, 체포할 건가요?"

아카네는 양손을 내밀었다. 오코노기는 눈을 내리뜨고 힘없이 고개를 저었다.

"체포 안 할 거면 얼른 준비해서 가죠."

아카네는 가지 옆에 떨어져 있던 라이플을 줍고 오코노기를 재촉했다.

"가자니, 어디에?"

"물론 요모쓰이쿠사를 쫓으러요."

아카네는 산탄총과 라이플 멜빵을 어깨에 메고, 할 말을 잃은 오코노기 옆을 지나쳐 집으로 들어갔다. 오코노기가 거품을 물고 따라왔다.

"쫓다니, 왜?! 가지 씨까지 죽었어. 이 집에서 아침이 되기를 기다렸다가 하산해야 해."

"무사히 내려갈 수 있을 것 같아요?" 아카네는 비아냥거리듯이 웃었다.

"요모쓰이쿠사는 다시 습격해 오지 않을 거야. 아까 봤으니 알잖아. 그놈에게는 역시 쓰바키의 의식이 남아 있어. 그래서 나랑 아카네는 습격하지 않은 거지. 난 그 요모쓰이쿠사와 마음을 나눴어."

"다른 요모쓰이쿠사는요?"

아카네는 바로 물어보았다. 오코노기의 얼굴이 창백해졌다.

"저녁에 불곰 배 속의 번데기에서 성체가 나온 걸 봤잖아요.

요모쓰이쿠사는 언니에게서 태어난 그 한 마리만 있는 게 아니에요. 이 숲에 다른 요모쓰이쿠사가 얼마나 숨어 있을지 모른다고요. 그리고 언니에게서 태어난 개체 말고 다른 놈들에게 우리는 영역을 침범한 적에 불과해요."

"하지만 그렇다고 해서 뒤를 쫓자니……."

"오코노기 씨, 마음을 나눴다면서 모르시겠어요?"

아카네는 보란 듯이 한숨을 쉬었다. "내가 모른다고?" 하며 오코노기가 이맛살을 찌푸렸다.

"그래요. 숲으로 돌아갈 때 그 요모쓰이쿠사는 우리에게 전달했어요. '따라오라'고요."

"그걸 어떻게 알아?"

"그야 마음을 나눴으니까요."

아카네는 주저 없이 말했다.

"저는 오코노기 씨보다 훨씬 더 언니와 유대감이 깊었어요. 언니와 함께 자랐으니까요. 우리는 한 핏줄이에요."

아카네는 거기서 말을 잠깐 끊었다가 억누른 목소리로 덧붙였다. "그 요모쓰이쿠사와도요."

그 요모쓰이쿠사에게 언니의 의식이 있다는 사실을 더는 의심하지 않았다. 그 괴물의 배에 있는 '사람'과 눈이 마주쳤을 때 분명 마음이 통했다. 우리는 '가족'이라고 확신한 순간, 요모쓰이쿠사의 의지가 전해진 기분이 들었다.

그 요모쓰이쿠사는 우리를 이끌려고 한다. 요모쓰이쿠사의 둥지, 이자나미의 왕궁으로…….

이자나미를 섬기고 지키는 존재인 요모쓰이쿠사가 왜 여왕을 퇴치하려는 사람을 둥지로 데려가려 하는지는 모르겠다. 어쩌면 '가족'의 유대감이 요모쓰이쿠사의 본능을 웃도는 걸 수도 있다. 그렇다면 그 마음에 부응해야 한다.

"그 요모쓰이쿠사를 뒤쫓아가면 분명 이자나미를 찾을 수 있어요. 다른 개체에게는 생식 능력이 없으니, 여왕만 죽여버리면 요모쓰이쿠사는 절멸하겠죠. 그 위험한 생물의 위협에서 벗어날 수 있다고요."

아카네는 가지가 들고 온 라푸아 매그넘탄과 칼, 남은 주먹밥과 수통 등 필요한 장비를 재빨리 배낭에 챙기고 헤드램프를 썼다. 그리고 방구석에 놓여 있던 작은 가방을 들었다. 다이너마이트가 든 천 가방.

"왜 그런 걸……?" 오코노기의 뺨이 굳어졌다.

"당연히 가져가야죠. 이자나미가 어떤 생물인지 전혀 모르는걸요. 개미나 벌도 여왕은 다른 개체보다 몸집이 크고 생김새가 다른 경우가 많아요. 더구나 이자나미는 무수히 많은 생물의 유전 정보를 획득했잖아요. 모습과 생태가 어떨지 상상도 안 된다고요. 그걸 죽이려면 살상력이 높은 무기가 꼭 필요해요."

작은 천 가방을 배낭에 넣고 그대로 나가려 하자 오코노기가 "잠깐." 하고 출입구 앞을 막아섰다.

"……비키세요."

아카네는 왼손을 뻗어 오코노기의 가슴을 아무렇게나 밀었다. 방심했는지 오코노기는 균형을 잃고 현관 밖으로 엉덩방아를 찢었다.

"오코노기 씨는 안 따라와도 돼요. 혼자서라도 갈 거예요."

아카네는 오코노기를 거들떠보지도 않고 헤드램프를 켰다. 그리고 요모쓰이쿠사가 사라진 방향으로 발을 내디뎠다.

"그럼 아침까지만이라도 기다려. 요모쓰이쿠사가 더 있다고 한 건 너잖아. 밤중에 숲에서 놈들에게 습격당하면 끝장이야."

아카네는 걸음을 멈추고 오코노기를 돌아보았다.

"'헨젤과 그레텔' 아시죠? 헨젤은 숲에 빵 조각을 떨어뜨려서 길을 표시하려 했지만, 새가 다 먹어치우는 바람에 길을 잃었어요."

"대체 무슨 소리야?" 오코노기가 의아하다는 듯 이맛살을 찌푸렸다.

"아침이 되면 늦어요. 아침이 되면 길잡이가 보이지 않을 테니까요."

아카네는 헤드램프를 끄고 앞쪽을 가리켰다. 길에 푸르스름한 빛이 점점이 남아 있었다. 길을 표시해 주는 이메르황천거미. 요모쓰이쿠사가 남기고 간 것이다.

"저 빛을 따라가면 이자나미가 있다고 언니가 알려주는 거예요."

3

"아카네, 조금만 천천히 가자."

뒤에서 들리는 목소리에 아카네는 작게 한숨을 쉬었다.

"아직 마을을 나선 지 얼마 되지도 않았다고요."

요모쓰이쿠사가 남긴 이메르황천거미를 쫓아 숲속으로 들어서고 한 시간쯤 지났다. 망설이던 오코노기도 점점이 남겨진 푸르스름한 빛을 보고 각오를 다졌는지 따라왔다.

"그리고 여기는 굵은 나무도 없어서 꽤 걷기 쉽잖아요."

아카네는 앞쪽을 가리켰다. 길잡이를 따라 나아가는 방향에는 큰 나무가 보이지 않았고, 바위도 거의 없었다.

"여기는 요모쓰이쿠사가 사용하는 건가. 그래서 길이 생겼나?"

오코노기가 숨을 헐떡이며 말했다.

"그건 아닐걸요. 요모쓰이쿠사의 생김새로 추측건대, 숲에서는 나무에서 나무로 건너뛰며 이동할 거예요. 길이 생길 만큼 땅을 기어다니지는 않겠죠."

"그럼 이 길은 우연히 생겼다는 거야?"

"우연이라기에는 길이 너무 곧고, 바위가 거의 없는 것도 이상해요. 분명 인간이 정비한 거겠죠. 먼 옛날에."

"그 마을에 살던 사람들이 이 길을 사용했다는 뜻?"

"그렇겠죠. 100년쯤 전에 정비한 길이라면 바위가 없고 평평한 것치고는 나무와 잡초가 우거진 것도 설명이 돼요."

"그럼 이 길은 어디로 이어지는 걸까?" 오코노기가 자문하듯 중얼거렸다.

"가보면 알겠죠. 그러니까 서두르자고요."

"알았어……."

아카네는 헤드램프 불빛 속에서 가냘픈 목소리로 대답하는 오코노기를 관찰했다. 허리는 구부러졌고, 얼굴은 수척하고, 아이섀도를 칠한 것처럼 눈 밑이 거무스름하게 그늘졌다.

익숙지 않은 산행에 지친 데다 동료들이 끔찍하게 죽었다. 괴물이 번데기에서 나오는 광경을 목격했고 약혼자의 죽음과 요모쓰이쿠사에 관한 진실을 알았다. 그리고 눈앞에서 사람이 산 채로 잡아먹혔다. 더 나아가 끔찍한 만행을 저지른 괴물에게 사랑하는 약혼자의 마음이 남아 있다. 받아들이기 힘든 현실에 몸과 마음이 피폐해졌으리라.

아카네는 오코노기가 들고 있는 권총을 보았다. 요모쓰이쿠사가 나타난들 이 권총으로는 치명상을 입힐 수 없다. 오코노기 입장에서는 알몸뚱이로 맹수 우리 속을 돌아다니는 것이나 마찬가지일지도 모른다. 그것도 정신적으로 부담이 되리라.

아카네는 잠시 생각한 후, 양손으로 들고 있던 산탄총을 오코노기에게 내밀었다.

"어? 왜?" 오코노기는 당황한 표정으로 산탄총을 보았다.

"그런 권총은 요모쓰이쿠사에게 안 통해요. 이걸 쓰세요."

"하지만 산탄총은 쏴본 적이……."

"권총과 다를 바 없어요. 목표를 조준하고 방아쇠를 당기면 발포되죠. 양손으로 잡아야 한다는 정도가 차이랄까. 이렇게요."

아카네는 사격 자세를 취해서 시범을 보여주었다.

"혹시 총기 소지 면허가 없어서 못 받겠다는 건가요?"

오코노기는 아카네가 다시 내민 산탄총을 빤히 바라보았다. 몇 초 후, 오코노기는 결심한 듯 입을 앙다물고 산탄총을 받아 들었다.

"슬러그탄을 장전해 놨어요. 산탄이 아니라 권총처럼 한 덩어리로 된 탄두가 발사되죠. 두 발뿐이지만 코뿔소도 한 방에 죽일 만큼 위력이 강하니까 충분할 거예요. 익숙하지 않으면 재장전에는 시간이 걸리니까 그 두 발을 신중하게 사용하세요. 라이플만큼 사정거리가 길지 않으니까 충분히 끌어들여서 확실히 맞혀야 해요. 알았죠?"

"알았어……. 그런데 아카네가 애용하던 총을 내가 써도 되나?"

"괜찮아요. 전 이걸 쓸 거니까요."

아카네는 어깨에 메고 있던 가지의 유품, 레밍턴 모델 700을 양손으로 잡았다. 라푸아 매그넘탄의 반동에도 버티기 위한 묵직한 무게감이 믿음직스러웠다.

"그럼 갈까요." 아카네는 조심스러운 자세로 산탄총을 든 오코노기와 함께 푸르스름하게 빛나는 길잡이를 쫓아갔다.

아아, 그렇다. 수십 미터쯤 나아갔을 때 아카네는 흠칫했다. 가지가 요모쓰이쿠사를 쏘려고 했을 때 불발이 났다. 라이플에 장전된 라푸아 매그넘탄은 불량품일 가능성이 높다. 탄알을 바꿔야 한다.

아카네는 탄알을 빼내기 위해 장전손잡이를 당겨 노리쇠를 후퇴시켰다가 눈이 동그래졌다.

약실에 들어 있을 탄알이 배출되지 않았고, 탄창에도 탄알이 없었다. 삽탄해 두었을 라푸아 매그넘탄이 사라졌다.

원래 같으면 특별한 일이 아니었다. 사냥감을 확인하기 전에 사냥총에 탄알을 재는 것은 불법이다. 하지만 가지는 법을 지키지 않았다. 아카네가 알기로 사냥감을 쫓을 때 가지는 늘 총을 장전해 두었다.

그 집에서 밤을 보내기로 결정했을 때, 탄알을 뺀 걸까. 모닥불 곁에 총을 놓아두고 잠을 청했으니 그랬을 가능성도 부정할 수는 없다.

하지만 설령 그랬더라도 일류 곰 사냥꾼인 가지가 장전하는 걸 잊어버리고 요모쓰이쿠사와 대결하는 치명적인 실수를 저지를까?

—내가 죽지 않고 불곰을 몇십 마리나 잡을 수 있었던 건 조심성이 많았기 때문이야.

몇 시간 전에 가지가 했던 말이 떠올랐다.

역시 뭔가 이상하다. 아카네가 걸음을 멈췄을 때, 오코노기가 "앗!" 하고 외쳤다.

요모쓰이쿠사가 나타났나? 아카네는 가져온 탄환을 재빨리 탄창에 넣고 장전손잡이를 조작해서 장전했다.

"요모쓰이쿠사인가요?" 아카네는 날카로운 목소리로 물어보며 시선과 총구를 들었다.

"아니야. 저거."

오코노기는 정면을 가리켰다. 점점이 이어지던 푸르스름한 빛이 몇십 미터 앞의 가파른 바위벽에 뚫린 커다란 구멍으로 향했다. 아카네는 오코노기와 얼굴을 마주 본 후, 주변을 경계하며 그 구멍으로 다가갔다.

멀리서는 알 수 없었지만 분명 사람이 파낸 구멍이었다. 높이가 3미터쯤 되는 구멍 입구에는 이미 썩었지만 나무틀의 흔적이 남아 있었고, 땅에는 선로 같은 것이 깔려 있었다.

"……탄광."

오코노기가 중얼거렸다. 아카네는 "그런 것 같네요." 하고 고개를 끄덕였다.

"그럼 이 탄광이 전설에서 하루가 길을 헤매다 들어간 요모쓰이쿠사의 둥지라는 건가?"

과연 그럴까? 전설에 따르면 하루는 인적 없는 숲을 헤매다 황천국으로 이어지는 동굴에 들어갔다고 한다. 마을 사람들이 석탄을 캐던 탄광이 전설 속 동굴일 것 같지는 않았다.

잠시 생각한 후 아카네는 고개를 저었다. 전설은 시대를 거치며 변하는 법이다. 애초에 사실을 전부 다루었다는 보장도 없다.

"중요한 건 언니에게서 태어난 요모쓰이쿠사가 우리를 여기로 이끌었다는 사실이에요. 분명 이 안에 진실이 있을 거예요."

"하지만 만약 함정이라면……." 오코노기는 탄광 안쪽의 심연을 불안스레 들여다보았다.

"그 요모쓰이쿠사가 마음만 먹으면 우리를 쉽게 죽일 수 있겠죠. 뭣 하러 함정 같은 걸 준비하겠어요? 요모쓰이쿠사에게 깃든 언니의 의지가 저를 이끌어준 거라고요. 이자나미를 처치하겠다는 제 바람을 이루어주기 위해."

아카네는 힘주어 말했다. 오코노기는 탄광을 들여다보며 몇 번 심호흡을 하더니 고개를 끄덕였다.

"알았어. 가자."

아카네와 오코노기는 천천히 탄광으로 들어갔다. 헤드램프 불빛도 이렇게까지 짙은 어둠을 뚫고 나가기는 힘든지 안쪽까지는 보이지 않았다.

언제든지 발포할 수 있도록 앞에 총을 겨눈 채 갱도를 나아가자, 차갑고 건조한 공기가 점점 따스하고 습해졌다. 피부에 들러붙는 듯한 불쾌감 때문인지, 아니면 긴장해서인지 몹시 끈적끈적한 땀이 이마에 송골송골 맺혔다.

볕이 들지 않으므로 바깥처럼 잡초는 자라지 않았다. 침목이 부식되고 녹이 두드러진 선로가 안쪽으로 뻗어나갔다. 벽에는 일찍이 광부들이 사용했을 램프가 일정한 간격으로 걸려 있었다. 도중에 갱도가 갈라졌지만, 요모쓰이쿠사가 남겨둔 이메르황천거미가 푸르게 빛나며 어디로 가야 할지 알려주었다.

"저기, 아카네."

잔뜩 낮춘 오코노기의 목소리가 축축한 암벽에 반사됐다.

"정말로 여기에 요모쓰이쿠사의 여왕이 있을까?"

"……모르겠어요."

아카네는 솔직하게 대답했다. 전설에 따르면 하루가 들어간 동굴은 푸르게 빛났다. 분명 이메르황천거미가 대량으로 서식하며 요모쓰이쿠사와 공생하고 있었으리라. 하지만 이 탄광에는 그런 낌새가 없었다.

곰곰이 생각하며 나아가는데 아카네 앞쪽에서 길이 세 갈래로 나누어졌다. 푸르스름하게 빛나는 길잡이는 오른쪽 길로 이어졌다. 하지만 어째선지 그쪽에는 선로가 없었다.

저 안쪽에서는 석탄을 캐지 않은 걸까. 고개를 갸웃하며 오른쪽 갱도로 꺾어 들어 헤드램프를 비춘 순간, 아카네는 바로 뒤에 있는 오코노기와 함께 비명을 질렀다. '괴물'이 있었다. 그것도 몇 마리나.

아카네는 방아쇠를 당기려 했다. 그 전에 오코노기가 먼저 발포했다.

좁은 공간에 총소리가 반사돼서 귀가 따가웠다. 산탄총에서 발사된 슬러그탄은 몇 미터 앞에 산더미처럼 겹쳐 있는 괴물들에게 명중했다. 리슬 유형의 탄두가 벌어지고 파편이 퍼져나가서 폭발이 일어난 것 같은 위력을 발휘했다.

오코노기가 한 방 더 쏘려고 했다. 아카네는 아직도 메아리치는 총소리에 뒤지지 않도록 아랫배에 힘을 주어 "잠깐!" 하고 고함을 질렀다.

"왜?!" 오코노기가 공포와 초조함이 가득한 목소리로 외쳤다.

"잘 봐요. 안 움직여요. 쏴봤자 헛수고예요."

"……어."

거센 숨을 몰아쉬는 오코노기를 뒤로하고 아카네는 언제든지 발포할 수 있도록 앞쪽을 조준한 채 달팽이처럼 느릿느릿 괴물들에게 다가갔다. 그러자 헤드램프 불빛 속에 참상이 똑똑히 드러났다.

아카네와 오코노기를 여기로 이끈 개체보다 꽤 작아 보이는 요모쓰이쿠사에게, 대형 멧돼지만 한 몸체에 다리가 2미터 가까이 되는 거미가 몇 마리 들러붙어 있었다. 이 거미는 지금까지 본 적 없는 생물이었다. 요모쓰이쿠사 성체와도, 병원에서 보았던 요모쓰이쿠사 유생과도 명백하게 달랐다. 하지만 요모쓰이쿠사와 마찬가지로 장미 봉오리처럼 끝부분이 뾰족한 부리가 거미들의 입 부분에 달려 있었다.

요모쓰이쿠사의 꼬리에 공격당했는지, 거미들의 몸에는 베인 상처가 많았다. 몸체에 구멍이 뚫리거나 두흉부와 복부가 절단당한 개체도 있었다. 한편 거미들도 다리 끝에 달린 송곳같이 뾰족한 발톱으로 요모쓰이쿠사를 찌르거나 부리를 박아 넣었다.

두 종류의 괴물이 살육전을 벌인 처참한 현장. 하지만 무엇보다 으스스하고 시선을 끈 것은 거미들의 두흉부였다. 부리 조금

위쪽에 인간의 '얼굴'이 있었다. 남녀노소 다양한 얼굴이, 전부 고통과 공포, 분노로 잔뜩 일그러져 있어서 무심코 눈을 돌릴 뻔했다.

"이건…… 뭐지……." 가까이 다가온 오코노기가 꽉 잠긴 목소리로 중얼거렸다.

"아미탄네……."

아카네는 거미에 시선을 고정한 채 조용히 설명했다.

"인간의 얼굴을 가진 거대한 거미, 그야말로 전설에 나오는 요모쓰이쿠사와 똑같은 모습이죠. 이 생물이 바로 아미탄네카무이, 아이누족이 거미 신이라고 부르며 두려워한 존재이자 탄광 마을 사람들을 몰살시킨 괴물이에요."

"그럼, 이 거미가 진짜 요모쓰이쿠사라는 거야? 그럼 우리가 쫓고 있는 꼬리 세 개 달린 생물은?"

"그것도 요모쓰이쿠사가 맞아요. 요모쓰이쿠사는 이메르황천거미를 통해 유전 정보를 수평 전달함으로써 점점 진화해요. 짧은 시간에 크게 변화할 수 있는 거죠. 인간에게 기생해서 성장하고, 번데기 속에서 성체로 변태하는 것이 새로운 요모쓰이쿠사일 거예요."

"그럼 기존의 요모쓰이쿠사…… 알아듣기 힘드니까 아미탄네라고 할까. 요모쓰이쿠사와 아미탄네가 왜 싸움을 벌인 거지?"

오코노기는 괴물들의 사체를 내려다보며 콧등에 깊은 주름을 잡았다. 아카네는 잠시 생각한 후, 고개를 들어 헤드램프로 갱도 저편을 비췄다. 예상했던 광경이 펼쳐져서 아카네는 입을 꾹 다물었다.

요모쓰이쿠사와 아미탄네, 두 괴물의 사체가 갱도 여기저기에 널브러져 있었다.

"대체…… 뭐가 어떻게 된 거야." 반쯤 벌어진 오코노기의 입에서 경악에 찬 목소리가 새어 나왔다.

"원래 이 생물은 동물 사체에 알을 산란해서 성장했다. 하지만 벡터의 개입으로 살아 있는 인간의 복강에서 알이 천천히 성장하게 되자, 새로운 유전자가 발현해 위협적인 꼬리가 세 개나 돋아 나고 덩치도 거대해진 신종 요모쓰이쿠사로 진화했다. 완전히 서로 다른 종이 된 아미탄네와 요모쓰이쿠사는 누가 여왕을 섬기기에 적합한 존재인지 경쟁하기 시작했다……. 뭐 그런 게 아닐까 싶네요."

"하, 하지만 같은 여왕의 알에서 태어났다면 아미탄네와 요모쓰이쿠사는 형제인 셈이잖아. 그런데 서로 죽이다니……."

"성경에 따르면 형 카인이 동생 아벨을 죽인 게 인류 최초의 살인이에요."

아카네는 비아냥거리듯이 말하고 포개어져 쓰러진 요모쓰이쿠사와 아미탄네를 바라보았다.

"완전히 다른 생물이지만 여왕 이자나미를 섬긴다는 존재 이유로 묶인 상대. 그렇듯 형제 같은 존재이기에 불구대천의 원수가 된 것 아니겠어요?"

아카네는 꿇어앉아서 괴물들의 사체를 면밀히 관찰했다.

"몸이 썩지 않고 원형을 유지하고 있네요. 갱도라서 습도가 높되 밀폐된 환경이라 그렇겠죠. 두 괴물은 꽤 오래전부터 싸워 온 거예요. 그리고 유리한 건 아미탄네."

"이 거미가? 하지만 아미탄네 몇 마리가 목숨을 바쳐야 요모쓰이쿠사 한 마리를 죽일 수 있는걸."

오코노기가 오렌지색 불빛에 비친 갱도를 가리켰다. 확실히 아미탄네의 사체가 요모쓰이쿠사보다 몇 배는 많았다.

"탄광 마을이 아미탄네의 습격으로 전멸당한 건 메이지 시대예요. 100년도 넘은 옛일이죠. 그 무렵부터 이자나미는 아미탄네를 계속 낳았어요. 동물을 죽이고 사체에 알만 낳으면 되니까 효율이 높아요. 분명 수많은 아미탄네가 이자나미를 섬겼겠죠. 한편……."

아카네는 사체로 변한 요모쓰이쿠사를 가리켰다.

"인간 벡터가 꼭 필요한 요모쓰이쿠사는 요 몇 년 전부터 태어나기 시작했을 거예요. 게다가 살아 있는 사람의 배에 알을 넣고, 시간을 들여 발각되지 않게 성장시켜야 하니까 효율이 몹시 낮죠. 지금까지 태어난 요모쓰이쿠사는 열 마리 전후 아닐까요."

"애당초 개체 수에 큰 차이가 있다는 건가."

오코노기가 중얼거리자 아카네는 "맞아요." 하고 고개를 끄덕였다.

"여기서만 요모쓰이쿠사가 세 마리 죽었네요. 이제 요모쓰이쿠사는 거의 남아 있지 않겠죠. 어쩌면, 언니에게서 태어난 그 개체가 마지막 한 마리일지도."

"마지막 한 마리……. 하지만 쓰바키에게서 태어난 그 요모쓰이쿠사는 경차 정도 크기였어. 여기 죽어 있는 놈들과는 크기가 전혀 달라. 두 배가 넘는다고."

"언니는 7년 전에 행방불명됐어요. 여성 행방불명자는 지난 2, 3년 사이에 증가했고요. 즉 그 요모쓰이쿠사는 다른 개체보다 훨씬 나이가 많아요. 그동안 황천의 숲에서 동물을 잡아먹으며 성장해서, 동료가 늘어나도록 도운 거겠죠. 파충류 중에는 평생 성장하는 종도 있어요. 오래 산 만큼 그 요모쓰이쿠사는 크고 강해졌죠. 그리고 동료가 어느 정도 모이자 아미탄네에게 싸움을 건 게 아닐까요?"

"그러나 전황은 아미탄네에게 유리하게 흘러갔다."

"네, 각 개체의 전투 능력은 요모쓰이쿠사가 뛰어날지라도, 머릿수는 아미탄네가 월등히 많아요. 요모쓰이쿠사는 한 마리 빼고 아미탄네에게 모조리 죽었어요. 한편 아미탄네도 전투력이 압도적인 그 요모쓰이쿠사는 죽이지 못해서 교착 상태에 빠진 게 아닐까 싶네요."

아카네가 설명을 마치자 오코노기의 표정이 험악해졌다.

"어쩌면 그 요모쓰이쿠사는 이자나미를 죽이기 위해서가 아니라, 아미탄네와의 싸움에 가세하도록 우리를 여기로 데려온 것 아닐까?"

"그게 무슨 말이에요?"

"요모쓰이쿠사와 아미탄네의 싸움은 교착 상태야. 그때 총을 든 인간들, 우리가 나타나서 요모쓰이쿠사에게 말을 걸고 시도했지. 같은 편인 척 탄광으로 끌어들이면 적인 아미탄네와 우리를 싸움 붙일 수 있으니까 일거양득이잖아."

"……그 요모쓰이쿠사에게 언니의 의지가 남아 있다고 한 건 오코노기 씨잖아요."

"알아." 오코노기는 안절부절못하는 표정으로 고개를 내저었다. "그 요모쓰이쿠사의 배에 돋은 사람을, 쓰바키와 똑 닮은 그 모습을 봤을 때는 그렇게 생각했어. 하지만 지금은 잘 모르겠군. 7년간 쓰바키를 보고 싶어서 애태운 끝에, 망상에 사로잡힌 건지도 모르지."

"아니요, 그렇지는 않아요. 그 요모쓰이쿠사 속에는 언니가 있어요."

아카네는 주저 없이 단언했다.

"하지만 네 가설에 따르면 요모쓰이쿠사의 목적은 아미탄네 대신 여왕 이자나미를 섬기는 거잖아. 네가 이자나미를 죽이려 하면 정말로 요모쓰이쿠사가 편을 들어줄까? 본능적으로 이자나미를 지키려고 오히려 널 죽이려 들지 않겠어?"

요모쓰이쿠사의 본능과 자매의 유대감, 과연 어느 쪽이 이길까. 당장은 대답이 나오지 않았다. 아카네는 머리를 휘휘 흔들어서 생각을 떨쳐냈다.

"때가 되면 알겠죠. 이제 돌이킬 수는 없어요. 만약 그 요모쓰이쿠사가 이자나미를 죽이는 걸 방해한다면, 그때는…… 양쪽에 매그넘탄을 쏠 수밖에요. 그러니까 가죠."

"……알았어."

두 사람은 아미탄네와 요모쓰이쿠사의 사체가 나뒹구는 갱도를 신중히 나아갔다. 잠시 후 농구공 크기만 한 돌들이 눈에 띄었다.

"이 돌은 뭘까요? 낙반 사고가 있었나?"

돌에 걸려 넘어지지 않도록 아카네는 발치를 비추었다.

"아니, 천장은 멀쩡하니까 낙반은 아닐 거야. 이 안쪽을 파낼 때 나온 것 아닐까?"

"하지만 채굴할 때 나온 돌은 밖으로 옮기지 않나요?"

아카네는 발밑에 너덜너덜한 종잇조각이 떨어져 있는 걸 알아차리고 쪼그려 앉았다. 세로로 길쭉한 그 종이에는 상형문자 같은 것이 그려져 있었다.

"부적?"

아카네는 눈을 깜박깜박했다. 신사에서 사용하는 액막이용 부적 같은 느낌이었다.

"아아…… 맞을 거야."

오코노기가 나지막한 목소리로 대답하며 정면을 가리켰다. 부서진 낡은 나무 울타리가 눈에 들어왔다. 울타리의 남은 부분에는 부적이 덕지덕지 붙어 있었고, 그 너머에는 아까부터 갱도에서 보이던 커다란 돌이 쌓여 있었다. 누군가 나무 울타리를 부수고, 그 너머를 막은 돌을 파내 지름 1미터 정도의 구멍을 낸 것이다. 그리고 요모쓰이쿠사가 남긴 푸르게 빛나는 길잡이는 그 구멍으로 이어졌다.

안에 뭐가 있는지 궁금해서 아카네는 구멍을 들여다보았다. 10미터쯤 되는 좁은 구멍 저편에 출구가 보였다. 각오를 다진 아카네는 라이플 멜빵을 어깨에 메고 오코노기에게 "먼저 갈게요." 하고 말한 후 구멍으로 들어갔다.

"조심해." 하고 오코노기가 걱정스레 말했다. 아카네는 배를 땅에 대고 기어서 나아갔다.

정황상 아미탄네는 이 구멍에서 나왔으리라. 만약 지금 사람 얼굴이 달린 거대한 거미가 앞쪽에서 나타나도 총은 못 쏜다. 저항할 틈도 없이 그 뾰족한 부리에 두개골이 깨질 것이다.

서둘러야 한다. 아카네는 죽어라 팔을 움직여 출구에 도달했다. 구멍에서 기어 나온 아카네는 라이플을 재빨리 양손으로 쥐고 아미탄네의 모습을 찾았다.

거대한 거미는 없었다. 아카네는 눈에 비친 광경을 보고 감탄에 찬 목소리를 흘렸다.

초등학교 운동장만 한 공간이 펼쳐져 있었다. 분명 종유동이리라. 높이가 10미터는 되는 천장에 원뿔 모양 돌기둥이 고드름처럼 달렸고, 젖어서 미끈미끈한 바닥에도 돌기둥이 죽순처럼 솟아 있었다. 그리고 돌기둥은 전부 희미하게 푸른빛을 띠고 있었다.

공간 안쪽에 흐르는 실개천에서 푸른빛이 반짝반짝 난반사됐다.

뒤이어 구멍에서 나온 오코노기도 할 말을 잊고 사방을 둘러보았다.

"아카네, 여기는……."

"분명 여기가 전설에 나왔던 황천국, 하루가 들어간 동굴일 거예요. 저쪽에서 바람이 부네요."

아카네는 실개천 상류를 가리켰다. 거기에 탄광 갱도보다 훨씬 작은 길이 있었다.

"분명 밖으로 이어지는 길이겠죠. 아미탄네는 저 길로 밖에 나가서 야생동물을 사냥해 먹이로 삼는 거예요. 봐요, 그 증거로."

아카네는 땅바닥에 솟은 돌기둥을 가리켰다. 그 뒤편에 반쯤 뼈만 남은 사슴 사체가 널브러져 있었다. 사슴 사체는 다른 곳보다 유독 강하게 빛났다.

"저건 이메르황천거미인가? 벽이나 천장이 빛나는 것도 전부 거미 때문이야?"

오코노기는 믿기지 않는다는 목소리로 말했다.

"종유동은 1년 내내 기온 변화가 적어요. 아미탄네는 개미나 벌처럼 먹이를 둥지로 가져오는 습성이 있는 거겠죠. 썩은 고기를 먹는 이메르황천거미에게 여기는 최고의 환경이에요."

"그런데 왜 탄광과 여기가 연결돼 있는 거지? 누가 갱도를 봉쇄했고, 누가 돌을 치워서 두 곳을 다시 연결한 거야?"

혼란스러운지 오코노기는 머리를 마구 쥐어뜯었다. 그 옆에서 아카네는 지금까지 얻은 단서를 떠올렸다. 100여 년 전, 이 지역에서 일어난 일의 윤곽이 어렴풋이 보이는 듯했다.

"이렇게 된 거 아닐까요?"

아카네는 머릿속으로 가설을 정리하며 설명했다.

"메이지 시대에 이 지역을 개척한 일본인들은 이 산에서 질 좋은 석탄이 난다는 걸 알고서 아이누족의 경고를 무시하고 채굴했어요. 하지만 황천의 숲에서도 제일 위험한 이 종유동에는 절대 접근하지 말라는 당부만큼은 지켰죠."

"그래서 아미탄네에게 습격당하지 않고 석탄을 캐서 마을이 번창했다는 건가."

"네. 그런데 어떤 일이 최악의 사태를 초래하고 말았어요."

"아까 그 갱도 말이로군." 오코노기는 고개를 돌려 방금 지나온 구멍을 보았다.

"맞아요. 갱도를 이어나가다 우연히 이 종유동과 연결되고 만 거죠."

"……그리고 여기 살던 아미탄네가 기어 나왔다."

오코노기가 나지막한 목소리로 말했다. 아카네는 고개를 끄덕였다.

"네. 수많은 광부가 희생됐겠죠. 하지만 겨우 갱도를 막는 데 성공했어요. 하지만 문제는 거기서 끝나지 않았어요."

"아미탄네의 습격이 계속됐다는 뜻?"

"그랬을 거예요. 보금자리를 건드려서 화가 난 건지, 인간을 쉽게 잡을 수 있는 먹잇감으로 판단한 건지는 모르겠지만, 갱도가 아니라 원래 사용하던 출입구를 통해 황천의 숲으로 나와서 이따금 마을을 습격하게 됐죠. 궁지에 몰린 마을 사람들은 마지막 수단을 사용하기로 했어요. ……제물을 바치는 거죠."

"왜 하필이면 제물을……." 오코노기가 고개를 설레설레 흔들었다.

"아마도 아이누족이 카무이에게 공물을 바치는 행위와 새끼 곰을 소중히 키우다가 죽어서 제사를 지내는 신성한 의식 이오만테에 영향을 받은 것 아닐까요? 덧붙여 동물이 아니라 자신들과 똑같은 인간, 그것도 아름다운 소녀를 바침으로써 아미탄네의 분노를 가라앉힐 수 있다고 생각한 거겠죠."

"비인도적이로군……."

"그런 수단에 기댈 만큼 마을이 위기에 처했다는 뜻이겠죠. 거대한 거미가 가끔 마을을 습격하니까요. 더구나 메이지 시대 이후로 일본은 전쟁을 되풀이해서 국내 정세가 혼란스러웠어요. 개척지 마을을 구원해 줄 만한 여력은 없었을 거예요."

"그럼, 하루는 종유동 입구 근처 숲에 버려졌다는 건가."

오코노기는 실개천 쪽 길을 가리켰다.

"그렇겠죠. 아무리 제물을 바치기 위해서라고는 해도, 아미탄네의 둥지인 종유동까지 들어가기는 너무 무서우니까요. 그래서 입구 근처에 하루를 놓아둔 거죠. 그리고 하루는 여기로 들어와서 이자나미와 만난 거예요."

"거기까지는 아카네의 설명이 맞겠지. 하지만……."

오코노기는 입가에 손을 댔다.

"하루가 황천신의 힘을 얻고, 죽은 동물에게서 황천의 괴물을 불러내 마을에 복수했다는 부분은 어떻게 해석하면 될까?"

확실히 그 부분을 잘 모르겠다. 평범하게 생각하면 하루는 종유동에서 잡아먹혔고, 그래도 아미탄네의 습격이 멈추지 않아서 결국 아미탄네 무리에게 마을 사람들이 몰살당한 것이리라. 다만 전설은 실제로 일어난 일을 무서우리만치 잘 담아냈다. 그렇다면 하루는 그저 아미탄네의 먹이가 된 것이 아니라, 마을 습격에도 무슨 형태로 관여했을지 모른다.

유례없는 생태를 보이는 아미탄네, 요모쓰이쿠사, 그리고 이자나미. 하루에게 무슨 일이 일어났는지 이해하면, 모든 수수께끼가 풀릴 듯했다. 언니의 배 속에 요모쓰이쿠사의 알을 넣은 벡터의 정체도 분명 밝혀질 것이다.

퍼즐 완성을 눈앞에 두고 마지막 퍼즐 조각이 보이지 않는 것만 같아서 애가 탔다. 열심히 머리를 굴리던 아카네는 흠칫 놀라 고개를 들었다. 노랫소리가 들려왔다. 푸르게 빛나며 흐르는 실개천처럼 한없이 맑고 빛으로 가득한데도, 듣는 이의 심금을 휘저을 만큼 애절한 선율. 마치 오케스트라 연주처럼 음색이 복잡하게 어우러지는 노랫소리는 사람이 아닌 존재가 자아내는 것이 분명했다.

"요모쓰이쿠사의 노래?"

오코노기는 세포 하나하나가 공명하듯 아름다운 음색이 들려오는 방향, 실개천이 흘러드는 땅속으로 이어지는 길을 바라보았다.

"아니요, 그 요모쓰이쿠사는 아니에요. 황폐해진 마을에서 들은 노랫소리보다 훨씬 다중적이에요. 분명 전설 속에서 하루를 황천국으로 이끌었다는 노래겠죠."

"……이자나미."

오코노기는 긴장에 찬 목소리로 그 이름을 꺼냈다.

"네, 분명 저 길 깊은 곳에 이자나미가 있어요."

아카네가 그렇게 말했을 때, 노랫소리가 들리는 길에서 아미탄네가, 인간의 얼굴을 가진 거대한 거미 두 마리가 기어 나왔다. 아미탄네의 두흉부에 달린 인간의 '얼굴' 부분에 잔뜩 화난 표정이 떠올랐다.

명백한 적의를 느끼고 아카네와 오코노기는 십수 미터 거리에 있는 아미탄네에게 총을 겨누었다. 아미탄네는 다리 여덟 개를 요란스럽게 움직이며 다가왔다.

"가까이 오지 마!"

외침과 함께 오코노기가 산탄총을 발포했다. 하지만 사냥에 문외한인 오코노기가 명중시키기에는 너무 멀었다. 아미탄네 옆에 있는 돌기둥이 슬러그탄에 맞아 박살 났다.

"제기랄!"

오코노기는 연거푸 방아쇠를 당겼지만, 아까 요모쓰이쿠사의 사체를 쐈으므로 장전해 둔 두 발을 모두 사용했다. 공이치기가 철컥철컥 움직이는 소리만 공허하게 울렸다.

아미탄네의 '얼굴'이 입을 크게 벌렸다. 드높은 절규와 함께 아미탄네가 다리를 구부려 몸을 낮췄다.

온다. 동시에 덮쳐오면 혼자서는 못 막는다. 일단 한 마리를 확실하게 해치워야 한다. 아카네는 냉정하게 상황을 판단하고, 무릎 쏴 자세로 라이플을 겨누며 스코프를 들여다보았다. 아미탄네의 '얼굴'과 그 아래쪽의 부리 사이를 조준하고 방아쇠를 당겼다. 총소리가 울려 퍼지는 것과 동시에 아미탄네의 두흉부가 팍 터져서 흩어졌다.

아미탄네는 다리 여덟 개로 허공을 마구 긁으며 경련하듯 몸부림치다가 움직임을 멈췄다. 하지만 동료가 죽었는데도 다른 아미탄네는 전혀 겁먹은 기색이 없었다. 옆으로 풀쩍 뛰더니, 돌기둥을 방패로 삼듯 호를 그리며 조금씩 거리를 좁혔다.

"아카네, 쏴! 얼른 쏘라고!"

오코노기가 초조하게 소리쳤지만 아카네는 발포하지 않았다. 멀리서 옆으로 빠르게 이동하는 목표물을 쏴봤자, 어지간한 실력이 아니면 맞히기 어렵다. 그리고 라푸아 매그넘탄은 위력이 압도적인 대신 반동이 심하므로 발포할 때마다 총구가 많이 움직여서 빈틈이 생긴다.

끌어들여야 한다. 급소를 확실히 꿰뚫을 수 있는 거리까지.

아카네는 입술을 오므려 가늘게 숨을 내쉬며 아미탄네를 조준했다.

아미탄네는 2미터쯤 되는 거대한 돌기둥 뒤에 숨었다가, 검은 광택이 흐르고 끝부분이 송곳처럼 뾰족한 다리 여덟 개를 잽싸게 움직여 이쪽으로 달려왔다.

두흉부에 달린 중년 남자의 '얼굴'에 악귀 같은 표정이 떠올랐고, 그 아래쪽 부리가 벌어지며 송곳니로 가득한 입이 드러났다.

"아카네!" 오코노기의 목소리는 이제 비명에 가까웠다.

아직이다. 아직 멀다. 좀 더 끌어들여야 한다. 속으로 거듭 타이르며 무의식적으로 방아쇠를 당기려는 집게손가락에서 힘을 뺐다.

아미탄네가 약 3미터 거리까지 다가왔다. 아미탄네의 악귀 같은 '얼굴'이 스코프 가득 비쳤을 때, 아카네는 숨을 멈추고 방아쇠를 당겼다.

감각이 날카로워져서인지, 아니면 죽음의 기척이 바로 옆까지 다가와서인지 시간이 아주 천천히 흐르는 것 같았다. 모든 것이 느리게 보이는 가운데, 라푸아 매그넘탄이 명중한 아미탄네의 '얼굴', 두흉부, 그 뒤쪽의 복부가 동시에 터져 나갔다.

뾰족한 발톱으로 땅을 긁으며 아카네를 향해 똑바로 달려오던 아미탄네는 다리가 꼬여서 방향이 바뀌었다.

아미탄네는 무릎쏴 자세를 유지한 아카네 바로 옆을 지나쳐 뒤쪽에 우뚝 솟은 종유동 벽에 세게 충돌했다. 그리고 더는 움직이지 않았다.

아카네는 폐에 고인 공기를 크게 내뱉으며 천천히 일어섰다.

"대단해! 저 괴물을 두 마리나 처치하다니. 아카네, 대단해!"

오코노기가 신난 목소리로 칭찬했지만 아카네는 표정 변화 없이 고개를 저었다.

"졸개를 두 마리 해치웠을 뿐이에요. 이자나미를 찾아가기까지 아미탄네와 몇 번 더 마주칠지 모르죠."

아카네는 레밍턴 모델 700의 장전손잡이를 당겨서 노리쇠를 후퇴시키고 탄창에 탄알을 보충했다.

"이자나미를 찾아가겠다고?!"

오코노기의 눈이 동그래졌다. 아카네는 장전손잡이를 밀어서 탄알을 장전하며 그를 곁눈질했다.

"뭘 그렇게 놀라세요?"

"저 안에는 이런 괴물이 얼마나 더 있을지 몰라. 두 마리도 아슬아슬했는데, 더 들어가면 죽기밖에 더 하겠어? 이만 돌아가자."

"어차피 똑같아요."

아카네의 담담한 말에 오코노기는 "똑같다니?" 하고 의아한 표정을 지었다.

"그렇잖아요. 아미탄네의 영역인 이 종유동에서 두 마리를 죽였으니 우리를 완전히 적으로 판단하겠죠. 달아나도 놈들은 분명 쫓아올 거예요. 한밤중에 숲에서 이 거대한 거미와 마주치면 못 살아남아요. 아미탄네도 요모쓰이쿠사처럼 나무에서 나무로 이동하며 쫓아와서 머리 위에서 덮칠걸요? 차라리 여기가 낫다고요."

"낫다니……." 오코노기는 말을 잇지 못했다.

"이메르황천거미가 빛을 내는 덕분에 여기서는 어느 정도 시야가 유지돼요. 아미탄네가 눈에 띄지 않게 숨을 만한 공간도 숲만큼은 많지 않고요. 그리고 이자나미만 죽이면 여왕을 잃은 아미탄네들은 혼란에 빠져서 우리를 상대할 정신이 없어질지도 모르죠. 그리고 무엇보다 이 종유동 어딘가에 요모쓰이쿠사가 있어요. ……언니에게서 태어난 요모쓰이쿠사가."

"요모쓰이쿠사가, 쓰바키가 우리를 지켜주리라고 믿는 거구나."

오코노기의 표정이 약간 누그러졌다.

"적어도 요모쓰이쿠사가 아미탄네와 적대 관계인 건 틀림없어요. 그리고 그 요모쓰이쿠사의 전투 능력은 아미탄네보다 훨씬 뛰어나요. 여기서 달아나기보다 안쪽으로 나아가야 살아남을 가능성이 크다고요."

아카네는 단언했다. 달아나기보다 나아가야 정말로 생존율이 높은지는 모른다. 다만 달아난다는 선택지는 더 이상 없었다. 자신에게서 가족을 앗아 간 원흉인 이자나미를 처치한다. 이제는 그것이 아카네의 존재 이유니까.

오코노기는 앓는 듯한 소리를 내며 고민하다가 "알았어……." 하고 쥐어짠 목소리로 말했다.

"안으로 들어가자. 어떻게든 이자나미를 죽여서 쓰바키의 원수를 갚는 거야."

그 대답에 아카네는 표정을 살짝 풀고 "줘보세요." 하며 오코노기가 들고 있던 M4를 받았다.

"이 총은 두 발밖에 장전이 안 돼요. 더 쏘려면 재장전해야 하죠. 가르쳐줄 테니 외우세요. 그렇게 안 어려워요. 일단 아래쪽에……."

오코노기는 아카네의 시범을 진지하게 바라보았다.

"이런 식이죠. 할 수 있겠어요?"

아카네가 M4를 내밀자 오코노기는 "아마도." 하고 자신 없이 대답하며 총을 받았다.

"그리고 탄알도 드릴게요. 전용 도구에서 꺼내려면 좀 익숙해져야 하니까 주머니에 넣어두세요."

아카네는 오코노기에게 슬러그탄 여러 발을 건넨 후, 땅속으로 이어지는 길에 날카로운 시선을 던졌다.

"가죠. 이자나미를, 황천신을 죽이러."

◾

아카네와 오코노기는 탄광 갱도보다 더 좁은 길을 신중하게 나아갔다. 아래쪽을 향해 곧게 뻗은 이 비탈진 통로에도 종유동만큼은 아니지만 이메르황천거미가 있는 듯 벽이 푸른색으로 희미하게 빛났다.

종유동에 들어온 지 30분 넘게 지났다.

가끔 통로가 갈라지기도 했지만, 땅바닥에 요모쓰이쿠사가 군데군데 푸르스름한 빛을 길잡이로 남겨놓아서 헤매지 않고 나아갈 수 있었다.

통로로 들어온 후에도 아미탄네와 두 번 마주쳤지만, 일직선 통로라 총을 맞히기가 어렵지 않았으므로 꽤 멀리서 안전하게 처치했다.

"어디까지 이어지는 거야."

오코노기가 피로감이 역력한 목소리로 혼잣말을 했다. 습격에 대비하며 걷느라 아직 몇백 미터밖에 전진하지 못했겠지만, 오코노기는 이미 호흡이 거칠어졌고 이마에서는 땀이 비 오듯 흘렀다.

"계속 나아가는 수밖에요."

그때 수십 미터 앞에서 푸른빛이 진해졌다. 아카네는 "오코노기 씨." 하고 부르며 턱으로 앞쪽을 가리켰다.

"저건?"

오코노기가 불안한 표정으로 물었다. 아카네는 "모르겠어요." 하고 대답한 후 언제든지 발포할 수 있도록 총구를 들고 방아쇠에 손가락을 얹은 채 빛이 쏟아지는 쪽으로 나아갔다.

통로가 끊겼다. 바깥에 넓은 공간이 펼쳐져 있는 듯했다. 빛이 이 정도로 강하니까 이메르황천거미가 아주 많으리라. 즉 아미탄네가 있을 가능성이 크다는 뜻이다.

아카네는 레밍턴 모델 700의 총신을 꽉 움켜쥔 채 통로 바깥 공간을 살그머니 확인했다. 그 순간 뺨 근육이 딱딱하게 굳어버렸다.

거기는 여왕이 사는 왕궁으로 이어지는 거대한 '복도'였다. 천장까지 5미터는 될 법한 통 모양의 통로가 300미터쯤 곧게 뻗어 있었다. 그리고 푸른빛을 뿜어내는 벽과 천장에는 지름 1미터쯤 되는 구멍이 수없이 뚫려 있었다.

"저 구멍은 뭐지?" 오코노기가 복도를 내다보고 중얼거렸다.

"저절로 이런 구조가 생겼을 리는 없어요. 아미탄네가 만든 거예요. ……거주하기 위해."

"그럼 저 구멍 속에…….”

"네, 아미탄네가 들어 있겠죠."

아카네는 입술을 꽉 깨물었다. 지금까지 아미탄네를 쏠 수 있었던 건 상대가 어디 있는지 보였기 때문이다. 하지만 이 복도에서는 어느 구멍에 아미탄네가 숨어 있는지 확인할 수 없다.

지금까지 습격해 온 개체 수로 판단컨대, 모든 구멍에 인간의 얼굴을 가진 거대한 거미 괴물이 들어 있을 리는 없다. 많이 잡아도 여기에는 2, 30마리쯤 있으리라. 하지만 아미탄네의 살상 능력은 얕볼 수 없다. 기습당하면 끝이다. 발포할 틈도 없이 죽는다.

어쩌지. 어쩌면 좋지?

필사적으로 방법을 궁리하고 있는데 또 노랫소리가 들려왔다. 지금까지보다 훨씬 선명한 선율이 복도 끝에 있는 좁은 통로에서 흘러나왔다.

저기에 이자나미가 있다. 모든 일의 원흉, 내가 없애버려야 할 존재가 바로 저기 있다.

아카네는 가느다란 숨을 길게 내쉰 후 복도에 발을 들여놓았다. 비명 같은 포효가 울려 퍼졌다. 벽에 반사돼서 어디에서 들리는지는 모르겠지만, 역시 여기에는 아미탄네가 숨어 있다. 사냥감이 다가오기를 구멍 속에서 숨죽인 채 기다리고 있다.

상관없다. 가자. 아카네는 언제든지 발포할 수 있도록 몸과 마음을 잘 가누고 거북이가 기어가듯 느릿느릿 복도 안쪽으로 나아갔다.

"저는 왼쪽을 경계할게요. 오코노기 씨는 오른쪽을 맡아요."

"하지만……." 도움을 요청하듯 오코노기의 눈이 흔들렸다.

"이제 와서 겁먹으면 어떻게 해요. 저 안에, 바로 저기에 이자나미가 있다고요. 그것만 죽이면 이 악몽을 끝낼 수 있어요! 언니에게 그런 짓을 한 괴물을 용서할 수 없다고 한 건, 말뿐이었나요?"

아카네가 다그치자 오코노기는 "아니야!" 하며 기합을 넣듯 대답하고 아카네 옆에 섰다.

두 사람은 서로에게 고개를 끄덕인 후, 노랫소리가 들리는 복도 안쪽의 통로를 향해 등을 맞댄 자세로 한 발짝, 한 발짝 나아갔다.

10미터쯤 나아갔을 때 위에서 소리가 들린 것 같아서 아카네는 고개를 번쩍 들었다. 천장 근처의 구멍 속에서 어둠이 섬뜩하게 꿈틀거렸다.

왔다! 아카네가 총구를 휙 쳐드는 것과 동시에 아미탄네가 구멍에서 기어 나왔다. 아카네는 방아쇠를 당겼다. 하지만 무리한 자세로 급하게 발포한 탓에 조준이 살짝 빗나갔다. 라푸아 매그넘탄은 아미탄네 옆의 천장을 때렸다.

빗나갔다. 빨리 한 방 더 쏴야 한다. 발포의 충격으로 흔들린 총구를 바로잡고 다시 쏘려고 했지만, 그 전에 구멍에서 완전히 기어 나온 아미탄네가 아카네에게 덤벼들었다.

아카네는 천장에서 뚝 떨어지는 아미탄네를 피하기 위해 옆으로 펄쩍 뛰었다. 착지해서 바닥을 구르다가 라이플을 놓쳤다.

허둥지둥 총을 주우려 하는 아카네 눈앞으로 아미탄네가 다가왔다. 두흉부에 달린 인간의 '얼굴'이 분노로 일그러졌고 그 밑에 있는 부리가 벌어졌다. 아미탄네는 강판같이 자잘한 송곳니로 가득한 입에서 괴성을 토해내며 송곳처럼 뾰족한 발톱이 달린 다리 두 개를 번쩍 쳐들었다.

늦었다. 절망한 순간 시야 옆쪽에서 가느다란 통 같은 것이 나타났다. 귀청을 찢을 듯한 폭발음과 함께 아미탄네의 두흉부가 석류처럼 터져 나갔다. 번쩍 처든 다리가 힘없이 떨어지며 발톱이 아카네 앞쪽의 땅을 깎아냈다.

"괜찮아, 아카네?"

아미탄네의 두흉부를 슬러그탄으로 날려버린 오코노기가 손을 내밀었다.

"고맙습니다. 덕분에 살았어요."

아카네는 일어서서 라이플을 줍자마자 총구를 오코노기의 얼굴로 돌렸다.

"아, 아카네, 뭐 하는 거야?"

오코노기의 표정이 공포로 일그러졌다. 아카네는 "엎드려요!" 하고 날카롭게 말했다. 오코노기가 "헉." 하고 작게 비명을 지르며 쪼그려 앉자, 아카네는 그 뒤쪽의 구멍에서 기어 나와 오코노기를 덮치려던 아미탄네에게 라푸아 매그넘탄을 발사했다. 코끼리도 죽이는 위력적인 탄알이 지척에서 명중했다. 두흉부에 구멍이 뻥 뚫린 아미탄네는 힘없이 풀썩 쓰러졌다.

벽에 몇 번이나 메아리친 총소리가 잦아들었다. 그러기를 기다렸다는 듯 복도에 뚫린 구멍 곳곳에서 아미탄네가 기어 나왔다. 얼핏 봐도 스무 마리는 될 듯했다. 이대로 있으면 포위당하고 만다.

"오코노기 씨, 뛰어요!"

복도 끝의 좁은 통로로 들어가면 적어도 사방에서 습격당할 걱정은 없다. 통로로 들어온 아미탄네를 한 마리씩 쏴 죽일 수 있다.

아카네는 몇 미터 앞에 버티고 있는 아미탄네에게 발포했다. 두흉부에 달린 인간의 '얼굴'을 관통당한 아미탄네가 쓰러지자 아카네는 땅을 박찼다. 아카네의 생각을 알아차렸는지 오코노기도 벌겋게 달아오른 얼굴로 뛰어왔다.

노랫소리가 들리는 통로까지는 약 200미터. 인간이 전력 질주할 수 있는 한계에 가까운 거리다. 게다가 총을 들고 배낭까지 메고 있다.

평소 꾸준히 운동해 온 나는 달릴 수 있다. 하지만 오코노기에게는 힘들지도 모른다. 아카네가 있는 힘을 다해 발을 움직이며 상상한 대로, 100미터도 달리기 전에 오코노기가 뒤처지기 시작했다.

오른편 앞쪽의 구멍에서 아미탄네가 기어 나와 이쪽으로 다가왔다. 저걸 뿌리치고 갈 수는 없다.

아카네는 멈춰 서서 스코프를 들여다보고 발포했다. 두흉부의 급소는 맞히지 못했지만, 배에 명중했다. 아미탄네는 그 자리에서 몸부림을 쳤다.

아카네는 오코노기가 따라오기를 기다렸다가 다시 달렸다.

구멍에서 튀어나온 아미탄네들이 점점 가까워졌다. 이미 네 발을 쏘았으니 탄창에는 한 발밖에 안 남았다.

앞으로 100미터. 아카네가 속으로 그렇게 중얼거렸을 때, 아미탄네 세 마리가 나란히 앞을 막아섰다.

"제기랄!"

다시 멈춰 선 아카네는 스코프를 들여다보지도 않고 발포했다. 회전하면서 관통력이 높아진 탄알이 앞쪽에 선 아미탄네의 두흉부를 꿰뚫고 옆에 있던 개체의 복부를 파고들었다. 두 마리는 절규하며 발버둥 쳤다. 마구 휘두른 다리가 세 번째 아미탄네의 두흉부에 박혔다.

기대치 않게 세 마리를 동시에 무력화했다. 아카네는 버둥거리는 다리에 맞지 않도록 조심하며 아미탄네 옆을 빠져나갔다. 통로 입구가 눈앞으로 다가왔다.

갈 수 있다! 그때 뒤에서 총소리가 울려 퍼졌다. 반사적으로 돌아본 순간, 아카네의 입에서 "아아……." 하고 절망스러운 목소리가 새어 나왔다.

어느 틈엔가 오코노기가 10미터 넘게 뒤처졌다. 그리고 오코노기 너머로 아미탄네가 열 마리도 넘게 보였다.

너무 위태로운 나머지 발포한 듯했지만, 슬러그탄은 아미탄네 앞의 땅을 움푹 파내는 데 그쳤다. 오코노기가 다시 방아쇠를 당겼지만 M4는 두 발밖에 장전이 안 된다. 철컥철컥하는 소리가 공허하게 울려 퍼졌다.

아카네의 라이플에도 탄알이 남아 있지 않았다. 못 구한다. 오코노기가 송곳 같은 다리에 꿰뚫린다. 그렇게 체념한 다음 순간, 아카네는 눈이 휘둥그레졌다.

아미탄네들은 오코노기를 공격하지 않았다. 공포로 굳어버린 오코노기를 완전히 무시하고 하나도 빠짐없이 아카네에게 달려

들었다.

제일 앞에 있던 아미탄네가 앞다리를 아카네에게 휘둘렀다. 목을 뚫리기 직전에 아카네는 몸을 비틀어 공격을 피했다. 광택이 흐르는 검은 발톱이 바람을 가르며 코앞을 지나갔다.

아카네는 라이플 개머리판으로 아미탄네의 두흉부에 달린 인간의 '얼굴'을 후려갈겼다. 코 부분이 부러지는 감촉과 함께 '얼굴'의 입에서 고통에 겨운 목소리가 흘러나오고 아미탄네가 움직임을 멈췄다.

역시 '얼굴'이 약점이다. 인간의 유전 정보를 받아들여 고도의 사고력과 사회성을 획득했겠지만, 한편으로 인간 부분은 다른 부분보다 취약해졌다.

다른 아미탄네가 다리 여덟 개를 복잡하게 움직이며 선두에 있던 아미탄네에게 올라탔다. 아카네는 라이플을 어깨에 메고 벨트에 끼워둔 칼집에서 큼지막한 칼을 뽑았다. 오른손에 묵직함이 느껴지자 마음이 든든했다.

동료 위에 올라탄 아미탄네가 다리 여덟 개를 쫙 벌리며 아카네에게 점프했다. 아카네는 도망치지 않고 오히려 아미탄네의 몸 아래로 이동했다. 시야에서 아카네가 사라져서 당황했는지, 아미탄네는 다리를 요란하게 움직였지만 공중에서 자세를 바꿀 수는 없었다.

아카네가 쑥 내민 칼 위로 아미탄네가 떨어졌다. 두흉부 아래쪽에 박힌 칼이 '얼굴'을 안쪽에서 뚫고 나왔다.

움찔움찔 경련하는 아미탄네에게 깔린 아카네는 칼을 힘껏 뽑고, 아미탄네 밑에서 기어 나왔다. 아카네가 일어서자 아미탄네 두 마리가 좌우에서 앞다리를 뻗으며 달려들었다.

아카네는 두 마리를 충분히 유인한 후, 땅을 힘껏 박차며 뒤쪽으로 몸을 날렸다. 공격하기 직전에 목표가 사라지자, 허공을 가른 아미탄네 두 마리의 날카로운 발톱은 서로의 몸뚱이에 박혔다.

뒤엉켜서 쓰러지는 아미탄네 두 마리를 바라보며 아카네는 입술에 희미한 웃음을 지었다. 한순간이라도 긴장을 늦추면 목숨을 잃는 극한 상황 속에서 감각이 점점 예민해졌다. 지금까지 느껴 본 적 없을 만큼 강력한 에너지가 온몸에 솟아올랐다.

이 정도면 여기 있는 아미탄네를 전부 해치울 수 있을지도 모른다. 그런 희망을 품은 순간, 충격이 온몸을 강타했다. 무슨 일이 일어난 건지도 모르고서 아카네는 붕 떠올라 등을 벽에 부딪혔다. 폐에서 밀려 나온 공기와 함께 "크헉." 하고 목소리가 새어 나왔다.

그 자리에 주저앉은 아카네는 3미터쯤 떨어진 곳에 있는 아미탄네를 보고 뭐가 어떻게 된 건지 이해했다. 보이지 않는 곳에서 몸으로 들이받은 것이다.

아카네는 어떻게든 일어서려 했다. 하지만 다리에 힘이 들어가지 않았다. 아미탄네는 몸무게가 200킬로는 될 것이다. 오토바이에 치인 셈이니 몸이 말을 안 들을 만도 했다.

가까이 다가온 아미탄네가 조롱하듯 앞다리의 날카로운 발톱 두 개를 아카네의 목에 갖다 댔다. 아카네는 발톱을 붙잡고 밀어내려고 기를 썼다. 아미탄네의 두흉부에 달린 늙은 남자 '얼굴'이 징그러운 웃음을 짓더니 벌어진 부리가 아카네의 배로 다가왔다. 양손이 막힌 아카네는 부리를 막을 방법이 없었다.

아랫배를 누르는 감촉이 느껴지자, 산 채로 내장을 뜯어 먹히며 절규하던 가지의 모습이 머리를 스쳤다.

나도 가지처럼 괴물에게 내장을 뜯어 먹히는 건가. 말 그대로 생지옥을 맛보게 되는 걸까. 죽음이 바로 옆까지 다가왔음을 느꼈다. 지금까지 살면서 쌓아온 다양한 기억이 머릿속 깊은 곳에서 넘쳐흘렀다.

유치원에서 친구와 싸웠던 기억, 부모님과 소젖을 짠 기억, 집에서 기르던 고양이가 죽은 기억, 첫사랑의 기억, 그리고 가족이 사라진 그날의 기억…….

어렸을 때 숲에서 길을 잃은 적이 있었다. 추위와 허기에 울면서 가문비나무로 이루어진 미로를 헤맸다. 그때 아카네를 찾아낸 사람이 쓰바키였다. 언니는 부리나케 달려와서 아카네를 안아주며 "괜찮아, 이제 괜찮아." 하고 속삭였다. 그때 느꼈던 온기와 안도감이 어제 일처럼 선명하게 떠올랐다.

"……언니……."

울음 섞인 목소리로 언니를 불렀다. 공포와 절망으로 눈물이 흘러 시야가 흐려졌을 때, 당장이라도 아카네의 배를 물어뜯으려던 아미탄네가 몸을 움찔했다. 아카네의 목에 닿았던 다리가 힘없이 축 늘어졌고, 아랫배에 느껴지던 압력도 사라졌다.

뭐가 어떻게 된 건지 몰라 당황한 아카네 앞에서 아미탄네가 천천히 공중으로 떠올랐다. 등 쪽에 커다란 뱀 같은 것이 돋아나 있었다.

아니, 돋은 것이 아니라 박힌 것이다.

아카네는 드디어 상황을 이해했다. 바로 옆쪽 구멍에서 나온, 검은 비늘에 뒤덮인 거대한 꼬리가 아미탄네를 꿰뚫고 그 거대한 몸뚱이를 가뿐히 들어 올린 것이다.

구멍에서 튀어나온 또 다른 꼬리가 채찍처럼 탄력 있게 휘어졌다. 그 끝에 달린 날카로운 낫이 주변에 있던 아미탄네를 찢어발겼다.

"언니!"

아카네가 소리치자 부름에 응답하듯 구멍에서 흡반 달린 촉완이 나타났고, 뒤이어 언니에게서 태어난 요모쓰이쿠사가 모습을 드러냈다.

가운데 꼬리에 꿰뚫려 공중에 매달린 아미탄네가 왼쪽 꼬리의 낫에 두 동강 나서 땅에 떨어졌다. 요모쓰이쿠사는 장미 봉오리 같은 부리를 크게 벌리고 칠판을 벅벅 긁는 듯한 괴성을 질렀다.

아카네를 둘러싸고 있던 아미탄네들이 조금씩 뒤로 물러났다. 완전히 겁먹은 낌새였다.

"오코노기 씨! 지금이에요!"

아카네가 외치자 망연자실하게 주저앉아 있던 오코노기는 기다시피 다가왔다.

"쓰바키. 역시 쓰바키구나."

오코노기가 말을 걸었지만 요모쓰이쿠사는 반응하지 않았다.

"오코노기 씨, 일단 도망치죠."

오코노기는 미련이 남은 표정으로 아카네와 함께 통로로 들어갔다. 아까 지나왔던 길보다 더 좁았다. 둘이 나란히 걷기 힘들어서 아카네는 오코노기를 앞장세우고 고개를 돌려 뒤를 확인했다.

심장이 세차게 뛰었다. 촉완 여덟 개와 눈 일곱 개, 꼬리 세 개에 장미 봉오리 같은 부리를 가진 괴물이 바로 뒤를 따라왔다.

아미탄네는 쫓아오지 않았다. 압도적인 힘 차이에 다가올 수가 없는 것이리라.

이 괴물에게는 언니가 얼마나 깃들어 있을까. 아카네는 요모쓰이쿠사를 관찰하며 생각했다. 두 사람을 여기까지 이끌고 위기에서 구해주었다. 그리고 이렇게 가까이 있는데도 공격할 낌새가 전혀 없다. 그러니 분명 요모쓰이쿠사에게 언니의 의식이 남아 있기는 할 것이다. 하지만 언니와 완전히 똑같은 마음을 가지고 있는 것은 아니다. 요모쓰이쿠사라는 생물의 포악한 본능과 언니의 인간성이 이 괴물 속에 동거하고 있으리라.

언니와 똑 닮은 배 쪽의 '사람'을 봤을 때는 요모쓰이쿠사와 가족 같은 유대감을 느꼈다. 사랑스럽게 느껴질 정도였다. 하지만 이렇게 어둠 속에서 바라보자, 요모쓰이쿠사는 어디까지나 꺼림칙한 공포의 대상에 지나지 않았다.

이 괴물은 퇴치팀을 토막 냈고, 가지의 배를 갈라 산 채로 내장을 씹어먹었다. 그리고 무엇보다 언니의 배 속에 기생해 부모님과 할머니를 죽였고, 부화한 후에는 언니, 부모님, 할머니를 먹이 삼아 성장했다.

　요모쓰이쿠사는 가족과 가지의 원수다. 그렇다면 덤벼들지 않는 지금이야말로 복수할 기회 아닐까.

　통로 안쪽에서 들려오는 노랫소리가 점점 선명해졌다. 이자나미가 가까이 있다.

　요모쓰이쿠사의 목적은 아미탄네를 대신해 이자나미를 섬기는 것이다. 지금이야 두 사람을 지켜주고 있지만, 이자나미 앞에 나섰을 때 요모쓰이쿠사가 어떤 반응을 보일지는 미지수다. 아니, 요모쓰이쿠사라는 생물의 본질을 고려하면, 여왕을 해치려는 존재를 용서할 리 없다. 두 사람을 죽이려 들 가능성이 크다.

　역시 지금 죽여야 한다. 아카네는 허리에 찬 쇼트셸홀더에서 라푸아 매그넘탄을 꺼냈다. 이렇게 좁으니 요모쓰이쿠사는 주요 무기인 꼬리를 자유롭게 휘두를 수 없다. 그리고 아미탄네를 경계하느라 꼬리를 뒤쪽으로 향한 상태다. 여기서는 탄알을 피할 수도 없다. 가령 물어뜯으려고 하더라도, 그 전에 탄알을 장전하면 라푸아 매그넘탄 다섯 발로 확실하게 숨통을 끊을 수 있다.

　하자, 하는 거다. 아카네는 용기를 북돋우며 노리쇠를 후퇴시키기 위해 장전손잡이를 잡았다. 그때 머릿속에 또 언니의 모습이 떠올랐다. 상냥하게 미소 짓는 언니의 모습이.

　아카네는 빠드득 소리가 날 만큼 이를 악물고 장전손잡이에서 손을 뗐다.

　설령 괴물이 되었다고 해도, 설령 나를 죽이려 했다고 해도, 언니를 어떻게 쏘겠는가. 숲에서 길을 잃은 그날, 언니가 찾아내

주지 않았다면 분명 숲속에서 죽었을 텐데.

 언니에게 죽는 것도 괜찮을지 모른다. 그런 생각이 머리를 스쳤을 때, 앞에서 걷던 오코노기가 "아카네!" 하고 목소리를 높였다. 쳐다보자 통로의 출구가 눈에 들어왔고, 그 밖에서 노랫소리가 들려왔다.

 가깝다. 저기를 빠져나가면 이자나미가 있다.

 심장이 미친 듯이 뛰고 체온이 상승했다. 저기서 기다리는 괴물의 여왕만 죽이면 악몽은 끝난다. 새로운 인생의 첫걸음을 내디딜 수 있다.

 그러니까 가자. 새로운 내가 되기 위해. 다시 태어나기 위해.

 아카네는 오코노기, 그리고 요모쓰이쿠사와 함께 통로를 빠져나갔다. 그 순간 노랫소리가 멈췄다.

 "와아……."

 무심코 감탄사가 흘러나왔다. 마치 돔구장같이 생긴 공간이었다.

 매끄러운 곡선을 그리는 천장까지 높이가 30미터는 되어 보였다. 지금까지 지나온 곳과는 비교도 안 될 만큼 푸른빛이 환했다. 분명 이 공간이 이메르황천거미의 원래 보금자리이리라. 천장이 전체적으로 은은하게 빛나는 가운데, 이메르황천거미가 빽빽하게 뭉쳐 있는 부분은 별이 빛나는 것처럼 보였다. 마치 거대한 플라네타리움에 들어온 듯한 기분이었다.

 "여기가 전설 속에서 하루가 이자나미와 만난 장소……."

 아카네는 천장을 올려다보며 중얼거렸다.

"전설이 사실이었다니······."

오코노기가 믿기지 않는다는 표정으로 고개를 내저었다.

아카네는 헤드램프를 껐다. 천장에서 비처럼 쏟아지는 빛 덕분에 헤드램프 없이도 충분히 잘 보였다.

야구장만 한 공간 저편, 야구장으로 치면 외야 관객석에 해당하는 부분에 짙은 어둠이 서려 있었다. 아무래도 깊은 구멍이라 빛이 안쪽까지 비치지 않는 듯했다.

"아카네······ 저거."

오코노기가 벽의 낮은 부분을 가리켰다. 거기에는 아까 복도에서 보았던 것과 비슷한 구멍이 수없이 뚫려 있었다. 아미탄네가 숨어 있는 것 아닐까 싶어 아카네는 잔뜩 긴장했다. 하지만 구멍에는 뼈가 들어 있었다. 푸르게 빛나는 뼈가.

아카네는 조심스레 벽으로 다가가서 무릎을 꿇고 구멍을 들여다보았다. 인간의 뼈가 아니었다.

"아미탄네가 먹은 먹이의 뼈인가?"

"그건 아닐 거예요. 구멍마다 동물의 백골이 한 구씩 들어 있어요. 몸을 바싹 웅크린 상태로요. 이건 마치 제단이나······ 무덤."

"무덤이라니 괴물이 왜 동물에게 그런 걸 만들어주는데?"

"평범한 동물이 아니에요. 이 구멍에 들어 있는 건 크기로 봐서 불곰의 뼈일 거예요. 하지만 보통 불곰과는 명백히 다른 점이 있어요."

"다른 점?" 오코노기가 의아하다는 듯 물었다.

"두개골에 눈구멍이 세 개예요. 눈이 세 개 달렸었다는 뜻이죠. 견갑골 옆에 조류의 날개 같은 골격이 보이고요. 검치호같이 30센티미터 가까이 되는 송곳니도 있어요."

"자, 잠깐만. 눈이 세 개에 날개가 달렸다니, 그런 불곰이 어디 있어?"

"네, 그렇죠." 아카네는 뼈에 손을 살짝 뻗었다.

"이 생물은 불곰에서 완전히 다른 생물로 진화한 개체예요. 이메르황천거미를 통한 유전자 수평 전달이 진화를 초래했겠죠."

아카네는 입가에 손을 대고 생각에 잠겼다. 다른 구멍에 들어 있는 백골들도 별종의 생물로 진화한 개체이리라. 하지만 요모쓰이쿠사는 사냥감을 죽여서 이메르황천거미에게 먹이로 제공할 뿐이다. 왜 이 불곰은 산 채로 이메르황천거미의 영향을 받은 걸까. 한 개체가 이렇게까지 극적인 변화를 이루었으니, 대량의 이메르황천거미에게 오랜 시간 영향을 받았을 것이다.

거기까지 생각했을 때 푸른빛에 휩싸이는 소녀의 이미지가 머릿속에 떠올랐다. 아카네는 눈을 크게 떴다.

"드디어 아미탄네의…… 요모쓰이쿠사의 생태를 알겠어요."

"어, 무슨 소리야? 뭘 알겠는데?"

오코노기가 빠른 말투로 물었다. 아카네는 머릿속을 열심히 정리하며 설명했다.

"요모쓰이쿠사의 생식 방법을 통 모르겠더라고요. 이자나미는 요모쓰이쿠사의 알을 낳는다. 하지만 요모쓰이쿠사에게는 생식기가 없으므로 자손을 남길 수 없다. 따라서 이자나미는 언젠가 요모쓰이쿠사와는 별개로 차세대 이자나미를 낳아야 한다. 쭉 그렇게 생각했었죠."

"그게 틀렸다는 거야?"

"네, 틀렸어요."

아카네는 두 팔을 벌리고 쏟아지는 푸른빛을 받았다.

"역시 요모쓰이쿠사와 이메르황천거미는 완전한 공생 관계, 아니, 둘이 하나의 생물이에요. 이메르황천거미는 요모쓰이쿠사 없이 살아갈 수 없고, 요모쓰이쿠사도 이메르황천거미 없이는 살아갈 수 없죠. 차세대 이자나미는 현세대 이자나미가 아니라 이메르황천거미가 낳거든요."

"그게 무슨 소리야? 이해를 못 하겠어."

"전설을 떠올려 보세요. '노랫소리'에 이끌려 '황천국'으로 들어간 하루는 '황천신'을 만나 온몸이 푸른빛에 휩싸이죠. 그게 바로 차세대 이자나미를 낳는 행위였던 거예요."

아카네는 백골을 문질러 이메르황천거미가 묻은 손가락을 얼굴 앞에 치켜세웠다.

"이메르황천거미는 썩은 고기밖에 못 먹어요. 대신에 거미살이 납작맵시벌과 비슷한 성질을 지닌 이 작은 거미는 살아 있는 생물에 달라붙으면, 피부밑에 알을 대량으로 낳아요. 그 알에서 부화한 이메르황천거미 새끼는 지방과 근육을 뚫고 생물의 복강에 다다라, 체액 등에서 영양분을 흡수하며 성장하고 증식하죠. 그리고 기생한 생물의 '어떤 장기'에 모여들어 유전자 수평 전달을 되풀이하는 거예요."

"어떤 장기?"

"네, ……난소요."

오코노기의 목구멍에서 신음하는 듯한 소리가 흘러나왔다.

"이메르황천거미는 공생 관계인 요모쓰이쿠사의 유전 정보를 가지고 있어요. 그걸 오랜 시간 난소에 계속 주입함으로써 '요모쓰이쿠사의 알'이 만들어지죠. 기생당한 생물이 '요모쓰이쿠사의 알'을 낳게 되는 거예요."

"요모쓰이쿠사의 알을 낳다니, 그럼 마치……."

"네, 새로운 이자나미 후보의 탄생이에요."

너무나 충격적인 정보를 따라갈 수가 없는지, 오코노기의 입이 반쯤 벌어졌다.

"이자나미 후보는 산란해서 자신의 요모쓰이쿠사를, '황천의 군대'를 만들어요. 다만 이메르황천거미가 주입한 유전 정보와 이자나미 후보 특유의 유전 정보가 섞여서 완전히 새로운 요모쓰이쿠사가 탄생하겠죠. 한편 난소의 유전 정보를 변형시킨 이메르황천거미는 숙주인 이자나미 후보의 유전 정보도 변형시켜요. 하지만 세포가 몇십조 개나 되는 숙주를 진화시키는 건 세포 하나에 불과한 난소의 유전 정보를 변형시키는 것과는 차원이 다르죠. 숙주는 오랜 시간을 거쳐 완전히 다른 생물로 진화할 거예요. 이렇게요."

아카네는 눈구멍이 세 개 뚫린, 일찍이 불곰이었던 생물의 두개골을 가리켰다. 혼란스러운지 오코노기는 머리에 손을 대고 "그렇다 쳐도." 하고 목소리를 높였다.

"왜 '새로운 이자나미'의 뼈가 이렇게 많은 건데? 십수 마리는 되겠어."

"새로운 이자나미가 아니라 어디까지나 후보에 불과했으니까요. 백골로 변한 동물들은 이자나미가 되기 위한 최종 시험에 합격하지 못한 거예요."

"최종 시험이라니……."

"잘 생각해 봐요. 전설 속에서 하루는 요모쓰이쿠사와 함께 마을 사람을 몰살시킨 후, 마지막으로 뭘 했죠?"

"뭘 했냐니……." 잠깐 생각하던 오코노기의 눈이 커졌다. "황천신을 죽였어."

아카네는 "맞아요." 하고 고개를 크게 끄덕였다.

"자신의 군대, 요모쓰이쿠사들을 거느리고 전투에 나서서 이자나미를 죽인다. 그것이 바로 다음 이자나미가 되는 방법이에요. 요모쓰이쿠사라는 생물은 그런 방법으로 더욱 강인한 생물에게 세대를 넘겨줌으로써 일본, 아니 분명 세계 최강의 생물로 진화한 거예요."

"여기 있는 백골은 이자나미에게 패배해서 세대교체에 실패한 후보들……."

오코노기는 벽에 파인 구멍을 둘러보았다.

"그런 셈이죠. 세대교체에 실패하면 죽임을 당해서 이메르 황천거미에게 먹히고, 유전 정보를 제공하는 형태로 종의 강화에 공헌한다. 잔혹하지만 아주 합리적인 시스템이에요. 하지만……."

아카네는 레밍턴 모델 700의 장전손잡이를 잡아당겨서 노리쇠를 후퇴시켰다. 약실에서 배출된 탄피가 땅바닥에 떨어져서 잘가닥, 하고 건조한 소리가 났다.

"제가 그걸 끝내겠어요. 여기서 이자나미를 죽여서 이 저주받은 생물을 절멸시킬 거예요."

아카네는 탄창에 라푸아 매그넘탄을 넣으며 "오코노기 씨도 장전하세요." 하고 재촉했다. 다섯 발을 넣고 장전손잡이를 밀어서 장전한 후, 아카네는 지금도 곁에 있는 요모쓰이쿠사를 곁눈질했다. 요모쓰이쿠사는 눈 일곱 개를 따로따로 바쁘게 움직이며 부리를 벌렸다 다물었다 했다. 그 모습에서 긴장감이 느껴졌다.

이 돔구장 같은 공간의 벽에는 다른 곳으로 이어지는 통로가 여러 개였다. 이 중 어디에 이자나미가 숨어 있을까. 또 노랫소리가 들리면 어디로 향해야 할지 알 수 있을 것이다.

마침내 이자나미와 결판을 낼 때가 왔다. 아카네가 심호흡을 하고 있는데, 곁에 있던 오코노기가 갑자기 "어?" 하고 목소리를 높였다.

"아카네, 이 탄알 뭔가 다른데. 이건 장전 못 하지?"

오코노기가 얼굴 앞으로 쳐든 길고 뾰족한 탄알을 본 순간, 아카네는 눈을 크게 뜨며 뒤로 휙 물러났다. 그리고 "아카네?" 하고 의아하게 고개를 기울이는 오코노기에게 라이플 총구를 들이댔다.

"총 버려!" 아카네는 날카롭게 말했다.

"가, 갑자기 왜……."

"잔말 말고 버려! 안 버리면 쏜다!"

아카네가 방아쇠에 손가락을 얹자 오코노기는 얼른 M4에서 손을 뗐다. 총이 땅바닥에 떨어지면서 묵직한 소리가 울렸다.

"아카네, 진정해. 왜 그러는 거야? 이 탄알이 뭐 어쨌길래?"

오코노기는 아카네를 자극하지 않으려는 듯 가슴께로 양손을 쳐들었다.

"그건 라푸아 매그넘탄. 가지 씨가 이 라이플에 사용한 탄알이야. 그리고 난 당신에게 그걸 준 적 없어. 그런데 왜 당신이 그걸 가지고 있는 거지?"

"나도 몰라. 분명 어쩌다 섞여든 거겠지. 애당초 내가 이 탄알을 가지고 있으면 안 된다는 법이라도 있어?"

"가지 씨는 사냥할 때 탄알을 라이플에 장전해 놓고 다녔어. 언제든지 쏠 수 있도록 말이지. 하지만 황폐해진 마을에서 요모쓰이쿠사에게 공격당했을 때, 방아쇠를 당겼는데도 발포가 되지 않아서 가지 씨는…… 산 채로 잡아먹혔어."

아카네는 지금도 곁에 바싹 붙어 있는 요모쓰이쿠사를 흘끗 쳐다본 후 다시 오코노기를 노려보았다.

"처음에는 탄알이 불량이라 불발된 줄 알았지. 하지만 나중에 이 총을 조사해 보고 알았어. 탄창이 비어 있더군."

"그야 잠잘 때 불가에 두면 위험할까 봐 빼둔 거겠지. 그리고 잠결에 그걸 깜박하고 널 구하러 간 거야."

"응, 나도 그렇게 생각했어. 하지만 그만큼 경험이 풍부하고 신중한 가지 씨가 과연 그런 실수를 할까 미심쩍기도 했어. 그리고 당신이 그 탄알을 가지고 있는 걸 보고 드디어 알았지. ……당신이 탄알을 뺀 거야."

"잠깐만! 내가 왜 그런 짓을 하는데!" 오코노기는 눈을 부릅뜨고 언성을 높였다.

"몰라서 물어?" 아카네는 턱을 당기고 날붙이처럼 날카로운 시선으로 오코노기를 쏘아보았다. "당신이 바로 벡터, 여성의 복강에 요모쓰이쿠사의 알을 넣은 범인이니까."

"내가…… 벡터……."

"어디서 시치미를 떼? 형사인 당신이라면 불가능하지 않아. 교통사고나 사건 피해자가 응급실로 이송될 때마다 관할서 형사가 출동하지. 그리고 당신은 자주 그 역할을 맡았어. 그때 복강이 상할 만큼 크게 다친 환자가 있으면, 빈틈을 노려서 요모쓰이쿠사의 알을 넣은 거잖아!"

아카네가 닦아세우자 오코노기는 "안 그랬어……." 하고 힘없이 고개를 내저었다.

"그럼 언제 언니의 복강에 요모쓰이쿠사의 알이 들어간 건데!"

아카네는 가슴속에서 격하게 소용돌이치는 감정을 말에 실어서 내뱉었다.

"10년 전, 파출소 경찰관이던 언니는 강도의 칼에 찔려 복강까지 상할 만큼 큰 상처를 입었어. 그때 누가 범인을 붙잡고 언니를 돌봤지? 당신이잖아!"

아카네는 어금니를 빠드득 갈았다. 지금까지 오코노기를, 언니를 구해준 은인으로 여겨왔다. 언니가 오코노기와 결혼을 약속했을 때 누구보다도 기뻐했다. 설마 그 사람이 언니를 괴물의 숙주로 삼았을 줄은 모르고서.

"언니의 요모쓰이쿠사만 다른 개체보다 몇 년이나 일찍 부화한 이유를 알았어. 당신은 언니가 강도의 칼에 찔리고 2년 후에야 형사가 돼서, 사고나 사건 피해자의 복강에 알을 넣을 수 있었어. 그 전에는 우연히 다친 현장을 목격한 언니에게만 알을 기생시킬 수 있었던 거야."

"아니야. 난 정말로 쓰바키를 사랑했어!"

"언니를 사랑했다고? 언니에게 기생시킨 알을 사랑한 게 아니고?"

차갑게 대꾸하자 할 말을 잃었는지 오코노기는 입을 반쯤 벌린 채 침묵했다.

"언니 배 속에 당신과 언니의 아이가 있다고 했지. 그건 인간의 아이야? 아니면 이 요모쓰이쿠사?"

아카네는 곁에 우두커니 서 있는 요모쓰이쿠사를 턱으로 가리켰다.

"아니야. 쓰바키가 그랬어. 배 속에 아이가 있다고. 쓰바키가 기생당한 줄 난 몰랐단 말이야. 분명 그때 쓰바키는 고무로 사에처럼 조종당하는 상태라 가족을 살해하고 탄광 마을로……. 어쨌든 내가 벡터라고 어떻게 단언하는 거야? 만약 아니면……."

총소리가 울려 퍼졌다. 발 가까이에서 흙이 팍 튀어 오르자 오코노기는 "헉." 하고 비명을 질렀다. 오코노기 옆의 땅에 발포한 아카네는 연기가 피어오르는 총구를 오코노기의 머리로 돌리고 "내 질문에만 대답해." 하고 으름장을 놓았다.

"지금 생각해 보니 확실히 이상했어. 아까 복도에서 아미탄네들이 넘어진 당신은 거들떠보지도 않고 내게 덤벼들었지. 하지만 당신이 이자나미의 동료인 벡터라면 그럴 만도 해."

"아니야. 정말 아니라고."

오코노기는 핏기가 가신 창백한 얼굴로 "아니야."라는 말만 되풀이했다.

"이쪽에 등 돌리고 서." 아카네는 담담히 말했다.

"왜?! 뒤에서 쏘려는 건 아니겠지?"

"입 닥치고 시키는 대로 해! 아니면 지금 당장 머리를 날려버릴 거야!"

아카네가 아랫배에 힘을 주어 고함을 지르자 오코노기는 겁먹어서 일그러진 표정으로 지시에 따랐다.

"그대로 똑바로 걸어가."

아카네는 3미터쯤 떨어진 곳에서 오코노기의 등에 라이플을 겨눈 채 말했다. 오코노기는 시킨 대로 걸음을 옮겼다.

"아카네, 제발. 난 진짜로 벡터가 아니야."

"이야기는 나중에 들을게. 일단 계속 가."

아카네는 얼음같이 냉랭한 목소리로 말했다. 두 사람은 공간 안쪽, 푸른빛이 빨려드는 거대한 수직 구멍으로 천천히 다가갔다. 요모쓰이쿠사도 따라왔다.

"아, 아카네. 이제 더는 못 가. 뭐가 있는지 전혀 안 보여."

거대한 구멍 가장자리에서 오코노기가 돌아보았다. 그의 발에 걷어차인 돌멩이가 어둠에 빨려들었다. 10초쯤 후, 멀리서 물소리가 들렸다.

"꽤 깊은 곳에 물이 차 있나 본데. 분명 지하호수겠지. 떨어지면 아무것도 보이지 않는 어둠 속에서 익사할 거야."

언제든지 발포할 수 있도록 방아쇠에 손가락을 얹은 채 아카네는 한없이 잔인한 웃음을 지었다.

"자, 마지막으로 하나만 더 물어볼게. 솔직하게 대답하지 않으면 당신 배를 쏠 거야. 즉사하면 다행이지만, 운 나쁘게 살아남으면 지옥의 고통을 맛보면서 지하호수에 빠져 죽겠지. 무슨 말인지 알아들었어?"

오코노기는 온몸을 부들부들 떨면서 고개를 끄덕했다.

분명 오코노기도 무슨 형태로 기생당해 조종당하는 것이리라. 그리고 고무로 사에처럼 뇌 신경에 영향을 받아 요모쓰이쿠사의 번식을 돕는 벡터가 됐다. 어쩌면 사에가 트랜스 상태에 빠졌을 때 뭘 어쨌는지 기억하지 못하는 것처럼, 오코노기도 진짜로 자신의 행동을 자각하지 못하는 건지도 모른다. 정말로 자신은 무고하다고 믿는 건지도 모른다.

하지만 그렇다고 해서 오코노기를 용서할 마음은 없었다. 오코노기가 어떻게 대답하든 몸에 탄알을 박아줄 작정이었다. 선택지는 가슴을 쏴서 즉사시키느냐, 아니면 배를 쏴서 최대한 고통을 주느냐다. 어느 쪽을 선택할지 결정하기 위해 이 질문을 던질 필요가 있었다.

"우리 부모님을 죽인 건, 정말로 언니였을까?"

오코노기의 입에서 "엉……?" 하고 얼빠진 목소리가 새어 나왔다.

"우리 가족의 유골에는 권총에 맞은 흔적이 있었어. 언니는 권총을 소지한 채 자취를 감췄고. 즉 언니가 자기 몸에 기생한 요모쓰이쿠사의 알에 조종당해 가족을 쏴 죽이고, 시신을 트랙터로 그 마을까지 옮겨서 몸속에서 태어날 요모쓰이쿠사 유생의 먹이로 삼으려고 했다. 평범하게 생각하면 그렇겠지. 하지만 잘 생각해 봐. 언니 말고도 권총을 소지한 사람이 있었잖아."

아카네는 가늘게 뜬 눈으로 오코노기의 허리에 달린 권총집을 보았다.

"설마 내가 너희 가족을 쐈다는 거야……?"

오코노기는 믿을 수 없다는 어조로 중얼거렸다.

"절대로 아니라고 장담할 수 있을까? 가미카쿠시 사건이 일어났을 때, 당신은 조직폭력단 총기 발포 사건을 수사 중이었지. 당연히 권총을 소지했을 거야. 그리고 당신은 언니 배 속에 넣은 알, 즉 이 요모쓰이쿠사를 당신과 언니의 아이처럼 소중히 여겼어. 태어난 아이가 배를 주리지 않도록 먹이를 준비했다고 해도 이상할 것 없잖아."

"권총은 경찰서에서 엄격하게 관리해! 탄알이 줄어들면 금방 들킨다고!"

오코노기가 침을 튀겨가며 소리쳤다. 아카네는 어깨를 으쓱했다.

"그 정도야 간단히 해결할 수 있지. 쏜 만큼을 언니 권총에서 꺼내서 자기 권총에 넣으면 그만인걸. 그러면 권총을 확인해도 당신이 발포한 줄 아무도 모를 거야. 혹시 퇴치팀에도 범행의 증거가 발견될까 봐 겁나서 참가한 거 아니야? 자기가 벡터인 게 들통날까 봐 그런 거 아니냐고?"

자, 과연 뭐라고 대답할까. 아카네는 오코노기의 대답을 조용히 기다렸다. 오코노기가 떨리는 입술을 천천히 벌렸다.

"아니야……. 난 벡터가 아니야……."

……배다. 배를 쏴서 지하호수에 빠뜨리자. 결심한 아카네가 방아쇠를 당기려 했을 때, 노랫소리가 다시 들려왔다. 오코노기 뒤쪽에 있는 수직 구멍에서.

아카네는 숨을 삼켰다. 이자나미는 이 돔의 수직 구멍 아래에 숨어 있다. 그 사실에 아카네의 주의력이 흐트러진 순간 탕, 하는 건조한 소리와 함께 오른쪽 위팔에 충격이 느껴졌다. 아카네는 눈을 깜박이며 자신의 팔을 보았다. 재킷 소매가 빨갛게 물들고 인두로 지지는 듯한 통증이 몰려왔다. 아카네의 손에서 라이플이 떨어졌다. 아카네는 그 자리에 한쪽 무릎을 꿇고 고개를 들어 쳐다보았다. 허리의 권총집에서 권총을 뽑아 이쪽을 겨누고 있는 오코노기를.

"미, 미안해, 아카네. 맞힐 마음은 없었어. 그냥 경고할 생각으로……."

아카네는 다운재킷을 벗고 셔츠 소매를 걷어붙여 얼마나 다쳤는지 재빨리 확인했다. 탄알이 위팔 피부와 근육을 도려냈다. 출혈량은 적지 않지만, 심장 박동에 맞춰 피가 뿜어져 나오지 않는 것을 보면 상완동맥은 손상되지 않았다. 치명상은 아니다.

아카네는 손수건으로 상처를 힘껏 눌러 압박 지혈을 시도했다. 극심한 통증이 머리끝까지 솟구쳤지만, 어금니를 악물고 참았다.

"이제 그만하자, 아카네. 날 죽이지 않겠다고 약속하면 더는 안 쏠게. 총도 버릴게."

아카네는 잇몸이 드러날 만큼 입술을 찡그렸다. 동시에 곁에 있던 요모쓰이쿠사가 부리를 벌리고 절규를 토해냈다. 손상을 입지 않은 꼬리 두 개도 쳐들었다.

위협하고 있다. 하지만 그 대상이 오코노기인지, 아카네인지는 알 수 없었다.

오코노기는 벡터다. 이자나미가 요모쓰이쿠사의 어머니라면 오코노기는 아버지라고 해도 과언이 아니다. 일반적으로 판단하면 요모쓰이쿠사는 나를 꼬리로 후려치려는 것이리라. 여기서 오코노기의 말에 따르지 않으면 총에 맞아 죽든지, 요모쓰이쿠사의 꼬리에 반 토막 날 가능성이 크다. 하지만 만약 언니의 의식이 요모쓰이쿠사의 본능을 이긴다면…….

아카네는 상처를 누른 채 웃음을 흘렸다.

"쏘고 싶으면 쏴. 이 괴물의 노예야."

오코노기의 얼굴이 불을 쬔 양초처럼 보기 싫게 일그러졌다.

"……다 네 잘못이야. 내 탓이 아니야."

오코노기의 손가락이 방아쇠에 얹히는 걸 보고 아카네는 각오를 굳혔다.

언니, 원수를 갚지 못해서 미안해. 속으로 그렇게 중얼거렸을 때, 오코노기에게 후광이 비쳤다. 아카네는 눈이 휘둥그레졌다. 오코노기 뒤쪽에 눈이 부실 만큼 푸르게 빛나는 발광체가 나타났다.

거대한 촉완이었다. 굵은 곳의 지름이 1미터는 될 법한, 반투명하고 흡반으로 가득한 촉완이 전기 장식처럼 눈부시게 깜박거리며 흔들렸다.

"뭐야, 이게……."

오코노기는 멍하니 중얼거리며 그 촉완에 권총을 쐈다. 촉완은 불쾌하다는 듯 한순간 움찔하더니, 채찍처럼 휘어지며 오코노기의 몸을 휘감았다.

오코노기는 권총을 떨어뜨리고 공중에 붕 떴다.

아카네는 입을 반쯤 벌린 채 굳어버렸다. 수직 구멍에서 빛을 내는 거대한 촉완이 차례차례 나타났다.

"아카네! 아카네, 살려줘! 제발 살려줘!"

오코노기는 촉완에서 벗어나기 위해 기를 쓰고 몸을 비틀면서 도움을 요청했다. 하지만 아카네는 상상을 초월하는 광경에 몸이 마비돼서 움직일 수가 없었다.

오코노기에게 휘감긴 촉완의 표면에서 빛이 물결치듯 일렁거렸다. 동시에 오코노기의 입에서 터져 나오던 구조 요청이 고통에 찬 신음 소리로 바뀌었다.

큰 뱀이 먹잇감을 잡듯 촉완이 오노코기의 몸을 꽉 졸랐다. 뼈가 부러지는 둔탁한 소리가 아카네에게도 들렸다. 오코노기의 입과 귀에서 피가 흘러나왔다.

촉완 끝부분이 여섯 개로 갈라지고 가느다란 실 같은 것이 나왔다. 반투명한 고둥인 클리오네가 먹잇감을 포식할 때 머리 같은 곳이 갈라지면서 나오는, '버컬 콘'이라는 명칭의 촉수와 똑 닮았다.

수직 구멍에서 올라온 수많은 촉완의 끝부분이 갈라지고, 거기서 튀어나온 가느다란 촉수가 푸른빛을 내며 꿈틀거리는 광경에는 온몸의 털이 쭈뼛 설 정도의 공포와 넋 놓고 바라볼 정도의 아름다움이 공존했다.

오코노기에게 느릿느릿 다가간 수많은 촉수가 그의 몸을 파고들었다. 힘없이 늘어져 있던 오코노기가 세차게 경련했고, 입에서는 핏물과 함께 고통에 찬 절규가 쏟아져 나왔다.

촉수는 앞다투어 오코노기의 몸에 끝부분을 처박고 살을 뜯어먹었다. 오코노기의 살점이 반투명한 촉완 속으로 삼켜지는 모습이 확실히 보였다.

이제 비명을 지를 힘도 없는지, 오코노기는 끙끙 앓듯이 숨만 내쉬었다. 그런 그의 몸이 제대로 보이지 않을 만큼 촉수가 몇 겹으로 휘감겼다. 푸르게 빛나는 반투명한 촉수로 만들어진 구체 안쪽에서 무슨 참극이 벌어지고 있는지는 희미하게 내비치는 검붉은 색깔로 짐작이 갔다.

잠시 후 촉수와 촉완이 풀리자 오코노기였던 것이 땅바닥에 떨어지며 덜그럭덜그럭, 소리가 났다. 피로 물든 뼈가 수북이 쌓였다. 고작 수십 초 사이에 오코노기는 살과 내장을 모조리 뜯어 먹히고 말았다.

촉완이 차례차례 내려오고 흡반이 땅에 달라붙었다.

뭔가가 수직 구멍에서 기어 나오려 한다. 뭔가? 그야 뻔하다.

"⋯⋯이자나미."

땅이 울리는 듯한 진동에 압도당한 아카네는 라이플을 줍고 차츰차츰 뒤로 물러났다. 수직 구멍에서 20미터쯤 떨어졌을 때 드디어 '그것'이 모습을 드러냈다.

"저것이⋯⋯."

마침내 확인한 이자나미의 모습에 호흡이 흐트러졌다. 기본적인 형태는 역시 거미에 가까웠다. 코끼리에 필적할 만큼 거대한 두흉부 뒤에 대형 트럭의 짐칸만 한 타원체의 복부가 달려 있었다. 두흉부 아래로 클리오네처럼 반투명하고 여기저기 푸른빛을 띤 굵은 촉완이 수없이 뻗어 나와 몸을 지탱했다. 복부 등 쪽에는 요모쓰이쿠사의 부리 비슷하게 장미 봉오리처럼 생긴 구조물이 있는데, 높이가 3미터는 돼 보였다.

너무나 비현실적인 생물. 하지만 아카네가 가장 무섭게 느낀 것은 두흉부에 달린 '얼굴'이었다. 인간의 태아같이 생긴 거대한 얼굴이었다. 하지만 눈과 입은 인간의 것과 확연히 달랐다. 흑요석을 방불케 하는 새까만 눈동자 여덟 개가 호를 그리듯 줄지었고, 세로로 찢어진 입 옆에서는 코끼리 엄니같이 굵은 더듬이다리가 바쁘게 움직이고 있었다.

거미의 눈과 입을 가진 거대한 태아의 얼굴. 그 그로테스크한 광경에 아카네는 가슴속이 썩는 듯한 기분에 사로잡혔다. 구역질을 참던 아카네는 이자나미의 복부 옆쪽에도 사람 얼굴이 수없이 줄지어 있다는 사실을 알아차렸다. 남녀노소, 다양한 인간의 얼굴. 분명 하루를 제물로 바친 마을 사람들의 얼굴이리라. 이메르황천거미가 마을 사람들의 시신을 먹음으로써 확보한 유전 정보를 이자나미가 된 하루에게 전달한 것이다.

촌장에게 속아 가족과 헤어지고 제물로 바쳐진 하루. 그 어마어마한 원한이 사람의 얼굴로 구체화된 것만 같았다.

태아의 입에 달린 더듬이다리가 좌우로 벌어지고 지옥 밑바닥에서 울려 퍼지는 듯한 절규가 뿜어져 나왔다. 내장이 뒤틀리고 고막이 아플 만큼 끔찍한 그 소리를 듣자 몸속 깊은 곳부터 떨려왔다.

움직여! 이자나미를 처치하는 거야. 이 괴물이야말로 내게서 가족을 앗아 간 원수니까.

아카네는 눈동자 여덟 개에서 날아드는 시선을 받으며 무릎쏴 자세로 스코프를 들여다보았다. 요모쓰이쿠사도 아미탄네도 인간의 얼굴이 달린 부분이 약점이었다. 그렇다면 이자나미도 분명…….

아카네는 이자나미의 두흉부에 달린 태아의 '얼굴'을 조준하고 방아쇠를 당겼다.

총소리가 울려 퍼지고 이자나미의 오른쪽에서 네 번째 눈이 터졌다.

됐다! 속으로 쾌재를 부른 것도 잠시, 아카네는 절망에 잠긴 목소리를 흘렸다.

급소를 꿰뚫렸으니 숨이 끊어질 줄 알았는데, 이자나미는 몸을 살짝 떤 것이 전부였다. 태아의 얼굴과 복부 옆쪽에 줄지은 수십 개의 얼굴이 분노로 일그러지더니 동시에 입을 크게 벌리고 포효했다. 촉완을 감싼 빛의 물결이 더 거세졌다.

분명히 전투태세다. 당장이라도 덤벼든다.

"으아아아아!"

아카네는 고함을 지르며 연달아 방아쇠를 당겼다. 탄창에 남아 있던 라푸아 매그넘탄 세 발이 발사됐지만, 탄알이 명중하기 전에 이자나미가 촉완을 쳐들어서 얼굴 앞에 벽을 만들었다.

급소에 맞으면 코끼리조차 한 방에 목숨을 잃을 만큼 위력적인 탄알이 벽에 명중해서 파란 형광색 피가 사방에 흩어졌지만 관통되지는 않았다. 촉완으로 만들어진 벽이 내려가자 악귀 같은 표정을 띤 태아의 얼굴이 나타났다.

재장전해야 한다. 아카네가 쇼트셸홀더에서 탄알을 꺼내려는데, 촉완으로 땅을 세차게 밀어내며 이자나미가 다가왔다. 땅이 울리는 듯한 소리와 진동에 압도당해 아카네가 굳어버리자, 바람을 가르는 소리와 함께 촉완이 채찍처럼 날아들었다.

바로 양손을 들어서 막았지만 촉완의 힘은 상상을 초월했다. 아카네는 몇 미터를 날아가서 데굴데굴 굴렀다. 손에서 놓친 라이플이 땅바닥 저편으로 미끄러졌다.

일어나서 라이플 쪽으로 달려가려는데 시야가 덜컥 흔들렸다. 가벼운 뇌진탕을 일으켰다. 자신의 상태를 파악했을 때, 아카네는 이미 균형을 잃고 라이플을 향해 몸을 날리듯 쓰러졌다.

여기라면 닿는다. 라이플에 손을 뻗었을 때 팔에 심한 충격이 느껴졌다. 아까 오코노기의 총에 맞은 곳에 반투명한 촉수가 박혀 있었다.

몸을 돌린 아카네는 비명을 질렀다. 촉완 십수 개가 천천히 다가왔다. 촉완 끝부분이 갈라지고 가느다란 촉수가 꿈틀거리며 접근했다.

아까 오코노기에게 일어난 끔찍한 일이 떠올라 아카네는 팔에 파고든 촉수를 뽑으려 했지만, 불타는 듯한 통증이 정수리까지 솟구쳐서 "아악!" 하고 고통스러운 비명을 지르며 촉수를 놨다.

분명 낚싯바늘처럼 가느다란 미늘이 달려 있을 것이다. 마치 통각 신경에 직접 걸린 것처럼, 뽑으려 하자 난생처음 맛보는 지독한 통증이 밀려왔다.

이게 전신을 파고들어 살을 조금씩 뜯어낸다. 곧 자신의 몸에 생길 일을 상상하자 절망으로 마음이 검게 물들었다. 그런 지옥 같은 고통을 맛보기 전에 스스로 목숨을 끊는 게 낫지 않을까. 그런 생각이 머리를 스쳐서 칼자루를 잡으려 했지만, 촉수가 파고든 오른팔을 조금 움직인 순간 또 격한 통증이 몰려와서 눈앞이 새하얘졌다.

안 된다. 오른손은 움직일 수 없고, 왼손은 허리 오른편의 칼집에 꽂힌 칼에 닿지 않는다. 이제 자기 자신의 의지로 죽지도 못한다. 이자나미의 장난감 노릇을 하다가 고통 속에서 죽음을 맞아야 한다.

왜 이자나미를 처치할 수 있을 거라 생각했을까. 왜 인간 주제에 이자나미에게 도전했을까. 100년 넘게 다양한 생물의 유전 정보를 획득해 진화한 괴물. 이미 '생물'의 범주를 넘어 '신'에 가까운 존재다.

뭘 그렇게 기고만장했던 걸까. 신을 죽이다니, 그런 어마어마한 일이 가능할 리 없는데.

점점 다가오는 무수히 많은 촉수를 멍하니 바라보며 아카네는 무의식적으로 가녀린 목소리를 흘렸다.

"살려줘…… 언니."

안구에 닿을 만큼 촉수가 가까이 다가왔다. 다음 순간 푸른 궤적이 그려지고, 눈앞까지 다가온 촉수 수십 개가 힘없이 땅에 떨어졌다. 아카네의 팔을 파고든 촉수도 그렇게 콱 박혀 있었다는 것이 믿기지 않을 만큼 스르르 빠졌다.

이자나미의 절규가 울려 퍼졌다. 절단된 촉완 몇 개가 거대한 선충처럼 땅바닥에서 꿈틀거렸다.

아카네는 대체 뭐가 어떻게 된 건지 몰라 얼떨떨했다. 옆에서 울음소리가 들렸다. 칠판을 긁듯 불쾌한 괴성. 아카네는 관절이 녹슨 것처럼 부자연스럽게 고개를 돌리고서야 깨달았다. 어느 틈엔가 요모쓰이쿠사가 바로 옆에 있었다.

크게 벌린 부리에서 흘러나온 위협적인 울음소리는 이자나미를 향한 것이었다.

요모쓰이쿠사가 도와주었다. 아카네를 뜯어 먹으려고 다가온 촉수를, 꼬리에 달린 낫으로 촉완과 함께 잘라냈다.

이자나미와 대면하면 요모쓰이쿠사가 생물적인 본능을 거스를 수 없을 줄 알았다. 여왕 이자나미를 해치기는 불가능할 줄 알았다. 하지만 지금 종의 정점이자, 존속의 근원인 이자나미에게 대항하고 나섰다.

아카네를 지키려는 언니의 의식이 종의 본능을 앞섰다.

"고마워. 고마워, 언니……."

아카네가 진심으로 감사를 표하자, 요모쓰이쿠사는 한층 크게 괴성을 지르며 이자나미에게 덤벼들었다.

무수히 많은 촉완이 덮쳐오자 요모쓰이쿠사는 낫 달린 꼬리를 휘둘러서 쳐냈다. 왼쪽 꼬리뿐만 아니라 가지의 총에 맞은 오른쪽 꼬리도 격렬하게 흔들었다. 그만큼 사력을 다한다는 뜻이리라.

아무리 요모쓰이쿠사라도 저 촉수에 붙잡히면 잡아먹힌다. 어떻게든 그 전에 이자나미의 급소에 필살의 일격을 날려야 한다.

하지만 이자나미와 요모쓰이쿠사는 대형 트럭과 경차 정도로 크기에 차이가 있다. 그 차이는 고스란히 공격 범위의 차이로 이어졌다.

이자나미의 촉완은 요모쓰이쿠사의 몸에 닿지만, 요모쓰이쿠사의 꼬리는 이자나미의 몸에 전혀 닿지 않는다.

언니 혼자서는 못 이긴다. 아카네는 라이플을 주워서 장전손잡이를 뒤로 당겼다. 총상과 촉수의 공격으로 팔에 밀려오는 통증을 꾹 참고 탄창에 탄알을 넣으며 옆으로 달렸다. 두흉부를 쐈지만 이자나미에게 큰 타격은 주지 못했다. 그렇다면 이번에는 그 뒤쪽의 복부다.

아카네는 이자나미의 복부 옆쪽에 달린 인간의 얼굴이 보이는 곳까지 이동한 후, 스코프를 들여다보지 않고 연달아 발포했다. 이 정도까지 목표물이 크면 눈을 감고도 명중시킬 수 있다.

라푸아 매그넘탄의 반동이 심해서 다친 팔이 욱신욱신했지만, 개의치 않고 방아쇠를 당겼다. 복부에 달린 얼굴이 차례차례 박살 날 때마다 이자나미가 조금씩 뒤로 물러났다. 하지만 움직임을 멈추기는커녕 더 요동쳤다.

두흉부가 빙글 돌아가더니 거대한 태아의 얼굴에 달린 유리구슬 같은 눈동자가 재장전하는 아카네를 노려보았다.

재장전을 마친 아카네가 총구를 들었을 때, 창처럼 뾰족한 요모쓰이쿠사의 꼬리가 태아의 얼굴 한복판에 깊숙이 꽂혔다. 세로로 찢어진 이자나미의 입에서 분노와 고통에 찬 비명이 튀어나왔다.

해치웠나?! 목구멍까지 솟구친 쾌재가 입속에서 흩어졌다. 이자나미의 촉완이 얼굴에 박힌 요모쓰이쿠사의 꼬리를 휘감고 조이기 시작했다.

요모쓰이쿠사가 괴성을 지르며 가운데 꼬리를 뽑으려고 했다. 하지만 큰 뱀처럼 조여대는 촉완의 힘이 워낙 강해서 달아날 수 없었다.

이자나미가 푸르게 빛나는 수많은 촉완으로 요모쓰이쿠사를 감싸려 했다. 요모쓰이쿠사는 좌우 꼬리를 휘둘러 저항했지만, 촉완이 너무 많았다. 포위망이 점점 좁혀졌다. 촉완 끝부분이 벌어지고 촉수가 흔들렸다.

이대로 가면 요모쓰이쿠사가 잡아먹힌다. 하지만 라이플을 쏴도 이자나미는 잠깐 주춤할 뿐이다.

어쩌지? 어쩌면 좋지? 필사적으로 방법을 찾던 아카네는 숨을 헉 삼켰다. 무기를 하나 더 가져왔다. 라이플보다 훨씬 강력한 무기를.

아카네는 메고 있던 배낭을 내리고 속에서 작은 천 가방을 꺼냈다. 천 가방의 지퍼를 열고 길쭉한 통같이 생긴 물건을 끄집어냈다.

탄광 마을에서 발견한 다이너마이트. 광산을 발파할 때 사용했던 다이너마이트라면 이자나미에게도 치명상을 입힐 수 있을 것이다.

그런데 100년 넘게 묵은 폭발물이 과연 터질까. 불안감이 가슴을 스쳤지만, 아카네는 뇌진탕의 영향으로 아직 어질어질하는 머리를 휘휘 내저었다.

망설일 때가 아니다. 아카네는 다이너마이트를 들고, 다운재킷 주머니에서 꺼낸 지포 라이터로 도화선에 불을 붙였다.

치직치직 불꽃을 튀기며 도화선이 타들어 가는 것을 확인한 후, 아카네는 다이너마이트를 약 20미터 거리에 있는 이자나미에게 던지려 했다. 하지만 오른팔을 휘두른 순간, 다친 곳에 날카로운 통증이 몰려왔다. 손에서 떨어뜨린 다이너마이트는 목표에서 크게 벗어나, 포물선을 그리며 이자나미 뒤쪽의 수직 구멍으로 빨려들었다.

실패했다. 빨리 하나 더 던져야 한다. 아카네가 통증을 참으며 천 가방에 손을 넣은 순간, 굉음이 공기를 세차게 진동시켰고 땅이 흔들렸다.

다이너마이트가 떨어진 수직 구멍에서 폭풍과 함께 암석이 잔뜩 튀어 올랐고, 푸르게 빛나는 벽에 금이 갔다.

상상 이상의 파괴력에 아카네는 어안이 벙벙해졌다. 고작 하나가 이 정도 위력이라니. 만약 다이너마이트를 몽땅 터뜨리면 이 돔구장 같은 공간, 아니 어쩌면 종유동 전체가 무너질지도 모른다.

이자나미는 겁먹은 것처럼 수직 구멍에서 거리를 두었다. 동시에 요모쓰이쿠사에게 다가가던 촉완도 세차게 깜박거리며 뒤로 물러났다. 그 틈을 노려 요모쓰이쿠사가 왼쪽 꼬리를 휘둘렀다. 꼬리 끝에 달린 낫이 촉완에 휘감긴 가운데 꼬리를 잘라냈다. 고통스러운 절규와 함께 촉완에서 벗어난 요모쓰이쿠사는 재빨리 이쪽으로 다가와서 아카네를 보호하듯 이자나미와 대치했다.

"고마워, 언니."

아카네는 파란 피가 흐르는 꼬리 절단면에 살짝 손을 댔다.

이 요모쓰이쿠사는 틀림없이 괴물이다. 사람을 잡아먹는 괴물. 하지만 동시에 목숨을 걸고 나를 지켜주는 가족이기도 하다.

"힘을 합쳐서 저 녀석을 죽이자. 그리고…… 함께 집으로 돌아가자. 우리 가족의 집으로."

 꿈같은 이야기라는 건 안다. 퇴치팀을 끔찍하게 살해한 요모쓰이쿠사라는 존재를 인간은 결코 용납하지 않는다. 하지만 지금은 그런 꿈을 꿔도 될 것 같았다. 7년간 찾아 헤맨, 사랑하는 가족이 바로 곁에 있으니까.

 요모쓰이쿠사가 촉완 하나를 뻗어서 쓰다듬듯이 아카네의 머리를 건드렸다. 숲에서 길을 잃었을 때 언니가 찾아내서 다정하게 머리를 쓰다듬어준 추억이 되살아나 가슴이 뜨거워졌다.

 언니가 이자나미를 유인하는 사이에 최대한 다가가서 다이너마이트를 던진다. 폭발의 위력으로 아카네와 언니도 크게 다치거나 목숨을 잃을지도 모르지만, 이자나미에게 치명상을 입히려면 다른 방법은 없다.

 아카네는 다이너마이트가 든 가방을 어깨에 메고 오른손에는 다이너마이트, 왼손에는 지포 라이터를 들었다. 아카네가 각오를 다졌을 때 노랫소리가 들려왔다.

 이자나미의 복부 등 쪽에 돋은, 파랗고 거대한 장미 봉오리 같은 구조물에서 아름다운 선율이 흘러나왔다. 동시에 촉완이 활짝 벌어지고 눈부시게 빛나기 시작했다.

 "아무래도 저쪽 역시 진심으로 해볼 생각인가 봐. 그럼 언니, 가자!"

 아카네가 신호하자 요모쓰이쿠사는 괴성을 지르더니, 좌우 꼬리를 휘두르며 이자나미에게 돌진했다. 아카네는 아까 복부 옆면을 쐈을 때처럼 빙 돌아들듯이 옆으로 이동하며 이자나미와 거리를 조금씩 좁혔다.

이 팔로는 멀리서 다이너마이트를 정확하게 던질 수 없다. 충분히 다가가야 한다. 설령 자기 자신이 폭발에 휘말릴 위험이 높아지더라도.

이자나미를 처치해야 한다. 이 생물을 지금 여기서 없애야 한다. 본능과도 비슷한 의무감이 아카네를 부추겼다.

이자나미는 촉완을 채찍처럼 세차게 휘둘러 요모쓰이쿠사를 내리쳤다. 요모쓰이쿠사는 꼬리 두 개로 공격을 받아넘겼지만, 연이어 날아드는 공격을 모조리 막아내지는 못하고 몇 번이나 촉완에 맞아서 튕겨 나갔다.

공격 방법이 달라졌다. 아까까지는 먹이를 포식하기 위한 공격이었다면, 지금은 우리를 명백한 위험 요소로 받아들이고 온 힘을 다해 제거하려 한다.

"언니, 조금만 더 버텨."

아카네는 그렇게 중얼거리며 이자나미의 측면으로 이동했다. 거리는 약 10미터, 여기라면 이자나미의 시야에 들어가지 않을 테고, 이 팔로도 정확하게 다이너마이트를 던질 수 있을 것이다.

지포 라이터 뚜껑을 엄지손가락으로 열고 도화선에 불을 붙이려 했을 때, 이자나미의 복부에 달린 인간의 얼굴 중 하나가 아카네를 빤히 바라보았다. 감정 없는 그 눈동자와 시선이 마주친 순간, 요모쓰이쿠사를 공격하던 촉완 중 하나가 바람을 가르는 소리와 함께 아카네에게 날아들었다.

못 피한다. 아카네는 즉시 그렇게 판단하고, 치명상을 면하기 위해 뒤로 펄쩍 뛰어서 타격을 줄이려 했다. 자동차에 치인 것 같은 충격과 함께 눈앞이 새하얘졌다.

기절하면 안 돼. 의식을 유지하고 낙법을 쓰는 거야. 허공에 붕 뜬 아카네는 땅바닥에 내동댕이쳐지기 직전에 몸을 웅크렸다. 온몸이 산산이 분해되는 듯한 통증이 밀려왔다. 아카네는 축구공처럼 데굴데굴 구르다가 수직 구멍에 빠지기 직전에 멈췄다. 하지만 힘이 빠진 탓에 지포 라이터를 놓쳤다. 지포 라이터는 깊은 어둠 속으로 빨려들었다.

"아아······."

탄식이 새어 나왔다. 라이터가 없으면 다이너마이트에 불을 못 붙인다. 이자나미에게 치명상을 입힐 수 없다. 통증과 절망으로 축 늘어졌던 아카네는 퍼뜩 놀라 자신의 뺨을 사정없이 때렸다. 짝, 하고 경쾌한 소리가 울려 퍼졌다.

언니가 미끼 노릇을 하고 있는데 포기해서 어쩌자는 건가. 설령 헛수고로 돌아갈지라도 마지막까지 발버둥 쳐야 한다.

아카네는 바들바들 떨리는 다리에 힘을 주어 겨우 일어섰다. 그리고 저 멀리 떨어져 있는 라이플을 향해 휘청휘청 달려갔다. 갈비뼈가 부러졌는지 숨 쉴 때마다 옆구리가 아팠지만, 그래도 죽을힘을 다해 계속 다리를 움직였다.

겨우 라이플을 줍고 돌아선 순간, 아카네의 입에서 "어······." 하고 얼빠진 목소리가 새어 나왔다.

태아의 얼굴에 달린 눈 일곱 개가 겨우 몇 미터 앞에서 아카네를 쳐다보고 있었다. 흑진주처럼 반짝이는 눈알에 아카네의 모습이 비쳤다.

언니는……?

아카네는 숨을 헐떡이며 눈만 움직여서 주변을 둘러보았다. 벽 앞에 요모쓰이쿠사가 옆으로 쓰러져 있었다. 분명 강한 공격을 받고 날아가서 벽에 부딪힌 것이리라. 벽에 거미집 모양으로 금이 갔다.

이자나미의 노랫소리가 커졌다. 공작이 날개를 자랑하듯 수많은 촉완이 부채꼴로 펼쳐지는 모습을 아카네는 그저 우두커니 서서 바라보았다.

끝장이다. 다이너마이트를 못 쓰고, 요모쓰이쿠사도 싸울 수 없는 상황에서 이 괴물에게 이길 방도는 없다.

아카네는 체념했다. 그때 요모쓰이쿠사가 비실비실 기어 오는 모습이 시야 구석으로 보였다. 꺼져가던 기력의 불길이 신선한 산소를 공급받은 것처럼 다시 타올랐다.

아직 끝나지 않았다. 언니가 목숨을 걸고 나를 지켜주려 하지 않는가.

생각해라, 생각해. 눈앞의 괴물을 죽이고 새로운 나로 다시 태어나기 위해.

어금니를 악문 순간, 머릿속에서 불꽃이 튄 것 같았다. 아카네는 눈을 번쩍 뜨고 이자나미의 복부 등 쪽에 달린 장미 봉오리 같은 구조물, 노랫소리가 흘러나오는 곳을 보고 큰 소리로 외쳤다.

"하루!"

이자나미의 몸이 크게 흔들리는 걸 보고 아카네는 자신의 상상이 들어맞았다고 확신했다.

황천의 숲에 관한 전설은 전부 사실이었다. 이 이자나미는 제물로 바쳐진 소녀 하루가 100년이 넘는 시간 동안, 방대한 유전자를 수평 전달받아 변해버린 모습이다.

분명 하루의 자아는 아직 남아 있다. 평소는 요모쓰이쿠사의 여왕으로서 본능이 앞서겠지만, 뭔가 계기가 있으면 그 자아를 끌어낼 수 있을 것이다.

"너 하루 맞지! 속임수에 빠져 제물로 바쳐진 하루."

이자나미의 두흉부에 있는 거대한 태아의 얼굴에 당황한 듯한 표정이 떠오르는 것을 보고 아카네는 목이 터져라 외쳤다.

"많이 괴롭고 무서웠을 거야. 숲에 혼자 버려지고, 이 동굴에 들어오자 괴물이 수많은 거미를 퍼붓고, 조금씩 자신의 몸이⋯⋯ 마음이 변해가고⋯⋯."

그 당시 하루의 심정을 상상하자 가슴이 조여들었다.

"원망스러운 마을 사람들을 몰살시킨 기분도 이해해. 자신을 괴물로 바꾼 황천신에게 복수한 기분도. 하지만 더는 괴로워할 것 없어. 이제 편해져도 돼."

아카네가 울음 섞인 목소리로 말하자 '장미 봉오리'가 꽃잎이 하나하나 벗겨져 떨어지듯 천천히 벌어졌다.

그리고 속에서 소녀가 나타났다.

실오라기 하나 걸치지 않은 아름다운 소녀가 벌어진 장미 봉오리 중심에 서 있었다. 내내 들려왔던 그 노랫소리가 보드라워 보이는 입술에서 흘러나왔다.

뒤쪽에 부채꼴로 펼쳐진 촉완에서 비치는 빛이 소녀의 모습을 신비적일 만큼 아름답게 부각했다.

소녀 하루는 아카네를 내려다보고 미소 지었다. 한없이 부드럽게. 갓 태어난 자기 아이를 바라보는 어머니 같은 눈빛이었다.

"만나서 반가워, 하루. ……100년간 정말로 고생 많았어."

마주 웃어준 후 아카네는 천천히 라이플 총구를 올리고 스코프를 들여다보았다.

렌즈 너머로 마주친 아카네와 하루의 시선이 부드럽게 하나로 녹아들었다.

"이제 네 악몽은 끝이야. 그러니…… 푹 쉬어."

속삭이듯 말하며 아카네는 방아쇠를 당겼다.

총소리가 울려 퍼지고 석류가 깨지듯 하루의 머리가 박살 났다.

두흉부에 달린 태아의 얼굴과 복부에 달린 얼굴 수십 개, 이자나미의 몸에 있는 '사람'들이 일제히 단말마의 비명을 질렀다. 눈에서는 파란 피눈물이 줄줄 흘렀다.

이자나미는 곤충처럼 '얼굴' 부분에 신경절, 즉 뇌가 존재하는 것이리라. 그리고 그것을 통합하던 하루가 사라짐으로써 각각의 뇌가 독립적으로 몸을 조종하려 한다.

아카네의 가설을 증명이라도 하듯 지금까지 조직적으로 움직였던 수많은 촉완이 불규칙하게 움직이며 서로 엉켰다. 촉완을 이용해 이동하던 이자나미의 몸체가 그 자리에서 심하게 뒤뚱거렸다.

요모쓰이쿠사의 여왕이었던 이자나미는 죽었다. 하지만 악몽 같은 괴물로서는 아직 활동을 멈추지 않았다.

태아의 얼굴은 복부에 달린 수십 개의 얼굴보다 훨씬 큰 뇌를 가지고 있으리라. 그것이 이자나미의 몸을 지배할 가능성도 부정할 수 없다.

그렇게 되면 이 괴물은 포식동물로서 본능이 시키는 대로 다른 생물을 습격할 것이다. 사슴, 불곰, 인간, 요모쓰이쿠사, 그리고 자신이 낳은 아미탄네도. 하루라는 멍에가 벗겨진 이자나미에게 다른 동물은 그저 먹잇감에 불과하다.

아카네는 머리를 잃은 채 아직도 만개한 장미의 중심에 서 있는 하루의 주검을 바라보았다.

아무 잘못도 없이 제물로 바쳐지고, 그로부터 황천신이라는 자리에 100년이나 얽매여 온 소녀. 하루를 더 이상 욕보여서는 안 된다.

"……내가 끝낼게."

아카네가 중얼거렸을 때 동조하듯 드높은 울음소리가 울려 퍼졌다. 어느 틈엔가 요모쓰이쿠사가 힘을 보태겠다는 듯 옆에 있었다. 갑옷 같은 검은 비늘은 군데군데 떨어져 나갔고, 절단된 가운데 꼬리 밑동에서는 파란 피가 뚝뚝 떨어졌다. 오른쪽 꼬리는 가지의 총에 맞은 데다 끝부분의 낫이 반쯤 부러졌다. 미끼가 되어 이자나미와 정면 대결한 흔적이 온몸에 새겨져 있었다.

"언니, 미안해. 이자나미를 끝장내고 싶어. 조금만 더 도와줄래?"

단단하고 차가운 비늘을 만지며 말을 걸자 요모쓰이쿠사의 눈 일곱 개가 살짝 가늘어졌다. 아카네는 "고마워……." 하고 비늘을 쓰다듬은 후 라이플 탄창에 라푸아 매그넘탄을 채웠다.

이제 말은 필요 없었다. 아카네와 요모쓰이쿠사는 동시에 움직였다. 요모쓰이쿠사가 아카네 앞으로 이동해 좌우 꼬리를 크게 흔들었다. 아카네는 무릎쏴 자세로 스코프를 들여다보고 태아의 얼굴 한복판을 조준해서 발포했다. 코 부분이 날아가고 거미 같은 입에서 절규가 터져 나왔다.

발포의 반동이 전해지자 오코노기의 총에 맞고 이나자미의 촉수에 뜯어 먹힌 상처에 날카로운 통증이 밀려왔다. 손에 감각이 없어졌다. 그래도 아카네는 연달아 발포했다.

탄알이 태아의 얼굴에 명중할 때마다 아픈 것에서 달아나고자 하는 생물적 본능 때문인지, 이나자미의 몸이 몇십 센티미터씩 뒤로 물러났다. 분명히 피해는 주고 있다. 하지만 적을 공격한다는 목적이 일치했는지 따로 움직이던 촉완이 일제히 아카네를 향했다.

요모쓰이쿠사는 포효하며 좌우 꼬리로 촉완을 잘라내 아카네를 지켰다.

발포와 재장전을 되풀이하던 아카네는 벨트의 쇼트셸홀더를 더듬다가 인상을 찡그렸다. 탄알이 별로 안 남았다. 이대로는 이자나미에게 치명상을 입힐 수 없다. 아카네가 혀를 찼을 때 태아의 얼굴이 울부짖더니 이자나미의 거대한 몸이 아카네를 향해 움직였다.

우려하던 일이 발생했다. 저 태아의 뇌가 이자나미의 몸을 조종하기 시작했다. 수 톤은 될 법한 거대한 몸뚱이가 촉완을 꿈틀거리며 땅울림과 함께 다가왔다. 가만히 있으면 짓뭉개진다.

아카네는 옆으로 뛰어서 피하려고 다리에 힘을 주었다. 그때 요모쓰이쿠사가 촉완 여덟 개로 땅을 박차고 이자나미를 향해 곧바로 돌진했다.

"언니?!"

요모쓰이쿠사와 이자나미는 경차와 대형 트럭만큼 체격 차가 크다. 정면으로 부딪치면 단숨에 찌그러진다.

언니가 죽겠다고 생각한 순간, 요모쓰이쿠사의 꼬리 두 개가 휘어지며 끝에 달린 낫이 이자나미의 두흉부에 달린 태아의 얼굴 양쪽 뺨에 꽂혔다. 소름 끼치는 절규가 태아의 입에서 울려 퍼졌고 이자나미가 전진을 멈췄다.

요모쓰이쿠사는 앞으로 나아가며 꼬리를 더 깊이 박았다. 이자나미는 도망치듯 뒤로 물러났다. 힘을 너무 줬는지 요모쓰이쿠사의 잘려 나간 꼬리와 비늘에 생긴 상처에서 파란 피가 줄줄 흘렀다.

요모쓰이쿠사의 의도를 이해하고 아카네는 눈을 부릅떴다. 이자나미의 몇 미터 뒤쪽에 입을 벌린 수직 구멍, 저기에 이 괴물을 떨어뜨릴 작정이다.

아무리 구멍이 깊어도 밑에는 지하호수가 펼쳐져 있다. 떨어진 충격만으로는 이자나미를 죽일 수 없으리라.

하지만 만약 이자나미가 물속에서 숨을 못 쉰다면……. 아카네의 머릿속에서 생각이 격렬하게 교차했다.

사령탑인 하루를 잃어버린 탓에 이자나미는 거대한 몸을 자유로이 다룰 수가 없다. 헤엄을 못 쳐서 지하호수에 빠져 익사할 가능성이 있다.

어쨌거나 다이너마이트를 사용할 수 없으니 이자나미를 죽이기에는 화력이 너무 부족하다. 그렇다면 시험해 볼 가치는 있을지도 모른다. 하지만…….

이자나미가 수직 구멍 가장자리까지 몰렸다. 이대로는 떨어진다는 걸 알아차렸는지, 이자나미가 후퇴를 멈췄다. 요모쓰이쿠사가 필사적으로 밀어내려고 했지만, 훨씬 무거운 이자나미에게 오히려 차츰차츰 밀려났다.

요모쓰이쿠사가 두흉부를 돌려서 눈동자 일곱 개로 아카네를 바라보았다. 그 순간, 가슴에 들어찼던 망설임이 싹 사라졌다.

언니가 애쓰고 있다. 이자나미를 이 세상에서 없애겠다는 내 목표를 위해. 언니의 노력에 보답해야 한다.

아카네는 쇼트셀홀더에 남은 라푸아 매그넘탄 다섯 발을 꺼내 장전한 후 조준했다. 이자나미의 두흉부에 달린 태아의 얼굴, 칠흑 같은 눈동자가 있는 이마 한복판을.

방아쇠를 당겼다. 총소리가 사방에 진동했다. 눈동자 약간 아랫부분에 명중해 태아가 비명을 질렀다. 이자나미가 전진을 멈췄다.

아카네는 아랫배에 힘을 주어 반동을 억누르며 두 발을 더 쐈다. 두 번째 탄알이 호를 그리며 줄지은 눈동자 중 하나를, 세 번째 탄알은 비명을 지르는 입 옆에 달린 더듬이다리를 날려버렸다. 그때마다 이자나미는 조금씩 물러났고, 다시 수직 구멍 가장자리까지 몰렸다.

아카네는 천천히 심호흡하며 스코프를 들여다보았다. 시야에 보이는 십자 조준선의 중심부가 태아의 얼굴에 겹쳤다.

"……이걸로 끝을 내자."

집게손가락으로 방아쇠를 당겼다. 약협에 채워진 화약이 폭발하자 총열에 새겨진 강선을 따라 회전하며 발사된 탄두가 공기를 가르고 일직선으로 날아가서 태아의 이마에 명중했다.

신생아가 우는 듯한 소리를 내며 이자나미는 더 뒤로 물러나다가 균형을 잃고 수직 구멍으로 빨려들었다.

해냈다! 목구멍에서 솟아오른 환호성이 입속에서 사라졌다. 태아의 얼굴에 꼬리 두 개를 박은 요모쓰이쿠사도 중력을 이기지 못하고 떨어지는 이자나미와 함께 단숨에 수직 구멍으로 끌려들어갔다. 흡반이 달린 촉완 여덟 개로 땅바닥을 잡고 필사적으로 버텼지만, 그것만으로는 수 톤이나 되는 이자나미의 무게를 이겨낼 수 없었다. 개미지옥에 빠진 개미처럼 수직 구멍으로 질질 끌려갔다.

"언니!"

아카네는 라이플을 어깨에 메고 허겁지겁 요모쓰이쿠사에게 달려갔다. 요모쓰이쿠사는 당장이라도 수직 구멍에 빨려들 것 같은 상태였다.

"언니, 꼬리를 빼! 아니면 언니까지 같이 떨어져."

수직 구멍 가장자리에서 아카네가 애원하자 요모쓰이쿠사는 몸을 돌려서 배 쪽을 드러냈다. 꽉 맞물려 있던 좌우 다리가 문처럼 열리고 언니와 똑 닮은 '사람'이 모습을 나타냈다. 수직 구멍에서 푸르게 빛나는 촉완이 뻗어 나와 허공을 긁었다. 이자나미가 기어오르려 한다.

"언니, 빨리 꼬리를 빼라니까!"

아카네는 비명 같은 목소리로 외쳤다. '사람'이 아카네의 발치를 보았다. 따라서 시선을 떨어뜨린 아카네는 눈이 휘둥그레졌다. 거기에는 아까 이자나미의 촉완에 맞아 날아갔을 때 떨어뜨린 천 가방이 있었다.

다이너마이트로 가득한 천 가방이.

"싫어, 안 돼, 언니……."

아카네는 요모쓰이쿠사의 의도를 알아차리고 힘없이 고개를 저었다. 그때 이자나미의 촉완 하나가 땅에 닿았다. 이대로 있다가는 이자나미가 기어 올라온다. 그렇지만…….

심한 갈등 속에서 천 가방을 줍고 고개를 든 순간, 아카네는 몸이 떨렸다. '사람'이 미소 짓고 있었다. 한없이 상냥하고 부드러운 웃음. 어렸을 적 숲에서 길을 잃은 아카네를 찾아냈을 때 언니가 지었던 웃음.

아아, 그렇구나……. 아카네는 전부 이해했다.

아카네가 모든 것을 걸고 이자나미를 처치하기로 결심했듯이, 언니에게는 아카네를 지키는 것이 자신의 존재 의의였다. 그렇기에 언니는 괴물이 된 후에도 의지를 유지할 수 있었다. 괴물의 본능을 거스르고, 이자나미를 처치하려는 아카네에게 협력해 주었다.

지금은 서로 자신의 사명을 완수할 때다. ……그 결과가 아무리 잔혹한 형태로 다가올지라도.

"고마워, 언니."

아카네가 천 가방을 살짝 내밀자 '사람'은 양팔로 끌어안듯이 받아 들었다.

요모쓰이쿠사의 몸이 마치 느린 화면을 보는 것처럼 천천히 뒤로 기울었고, 중력에 의해 수직 구멍으로 빨려들어갔다.

아카네는 라이플을 들고 수직 구멍을 들여다보았다. 이자나미의 촉완이 뿜어내는 푸른빛 속에 천 가방을 끌어안은 '사람'이 보였다. 아카네는 스코프를 들여다보고 조준했다.

상냥한 미소를 띤 '사람'과 아카네의 시선이 렌즈를 통해 하나로 녹아들었다.

"언니…… 사랑해."

아카네는 '사람'이 끌어안은 천 가방을 조준해 방아쇠를 당겼다. 마지막 라푸아 매그넘탄이 천 가방에 든 다이너마이트를 꿰뚫었다.

대폭발이 일어났다.

수직 구멍에서 폭풍이 솟구쳐 아카네는 2미터쯤 튕겨 나갔다. 수직 구멍 너머의 벽에 생긴 커다란 균열이 마치 나무가 가지를 뻗듯 사방팔방으로 마구 번져나갔다.

천장이 무너지기 시작했다. 사람보다 커다란 돌이 아카네 옆에 떨어져서 깨졌다.

아카네는 땅을 박차고 달렸다. 폭발이 잦아들었는데도 땅은 계속 뒤흔들렸다. 붕괴가 시작됐다. 이 공간이, 아니 분명 종유동 전체가 무너진다.

아까 지나왔던 통로를 빠져나가 '복도'로 뛰어든 순간, 아카네는 얼굴이 굳어졌다. 복도에는 아미탄네가 몇 마리 있었다.

총은 두고 왔다. 이 거대한 거미 괴물과 싸울 방법은 없다.

아카네는 절망에 빠질 뻔했지만, 아미탄네의 두흉부에 달린 인간의 얼굴에서 표정이 사라졌다는 걸 깨달았다. 눈동자도 초점을 잃었다.

어쩌면……. 아카네는 종종걸음으로 조심스레 복도를 나아갔다. 바로 옆을 지나쳤을 때 아미탄네가 아카네를 쳐다보았다. 하지만 아미탄네는 움직이지 않았다. 그저 멀어지는 아카네를 바라만 봤다.

여왕이 죽자 존재 의미를 잃은 것이리라. 그래서 적을 제거할 필요도 없어졌다. 이 동굴에서 여왕과 운명을 함께하는 것이 그들에게 부여된 마지막 사명이리라.

약간 동정하면서도 아카네는 오로지 달렸다. 땅바닥, 벽, 천장, 보이는 모든 곳에 금이 가기 시작했다. 뒤쪽에서 동굴이 무너져 내리는 소리가 따라왔다.

한계를 넘어서 혹사한 몸이 비명을 질렀지만, 아카네는 무시하고 계속 다리를 움직였다. 갱도와 종유동을 연결하는 통로가 있는 공간으로 나왔다. 천장에 달린 고드름 모양의 돌기둥이 차례차례 떨어졌다. 아카네는 돌기둥을 피하며 실개천 상류의 통로로 뛰어들었다.

왔을 때와는 반대쪽의 비탈진 오르막 통로를 아카네는 쉴 새 없이 달렸다. 앞쪽에 가문비나무가 늘어선 광경이 어렴풋이 보였다.

출구다! 아카네는 마지막 힘을 쥐어짜 동굴에서 뛰쳐나왔다. 마치 그러기를 기다렸다는 듯 무너져 내린 바위로 동굴 출입구가 막혔다.

아카네는 벌렁 쓰러져서 공기를 마구 들이마셨다. 전국 고등학교 종합체육대회 결승을 마쳤을 때도 이렇게까지 기진맥진하지는 않았다. 산소가 모자란 탓인지 뿌예 보이는 시야 속, 별이 반짝이는 밤하늘에 보름달이 떠 있었다.

둥그런 달의 윤곽이 희미하게 번졌다. 아카네는 아래팔로 눈가를 닦았다.

이걸로 됐다. 언니는 마지막에 괴물이 아니라 인간으로서 삶을 마감했으니까.

아카네는 오열이 새어 나오지 않도록 입을 꾹 다물고 천천히 일어섰다.

여기는 어디일까. 아직 완전히 살았다고는 할 수 없다. 기껏 황천신을 해치웠는데, 조난당해 목숨을 잃으면 주객이 전도되는 꼴이다. 꽤 가파른 산의 비탈면에 있는 숲인 듯했다. 마을이 가까이에 있기를 바랄 뿐이었다.

아카네는 주위를 둘러보다 입이 떡 벌어졌다. 거리는 3킬로미터쯤 될까, 저 아래쪽 골짜기에 달빛을 받은 가정집이 보였다. 낯익은 가정집이.

2층 집, 널찍한 목장, 그리고 콘크리트로 만든 축사. 거기는 아카네의 본가였다.

탄광과 종유동이 황천의 숲 아래로 뚫려 있었던 것이다. 하지만 설마 이런 곳에 '황천국'의 입구가 있었을 줄이야…….

아카네는 납덩이처럼 무거운 다리를 끌며 비틀비틀 산을 내려갔다.

4

 두 시간쯤 후, 아카네는 밤이 내린 산을 내려와 본가에 다다랐다. 현관문을 열고 좌우로 휘청휘청하며 거실로 가서 쓰러지듯 소파에 누웠다.
 커다란 창문으로 달빛이 어슴푸레 비쳐드는 방에서 아카네는 천장을 올려다보았다.
 시간이 얼마나 흘렀을까. 고작 몇 분인 것도 같았고, 몇 시간이나 넋 나간 상태로 누워 있었던 것 같기도 했다. 손목시계를 확인하자 새벽 5시가 지났다.
 황천의 숲에 들어간 지 하루 정도밖에 지나지 않았다니, 도무지 믿기지 않았다. 퇴치팀과 함께 숲을 나아갔던 것이 아주 오래된 옛일처럼 느껴졌다.
 하루, 고작 하루 사이에 서른 명 넘게 죽었다. 대부분은 언니에게 기생한 알에서 태어나 우리 가족을 잡아먹고 성장한 요모쓰이쿠사가 죽였다. 하지만 그 괴물에게는 언니의 마음이 남아 있어서 스스로를 희생해 아카네를 지켜주었다.

어두운 천장을 바라보며 생각하자, 전부 꿈이 아니었을까 싶었다. 밤새 악몽 속을 헤맸을 뿐인 것 같기도 했다.

아니, 그건 실제로 일어난 일이다. 언제까지고 이렇게 넋 놓고 있을 수는 없다.

아카네는 소파에서 몸을 일으켜 거실 구석에 있는 전화기로 다가갔다. 퇴치팀과 연락이 끊겨서 경찰은 혼란에 빠졌을 것이다. 무슨 일이 있었는지 알려야 한다.

"알리면 더 혼란에 빠질지도 모르지만."

아카네는 자학적으로 중얼거리고 수화기를 집으려다 '자동응답기'라고 적힌 버튼에 불이 들어와 있는 걸 알아차렸다.

실종된 가족에게 연락이 올 수도 있다는 실낱같은 희망을 버리지 못해 지금까지 회선을 유지해 왔다. 가족 말고 여기로 전화를 걸 사람은 거의 없을 것이다.

"누가 잘못 걸었나?"

고개를 갸웃하며 버튼을 누르자 녹음된 시각을 알린 후, 음성이 흘러나왔다.

"사하라? 사하라의 본가 전화 맞지? 나야, 시노미야."

아카네는 귀를 의심했다. 왜 시노미야가 여기에 음성 메시지를 남겼단 말인가.

"휴대폰에 전화했는데 연결이 안 돼서 여기 메시지 남기는 거야. ……혹시나 내가 벡터에게 죽을 때를 대비해서."

나지막하게 억누른 시노미야의 목소리를 듣고 아카네는 드디어 이해했다. 이건 시노미야가 실종되기 직전에 건 전화다. 시노미야는 벡터의 정체를 알아차렸다. 그리고 입막음을 우려해 이 메시지를 남긴 것이다. 이 전화를 건 후, 시노미야는 벡터였던 오코노기에게 살해당한 것이리라.

만약 그날 밤, 전화가 온 걸 알아차렸다면……. 아카네는 입술을 깨물었다. 녹음된 음성이 전화기에서 계속 흘러나왔다.

"잘 들어. 네게는 몹시 충격적인 내용일 거야. 벡터는 네가 잘 아는 사람이니까."

확실히 그랬다. 설마 오코노기가 벡터였을 줄은 몰랐다.

그때 머릿속에 의문이 솟았다. 왜 이자나미는 같은 편인 오코노기를 그토록 잔혹하게 죽였을까? 인간에게 알을 기생시키기 위해서는 벡터가 꼭 필요하다. 그런데 그렇게나 미련 없이…….

─아카네, 제발. 난 진짜로 벡터가 아니야.

이자나미에게 먹히기 전에 울먹이는 표정으로 호소하던 오코노기의 모습이 머릿속에 되살아났다. 심장이 요동쳤다.

설마 오코노기는 정말로 벡터가 아니었나?

아니, 그럴 리 없다. 아카네는 머리에 떠오른 생각을 떨쳐내듯 고개를 세차게 내저었다. 오코노기는 아카네가 주지 않은 라푸아 매그넘탄을 가지고 있었다. 잠에 빠진 가지 몰래 라이플에서 탄알을 빼낸 것이 틀림없다. 호흡이 흐트러진 아카네에게 전화 속 친구의 목소리가 말했다.

"이 말을 전하는 건 네가 알아차렸으면 해서야. 그리고 더 큰 비극을 어떻게든 네가 멈춰줬으면 해서야."

"걱정하지 마, 시노미야. 끝났어. 전부 내가 끝냈어."

혼란스러운 마음을 떨쳐내듯 아카네는 소리 내어 말했다.

"요 몇 년간, 우리 병원에서 성숙 기형종 적출 수술을 받은 환자의 차트를 확인해 봤어. 환자들에게 한 가지 공통점이 있더군."

사고나 사건으로 다쳐서 응급실에 실려 온 적 있는 환자들이다. 당시 조사하러 온 오코노기가 빈틈을 노려 그들의 복강에 요모쓰이쿠사의 알을 넣었다. 뻔하다.

하지만 들려온 내용은 아카네의 예상과 완전히 달랐다.

"전부 개복수술을 받은 적이 있어. 그리고 한 인물이 그 모든 수술에 참여했지."

심한 현기증이 아카네를 덮쳤다. 오코노기가 수술에 관련됐을 리 없다.

오코노기는 벡터가 아니었다는 건가? 그럼 왜 그는 가지의 라이플에서 사라진 탄알을 가지고 있었을까?

—저도 고무로 양을 구하고 싶어요. 뭐니 뭐니 해도 제가 직접 집도했던 환자니까요.

—그러고 보니 사하라 선생이 처음으로 긴급수술을 맡았을 때도 내가 들어갔지.

천진난만한 히메노 유카의 모습과 부드럽게 웃는 시바타 교수의 모습이 머릿속에서 빙글빙글 돌았다.

대체 누가 벡터지? 대체 누가 언니와 다른 여성들의 배 속에 요모쓰이쿠사의 알을 기생시킨 거지?

아카네의 의문에 대답하듯 시노미야가 나직한 목소리로 알려주었다. 그동안 계속 찾아왔던 가족의 원수, 벡터의 정체를.

"너야."

발아래가 무너져 공중에 내던져진 것 같은 착각에 휩싸였다. 아카네는 무릎을 털썩 꿇었다.

"무, 무슨 소리를……."

"네가 바로 요모쓰이쿠사의 알을 여성의 몸속에 넣은 벡터야."

쓰러진 아카네에게 결정타를 가하듯 시노미야의 목소리가 울렸다.

그럴 리 없다. 그렇다면 사에에게, 그리고…… 언니에게 요모쓰이쿠사의 알을 기생시킨 건…….

토할 것만 같아서 아카네는 세면실로 달려가 양손으로 세면대를 붙잡고 구역질을 했다. 끈적끈적한 위액이 입에서 쏟아져 나왔다.

아니다. 내가 그랬을 리 없다. 하지만…….

복부를 찔린 언니를 치료한 건 10년 전. 그리고 외과의로서 주도적으로 집도할 수 있게 된 것이 7년 전. 그렇기에 언니에게 기생한 요모쓰이쿠사는 다른 개체보다 3년쯤 빨리 부화했다.

어떻게든 부정할 재료를 찾으려 했지만, 오히려 상황 증거가 쌓여갔다.

"알아. 넌 네가 벡터인 줄 몰랐겠지. 고무로 사에와 마찬가지야. 요모쓰이쿠사의 알에서 주입된 유전 정보 때문에 새로운 신경 회로가 생긴 거지. 트랜스 상태일 때 네가 무슨 짓을 했는지, 너 자신은 기억하지 못해."

수술 중에 자기 몸인데도 자기 몸이 아닌 것 같은 감각에 사로잡히곤 했다. 과도하게 집중한 탓이라고 여겼다. 하지만 어쩌면 그

때 트랜스 상태에 빠져서 요모쓰이쿠사의 알을 복강에 몰래 넣었는지도 모른다.

설령 깊은 관계가 되어도 결코 남자와 같은 침대에서 하룻밤을 보내지는 않았다. 당직 근무로 밤을 새워도 멀쩡했다. 평소 수면 중에 트랜스 상태에 빠져서 활동했기 때문이다.

남들보다 체력과 활력이 월등한 것도, 요모쓰이쿠사가 분비하는 흥분 물질과 특수한 호르몬 때문에…….

"그때, 가지 씨의 총에서 탄알을 빼낸 건 오코노기 씨가 아니었다……?"

깜박 졸았을 때 트랜스 상태에 빠져서 요모쓰이쿠사를 못 죽이도록 탄알을 빼냈다. 그리고 몰래 오코노기 씨의 주머니에 탄알을 숨겼다. 오코노기 씨가 벡터라는 믿음을 나 자신에게 심기 위해.

"요모쓰이쿠사가 날 죽이지 않은 건 내가 벡터니까……."

세면대에 게워낸 노란 위액을 바라보며 중얼거렸을 때, 한 가지 의문이 떠올랐다.

그렇다면 대체 언제 벡터가 된 걸까? 운동 능력은 어릴 때부터 남들보다 뛰어났다. 요모쓰이쿠사가 기생한 영향이라면…….

그때 머릿속에 빛바랜 기억이 떠올랐다. 어릴 적 숲속에서 길을 잃었던 기억. 당시 밤새 숲을 헤맸던 나를 언니가 발견했다.

그런데 언니와 만나기 전에는 어디에 있었을까?

기억이 눈부신 푸른빛으로 물들었다.

"그 종유동……. 난 이자나미를 만났어……."

아카네는 멍하니 중얼거리며 천천히 고개를 들었다. 요모쓰이쿠사의 복부에 돋아난 '사람'을 빼닮은 여자와 눈이 마주쳤다.

"언니를 쏙 빼닮았다는 말을 많이 들었지. 정말 기뻤는데."

아카네는 담담히 입을 벙긋거리는 여자에게 손을 내밀었다. 차갑고 딱딱한 거울에 손끝이 닿았다.

"숙주에서 기생생물로 유전자가 전달되지는 않아. 언니의 유전자가 요모쓰이쿠사에게 전달될 리 없어."

왜 그렇게 당연한 사실을 알아차리지 못했을까.

그렇다면...... 무서운 상상에 호흡이 거칠어졌다.

"사하라, 넌 아무 잘못도 없어. 너 자신도 모르게 벡터로 활동했을 뿐이니까. 분명 치료법이 있을 거야. 이 메시지를 들으면......"

거기서 시노미야의 목소리가 끊기고 요란한 소리가 전화기 너머에서 들려왔다. 뭔가가 쓰러지는 듯한 소리.

그리고 거기서 녹음이 끝났다.

"......아니야, 시노미야. 난 벡터가 아니야."

아카네는 느릿느릿 현관으로 가서 밖으로 나갔다.

겨울 새벽의 얼어붙을 듯한 공기도 어째선지 지금은 기분 좋게 느껴졌다. 아카네는 목장으로 들어가서 한 발짝 한 발짝 지르밟듯 축사로 향하며 깊은 숲에 뒤덮인 산을 올려다보았다.

어릴 적 황천의 숲에서 조난당했을 때 그 종유동에 들어가서 이자나미를 만났다. 다행히 그 괴물의 먹이가 되지 않았고, 다음 날 숲에 있다가 언니에게 구조됐다.

하지만 이자나미는 그때 '어떤 짓'을 했다. 그리고…… 나는 변했다.

축사에 다가갈수록 심장이 힘차게 뛰며 온몸에 뜨거운 혈액을 내보냈다.

나는 정기적으로 본가로 돌아와 축사에서 하룻밤을 보냈다. 식료품을 잔뜩 챙겨서.

혼자서 하룻밤을 보낼 뿐인데 왜 먹을 것이 그렇게 많이 필요했을까.

왜 한 달에 한 번, 아무리 바빠도 몸 상태가 안 좋아지는 시기에 여기로 왔고, 돌아갈 때는 몸이 괜찮아진 걸까.

그리고 왜 창문도 없고 전기도 끊긴 축사에서 실내가 잘 보인 걸까.

축사 앞에 다다르자 아카네는 문고리를 잡고 커다란 철문을 열었다.

문틈으로 푸르스름한 빛이 새어 나왔다.

"아아……."

입에서 목소리가 흘러나왔다. 절망에 찬 탄식인지, 환희에 찬 감탄사인지는 아카네 본인도 몰랐다.

아카네는 축사로 들어갔다. 바닥, 벽, 천장이 푸르게 빛나는 축사로.

아카네는 눈부신 듯 가늘게 뜬 눈으로 축사에 가득한 이메르황천거미를 바라보았다.

내 뇌세포에는 인간이 아닌 것의 유전 정보가 주입돼 새로운 신경 회로가 형성됐다. 고무로 사에가 자신의 행동이 이상하다고 인식하지 못했던 것처럼, 나도 푸르게 빛나는 이 공간이 이상하다고 인식하지 못했다.

왜 요모쓰이쿠사는 목숨을 걸고 날 지키려 했을까. 언니의 마음이 요모쓰이쿠사에게 남아 있기 때문인 줄 알았다. 언니의 애정이 요모쓰이쿠사의 본능을 이겼기 때문이라고 생각했다.

하지만 완전히 착각이었다. 그 요모쓰이쿠사는 내내 본능에 따라 행동했다. 즉······.

"내가 바로 요모쓰이쿠사의 여왕이었던 거야."

아카네의 목소리가 푸른빛으로 가득한 축사에 울려 퍼졌다.

그 요모쓰이쿠사의 복부에 돋은 '사람'은 언니를 닮은 것이 아니다.

나를 닮은 것이다.

나는 어릴 때 이자나미를 만나 차세대 이자나미 후보가 됐다. 수많은 이메르황천거미가 내게 알을 낳았고, 부화한 미세한 거미들은 내 복강을 보금자리 삼아 체액에서 영양분을 흡수하며 유전자 수평 전달을 반복했다.

내 난소를 대상으로.

다양한 유전 정보가 주입된 난세포는 요모쓰이쿠사의 알이 됐다.

매달 배란기에 몸이 안 좋아지면 이 축사에 묵었고, 다음 날 아침이면 몸 상태가 좋아졌다.

친숙한 본가에 머물며 정신적으로 안정돼서 그런 줄 알았다.

하지만 아니었다.

"여기서 산란한 거야……"

그리고 그 알을 수술할 때 환자 배 속에 넣었다. 아카네는 하복부를 살짝 만졌다. 그 안에 잠들어 있는 생명의 파동이 심장 박동에 실려서 전해지는 것 같았다.

종유동에서 아미탄네가 나만 노린 이유를 알았다. 아미탄네에게 나는 여왕 이자나미의 자리를 노리는 적이었다. 오코노기가 공격당하지 않은 건, 이자나미와 한편이었기 때문이 아니다. 나에 비하면 대수롭지 않은 존재였기 때문이다.

마음이 들뜨고 뺨이 달아올랐다. 몸속 깊은 곳의, 아니, 게놈에 조합된 새로운 힘이 깨어나는 것을 느꼈다.

이자나미를 죽이고 차세대 이자나미가 되는 것이 '후보'의 본능에 새겨진 사명이다. 그래서 그 존재를 알아차린 후 이자나미를 해치우기 위해 기를 쓴 것이다.

이자나미를 죽이면 다시 태어날 수 있을 것이라 생각했다.

그리고 지금, 나는 다시 태어났다.

아카네는 두 팔을 벌렸다. 그러자 축사를 가득 채운 이메르황천거미가 눈부시게 반짝였다.

새로운 여왕의 탄생을 축하하듯.

아카네는 문득 축사 구석이 한층 강하게 빛나고 있다는 것을 알아차렸다. 그쪽으로 걸어가자 동물 뼈가 산더미처럼 쌓여 있었다. 그 광경에 아카네의 눈이 가늘어졌다.

아카네가 한 달에 한 번 가져오는 식료품만으로는 이렇게 많은 이메르황천거미를 먹여 살릴 수 없었을 것이다. 분명 언니에게서 태어난 그 요모쓰이쿠사가 산에서 동물을 사냥해 여기 가져다 놨으리라.

그 요모쓰이쿠사는 언니가 아니었다. 그러나 틀림없이 '가족'이기는 했다.

"고마워."

아카네는 목숨을 바쳐 자신을 도와준 자식에게 감사의 말을 중얼거린 후, 뼈로 변한 사체 한 구가 푸르게 빛나고 있는 것을 알아차렸다. 아직 약간 남아 있는 연조직을 이메르황천거미가 먹고 있는 것이리라. 최근에 운반된 '먹이'라는 뜻이다.

아카네는 푸르게 빛나는 뼈 앞에 꿇어앉았다.

인간의 뼈였다. 얼굴 살은 거의 남아 있지 않았지만, 누구인지 금방 알아차렸다.

"미안해. ⋯⋯시노미야."

종유동에서 다이너마이트에 불을 붙이려 했을 때, 담배를 피우지 않는데도 어째선지 지포 라이터를 가지고 있었다. 그때 알아차렸어야 했다.

내가 시노미야를 죽였다는 사실을.

아카네는 친구의 광대뼈를 다정하게 쓰다듬었다. 광대뼈에 붙어 있던 이메르황천거미가 푸르게 빛나며 가루눈처럼 팔랑팔랑 흩날렸다.

그날 밤, 바에서 헤어진 후 잠깐 눈을 붙였을 때 나는 트랜스 상태에 빠졌다. 의사 사하라 아카네가 아니라, 이자나미 후보인

사하라 아카네로 변했다.

그리고 진실에 다가선 시노미야를 그의 교수실에서 살해해, 시신을 여기로 옮겨 이메르황천거미에게 먹이로 준 것이다.

친구의 유골을 먹이가 된 동물들과 함께 내버려둘 수는 없다. 정중하게 장례를 치러야 한다.

"하지만 그 전에 할 일이 있어."

아카네는 나지막한 목소리로 중얼거리며 일어서서 축사 출입구로 성큼성큼 나아갔다.

이메르황천거미들이 갈채를 보내듯 세차게 반짝였다.

아카네는 축사 문을 활짝 열었다. 푸른빛이 후광처럼 뒤쪽에서 아카네를 비췄다.

"자, 가자."

사하라 아카네는 새로운 인생의 첫걸음을 내디뎠다.

새로운 이자나미가 지금, 첫울음을 울었다.

에필로그

"자, 건배!"

히메노 유카는 와인 잔을 쳐들었다. 맞은편 자리에 앉은 사하라 아카네가 쑥스러워하며 자신의 잔을 갖다 댔다. 경쾌한 소리가 울리고 장밋빛 와인이 흔들렸다.

유카는 레드와인을 한 모금 마시고 실내를 둘러보았다.

"여기가 아카네 선배의 본가로군요."

3월 말인 오늘 밤, 유카는 산에 둘러싸인 골짜기에 자리한 아카네의 본가에 초대받았다. 아사히카와시에서 차로 한 시간쯤 걸리는 곳이었다.

"응. 그 유명한 가미카쿠시 사건이 일어난 곳이지."

아카네가 와인 잔을 돌리며 자학적으로 말했다. 뭐라고 대답해야 좋을지 몰라서 유카가 우물쭈물하자, 아카네는 어깨를 으쓱했다.

"신경 쓸 것 없어. 이제 다 털어냈으니까."

"가족분들, 발견됐죠."

유카가 머뭇머뭇 말을 꺼내자 아카네는 약간 서글프게 미소 지었다.

8년 전 홀연히 사라진 아카네의 가족이 몇 달 전 황천의 숲에 있는 황폐해진 마을에서 백골 시체로 발견됐다. 거대한 불곰 사체도 발견됐으므로, 8년 전 가미카쿠시 사건은 산에서 내려온 불곰이 네 사람을 죽이고 시신을 숲으로 가져간 것으로 결론 내려졌다.

"응, 두개골이 손상되거나 했지만, 일단 모두 돌아와서 다행이야. 장례식도 잘 치렀고."

아카네는 어쩐지 국어책 읽는 듯한 어조로 말하고 잔에 남은 와인을 단숨에 들이켰다.

"그래서 유학할 결심이 서신 거군요."

유카는 아카네의 잔에 와인을 따랐다. 아카네는 "그렇지." 하고 눈을 가늘게 떴다.

아카네는 이번 달을 끝으로 도오대학병원을 그만두고, 다음 달 미국 대학병원으로 임상 유학을 떠날 예정이었다.

"그 병원은 어떤 곳에 있나요?"

"여기랑 비슷할걸."

아카네가 창문으로 시선을 돌렸다. 유카도 따라서 그쪽을 보았다. 창밖에 아직 눈이 남은 목장이 보였고, 그 너머에는 깊은 숲이 펼쳐져 있었다.

"내가 일할 병원 근처에 커다란 국립공원이 있어. 도쿄보다 넓은 범위를 야생동물 보호구역으로 지정해서, 인간의 손이 닿지 않은 자연이 남아 있지. 들소, 말코손바닥사슴, 회색곰 등 수많은 동물이 살아."

"사슴이랑 곰이요? 한랭지라 그런지 확실히 홋카이도의 자연과 비슷하네요. 크기는 현격히 다르겠지만요. 피해를 입지 않도록 조심하세요."

유카가 농담조로 말하자 아카네는 어깨를 으쓱했다.

"걱정할 것 없어. 그쪽에 적응할 수 있도록 나도 이제부터 몸을 바꿔갈 생각이니까."

"피트니스 클럽에서 운동을 더 많이 하겠다는 말씀이세요?"

"뭐, 그렇다고 할까."

아카네는 얼버무리듯 대답했다.

"몸을 더 단련해서 어쩌려고요? 그러다 정말 괴물이 되겠어요."

"그것도 좋을 것 같은데."

깔깔 웃는 아카네를 보고 유카도 무심코 웃음을 지었다.

"그나저나 아카네 선배가 무사해서 다행이에요. 작년에 퇴치팀에 참가할 예정이었지만 직전에 몸이 안 좋아서 그만뒀잖아요."

"응, 그러게. 진짜 운이 좋았어……."

아카네가 뭔가를 떠올리듯 허공을 바라보았다. 그 모습을 보고 유카는 아차 싶어 입을 다물었다. 꺼내서는 안 될 화제였는지도 모른다. 몇 달 전, 공사 관계자 몇 명을 습격했다고 추정되는 식인 불곰을 퇴치하기 위해 서른 명 넘는 경찰관과 사냥꾼이 황천의 숲에 들어갔다. 하지만 연락이 두절됐고, 다음 날 새벽에 대규모 산불이 발생했다.

건조한 계절인 데다 2주일 넘게 비가 한 방울도 내리지 않았고 바람도 강해서, 불은 삽시간에 황천의 숲을 전부 태워버렸다. 소방대가 헬리콥터까지 동원해서 필사적으로 진화 작업에 나섰지만, 불이 완전히 꺼지기까지 사흘이나 걸린 대참사였다.

화재의 원인은 공사 관계자들이 컨테이너 하우스에 발전기용으로 보관해 둔 대량의 휘발유였다. 무슨 이유로 휘발유에 불이 붙어 폭발적으로 타오른 것으로 추정됐다.

화재 현장에서는 거대한 불곰과 퇴치팀, 인근에서 행방불명된 사람들의 뼈가 불탄 채 발견됐다. 고온에 오랜 시간 노출됐는지라 뼈가 많이 손상돼서 사인을 알아내기는 힘들었지만, 퇴치팀원들의 유골 중 몇몇에서는 뭔가에 공격당한 흔적이 발견됐다.

불곰의 습격으로 퇴치팀에 수많은 사상자가 생겼고, 다쳐서 이동할 수 없어진 사람들은 산불에 휘말려 전멸한 것으로 추정됐다. 요 몇 년간 인근에서 잇달아 발생한 행방불명 사건도 숲에서 나온 불곰의 소행으로 결론 내려졌다.

"저기…… 죄송해요."

"아니야, 죄송하기는 무슨. 자, 쭉쭉 마셔."

아카네가 와인 병을 집었다. 유카는 남은 와인을 얼른 마시고 잔을 내밀었다. 장밋빛 액체가 잔에 남실거렸다. 와인을 반쯤 마신 후 유카는 몸을 앞으로 내밀었다.

"아카네 선배, 일본에 돌아오시면 꼭 같이 일하고 싶어요. 선배가 미국에서 얻은 지식과 경험을 나눠주세요."

아카네는 "미안해, 히메노." 하고 모성이 느껴지는 부드러운 웃음을 지었다.

"이제 일본에는 안 돌아오려고. 미국에서 수술하며 많은 '아이'를 낳고 '가족'을 만들어서 거기서 살 거야. 지금의 모습이 완전히 변해버릴 만큼 오래오래."

"……그렇군요."

유카는 어깨를 축 늘어뜨렸다.

"그래서 괜찮으면 히메노에게 여기를 물려주고 싶은데."

"여기라니, 집을요?"

"응, 그리고 목장이랑…… 축사도. 절차 같은 건 전부 내가 처리해 둘게."

"저한테는 너무 과분한데요. 이렇게 넓은데. 그리고 관리 같은 것도……."

어쩔 줄 몰라 유카가 말을 마구 꺼내놓자, 아카네가 몸을 내밀어 유카의 뺨을 살짝 만졌다. 요염한 그 분위기에 유카는 심장이 쿵쿵 뛰었다.

"히메노, 내 뒤를 이을 사람은 너밖에 없다고 생각해. 널 내 후계자의 후보로 삼고 싶어."

"제가 후계자……."

존경하는 선배가 그렇게 말해주자 히메노는 몸이 화끈 달아올랐다.

"할게요! 저, 선배처럼 되는 게 꿈이었어요!"

벌떡 일어선 순간, 시야가 일렁이듯 흔들렸다. 유카는 쓰러지지 않으려고 얼른 양손으로 테이블을 짚었다.

취했나? 아직 두 잔도 안 마셨는데?

당황한 유카에게 아카네가 다가와 "괜찮아? 조심해." 하고 말했다.

"리스페리돈 물약은 효과가 꽤 빨리 나타나는구나."

어쩐지 아카네의 말이 몹시 웅웅거리는 것처럼 들렸다.

리스페리돈 물약? 무향 무미의 항정신병제로, 섬망 증상이 심한 환자를 진정시키거나 할 때 음료에 섞어서 주는 약이다.

와인에 약을 탔다고? 왜 그런 짓을? 같은 와인을 마신 아카네 선배는 왜 괜찮지?

"히메노가 좀 부럽네. 난 요 몇 달 새 몸이 변화해서 대사 기능이 달라졌는지, 술을 아무리 마셔도 전혀 취하질 않거든."

아카네는 그런 말을 중얼거리며 유카를 두 팔로 가뿐하게 안아 들었다.

"저기…… 아카네 선배……."

어떻게 된 일인지 물어보려 했지만, 혀가 제대로 돌아가지 않았다.

"괜찮아, 히메노. 아무 걱정할 필요 없어."

자애에 찬 아카네의 미소를 보자 가슴에 차올랐던 불안감이 녹아내리듯이 사라졌다. 굳었던 근육도 풀렸다. 눈꺼풀이 무거웠다.

"졸리나 보구나. 금방 침대에 눕혀줄게. ……내가 늘 쓰는 침대에."

아카네가 유카를 안고 현관으로 향했다. 거기 준비해 둔 이불로 유카의 몸을 감싸고 밖으로 나갔다.

"괜찮아? 춥지는 않고?"

"네……."

아카네의 품속에서 유카는 고개를 살짝 끄덕였다.

아카네 선배야말로 춥지 않을까. 블라우스 한 장 차림으로 영하 날씨의 바깥에 나왔는데.

그런 의문이 머리를 스쳤지만 아카네는 괴로워하는 기색을 보이기는커녕 행복한 듯 웃음 띤 얼굴로 눈이 쌓인 목장을 가로질렀다.

잠시 후 축사 앞에 도착했다.

"있지, 히메노."

아카네가 귓가에 대고 속삭였다.

"여기서 힘을 길러서 꼭 나를 쫓아와. 나도 미국에서 '가족'을 만들어놓고 기다릴게. 누가 더 뛰어난지 승부를 겨루자. 그게 '우리'의 숙명이니까."

아카네가 천천히 축사 문을 열고 안으로 들어갔다. 푸른빛이 가득한 세계로.

환상적인 그 광경에 유카는 눈을 가늘게 뜨고 입술을 살며시 벌렸다.

"예쁘다……."

옮긴이의 말

바이오 호러로 개척한
치넨 미키토의 새로운 경지

 납량 특집이라는 말이 들리지 않은 지 꽤 된 것 같다. 여름이 예전보다 시원해서 그렇지는 않을 테고, 에어컨 보급이 늘어나서일까. 아니면 공포물을 사시사철 즐길 수 있어서? 아무튼 여름이 되면 예능, 드라마 가릴 것 없이 납량 특집을 내보내던 시절이 있었다.

 「전설의 고향」은 그야말로 전설일 테고, 드라마 「M」도 상당한 인기를 끌었던 것으로 기억한다. 이러한 납량 특집은 대부분 귀신(영혼)이 일으키는 초현실적인 일을 바탕으로 한다. 아마도 인간의 근원적인 공포를 자극할 수 있어서가 아닐까. 반대로 '귀신보다는 사람이 무섭다' 계열의 공포물도 있다. 그리고 귀신도 사람도 아닌 '뭔가'가 공포를 유발하는 공포물도 있다. 바로 '바이오 호러'다.

 바이오 호러는 생물학적 요소를 활용해 공포를 유발하는 호러 장르의 한 분야다. 즉 생물학적 변이, 질병, 기생생물, 돌연변이, 신체 변형, 유전 공학의 오용 등 생명체와 관련된 과학적 또는 의학적 현상을 통해 인간의 불안감과 혐오감을 자극하는 것이 특징이다. 소재의 특성상 SF와도 사이가 가깝다고 할 수 있겠다.

바이오 호러는 시각적인 충격과 혐오감을 통해 공포를 극대화하는 장르이다 보니, 아무래도 시각적 매체인 영화나 게임에서 훨씬 더 활발하게 제작되고 대중화된 경향이 있다. 그렇지만 적으나마 바이오 호러 소설이 없는 건 아니다. 제2회 일본 호러 소설 대상 수상작 『패러사이트 이브』(세나 히데아키)는 미토콘드리아 유전자의 반란을 그린 작품이고, 『천사의 속삭임』(기시 유스케)은 사람들을 죽음으로 몰고 가는 존재의 정체를 밝히는 작품이다. 제11회 '이 미스터리가 대단하다' 대상 수상작 『생존자 제로』(안조 다다시)는 미지의 병원체와 사투를 벌이는 내용이다.

이렇듯 드문드문하게나마 명맥을 이어가며 독자들에게 재미를 선사하는 바이오 호러의 바통을 미스터리 소설가 치넨 미키토가 『이메르의 거미』(원제: 요모쓰이쿠사ヨモツイクサ)로 이어받는다.

2011년 『레종 데트르』(국내 출간명: 『살인의 이유』)로 제4회 '바라노마치 후쿠야마 미스터리문학 신인상'을 수상하며 데뷔한 치넨 미키토는 주로 의사 경력을 살린 의료 미스터리 분야에서 눈부신 활약을 해왔다. 그러나 미스터리만 고집하는 것은 아니고, 스스로에게 재미있는 소설을 쓰고 싶다는 마음에서 읽는 것도 보는 것도 좋아하는 호러에 도전하기로 했다고 한다.

"지금까지 즐겨 감상했던 호러 소설과 영화, 작가로서 축적해 온 미스터리적인 수법, 의사로서 일해온 경험, 그리고 취재로 얻은 과학적 지식. 그러한 요소를 전부 쏟아부어 최근에 보기 드문 유형의 이과 엔터테인먼트 호러를 써냈습니다. 무서운 걸 좋아하는 독자에게는 팍 꽂히는 작품이 되리라 믿습니다."(치넨 미키토 인터뷰 중에서)

이러한 포부를 증명하듯 『이메르의 거미』는 작가의 경력뿐만 아니라 일본 호러 문단에서도 새롭고 색다른 위치에 자리매김한다. 일본 신화적 요소에 생물학적 요소를 섞어 바이오 호러를 만들어내는 재주가 탁월하고, 황당무계함과 현실감이 적절히 배합된 설정, 그로테스크함을 자아내는 몇몇 장면들이 지금까지 인기를 끌었던 민속학 호러, 그리고 현재 인기를 끌고 있는 모큐멘터리 호러와는 다른 의미에서 섬뜩함을 자아낸다.

"초반부는 무슨 일이 일어났느냐는 궁금증을 자극해 독자를 이야기에 끌어들이고, 답이 밝혀진 후는 액션과 수수께끼 풀이로 시선을 잡아놓습니다. 도중에 작풍을 바꾸는 것도 독자의 흥미를 끌기 위한 장치입니다."(치넨 미키토 인터뷰 중에서)

호러지만 시각적 요소와 청각적 요소를 사용할 수 없는 소설에 독자를 붙잡아놓기 위해 저자가 부단히 노력했음이 엿보이는 대목이다. 거기에 미스터리 작가의 정체성도 잃지 않고 그간 쌓아온 내공을 발휘한다.

지금까지 미스터리 분야만 파왔던 치넨 미키토가 호러, 그것도 바이오 호러를 썼다길래 약간 의구심이 생긴 것도 사실이다. 하지만 아무래도 치넨 미키토를 너무 얕본 것 같다. 개인적으로 일본 원서의 띠지에 종종 박히는 '신新경지'라는 말을 별로 좋아하지 않지만, 이건 작가의 신경지가 분명하다.

올여름은 치넨 미키토가 선사하는 새로운 납량 특집에 몸을 맡겨보는 것도 좋지 않을까. 잠깐 들여다보려던 책을 놓지 못하게 될 것이라 확신한다.

2025년 7월
김은모

옮긴이 김은모

일본 문학 번역가. 일본 문학을 공부하던 도중 일본 미스터리의 깊은 바다에 빠져들어 헤어나지 못하고 있다. 옮긴 책으로 치넨 미키토 『유리탑의 살인』, 우타노 쇼고 '밀실살인게임 시리즈', 이케이도 준 '변두리 로켓 시리즈', 이사카 고타로 『페퍼스 고스트』 『트리플 세븐』, 미치오 슈스케 『용서받지 못한 밤』, 히가시가와 도쿠야 『속임수의 섬』, 고바야시 야스미 '죽이기 시리즈', 미쓰다 신조 『걷는 망자, '괴민연'에서의 기록과 추리』, 이마무라 마사히로 '시인장의 살인 시리즈', 유키 하루오 『방주』 『십계』, 우케쓰 '이상한 집 시리즈' 등이 있다.

이메르의 거미

초판 1쇄 발행 2025년 7월 30일

지은이 치넨 미키토
옮긴이 김은모

펴낸이 허정도
책임편집 박윤희   **디자인** 서윤하
마케팅 신대섭 김수연 배태욱 김하은 이영조   **제작** 조화연

펴낸곳 주식회사 교보문고
등록 제406-2008-000090호(2008년 12월 5일)
주소 경기도 파주시 문발로 249 (10881)
전화 대표전화 1544-1900   **주문** 02)3156-3665   **팩스** 0502)987-5725

ISBN 979-11-7061-286-5 (03830)
책값은 표지에 있습니다.

• 이 책의 내용에 대한 재사용은 저작권자와 교보문고의 서면 동의를 받아야 가능합니다.
• 잘못된 책은 구입하신 곳에서 바꾸어 드립니다.
• '북다'는 문학을 기반으로 다양하게 변주된 책들을 선보이는 종합 출판 브랜드입니다.